EVA FRANTZ

DER TOD IN DEN SCHÄREN

aufbau taschenbuch

Eva Frantz, geboren 1980, wuchs in einem Vorort von Helsinki auf. Sie arbeitete als Radiomoderatorin für den öffentlich-rechtlichen Rundfunk in Finnland, ehe sie sich ganz dem Schreiben widmete. Sie wohnt mit ihrem Mann und drei Kindern in Espoo, Finnland. Im Aufbau Taschenbuch ist bereits ihr Roman »Die Tote im Eis« erschienen.
Mehr zur Autorin unter www.evafrantz.com

Leena Flegler arbeitet als freie Übersetzerin aus dem Schwedischen und Englischen. Sie übertrug unter anderem Romane von Niklas Natt och Dag, Karin Smirnoff und Denise Rudberg ins Deutsche.

Es ist Anna Glads letzter Sommer vor dem Mutterschutz, doch ihr Telefon in der Polizeistation steht nicht still. So wird nicht nur eine Blutlache auf der Treppe zum Haus eines spurlos verschwundenen Rentners gefunden, sondern auch ein fremdes Neugeborenes in den Kinderwagen einer frischgebackenen Mutter gelegt. Während Anna im Fall von Baby X im Dunkeln tappt, erhält das Verschwinden von Börje Bohman Priorität, als die Ermittlerin gemeinsam mit ihrer Kollegin Märta das Haus des alten Mannes oben auf dem Betesbacken aufsucht. Dem sturköpfigen Besitzer, der als einziger Anwohner nicht dem Bau eines neuen Radwegs weichen will, wird nachgesagt, seine mittlerweile verstorbene Ehefrau misshandelt zu haben – doch was Anna und Märta in seinem Keller finden, übersteigt alles, was sie zuvor glaubten, über ihn zu wissen …

EVA FRANTZ

DER TOD IN DEN SCHÄREN

Ein Fall für Anna Glad

Kriminalroman

Aus dem Finnlandschwedischen
von Leena Flegler

atb aufbau taschenbuch

Die Originalausgabe unter dem Titel
För han var redan dö
erschien 2020 bei Schildts & Söderströms, Helsinki.

This work has been published with the financial support of FILI –
Finnish Literature Exchange

FILI FINNISH LITERATURE EXCHANGE

Den Kapiteln vorangestellt sind finnland-schwedische Abzählreime

MIX
Papier | Fördert
gute Waldnutzung
FSC® C083411

ISBN 978-3-7466-3983-3

Aufbau Taschenbuch ist eine Marke
der Aufbau Verlage GmbH & Co. KG

1. Auflage 2024

www.aufbau-verlage.de
10969 Berlin, Prinzenstraße 85

Umschlaggestaltung www.buerosued.de, München
unter Verwendung eines Bildes von © mauritius images/
Delphine Adburgham/Alamy/Alamy Stock Photos
Satz Greiner & Reichel, Köln
Druck und Binden CPI books GmbH, Leck, Germany

Printed in Germany

Helle Wasser, dunkle Wälder
und die Sehnsucht sind mein Haus.
Komm zu mir und teile mit mir
Tag und Wärme, Kälte auch.

Kalliolle kukkulalle
finnische Volksweise in der
deutschen Nachdichtung
von Peter Porsch

PROLOG

Samstag, 31. März

»Jetzt komm endlich! Amelie!«

Ungeduldig hüpfen Alma und Wilma auf der Stelle. Alma weiß jetzt schon, dass es ein Riesenfehler war, Amelie zur Osterhexenwanderung mitzunehmen. Sie ist noch zu klein für so etwas. Was für eine blöde Idee von Mama, dass Amelie mitgehen sollte.

Endlich kommt ihre dumme kleine Schwester in ihrem fluffigen weißen Hasenoverall angeschlurft. Rosa Lippenstift auf der Nase, aufgemalte Schnurrhaare auf den Wangen, gelbe Gummistiefel, vergnügter Gesichtsausdruck.

»Los jetzt, Amelie! Wir müssen noch mehr Häuser abklappern, hast du das immer noch nicht kapiert?«

Und auf einmal kommt Bewegung in das Karnickel. Amelie biegt jäh nach rechts ab und watschelt auf eine steile Auffahrt zu.

»Doch nicht da entlang!«, ruft Alma ihrer kleinen Schwester nach, stößt aber auf taube Ohren. Amelie läuft einfach weiter.

Wilma und Alma wechseln einen Blick und seufzen beide. Immer diese Kleinkinder.

»Gibt's dahinten überhaupt noch Häuser?«, will Wilma wissen.

Alma ist hier auf diesem Hügel noch nie gewesen. Zu beiden Seiten der Auffahrt wachsen dicht an dicht Kiefern, aber dahinter könnten theoretisch jede Menge Häuser stehen.

»Keine Ahnung. Wir können ja mal nachsehen. So

viele Hexen sind hier heute bestimmt noch nicht vorbeigekommen.«

»Wenn da Leute wohnen, dann sind die bestimmt superhappy, wenn wir endlich auftauchen, und wir kriegen krass viele Süßigkeiten!«

»Eben.«

Vielleicht ist das mit Amelie letztlich doch nicht so dumm. Womöglich lohnt es sich, den Hang hochzulaufen. Alma rückt ihren spitzen Hexenhut, der ständig verrutscht, sicher zum tausendsten Mal zurecht. Ein Kopftuch, wie Wilma eins trägt, wäre eindeutig schlauer gewesen.

»Komm.«

Im Handumdrehen haben die Hexen das Amelie-Häschen eingeholt.

Und tatsächlich stehen entlang des Weges einige Häuser, doch niemand scheint daheim zu sein. Alma bleibt stehen und sieht noch mal genau nach.

Es hat fast den Anschein, als würde dort schon länger niemand mehr wohnen. In keinem einzigen Fenster brennt Licht, und es ist keine Menschenseele zu sehen. Und auch kein einziges Auto.

Der Weg an sich ist zerfurcht und matschig, und irgendwer hat hier Bäume gefällt, die am Hang aufgeschichtet sind. Der Anstieg ist echt anstrengend.

»O Mann … Gehen wir zurück«, schlägt Wilma nach einer halben Ewigkeit vor.

Alma ärgert sich. Es wäre doch komplett bescheuert, wenn sie diesen Weg jetzt für nichts und wieder nichts hochgestapft wären.

»Ein Haus steht da noch.« Sie zeigt in die entsprechende Richtung. »Da sehen wir noch nach, dann kehren wir um.«

Wilma späht zwischen den Kiefern hindurch zu dem roten Klinkerhaus ganz oben auf dem Berg. Dass sie keine Lust mehr hat, kann man ihr deutlich ansehen.

»Da wohnt doch bestimmt auch keiner mehr.«

»Doch, da brennt Licht im Fenster! Siehst du das nicht?«

»Ach ja … Okay.«

Amelie läuft abermals vorneweg und hat das Haus schon erreicht, während die großen Mädchen gerade erst den halben Weg geschafft haben.

»Guckt mal, die haben ein Schwimmbad!«, ruft sie.

»Besonders schick ist das aber nicht«, stellt Wilma fest.

»Nee … Igitt! Sogar ziemlich eklig!«

Das Haus sieht einfach nur viereckig und grässlich aus. Wer bitte schön will in so einem Haus wohnen? Wenn Alma groß ist und ein eigenes Haus besitzt, soll das hellblau sein, mit Schnitzereien und am liebsten mit einem Türmchen.

Der Garten hingegen sieht halbwegs in Ordnung aus. Hier und da spitzen schon gelbe und lila Krokusse zwischen den letzten Schneehügeln hervor.

»Du klingelst«, sagt Wilma.

Wilma wird immer nervös, wenn sie mit Fremden reden muss. Alma sieht sich nach Amelie um, aber die ist schon wieder auf Abwegen – typisch. Aber selbst schuld, wer nicht mit an die Tür kommt, kriegt hinterher auch keine Süßigkeiten.

Alma drückt auf die Klingel, und sie nehmen ihre Position ein.

Von drinnen sind schwere Schritte zu hören, und Alma sieht Wilma triumphierend an. Sie hatte recht – hier ist jemand zu Hause! Und jetzt geht laut knarzend die Tür auf!

»Klopf, klopf, hier kommen …«, heben die Mädchen an.

»Nichts da! Verschwindet!«

Die Tür schlägt den zwei Osterhexen vor der Nase zu.

»Komm, wir hauen ab«, flüstert Wilma verschreckt.

»Hast du Schiss vor dem? Man braucht ja wohl keinen Schiss zu haben vor solchen SCHEISSALTEN GEIZHÄLSEN!« Letzteres ruft Alma so laut, dass der Blödmann da drin sie hoffentlich klar und deutlich versteht. »DIE NOCH DAZU EINEN EKLIGEN POOL HABEN UND EIN SUPERHÄSSLICHES HAUS!«

Geschieht ihm nur recht. Aber wo ist Amelie?

»Amelie! Wir gehen! Amelieee!«

Sie rufen immer und immer wieder, bekommen aber keine Antwort. Erst hat Alma Schiss, dass Amelie in dieses eklige Becken gefallen sein und sich das Genick gebrochen haben könnte, doch dann ruft Wilma, dass sie sie gefunden hat. Alma muss um das ganze Haus herumlaufen.

Amelie ist in die Hocke gegangen und sieht mit ihrem Pummelpo und dem weißen Puschelschwanz von hinten fast aus wie ein echtes Kaninchen. Sie späht durch ein Fensterchen direkt über der Erde.

»Was machst du denn da? Wir gehen, los, Beeilung!«

Amelie steht auf und winkt in Richtung des Fensters.

»Tschühüüüss«, ruft sie, watschelt los und schwenkt ihren kleinen Flechtkorb hin und her.

Wilma macht sich ebenfalls auf den Weg, und Alma wirft noch einen flüchtigen Blick auf das hässliche Haus.

Für einen winzigen Moment meint sie, in dem Fensterchen über der Erde eine Bewegung zu erhaschen, doch als sie genauer hinsieht, ist da nichts. Bestimmt hat

Amelie nur mit ihrem Spiegelbild geredet. Kleine Kinder sind einfach nur komisch.

Sie rückt ihren Hexenhut gerade und läuft ihrer kleinen Schwester und ihrer besten Freundin hinterher. Nach diesem echt unnötigen Umweg müssen sie sich allmählich beeilen, wenn sie ihre Körbe bis zum Mittagessen mit Süßigkeiten vollkriegen wollen.

DANN WAR JETZT also der Moment gekommen.

Sein Leben lang weiß man, dass es irgendwann so weit ist, trotzdem kommt es urplötzlich.

Man liegt da und kann nur noch die Sterne über einem betrachten.

Dafür hat man sich zuvor nie Zeit genommen.

Einfach nur still dazuliegen und empor in die schwindelerregende Unendlichkeit zu blicken.

Den Sternenhimmel zu betrachten, ist ein bisschen so, wie wenn man einen Ameisenhaufen vor sich hat: Es dauert kurz, ehe das Auge das Gewimmel überhaupt erkennt. Wenn man dann all die Ameisen sieht, die vor einem auf- und abwuseln, versteht man gar nicht, wie man zunächst glauben konnte, dass der Ameisenhaufen verwaist wäre.

Mit dem Sternenhimmel ist es ganz ähnlich: Je länger man hinsieht, umso mehr Sterne tauchen auf, und am Ende dämmert einem, dass die Dunkelheit nur eine optische Täuschung war und dass jedes Pünktchen dort oben in Wahrheit ein Stern ist, der so weit weg ist, dass er eben ein bisschen schwächer leuchtet als andere, die der Erde näher sind.

Und das heißt: Alles, was man sieht, ist Licht, das einfach nur von wahnsinnig weit herkommt. Und Dunkelheit gibt es nicht.

Der Gedanke ist tröstlich – weil es ganz danach aussieht, als wäre Dunkelheit in Wahrheit Licht.

Allerdings leuchtet da jetzt noch etwas anderes.

Ein Auto ... Ein Auto, das blau blinkt.

Und da sind Stimmen.

»Die ist einfach so rausgefahren! Ist ganz plötzlich aufgetaucht! Ich hab noch versucht zu bremsen und auszuweichen, aber es ging nicht mehr. Scheiße, ich hätte mit den Sommerreifen noch warten müssen, aber woher hätte ich das denn ahnen sollen …«

»Bitte gehen Sie ein Stück zur Seite«, sagt eine weitere Stimme.

Dann tauchen mehrere Gesichter auf. Dass sich so viele Kerle um einen geschart haben, ist schon eine Zeit lang her.

»Hallo? Können Sie reden? Wie heißen Sie?«

Man kann es ja mal probieren. Aber wie man heißt, ist doch wohl unwichtig.

»Ich bin egal! Sie müssen meiner Tochter helfen!«

Zumindest versucht man, das zu sagen. Nur funktioniert das nicht sonderlich gut mit dem Mund voller Blut.

»Sssmmmdoooooooaaa« – so klingt es eher.

Und sie verstehen es nicht.

»Hallo? Hallo? Versuchen Sie, nicht einzuschlafen! Scheiße, sie geht …«

Ja.

So ist das.

Jetzt ist der Moment gekommen auszugehen.

So viele Sterne …

Moment.

Ausgehen heißt doch, dass aus Licht Dunkelheit wird?

Und Dunkelheit gibt es nicht. Deshalb kann man auch nicht ausgehen.

Aber sterben.

Das kann man in jedem Fall.

Dann stirbt man also jetzt.

JUNI

KAPITEL 1

He, dumme Nuss
damit ich dich nicht sehen muss
nimm einen Spaten
und buddel ein Grab im Garten

Donnerstag, 8. Juni

Saara Nyman war mit dem Kinderwagen draußen und summte ein Ed-Sheeran-Lied vor sich hin.

Endlich! Sie hatte die Hoffnung schon fast aufgegeben, dass es in diesem Jahr noch mal Sommer werden könnte. Der Winter hatte sich ewig gehalten – bis Walpurgis –, und auch danach war es wochenlang grau, nass und windig gewesen. Bei solchem Wetter mit dem Baby rauszugehen, war nicht gerade verlockend, und wann immer sie irgendwo hingemusst hatten, war Saara lieber mit dem Auto gefahren.

Aber endlich – endlich hatten die Wettergötter ein Einsehen gehabt. Auf Wiedersehen, Handschuhe, und willkommen, Sonnenbrille!

Tuuli war nach einem ungewöhnlich quengeligen Morgen drauf und dran einzuschlafen (Saara hatte die Zähne in Verdacht), doch jedes Mal, wenn ein Lichtstrahl sich unter das Verdeck des Kinderwagens stahl, verzog sie erneut das Gesicht und presste ein unzufriedenes »Gwäääääää« hervor.

Saara blieb stehen, zog ein dünnes Mulltuch aus der Wickeltasche und befestigte es am Verdeck. Dann hob sie das Tuch an und sah nach Tuuli.

So sollte es funktionieren. Das Tuch war dünn genug,

so dass die Kleine Luft bekam, schützte jedoch vor der Sonne.

Nach ein paar Minuten wurde es unter dem Tuch still. Tuuli war endlich eingenickt.

Inzwischen war Saara im Stadtzentrum angekommen. Dort hatten wohl mehrere Ladenbesitzer beschlossen, dass nun Sommer wäre: Sowohl beim Optiker als auch beim Eisenwarenhändler standen die Türen sperrangelweit offen, und auf dem Gehweg vor dem Blumenladen erstreckte sich ein Meer aus Petunien und Begonien.

Saara wurde langsamer. Ein paar Töpfe mit Petunien würden sich auf dem Balkon bestimmt gut machen. Mit den Stiefmütterchen ein paar Wochen zuvor war sie zu übereifrig gewesen, die hatten noch Frost abbekommen. Aber jetzt würde es doch bestimmt besser gehen?

Nur dumm, dass sie allein unterwegs war; Tuuli würde garantiert wach werden, sobald sie versuchte, den Kinderwagen in den Laden zu manövrieren, aber sie konnte ihn ja schlecht draußen stehen lassen.

Oder doch?

Wenn sie sich beeilte?

Behutsam bugsierte sie den Kinderwagen an die Fassade. Hier stand er im Schatten, außerdem würde sie durchs Schaufenster das Verdeck sehen können. Hinter dem Tuch war ein zufriedener Seufzer zu hören. Tuuli schlief tief und fest.

Sie brauchte nur ein paar Minuten, dann war Saara mit einer riesigen Papiertüte voller bunter Frühblüher wieder draußen.

Im selben Moment verspürte sie ein Ziehen in der Brust. Hoffentlich würde Tuuli noch bis zu Hause durchhalten, ehe sie hungrig wurde und zu quengeln begann. Sie sollte sich beeilen, denn auch wenn es derzeit sonnig und warm war, hatte Saara den Verdacht, dass noch nicht ganz der Moment gekommen war, um Tuuli draußen auf einer Parkbank zu stillen.

Mit langen Schritten schob sie den Kinderwagen heimwärts. Mit dem zusätzlichen Gewicht der Blumentüte kam sie richtiggehend ins Schwitzen.

Der letzte Anstieg zu ihrer Doppelhaushälfte war eine Herausforderung, doch dann hatte sie es geschafft. Im Kinderwagen war es immer noch still, als sie stehen blieb, nach ihrem Schlüssel kramte und das Mulltuch anhob.

»Sooo, kleine Tuuli, wir sind wieder daheim …«

Saaras Nachbarin, die pensionierte Grundschullehrerin Margit Bergholm, die gerade das Küchenfenster putzte, zuckte heftig zusammen und geriet auf ihrer Trittleiter ins Wanken, als sie Saara kreischen hörte.

»Herr im Himmel! Was ist denn da los?«

Sie war zutiefst erschrocken und zugleich stinksauer – sie hätte stürzen und sich sonst was brechen können.

Wie versteinert stand Saara auf dem Gehweg und starrte ungläubig in den Kinderwagen.

Dann stieß sie heiser hervor: »Notruf! Ruf die Polizei!«

Anna Glad zog den Saum ihres Sportoberteils nach unten. Das blöde Ding rutschte ständig nach oben, während die Hose nach unten rutschte und ihr Bauch wie Muffin-Teig mit zu viel Backpulver dazwischen hervorquoll.

Als Anna mit ihrer Anmeldung zum Schwangerschaftsyoga- und Entspannungskurs herausgerückt war, hatte ihre beste Freundin Linda sofort begeistert ihre alten Schwangerschafts-Sportsachen herausgesucht.

»Natürlich passen die – ist doch Trikotstoff!«, hatte sie behauptet. »Bestimmt sind sie anfangs sogar zu groß, ich hab sie im neunten Monat *extrem* ausgedehnt.«

Ärgerlicherweise saßen die Sachen um Annas schwangeren Leib eher wie eine Wurstpelle; ihr Bauch war nicht mal unerträglich groß, allerdings war komischerweise der ganze Rest ihres Körpers im Frühling in jeglicher Hinsicht aus dem Leim gegangen – und noch hatte Anna den kompletten Sommer vor sich, ehe das Baby kommen würde.

Weil Anna ausnahmsweise pünktlich und die Erste im Kurs war, nutzte sie die Gunst der Stunde und betrachtete sich in der verspiegelten Studiowand.

Hmm. Nun war es eben, wie es war. Hoffentlich würde ihr Körper wieder schrumpfen, wenn das Kind erst auf der Welt wäre. Und Lindas teure Yogasachen sahen ohne Frage gut aus – auch wenn sie gut und gern zwei, drei Nummern größer hätten sein dürfen. Zum Trost tätschelte Anna sich den Bauch – und war sich nicht ganz sicher, ob sie selbst Trost brauchte oder eher ihr Kind.

»Tja, Calzone, dann machen wir jetzt also Yoga«, murmelte sie in sich hinein.

Sie hatte in letzter Zeit nicht allzu viel Bewegung bekommen; in ihrem Zustand waren Joggingrunden und Krafttraining ihr schlichtweg unmöglich vorgekommen. Yoga funktionierte und fühlte sich gut an: Da saß man meist nur mit überkreuzten Beinen da und machte »Ommm«. Das schaffte sogar eine Anna Glad.

Ansonsten war sie bislang eher schlecht mit sämtlichen Dingen gewesen, die man als Schwangere angeblich tun sollte. Anscheinend hätte sie ihr Zuhause dekorieren und alles umorganisieren müssen – was laut

Linda als »Nesting« bezeichnet wurde. Überdies hieß es, man würde Erziehungsratgeber verschlingen, zig Babysachen kaufen und nur noch in Latzhosen herumlaufen …

Bei Anna war nichts dergleichen passiert. Aber vielleicht war das Schwangerschaftsyoga ja der Startschuss zu allem.

Drei jüngere Frauen schlenderten mit aufgerollten Yogamatten unter dem Arm herein. Sie grüßten lächelnd, und Anna lächelte zurück.

Himmel, wie fit die drei aussahen! Überdies sahen sie einander ähnlich. Alle drei hatten sich die Haare lose auf dem Kopf zusammengezwirbelt. Die strammen Babybäuche sahen an ihren schlanken Leibern so perfekt halbkugelrund aus, dass Anna fast den Verdacht hatte, dass unter den Oberteilen eher Kissen steckten als echte Babybäuche. So konnte man anscheinend auch aussehen, wenn man schwanger war … Na dann.

»Wie war das gleich?«, fragte die Frau, die ihre Matte direkt neben Anna ausrollte. »Man kriegt doch sein Geld zurück, wenn das Kind früher kommt? Für die Yogastunden, die man dann verpasst, meine ich.«

Erst zeitverzögert dämmerte es Anna, dass die Frage an sie gerichtet war.

»Öh … ja, richtig. Doch.«

Sie meinte, auf der Webseite des Yogastudios irgendwas in der Art gelesen zu haben.

»Ich hatte bei meinen ersten beiden eine krasse Beckeninstabilität. Diesmal geht es viel besser«, warf eine andere ein.

Anna nickte freundlich. Das klang doch gut.

»Brauchen wir noch etwas anderes als die Matten? Was ist mit dem Block?«, fragte Nummer drei.

Anna war zusehends ratlos. Woher sollte sie das wissen? Doch dann ging ihr ein Licht auf.

»Ihr glaubt, ich bin die Kursleiterin?«

Die Blonde, die sie zuerst angesprochen hatte, musste laut lachen.

»Oh, dann …? Entschuldigung! Du hast nur so … vor dem Spiegel gestanden … und außerdem bist du … na ja, ein Stück älter als wir.«

»Mhm.« Mehr fiel Anna darauf nicht ein.

Im selben Moment betraten weitere sportlich gekleidete Frauen das Studio und zu guter Letzt eine drahtige Mittfünfzigerin, die mit sanfter Stimme verkündete: »Mamas! Schwestern! Freundinnen! Willkommen bei Lotus Wellness! Ich bin Mona. Sucht euch einen Platz, dann können wir loslegen.«

Eilig sah Anna sich nach einer Stelle um, an der sie bestenfalls unsichtbar wäre; sie hatte nie zuvor Yoga gemacht und wusste nur zu gut, dass sie kein Naturtalent war. In der Saalmitte stand eine Säule – dahinter würde sie ihre Matte legen. Doch noch ehe sie sich verkriechen konnte, berührte Mona sie am Arm.

»Wir arbeiten in diesem Kurs teils paarweise, und weil wir eine ungerade Teilnehmerinnenanzahl sind, arbeitest du mit mir. Wie heißt du?«

»Anna«, krächzte sie.

Dann ging die erste Stunde los – und es wurde sekündlich schlimmer. Mona versuchte beharrlich, Annas ungelenken, steifen Körper in die unmöglichsten Positionen zu drehen, während die übrigen Kursteilnehmerinnen keinerlei Probleme zu haben schienen, von der einen Position zur nächsten überzugehen – oder Asana, wie es anscheinend hieß.

»O Gott, ist das schön!«, stöhnte eine der Zwirbelhaarfrauen, kaum dass sie kopfüber in einer Stoffschlaufe hing, die von der Decke baumelte. »Genau das hab ich gebraucht!«

Und ich bräuchte einen ordentlichen Whisky, dachte Anna und krachte im nächsten Moment mit dem Hinterkopf hart auf dem Boden auf, als Mona ohne Vorwarnung ihre Schultern losließ.

»Vertrau deinem Körper! Er weiß, wozu er imstande ist«, dozierte Mona.

Mein Körper weiß so was von, dass er dieses Yogastudio kein zweites Mal von innen sehen wird!, schoss es Anna durch den Kopf, und sie blinzelte hektisch, als ihr der Schweiß in die Augen zu laufen drohte.

Was bitte schön würde das hier werden? Sie war davon ausgegangen, dass Schwangerschaftsyoga eher behutsames Dehnen und Meditation bedeutete. Stattdessen war sie in einem Bootcamp für Akrobatinnen gelandet!

Irgendwo im Raum piepte ein Handy.

Mona schürzte die Lippen.

»Ich möchte noch einmal daran erinnern, dass wir hier bei Lotus Wellness die Handys in der Umkleide lassen«, sagte sie in lieblich-bissigem Tonfall.

Anna kämpfte sich aus der Schlinge.

»Entschuldigung … Das ist mein Arbeitshandy. Eigentlich hab ich heute frei, da rufen sie nur an, wenn es wirklich wichtig ist … Entschuldigung! Sorry! Namaste! Tschüss!«

Sie schnappte sich ihr Handy und stürmte aus dem Raum.

»Hallo?«

»Tut mir leid, dass ich dich an deinem freien Tag störe«, sagte Annas Vorgesetzte, Hauptkommissarin Annette Käld, »aber sowohl Markus als auch Benny sind krankgeschrieben … Anscheinend geht ein Magen-Darm-Virus herum.«

»Aha …«

»Wir haben einen Notruf reinbekommen, und irgendwer muss sofort hinfahren. In deinem Zustand ist es womöglich unangemessen …«

»Worum geht es denn überhaupt?«

»Um einen Säugling. Schaffst du das?«

Anna stutzte. Glaubte die Chefin etwa, dass mit der Schwangerschaft auch eine Art Persönlichkeitsveränderung eingesetzt hatte? Dass sie zu empfindsam für gewisse polizeiliche Tätigkeiten geworden war?

Sie war bereits halb in ihre Jacke geschlüpft. Bomberjacke und Yogapants waren nicht gerade das typische Polizistinnen-Outfit, aber nachdem Eile geboten war, konnte sie sich nicht erst umziehen. Zum Glück hatte sie ihre Dienstmarke dabei.

»Klar, das geht bestimmt in Ordnung. Wo muss ich hin?«

Der Lokalreporter Jan-Anders Rosbäck gab sich alle Mühe, den vollgelaufenen Schlaglöchern auszuweichen. Trotzdem holperte sein Volvo unkontrolliert über die Straße.

Verdammt, da war irgendetwas gegen den Unterboden gekracht … So was konnte schnell mal teuer werden! Aber wer hätte denn ahnen sollen, dass für den Betesbacken ein verfluchter Geländewagen nötig war?

Börjes Haus stand ganz oben auf dem Berg, und Jan-Anders holperte weiter an den knallgelben Plastiknetzen vorbei, die die Straßenbauarbeiter entlang des geplanten Fahrradwegs aufgehängt hatten. Als Nächstes würden sie den Boden planieren und den ganzen Scheiß asphaltieren. Dann würden die Radler in ihren lächerlichen Radlerhosen hangabwärts hier nur so rasen.

Jan-Anders selbst hatte sein Fahrrad mit achtzehn gegen ein Auto eingetauscht und seither keinen Bedarf mehr an Zweirädern gehabt.

Angeblich sollte der Radweg bis Mittsommer fertig sein – aber ihren Zeitplan konnte die Kommune ja wohl in der Pfeife rauchen: Nie im Leben würde der letzte Streckenabschnitt bis dahin fertiggestellt.

Dabei handelte es sich zwar nur um gut zweihundert Meter, doch ausgerechnet auf dem letzten Stück wohnte Börje Bohman – und das war ein Problem. Ein gewaltiges Problem.

Jan-Anders hatte inzwischen die Kuppe erreicht, fuhr rechts ran und setzte seine Sonnenbrille auf.

Da war er also. Auf dem Betesbacken. Auf dem, was davon noch übrig war.

Der Radweg war schon seit Jahren in den Karten der Stadtplaner eingezeichnet gewesen, doch erst seit Jasper Jokela ein halbes Jahr zuvor zum Bürgermeister gewählt worden war, hatte das Projekt Fahrt aufgenommen.

Drei der Häuser am Betesbacken waren schon aufgekauft, zwei dem Erdboden gleichgemacht worden. Die früheren Bewohner hatten die Entschädigungszahlungen bereitwillig akzeptiert und waren im Frühjahr weggezogen. Jan-Anders wusste nicht genau, was sie bekommen hatten – aber bestimmt ein akzeptables Sümmchen, wenn man bedachte, dass die Häuser schon recht heruntergekommen gewesen waren.

Mit Börje hingegen lag die Sache anders. Der hatte nicht vor, von hier wegzugehen. Zumindest nicht aus freien Stücken.

Jan-Anders hatte genau hinter einem abgestellten Bagger geparkt. Es war öd und menschenleer hier oben, obwohl gerade alle Welt von nichts anderem sprach. Aber es würde ganz sicher noch dauern, bis die Maschinen wieder in Gang gesetzt würden. Derzeit lagen die Bauarbeiten brach. Im Vorbeigehen tätschelte Jan-Anders aufmunternd das Führerhaus des Baggers und machte sich auf den Weg.

Da war es – Börje Bohmans Haus. Verblüfft pfiff Jan-Anders durch die Zähne. Es war schon ein Weilchen her, seit er zuletzt auf dem Betesbacken gewesen war, trotzdem hätte er niemals damit gerechnet, dass das Haus seither so baufällig geworden wäre. Die Klinkerfassade war eher staubgrau als rot, eine Regenrinne hing windschief vom Dach und drohte jeden Moment herunterzukrachen. Jan-Anders glaubte zudem deutliche feuchte Flecken entlang des Fundaments zu erkennen. Doch im Gegensatz zu einigen Nachbarhäusern stand Börjes Haus noch – wie eine trotzige mittelalterliche Burg.

Jan-Anders konnte sich noch gut daran erinnern, dass es früher hier oben richtig schön gewesen war. Struppige Fliederbüsche und knorrige Obstbäume zeugten davon, dass jemand hier einst einen Garten angelegt hatte. Die klassische Garten-Holzschaukel mit zwei sich gegenüberliegenden Bänken stand ein Stück weg und moderte vor sich hin.

In den Fenstern hingen altmodische gerüschte Spitzengardinen, die Marianne, Börjes verstorbene Frau, sicher einst sorgsam gewaschen, gebügelt und aufgehängt hatte. Dass sie gestorben war, war jetzt bestimmt an die fünfzehn Jahre her. Seither hatte Börje die Gardinen garantiert nicht ausgewechselt.

Einige Witwer waren einfach so gottverdammt hilflos.

Jan-Anders war Junggeselle und geübt darin, sich selbst zu versorgen. Und er kam wunderbar ohne Gardinen aus. Ohne Frau im Übrigen auch.

Er fluchte laut, als er achtlos in eine tiefe Lehmpfütze trat und Kälte und Nässe sofort bis unter die Zehennägel zu spüren waren. Hier sollte er wohl besser aufpassen, wohin er seine Schritte setzte.

Wo steckte Börje überhaupt? Jan-Anders hatte insgeheim damit gerechnet, dass der Hausherr ihm schon mit der Flinte im Anschlag auf der Vordertreppe entgegentreten würde, bereit, jeden Eindringling – ob nun Zeugen Jehovas oder Fahrradwegplaner – davonzujagen. Aber er war nirgends zu sehen. Allerdings stand die Haustür offen. Jan-Anders beschloss, sich bemerkbar zu machen, um Börje vorzuwarnen.

»Börje? Ich bin's – Janne!«

Jan-Anders konnte zwar nicht behaupten, dass er mit Börje besser bekannt wäre, aber nachdem sie beide ihr Lebtag in der Stadt gewohnt hatten, kannten sie sich natürlich; und nur deshalb war die Chefredakteurin Lena Brunström der Meinung gewesen, dass Jan-Anders am besten geeignet wäre, den Betesbacken hochzufahren und mit Börje über den Radweg zu reden.

Außerdem war Börje groß und breit gebaut und ziemlich unberechenbar.

Oder wie es die Kollegin Christel Tronning formuliert hatte: »Lieber spiele ich Posaune vor einer Bärenhöhle und reiße jemanden aus dem Winterschlaf, als dass ich Börje Bohman interviewe.«

Jan-Anders war selbst nicht gerade von kleiner Statur und auch nicht leicht einzuschüchtern. Trotzdem war er verunsichert, als er auf seinen Ruf keine Antwort erhielt. Irgendwas war hier faul, das spürte er.

»Börje?«, rief er erneut. »Darf die Lokalzeitung einen Kaffee bei dir schnorren?«

Keine Reaktion.

Er gab sich einen Ruck, stieg über eine riesige Pfütze hinweg und setzte den Fuß auf die unterste Stufe der Vordertreppe.

Er stand immer noch in einer Art unelegantem Spagat da, als sein Blick an etwas Rotbraunem hängen blieb.

Was zum Geier …

War das Blut? Noch dazu eine ziemliche Menge.

Was bitte schön war hier los?

»He, Börje! Sei doch so gut und gib Antwort, wenn man nach dir ruft, sonst mache ich mir Sorgen«, rief er, stieg die Vordertreppe hinauf und trat über die Schwelle.

Rolf Månsson hatte ein seliges Lächeln im Gesicht, als er die *Ann-Christin* aus dem Jachthafen steuerte. Endlich, der erste Törn dieses Jahres! Auch wenn es nur ein kurzer Ausflug würde – eher nur eine Testfahrt, um zu sehen, wie es seiner *Ann-Christin* den Winter über ergangen war –, freute er sich wie ein kleines Kind. Dann fiel ihm ein, dass die Leute in alten Filmen bei der Ausfahrt immer Lieder sangen.

»Auf der See begleit' ich ihn, weit durch Sturm und Wellen hin …«

»Jetzt mal ruhig, du Opernsänger!«, rief Max vom Bug. »Denk an dein Herz!«

»Buuuh«, konterte Rolf, obwohl er insgeheim wusste, dass sein Partner recht hatte.

Eine Zeit lang hatte Rolfs Zukunft als Bootsführer wirklich düster ausgesehen. Das vorangegangene Jahr hatte gleich mehrere gesundheitliche Tiefschläge für ihn bereitgehalten, und Rolf war gezwungen gewesen, seine Arbeit als Polizeioberkommissar an den Nagel zu hängen und in Rente zu gehen – und das gleich mehrere Jahre früher als gedacht. In den letzten Monaten hatten die Ärzte ihn in einem fort daran erinnert, dass er vorsichtig sein sollte: mit dem Essen, mit Alkohol, mit körperlicher Anstrengung. Im Grunde mit allem, was irgendwie Spaß machte.

Doch inzwischen war das Herz operiert, er selbst wieder bei Kräften und der Sommer zum Greifen nah.

»Hör mir gut zu, du Jungspund«, rief Rolf. »Mein Herz hat nie zuvor so rhythmisch und stark geschlagen. So hätte es eigentlich sein sollen, als ich dich kennengelernt habe!«

»O bitte … Jetzt legt er auch noch die Romantikplatte auf!«, ächzte Max. »Wie soll das nur enden?«

Ein so strahlender Tag wie dieser konnte gar nicht schlecht enden. Obwohl es recht kühl an Deck war, hatte Rolf erstmals seit Langem wieder das Gefühl, als wärmte die Sonne sein Gesicht. Die frisch polierten Messingteile der *Ann-Christin* blitzten und blinkten, und obwohl es erst Anfang Juni war, duftete das Meer bereits nach Sommer. Außerdem musste man sich um diese Jahreszeit noch keine Sorgen um Algen machen.

Im selben Moment blieb Rolfs Blick an etwas hängen, was seine Laune leicht trübte.

»Verdammt noch mal«, brummte er. »Das ist doch wohl ein Skandal! Wirklich ein Skandal!«

»Was denn?«, rief Max nach achtern.

Verbissen zeigte Rolf auf das riesige, terrakottarote Gebäude, das sie jetzt, da sie weit genug hinausgetuckert waren, in Gänze betrachten konnten.

»Dass der eine Baugenehmigung für so einen hässlichen Betonklotz gekriegt hat! Auf so einer schönen Insel! Das ist beschämend und ein Skandal!«

»Von wem redest du?«

»Von diesem Eishockeyspieler. Wie heißt er noch gleich? Samuel Lindberg.«

Max sah ihn immer noch ratlos an, und Rolf musste sich in Erinnerung rufen, dass sein Partner weder sonderlich an Sport noch an irgendwelchen hiesigen Gerüchten interessiert war. Er arbeitete hauptsächlich in seinem Heimatland Schweden, obwohl ihn der Job – und die Liebe natürlich – immer häufiger über die Ostsee nach Finnland führte.

»Das war im letzten Jahr hier in der Gegend groß Gesprächsthema. Dieser Samuel Lindberg hat mal für die Nationalmannschaft gespielt. Und er war richtig gut! Ist dann in die USA gegangen und hat dort in der NHL gespielt, ist jetzt aber wieder hierhergezogen. Und dann kriegt er auch noch die Schulter dafür geklopft, dass er so ein grässliches Haus baut!«

Max hielt sich die Hand über die Augen, um das Haus im Gegenlicht besser sehen zu können. Es war bestimmt gute vierhundert Quadratmeter groß, mitsamt Türmchen, Panoramafenstern und diversen Erkern.

»Na ja, besonders hübsch ist es wirklich nicht, da muss ich dir recht geben.«

»Die Leute reden hier von einem Angeberhaus, aber wenn das meins wäre, könnte ich keine Sekunde damit angeben! Ich würde mich schämen!«

»Wie viele Klos, schätzt du?«

Rolf wieherte vor Lachen.

»Ist das wirklich die erste Frage, die dir in den Sinn kommt?«

»Was denn? Ist doch eine spannende Frage! Ich tippe auf zwölf. Hat er eine große Familie, dieser Lindberg?«

»Soweit ich weiß, nicht. Ich wüsste nur von einer amerikanischen Ehefrau.«

»Da drin hätten jedenfalls zwölf amerikanische Ehefrauen Platz.«

»Du meinst: ein Klo für jede Frau?«

»Stimmt – und wie praktisch! Kein Anstehen am Morgen. Aber mal was anderes: Wie wäre es mit einem Kaffee?«

Max verschwand in der Kajüte, wo sie den Rucksack mit den Thermosbechern abgestellt hatten. Rolf sah wieder zum Horizont.

Derzeit war einiges los in der Stadt – und das eine oder andere fand Rolf tatsächlich fragwürdig. Dass Lindberg eine Baugenehmigung für diese grässliche Villa bekommen hatte, war nur eine Sache unter vielen.

Dass beispielsweise dieser Fahrradweg plötzlich so schnell durchgepeitscht worden war. Hatten die Radler es wirklich so eilig? Und war dieser Weg überhaupt nötig?

Außerdem sollte in wenigen Monaten am Badestrand vor dem Campingplatz ein großes Musikfestival stattfinden. Rolf, der gern Musik hörte, war anfangs Feuer und Flamme gewesen, doch als er die Liste der Künstler gesehen hatte, war ihm aufgegangen, dass das Festival nicht für seinesgleichen gedacht war. Er hatte von keinem der Musiker je gehört – und das, obwohl bei ihm von morgens bis abends das Radio lief.

Garantiert setzte der Veranstalter dabei auf diese Hipster aus der Großstadt. Vielleicht war der Plan, dass die sich in die Kleinstadt vergucken und dann mit ihren Hipsterkindern hierherziehen, Hipsterhäuser bauen und

Hipstersteuern zahlen würden? So hatte zumindest die Theorie eines von Rolfs Chorfreunden gelautet.

Der Chor war Rolfs neuestes Hobby. Der Männerchor »Strandjungs« bestand überwiegend aus pensionierten Herrschaften, die zwar nicht sonderlich gut sangen, aber das war auch gar nicht Sinn der Sache. Pflichtschuldig besuchte Rolf jede Probe, und zwar um den jüngsten Klatsch und Tratsch zu hören. Und in diesem Frühjahr hatten die »Strandjungs« so viel zu besprechen gehabt, dass sie mitunter kaum zum Singen gekommen waren.

Aber so war es wohl, wenn der neue Bürgermeister überengagiert war. Jasper Jokela hatte seit Amtsantritt wirklich nicht auf der faulen Haut gelegen, sondern noch im Frühjahr zig Themen durchgeboxt. Manch einer hielt ihn deshalb für tatkräftig und innovativ. Für andere wiederum verhielt er sich verantwortungslos und kindisch. Rolf selbst war sich noch nicht ganz sicher, was er von ihm halten sollte.

Er hatte immer versucht, offen für neue Ideen zu sein und allem, was der Stadt frischen Wind bescherte, erst mal positiv gegenüberzustehen. Doch als er jetzt abermals zu der grässlichen Villa des Eishockeystars Samuel Lindberg zurückblickte, spürte er, wie seine Mundwinkel unwillkürlich nach unten wanderten.

Er wurde doch wohl nicht alt und verbittert?

»Was hältst du eigentlich von diesem Hipsterfestival im August?«, fragte er, als Max mit dem Kaffee zurückkam.

Max sah ihn vorwurfsvoll an.

»Hipsterfestival? Du liebe Güte. Das hier war wirklich das letzte Mal, dass ich dich ohne Hut durch die Sonne segeln lasse.«

Eine Möwe kreischte, und Rolf seufzte wohlig auf. Das Platschen der Wellen und Möwengeschrei – genau so klang für ihn der Sommer.

»Was meinst du, sollen wir noch ein Stück weiter rausfahren? Wir könnten vor Skattkistan anlegen und einen kleinen Spaziergang machen. Da draußen ist es wahnsinnig schön.«

Max sah ihn skeptisch an.

»Hast du nicht etwas von einem kurzen Törn gesagt?«

»Ja, aber jetzt bin ich in den Flow gekommen, wie es so schön heißt.«

»Ich weiß nicht. Ich würde tatsächlich lieber wieder zurücksegeln.«

Rolf sah seinen Partner verdattert an.

»Dass du an einem solchen Tag lieber an Land bleiben willst, sieht dir gar nicht ähnlich!«

»Ich bin irgendwie müde ... Vielleicht brüte ich eine Erkältung aus.«

Rolf zuckte mit den Schultern. Da war wohl nichts zu machen. Wenn Max kränkelte, musste Rolf sich mit einer kurzen Ausfahrt begnügen.

»Da sieht man es mal wieder«, sagte Rolf mit einem Zwinkern. »An so etwas merkt man, dass ihr Schweden schon länger nicht mehr an einem Krieg teilgenommen habt.«

Max tat beleidigt.

»Wann hätten wir das denn noch machen sollen? Mit dem Aufbau von Billy-Regalen waren wir ja wohl mehr als gut beschäftigt!«

Jetzt, da Rolf genauer hinsah, wirkte Max wirklich ein wenig angeschlagen; anscheinend tauschten sie jetzt die Rollen: Zuletzt war es immer der um einige Jahre jüngere Max gewesen, der mit Rolf hatte nachsichtig sein müssen, weil der lange zu schwach gewesen war, um Ski zu fahren oder segeln zu gehen. Es war richtiggehend heilsam, zur Abwechslung derjenige zu sein, der vor Energie sprühte.

»Ganz, wie du willst, mein müder Matrose. Fahren wir zurück!«

Alison Lindberg saß auf dem Toilettendeckel, starrte zur Decke und zählte die Sekunden.

»Dreißig, einunddreißig, zweiunddreißig …«

Den Feuchtraum-tauglichen Kronleuchter über ihr hatte sie selbst ausgewählt. Er sah fabelhaft aus, war aber ein grässlicher Staubfänger und musste regelmäßig abgewischt werden. Ihre Schwiegermutter hatte es bei ihrem ersten Blick darauf geahnt, und es ärgerte Alison, dass die alte Frau recht gehabt hatte.

»Vierundsechzig, fünfundsechzig …«

Nicht, dass Alison den Kronleuchter selbst abstauben müsste, das übernahm die Reinigungsfirma. Doch wie Alison feststellen musste, war die nicht allzu gründlich gewesen, und jetzt würde sie es eigens ansprechen müssen, wenn die Putzkräfte das nächste Mal hier wären.

Der Test lag einen halben Meter entfernt auf dem Waschbeckenrand. Sie müsste den Blick nur ein wenig heben, ein klitzekleines bisschen, um das Ergebnis zu sehen, doch sie kämpfte dagegen an.

»Zweiundneunzig, dreiundneunzig …«

Sie erschauderte. Hier im Bad war es kalt. In ganz Finnland war es kalt, obwohl es doch angeblich Sommer wurde. Die Leute gingen davon aus, dass jemand aus Chicago mit der Kälte umgehen konnte wie ein Eisbär – nur galt das für Alison nicht. Was Minustemperaturen anging, war sie immer empfindlich gewesen, und die

Kälte in Finnland fühlte sich obendrein anders an als die zu Hause. Sie würde sich für den Sommer komplett neu einkleiden müssen, wenn es nicht alsbald wärmer würde. Pullis, Jeans, Socken, all das. Die Kleider und Shorts würden dann einfach in den Umzugskisten liegen bleiben.

»Einhundertachtzehn, einhundertneunzehn, einhundertzwanzig.«

Jetzt. Jetzt durfte sie hinsehen. Aber erst noch ein schnelles Stoßgebet.

»Lieber allmächtiger Vater, dein Wille geschehe. Amen.«

Alison holte tief Luft, stand von der Toilette auf und sah auf den Test hinab.

Ein Strich. Nur ein verdammter vereinzelter Strich, im Kontrollfenster. Sonst *nada*.

»Fuck«, sagte sie lauter als gedacht, und ihr Fluch hallte von den Wandfliesen wider, was einen fast klaustrophobischen Effekt hatte.

Ihre Enttäuschung war ebenso groß wie im vergangenen Monat. Und im Monat davor. Und in all den vorherigen Monaten.

Sie hämmerte das Pedal des verchromten Abfalleimers mit solcher Wucht hinunter, dass der Deckel gegen die Duschwand krachte, und warf den Schwangerschaftstest weg. Dann spritzte sie sich kaltes Wasser ins Gesicht und bürstete sich die Haare.

Es war nicht zu übersehen, dass sie in letzter Zeit nicht sonderlich gut schlief. Daran war nur dieses Licht schuld! Wie konnten andere schlafen, wenn es nicht mal mehr dunkel wurde? Sie hatte Schlaftabletten verschrieben bekommen, allerdings war sie damit zögerlich; irgendwie fühlten sich Tabletten so drastisch an. Aber vielleicht war es einen Versuch wert? Besser, als in einem fort wie ein Gespenst auszusehen.

Sie schloss die Lider und atmete ein paarmal tief durch.

»Ruhig, Alison. Ruhig«, redete sie sich gut zu.

Na also. Das fühlte sich doch schon besser an.

Sie schlug die Augen auf, atmete langsam aus und feuerte ein strahlendes Lächeln auf ihr Spiegelbild ab. Ihr Lächeln war immer schon ihre Waffe gewesen: Schon als Kind hatte Alison sich damit aus jeder Klemme ziehen können, in die sie geraten war. Die Erwachsenen hatten ihr damals das Gesicht eines Engels bescheinigt und dass man es ihr schon von Weitem ansehe, dass sie gesegnet sei.

Denselben Trick wandte sie auch in ihrem Job als Eventmanagerin an. Wann immer jemand behauptete, man komme unmöglich an herzförmiges Konfetti oder hinreichend große runde Tischdecken, legte Alison ihr Lächeln auf – und mit einem Mal funktionierte es. Sie hatte sogar mal einen alten Rockstar dazu gebracht, bei einer Hochzeit seinen Achtziger-Smash-Hit zu spielen, den er seit 1994 nicht mehr hatte live spielen wollen. Alison lächelte, der Typ lenkte ein und griff zum Mikrophon.

Vielleicht stimmte es ja wirklich, dass sie gesegnet war. Zumindest was ihre Karriere betraf. Das Eventunternehmen, das sie fünf Jahre zuvor gegründet hatte, war jedenfalls ab Stunde null ein Erfolg gewesen.

Über privaten Kummer hinwegzulächeln, war leider nicht annähernd so leicht. Die Enttäuschung über das negative Testergebnis nagte an ihr. Sie brauchte jetzt Liebe und Zuwendung.

»Sweetie?«

Ein Großteil ihres Alltags ging mittlerweile genau hierfür drauf: durch ihr neues Haus zu wandeln und nach ihrem Mann zu rufen.

Samuel war nicht im Schlafzimmer, nicht im Wohnzimmer, nicht im Arbeitszimmer und auch nicht im sogenannten Spielzimmer, in dem seine Medaillen und Pokale alsbald in die Vitrinen wandern würden, die rings um den noch immer verpackten Billardtisch standen.

Durchs Wohnzimmerfenster sah sie, dass eins der Boote am Anleger fehlte. Es war nicht das erste Mal, dass Samuel rausgefahren war, ohne einen Ton zu sagen. Oder vielleicht hatte er auch gerufen, und sie hatte ihn nicht gehört? Das Haus war so groß, dass dies durchaus vorkam.

Und jetzt, da sie darüber nachdachte, war es womöglich gar nicht schlecht, dass sie allein zu Hause war.

Als die ersten Tests negativ gewesen waren, waren sie gemeinsam enttäuscht gewesen, Samuel und sie. Und Samuel hatte genau die Dinge gesagt, die sie hatte hören müssen.

Dass es keine Rolle spiele.

Dass es nicht ihre Schuld sei.

Dass sie es weiter probieren würden und am wichtigsten sei, dass sie einander hätten.

Dass sie auf Gottes Plan vertrauen und an den Widrigkeiten wachsen würden.

Dass er sie liebe.

Doch mit der Zeit war seine Reaktion anders ausgefallen; er hatte überwiegend irritiert reagiert. Sich gefragt, ob sie sich verzählt hätte. Vielleicht hatte sie ihren Eisprung gar nicht am errechneten Tag gehabt? Vielleicht hatte sie zu viel trainiert? Zu wenig trainiert? Irgendwas anderes getan, was dazu geführt hatte, dass die Eizelle nicht mehr getaugt hatte?

Als sie eingewandt hatte, es könne wohl ebenso gut an ihm liegen, war er wütend geworden und hatte sie einen geschlagenen Tag lang komplett ignoriert.

Aber so war er nicht wirklich, ihr Ehemann. Er war derzeit bloß gestresst und überarbeitet, nur deshalb reagierte er so heftig.

Alison schob die Verandatür auf und trat in die Sonne. Sie wünschte sich, die Sonne würde sie wärmen, aber es funktionierte nicht, es war einfach zu windig. Sie machte kehrt und ging wieder nach drinnen.

Sie vermisste Samuel. Nicht, weil er im Augenblick weg war – denn bestimmt wäre er in ein, zwei Stunden wieder zurück auf der Insel. Nein, sie vermisste Samuel auch, wenn er hier war. Sie vermisste jenen Samuel, in den sie sich einst verliebt hatte und der schon seit einiger Zeit nicht mehr da war.

Nur ein Leistungssportler konnte verstehen, wie schwer es war, Leistungssportler zu sein. Ständig Hochleistungen zu erbringen und sich nonstop in Form zu halten. Je nachdem, wie die vergangene Saison gelaufen war, wechselten astronomische Summen den Besitzer. Und wer immer bezahlt hatte, nahm für sich das Recht in Anspruch, Forderungen zu stellen.

Klar laugte der Druck einen aus.

Und nicht nur der sportliche Leistungsdruck – ein Eishockeyweltstar musste sich auch in einem fort anständig benehmen, jederzeit Selfies mit Fans machen, Autogramme geben und durfte abwechselnd Lob und vernichtende Kritik einstecken.

Alison wusste, dass Samuel in seinem Heimatland einen fast gottgleichen Status innehatte. Sie waren noch keine Woche hier gewesen, als sie sich kurz vor Weihnachten von Kopf bis Fuß fein anziehen und dem Präsidenten persönlich und seiner Püppchenfrau die Hand hatten schütteln müssen.

Doch obwohl Samuel derzeit an der Weltspitze stand, war es nicht selbstverständlich, dass das für immer so blieb. Seinen Titel als unangefochtener Torkönig hatte er in der vergangenen Saison nicht mehr verteidigen können. In den USA war die Kritik halbwegs sachlich geblieben, doch in den finnischen Medien waren einige Sportreporter vollkommen hemmungslos gewesen.

Alisons Finnischkenntnisse waren nicht gut genug, um die Artikel über ihren Ehemann zu lesen, aber der Grundtenor war selbst ihr klar.

Eine Überschrift, die besonders schicksalhaft ausgesehen hatte, hatte sie durch Google Translate gejagt.

Zeit, in Rente zu gehen, Lindberg!

Da war es auch nicht wahnsinnig überraschend, dass man auf heimischem Boden plötzlich mürrisch wurde.

Alison hatte versucht, ihm auf ihre Art beizustehen. Sie hatte wie eine Wahnsinnige geschuftet, um ihr bildschönes, neues Haus in eine Oase, einen Zufluchtsort, ein Nest zu verwandeln.

Und auch sie selbst würde nach und nach lernen, ihr Haus und ihr neues Heimatland zu lieben, obgleich sie ihre Familie auf der anderen Seite des Ozeans schmerzlich vermisste.

Sie hatten sich darauf geeinigt, dass die Familie Lindberg über kurz oder lang zwei Standorte haben würde. Doch noch war nicht entschieden, wann genau sie zurück in die USA ziehen würden – und in welche Stadt. Das hing von Samuel und seinen künftigen Verträgen ab.

Deshalb muss ich für uns beide stark sein, dachte Alison. Ich will Samuels Fels in der Brandung sein, bis es ihm wieder besser geht.

So funktionierte eine Ehe nun mal. Jenes heilige Versprechen, einander zu lieben, in guten wie in schlechten Zeiten. Unter Hormon- und Eishockey-Einfluss. Angesichts von Eisprüngen und Jahresverträgen.

Sie warf ihren Morgenmantel beiseite und schlüpfte in einen Hoodie und Leggins. So war es wärmer, und da sie ohnehin allein zu Hause war, hätte es doch keinen Zweck, weiter in dem hübschen, aber zu dünnen Morgenrock herumzulaufen, den sie von Samuel zum ersten Jahrestag ihrer Verlobung geschenkt bekommen hatte.

Sie ging in die Küche und zog den Kühlschrank auf.

Die Enttäuschung angesichts des Testresultats steckte ihr immer noch in den Knochen. Sie würde sie mit einem Glas Chablis hinunterspülen.

Die Anschrift, zu der Annette Anna geschickt hatte, war nur wenige Autominuten vom Yogastudio entfernt. Anna fuhr entlang der Spazierwege langsam einmal quer durch die ganze begrünte Wohnsiedlung. Sie traute sich nicht, schneller zu fahren, weil hier bekanntermaßen viele Kinder wohnten, und jeden Moment konnte ein kleiner Temposünder auf seinem Fahrrad oder Tretroller um die nächste Ecke gesaust kommen.

Sie brauchte sich gar nicht erst rückzuversichern, dass sie bei der richtigen Adresse angelangt war. Auf dem Gehweg schienen sich mehrere Leute um einen Kinderwagen geschart zu haben.

Anna stieg aus und zückte ihre Dienstmarke.

»Polizeioberkommissarin Anna Glad, guten Tag. Einer von Ihnen hat den Notruf gewählt?«

Die Ansammlung bestand aus drei Teenager-Mädchen, zwei kleinen Jungs, einem älteren Mann mit Rollator, einer älteren Dame und einer jungen Frau, die ein Baby im Arm hielt und aufgewühlt wirkte.

Die ältere Dame hob die Hand.

»Das war ich. Margit Bergholm. Saara hatte mich gebeten, die Polizei zu rufen, und das habe ich gemacht.«

»Saara …?«

Die Frau mit dem Baby sah verstört zu Anna.

»D… Das bin ich.«

Aufmerksam betrachtete Anna das Kind in Saaras Armen. Es blickte mit großen Augen neugierig zurück.

»Was stimmt denn nun nicht mit dem Baby?«, erkundigte sie sich.

Sie hatte von Annette nur vage Informationen erhalten. Aus dem Notruf war lediglich hervorgegangen, dass eine Säuglingsmutter kurz anderweitig beschäftigt gewesen und ihrem Kind im Kinderwagen unterdessen etwas zugestoßen war. Allerdings sah dieses Würmchen nicht aus, als wäre etwas Schlimmes passiert.

»Was mit dem Baby nicht …?«, wiederholte Saara verwirrt. »Mit Tuuli scheint zum Glück alles in Ordnung zu sein.«

Anna verstand nur Bahnhof.

»Und warum haben Sie dann angerufen?«

Saara brachte kein Wort heraus. Sie hob nur die zitternde Hand und zeigte auf den Kinderwagen. Über dem Verdeck lag ein dünnes Stofftuch.

Anna hatte immer noch nicht begriffen, was hier vor sich ging, doch als sie auf den Kinderwagen zuhielt, hatte sie urplötzlich ein mulmiges Gefühl. Worauf musste sie sich hier gefasst machen?

»Äh … Aha?«

In dem Kinderwagen lag ein weiterer Säugling. Die Augen waren geschlossen, und die schmale Brust hob und senkte sich in einem ruhigen Takt. Das Kind schlief tief und fest. Und es schien ihm gut zu gehen.

»Wessen Kind ist das?«

»Genau das weiß ich nicht!«, presste Saara panisch hervor.

Und endlich fiel bei Anna der Groschen.

»Dann haben Sie den Notruf gewählt, weil … ein Kind zu viel im Kinderwagen lag, als Sie nach Hause kamen?«

»Genau«, piepste Saara. »Keine Ahnung, was das für ein Kind ist! Das muss dort reingelegt worden sein, als ich kurz im Blumenladen an der Storgatan war. Das waren gerade mal ein, zwei Minuten! Aber in der Zwischenzeit hat jemand Tuuli zur Seite geschoben, damit dieses da Platz neben ihr hatte.«

Anna wusste kurz nicht, was sie sagen sollte. Dies hier war das Merkwürdigste, was sie in ihrer Polizeilaufbahn bislang je erlebt hatte.

Dass Kinder vermisst wurden, passierte immer wieder. Anna hätte nicht mal mehr sagen können, wie oft sie schon an Orte gerufen worden war, von denen ein Kind verschwunden war. Zum Glück waren bislang alle recht schnell wieder aufgetaucht. Die meisten waren einfach in die falsche Richtung losmarschiert und irgendwann so verängstigt gewesen, dass sie sich versteckt hatten.

Aber das hier war neu.

»Und Sie sind sich sicher, dass Sie dieses Kind nie zuvor gesehen haben?«, fragte sie Saara.

»Zu einhundert Prozent! So was ist doch krank. Wer bitte schön legt einfach so sein Kind in einen fremden Kinderwagen? Und es kann ja wohl nicht sein, dass jemand den Kinderwagen verwechselt hat, denn Tuuli lag da ja drin! Gott, hab ich jetzt ein fremdes Kind gekidnappt? Aber das hab ich doch nicht, oder? Oder doch? O Gott …«

Saara war kurz davor, hysterisch zu werden, und Margit Bergholm versuchte, sie zu beruhigen, während Anna ihr Handy zückte. Sie ging ein Stück, um ungestört telefonieren zu können. Als sie zurückkam, hatte Saara sich wieder halbwegs im Griff.

Im nächsten Moment war aus dem Wagen ein Quengeln zu hören, und alle zuckten zusammen.

»Es ist aufgewacht!«, rief eins der Teenager-Mädchen.

»Okay, wir gehen jetzt folgendermaßen vor«, sagte Anna. »Ich habe einen Krankenwagen angefordert. Diese unbekannte kleine Person wird aus Sicherheitsgründen ins Krankenhaus gebracht. Dort vergewissern wir uns, dass es ihr gut geht. Der Krankenwagen sollte jeden Moment hier sein.«

Doch das Baby im Kinderwagen dachte gar nicht daran, auf den Krankenwagen zu warten. Es riss den Mund auf und fing an, laut zu kreischen.

»Ähm …« Anna versuchte verzweifelt, so souverän und selbstbewusst wie nur möglich zu klingen. »Es ist alles unter Kontrolle. Ich schlage vor, dass der Rest von Ihnen nach Hause geht. Saara, auch Sie. Ich komme gleich nach, ich muss Ihnen noch ein paar Fragen stellen.«

Die kleine Versammlung löste sich widerwillig auf, während das Baby im Wagen immer lauter schrie, was Saaras kleine Tuuli wohl dazu inspirierte, ebenfalls zu weinen. Anna zögerte kurz, doch dann nahm sie das kleine Bündel aus dem Kinderwagen. Das Kind war federleicht, es konnte kaum älter als ein paar Monate sein.

»So, so, Kleines. Gleich wird alles gut.«

Anna war nicht sonderlich gut darin, ein Baby zu halten. Sie wusste, dass man den Kopf stützen musste, aber wie sollte sie so ein kleines Geschöpf beruhigen, ohne ihm Schaden zuzufügen? Das würde sie schleunigst lernen müssen.

»He, ich bin doch jetzt hier, und wir finden heraus, wie du in diesen Wagen gekommen bist, und suchen deine Mama.«

Das Baby verstummte und schnaubte dann leise an Annas Schulter. Es roch nach Wolle, Waschmittel und … tja, nach Baby. Es hatte einen schwer zu beschreibenden, warmen, weichen Duft.

Im selben Moment spürte Anna ein merkwürdiges Drücken im Bauch.

Ihr eigenes Baby, das getreten hatte.

Der Weißwein war zimmerwarm und hatte einen komischen Beigeschmack. War das Kiefer? Oder Harz? Marianne kam nicht darauf – und sie hätte auch nicht sagen können, ob ihr der Wein sonderlich schmeckte –, aber der Junge, der ihn eingeschenkt hatte, sah sie so erwartungsvoll an, dass ihr nichts weiter einfiel, als zu nicken und ihn anzulächeln.

»Hmm!«

»Gut, oder? Aus Griechenland. Der beste Wein, den es gibt!«

Der Junge und die Flasche verschwanden ebenso schnell, wie sie aufgetaucht waren, und Marianne blieb mit ihrem Harzwein allein zurück. Wobei – allein war sie nicht wirklich. Schätzungsweise hatten sich gut vierzig Leute zur Walpurgisfeier in die Dreizimmerwohnung gequetscht.

Trotzdem fühlte sich Marianne einsam.

Verdammt noch mal, Birgitta. Die Freundin, die Marianne auf dieses Fest gelockt hatte. »Das wird lustig«, hatte Birgitta versprochen. »Jede Menge nette Menschen! Und höchste Eisenbahn, dass du neue Leute kennenlernst, jetzt, da du den Sommer über hier in der Stadt arbeitest. Und ich bin ja auch noch da.«

Natürlich war Birgitta auch noch da. Sie stand vor dem Plattenspieler, schnickte sich die Haare über die Schulter und tanzte mit zwei Jungs gleichzeitig zu Spinning Wheel. *Dass sie Marianne versprochen hatte, ihr den Abend über Gesellschaft zu leisten, hatte sie wohl vergessen.*

»Geht auf den Balkon, wenn ihr rauchen müsst!«, rief jemand, und im nächsten Moment bekam Marianne einen so harten Knuff ab, dass sie sich fast den ganzen Wein über den Pullover schüttete.

Der Junge, der sie angerempelt hatte, hatte es nicht mal bemerkt und hielt wie eine Dampfwalze weiter auf die Balkontür zu. In seinem Arm kicherte eine verzückte Blondine.

Verflixt und zugenäht … Der Pullover war fast neu gewesen! Machte griechischer Wein Flecken?

Marianne seufzte tief auf und sah zum anderen Ende des Zimmers, um mit Birgitta Blickkontakt aufzunehmen. Ihr reichte es allmählich, sie wollte heim, ihren Pullover einweichen und einen Tee trinken. Derlei Feste und Feiern waren nichts für sie – so war es nun mal. Sie würde nur schnell Birgitta Bescheid sagen, dass sie jetzt gehen würde.

Doch als sie Blickkontakt herstellte, war es nicht mit Birgitta.

Sondern mit einem Jungen. Oder eher: einem jungen Mann.

Er saß auf einem braunen Samtsofa neben dem Bücherregal. In seinem braunen Sakko verschmolz er fast mit dem Sofastoff, vielleicht war er ihr deshalb zuvor nicht aufgefallen. Er ähnelte einem Chamäleon.

Dass er sie ansah, machte Marianne verlegen. Sie war es nicht gewöhnt, dass Jungs sie so anblickten. Normalerweise starrten sie wie verzaubert Birgitta an, das sommersprossige Gesicht, diese niedliche Zahnlücke zwischen ihren Schneidezähnen, das lange, kastanienbraune Haar. Dass eine blasse, kleine Blondine namens Marianne danebenstand, übersahen die meisten.

Doch dieser Junge hatte sie nicht übersehen. Er blickte sie immer noch an, und sie konnte nicht anders, als zurückzustarren. Keiner der Jungs, mit denen sie bislang zusammen gewesen war, hatte sie je so interessiert betrachtet, nicht einmal Lennart.

Der Junge hatte dunkle Haare, eine leicht altmodische Frisur und ein recht kantiges Gesicht; die tief sitzenden

Augen waren ebenfalls dunkel, der Blick durchdringend, aber nicht unangenehm.

Er würde vielleicht nicht gerade als gut aussehend durchgehen, trotzdem gefiel er ihr. Er trug Sakko und Krawatte, im Gegensatz zu den anderen, die T-Shirts, Jeans oder weite, flattrige Leinenhemden anhatten, die sie nicht einmal ganz zugeknöpft hatten.

Der Junge passte ebenso wenig auf dieses Fest wie Marianne. Möglicherweise gefiel er ihr genau deshalb.

Dumm nur, dass sie jetzt gehen würde.

Und wenn nicht? So eilig hatte sie es auch wieder nicht. Der Pullover war sowieso hinüber. Ein bisschen konnte sie ja noch bleiben.

Sie holte tief Luft und gab sich einen Ruck. Normalerweise wartete Marianne – oftmals vergebens –, dass andere Leute sie ansprachen. Doch diesmal würde sie einen auf selbstbewusst machen und selbst das Gespräch eröffnen.

Der Junge ließ sie nicht aus den Augen, als sie sich an den Tänzern im Wohnzimmer vorbeizwängte, sich auf die Armlehne des Sofas kauerte und versuchte, so abgeklärt und ungerührt wie nur möglich zu wirken.

»Hey, ich bin Marianne.«

Der Junge ergriff ihre ausgestreckte Hand und sah ihr dabei ernst ins Gesicht.

Seine Hand fühlte sich warm, straff und riesig an.

»Börje.«

KAPITEL 2

Ene mene mölf
Kriegst gleich auf die zwölf

Anna stieg vor dem Krankenhaus aus ihrem Wagen und versuchte verzweifelt, sich nichts anmerken zu lassen, als sie in der linken Gesäßhälfte ein heftiges Ziehen verspürte. Die schlimmsten Schwangerschaftskrämpfe waren ihr bislang erspart geblieben, doch dieses Krampfen im Hintern verspürte sie jetzt regelmäßig.

Allerdings wusste sie, dass sie damit noch glimpflich davongekommen war. Sie war unzähligen Frauen begegnet – ob nun wildfremden oder bekannten, jungen oder älteren –, die auf die Nachricht, Anna sei schwanger, sofort ihre eigenen Horrorgeschichten zum Besten gegeben hatten.

»Also, ich hab von der neunten bis zur neununddreißigsten Woche quasi durchgekotzt.«

»Wie weit bist du jetzt? Ah, dann warte ab, das Schlimmste steht dir noch bevor.«

»Krämpfe – hast du die auch? Als würde einem das Bein ohne Betäubung amputiert werden, und das gleich mehrmals pro Nacht!«

Anna hatte sich antrainiert, mit »Oje!« darauf zu reagieren und »Du Arme!« zu sagen, während sie gleichzeitig auf Durchzug stellte. Anderer Frauen Schwangerschaftsanekdötchen fand sie in etwa so spannend wie die Wehrdienstgeschichten ihrer männlichen Kollegen.

Aber ja, ein paar Krämpfe im Hinterteil waren anscheinend das geringste Problem ... Trotzdem tat es weh.

Anna zückte ihr Handy, um ihrer Vorgesetzten, Hauptkommissarin Annette Käld, einen kurzen Zwischenbericht zu vermelden.

Das Baby in Saara Nymans Kinderwagen hatte sich als kleines Mädchen entpuppt. Die Kinderärztin hatte das Alter auf wenige Monate geschätzt.

Der ersten Untersuchung zufolge war das Mädchen kerngesund und wohlauf. Es hatte die Untersuchung geduldig über sich ergehen lassen, ein Fläschchen bekommen und war daraufhin wieder eingeschlafen. Und es war mit seinen flaumigen hellblonden Haaren, dem rosa Schmollmund und dem kleinen Stupsnäschen zuckersüß anzusehen.

Es zerriss Anna das Herz. Wie war es möglich, dass sich noch niemand gemeldet und dieses Würmchen vermisste?

Natürlich kannte Anna Geschichten von übermüdeten Müttern, die nach zig schlaflosen Monaten mit ihrem Baby im Kinderwagen einkaufen und in ihrem übernächtigten Zustand ohne das Kind nach Hause gegangen waren. Doch diese Mütter waren ausnahmslos nach wenigen Minuten panisch zurückgekehrt. Inzwischen waren drei Stunden vergangen, seit Saara Nyman mit einem Baby zu viel im Wagen nach Hause gegangen war, und noch immer hatte kein panisches Elternteil sich bei der Polizei gemeldet.

Es war unbegreiflich.

Anna hatte die Babysachen gründlich abgesucht, weil sie sich davon einen Hinweis auf die Identität des Kindes erhofft hatte; schließlich nähten manche Eltern kleine Etiketten mit ihrer Telefonnummer in die Kleidung oder schrieben den Namen des Kindes mit einem Textilstift auf das Zettelchen mit den Waschhinweisen. Doch im

Fall des unbekannten Mädchens hatte sie nichts dergleichen finden können.

Also erstellte sie eine Liste:

Weiße Strickmütze. Selbst gestrickt?
Weißer Babybody. Leicht verwaschen, gebraucht – Markenetikett abgeschnitten.
Gelbe Hose, gebraucht. H&M?
Eine rote Socke (die zweite fehlt, lag auch nicht in Saara Nymans Kinderwagen)
Libero-Windel

Das Mädchen war also mehr oder weniger wie Tausende Babys im Land angezogen.

Annette Käld lauschte konzentriert Annas Bericht.

»Die Kinderärztin hat empfohlen, dass die Kleine sicherheitshalber fürs Erste auf der Kinderstation bleibt«, führte Anna aus.

»Klingt vernünftig. Das Jugendamt schickt eine Sozialarbeiterin. Sie dürfte jeden Moment vor Ort sein. Wenn sich die Eltern nicht alsbald melden, müssen wir für das Kind eine Lösung finden. Säuglinge unterzubringen, scheint nicht ganz leicht zu sein.«

Sofort hatte Anna einen Kloß im Hals, und ihr dämmerte, dass sie mit ihrer Annahme falschgelegen hatte, ihre eigene Schwangerschaft würde sich auf ihr Verhalten im Job nicht auswirken: Dieses kleine Mädchen hatte sie eiskalt erwischt.

»In Ordnung«, murmelte sie.

»Hoffen wir mal, dass hier nur irgendeine Verwechslung vorliegt, eine Art Missverständnis …«

»Schon, trotzdem will es mir nicht in den Kopf. Dass jemand sein Baby in den falschen Kinderwagen legt, kann ich ja noch irgendwie nachvollziehen, sofern man einen ähnlichen Wagen hat … Aber doch nicht, wenn da schon ein Kind im Wagen liegt? Das sieht man doch!«

»Ja, es ist wirklich komisch. Aber Anna, sobald die Sozialarbeiterin vor Ort ist, muss ich dich noch woandershin schicken … Märta ist schon unterwegs, aber ich hielte es für besser, wenn ihr beide dort wärt.«

So viel zum freien Tag, schoss es Anna durch den Kopf.

»Worum geht es denn?«

»Um einen Rentner, der anscheinend verschwunden ist.«

»Ist das denn wirklich akut? Vielleicht ist er ja nur bei der Wassergymnastik oder so.«

»Ausgerechnet dieser Rentner hat sein Haus angeblich schon länger nicht mehr verlassen. Außerdem scheint auf seiner Vordertreppe jede Menge Blut vergossen worden zu sein. Da lohnt ein genauerer Blick.«

»Okay, verstehe. Und wo ist das?«

»Oben auf dem Betesbacken. Du weißt schon, dort, wo der neue Fahrradweg gebaut werden soll.«

Anna verzog das Gesicht und musste das Gewicht verlagern, weil sie erneut Krämpfe im Hintern hatte.

»Auf dem Betesbacken? Stehen da wirklich noch Häuser?«

»Zumindest eins steht noch – und genau dort sollst du hin.«

Bürgermeister Jasper Jokela raste auf seinem türkisblauen Bianchi-Fahrrad die Långgatan entlang.

Er bog auf den Hof des Rathauses ab, bremste so scharf, dass die Bremsen quietschten, und warf einen erwartungsvollen Blick auf seinen Fitnesstracker.

Yes! Neuer Rekord! Von Haustür zu Haustür in 18,27

Minuten. Und sobald der neue Fahrradweg fertig wäre, würde er für den Arbeitsweg sogar die zehn Minuten knacken.

Er schloss sein Rad an den Fahrradständer (am liebsten hätte er es mit in sein Dienstzimmer genommen, aber da hatte irgendein Denkmalschutztyp protestiert – wegen des ursprünglichen Parketts oder etwas ähnlich Bescheuertem). Immer noch mit dem Fahrradhelm auf dem Kopf betrat er das Amtsgebäude.

»Du liebe Güte!«, rief Rut Gundell am Empfangstresen und hielt sich die Augen zu – wie jedes Mal, wenn Jasper in Radlerhosen auftauchte.

»Ich ziehe mich gleich um, keine Sorge.«

Rut murmelte irgendwas in sich hinein. Die Alte schien gegen seinen Charme immun zu sein, aber eines Tages würde er sie schon herumkriegen, da war Jasper sich sicher.

Er huschte in sein Dienstzimmer und tauschte seine Sportsachen gegen einen »Büro-Casual-Schick« aus (den er selbst hatte verlautbaren lassen): grüne Chino-Hosen und ein weißes Kurzarmhemd mit kleinen Pinguinen, die kaum auffielen. Er hatte mehrere Sakkos und Schuhe in seinem Büroschrank deponiert, um sie nicht in seine Satteltaschen stopfen zu müssen, und musste so lediglich Sachen auswählen, die ihm für den Tag angemessen erschienen. Er entschied sich für ein rotes Sommersakko und dazu passende Loafers. Am Ende zerzauste er sich noch die Haare, um nicht allzu bürokratenhaft auszusehen – und damit war der Herr Bürgermeister bereit für die Ratsversammlung, die später am Tag stattfinden sollte.

Er schlenderte über den Flur und klopfte bei Verner Jansson an.

Der technische Leiter saß vor seinem Rechner.

»Morgen, Verner. Hast du vor der Besprechung nachher noch kurz Zeit für mich?«

»Ja … Vielleicht jetzt gleich? Setz dich.«

Jasper ließ sich auf dem Besuchersessel nieder und sah Verner nachdenklich an. Der Kollege sah schlecht aus, irgendwie angeschlagen. Sein Anzug gehörte in die Reinigung, und anscheinend war Verner schon länger nicht mehr beim Friseur gewesen.

»Geht's um etwas Spezielles?«

»Was? Nein. Ich habe mich nur gefragt, ob es etwas Neues zum Fahrradweg gibt.«

Verner seufzte tief auf, nahm seine Brille ab und legte sie auf den Schreibtisch.

»Also, ich … Ich hab gerade erst mit Sjögren gesprochen …«

»Sjögren?«

»Mats Sjögren, der Vorarbeiter oben bei den Straßenarbeiten. Es steht schon wieder alles still.«

Jasper setzte sich gerade auf.

»Und warum?«

»Wegen Börje Bohman natürlich.«

»Na, das hätte ich mir ja denken können. Aber können die dort nicht einfach an den Streckenabschnitten weiterarbeiten, wo bereits alles bereinigt ist? Muss denn die ganze Sache stillstehen?«

Jasper sah Verner aufmunternd an. Es gab nun wirklich keinen Grund, den Bau komplett zu unterbrechen – irgendwas mussten die Arbeiter doch unterdessen tun können, bis sie Börje Bohmans Haus endlich in die Luft sprengen konnten.

Doch Verner seufzte erneut.

»Laut Sjögren wäre es sinnlos, mit den Planierungsarbeiten und dem Asphalt weiterzumachen, weil sie die Maschinen nur wieder neu hinaufschaffen müssten, sobald Börje Bohman endlich sein Haus geräumt hat. Und frischer Asphalt wäre sofort wieder zerstört, wenn die Überreste von Bohmans Haus abtransportiert würden. Ich fürchte, wir müssen die Eröffnung verschieben. Schon wieder … Sjögren weigert sich jedenfalls weiterzumachen, bis Börje endgültig das Weite gesucht hat.«

Jasper Jokela lächelte immer noch, obwohl er mächtig verärgert war. Der Fahrradweg war für ihn Herzenssache. Er hatte seit Jahren in der Planung gestanden, doch weil sich der Sache niemand je ernstlich angenommen hatte, war sie erst jetzt im Frühling richtig ins Rollen gekommen.

Der Weg sollte Jaspers erstes großes Innovationsprojekt als Bürgermeister sein, damit sollten die Leute sich eines fernen Tages an ihn erinnern. Schließlich war Fahrradverkehr Thema Numero uno in einer modernen Kommune. Umweltfreundlich, gesundheitsfördernd – und Spaß machte es obendrein.

Es gab natürlich auch Leute, die stur behaupteten, dass man in einer Kleinstadt wie dieser nicht ohne Auto klarkäme, allerdings war sich Jasper vollkommen sicher, dass diese Leute umdenken würden, sobald der Radweg erst fertig wäre. Aus den Vororten im Osten wäre man im Handumdrehen in der Innenstadt. Da wären die nördlichen Vororte natürlich neidisch und würden ebenfalls einen Radweg wollen. Jasper besaß selbst kein Auto, und er wollte mit gutem Beispiel vorangehen.

Aber dass alles so zäh vorangehen musste! Jetzt würden sie den Abschluss der Bauarbeiten schon zum dritten Mal verschieben müssen. Dabei hatte Börje Bohman genau wie die anderen Bewohner des Betesbacken frühzeitig Bescheid und ein gutes Entschädigungsangebot bekommen. Am Ende hatten sie beschließen müssen, Börje zwangszuenteignen, doch der alte Esel hatte den Auszugstermin, den die Stadt festgelegt hatte, einfach verstreichen lassen und weigerte sich weiterhin, sein Haus zu räumen.

Weil Jasper aber ein stets positiv eingestellter und motivierender Anführer sein wollte, gab er sein Bestes, um seinen Ärger zu verhehlen. Er beugte sich vor und tätschelte Verner kameradschaftlich das Knie.

»Ach, dann verschieben wir eben. Was lange währt und so weiter.«

Zerstreut putzte Verner seine Brille mit einem Taschentuch.

»Tja, uns bleibt ja nichts anderes übrig …«

»Und weißt du schon, wer den Radweg einweihen soll?«

»Du natürlich.«

»Schon, klar, aber wie wäre es zusätzlich mit einem Promi? Ich habe an Samuel Lindberg gedacht, was meinst du?«

»Der Eishockeytyp?«

Jasper hatte eigentlich damit gerechnet, dass die Idee Verner wachrütteln würde, doch anscheinend hatte sie nicht gezündet. Dabei wäre es doch eine Bombenidee, mit einer Einweihungszeremonie ein bisschen vom Glanz ihres jüngsten Zuzugs und des nunmehr bekanntesten Einwohners der Stadt zu profitieren?

Im selben Moment kam Jasper eine noch viel bessere Idee.

»Halt dich fest, Jansson, ich weiß noch etwas Besseres!

Wir vergessen das mit der Schere und dem Band, das durchgeschnitten wird. Stattdessen könnten Samuel Lindberg und ich und vielleicht noch eine andere Berühmtheit … Vielleicht gibt es noch irgendwen hier aus der Gegend? Kam nicht mal eine Schönheitskönigin aus der Stadt?«

»Ich … Keine Ahnung.«

»Vielleicht könnten wir die kleine Blondine fragen, die bei *Idol* mitgemacht hat – die mal die Lucia gegeben hat. Und auf jeden Fall sollten wir auf dem neuen Fahrradweg ein Wettrennen veranstalten: Der Schnellste darf dann das Band durchreißen, das wäre so was wie unser Zielband! Das Band reißt, der Weg wird als eröffnet erklärt, tadaaa!«

Jasper nahm die Arme hoch, um sein »Tadaaa« schwungvoll zu untermalen.

Verner Janssons nachlässig rasierte Wangen sackten leicht verwirrt nach unten, und Jasper dämmerte, dass der technische Leiter anscheinend nicht der Richtige für spontanes Brainstorming war. Sobald er hier fertig wäre, würde er ihre PR-Frau, Malin Lund, anrufen.

Jasper stand auf, knöpfte sein Sakko zu – eine wahnsinnig erwachsene Geste, die signalisierte, dass ihr Plauderstündchen zu Ende war.

»Mach dir mal keine Gedanken, Verner«, sagte er fast tröstlich.

Verner sackte erschöpft auf seinem Stuhl zusammen.

»Dieser verdammte Börje Bohman. Auf Leute wie den sollte es eine Abschussprämie geben, so wie der sich seit Jahren verhält …«

Verners Blick verdüsterte sich, es loderte die schiere Mordlust darin – und Jasper konnte ihn sogar verstehen. Die ganze Angelegenheit war zutiefst frustrierend.

»Hör mal. Der wird sich nicht für alle Zeiten weigern können. Glaub mir. Und jetzt Kopf hoch!«, sagte Jasper.

Die löchrige Straße in Kombination mit einem schmerzenden Hinterteil war eine echte Herausforderung für Anna. Sie fluchte und wimmerte fast die gesamte Anhöhe hinauf, die noch als Betesbacken bekannt war, in absehbarer Zukunft jedoch nur mehr eine asphaltierte Piste durch eine aufgesprengte Schlucht wäre.

Vor einem Bagger an der Kuppe standen bereits zwei Fahrzeuge. Anna erkannte Märta Hanssons Skoda wieder, und in derselben Sekunde, in der sie ausstieg, gab sich auch der Besitzer des zweiten Wagens zu erkennen.

»Hier, hallo, hier sind wir!«, rief Jan-Anders Rosbäck.

Anna erstickte einen Seufzer. Sie kannte Jan-Anders nicht sonderlich gut, doch der Reporter war mit Rolf Månsson befreundet, ihrem bis kürzlich engsten Kollegen, ehe er frühpensioniert worden war.

Jan-Anders gehörte zu jenen Leuten, die niemals in Rente gingen, argwöhnte Anna. Solange in der Gegend Dinge passierten, über die man sich echauffieren konnte, würde Jan-Anders verbitterte Kommentare mit bissigen Überschriften verfassen und Lokalpolitiker und Beamte an den Pranger stellen.

Leute wie Anna Glad beispielsweise.

»Was, so coole Hosen?«, platzte es prompt aus ihm heraus, während er amüsiert die gesprenkelten Yogapants musterte, in denen Anna unterwegs war. »Ist das jetzt die offizielle Sommeruniform?«

Anna ging über die Frage angestrengt lächelnd hinweg.

»Haben Sie angerufen?«

»Ja. Also, ich weiß ja nicht, vielleicht war es auch ein bisschen verfrüht, gleich die Kavallerie anzufordern, aber ich konnte Börje nicht finden, und das ist verwunderlich. Wie ich gerade schon zu Ihrer Kollegin gesagt habe, hat Börje sein Haus seit den neunziger Jahren quasi nicht mehr verlassen.«

Märta Hansson war ein Stück entfernt in die Hocke gegangen und fotografierte die Treppenstufen, die zum Hauseingang führten.

»Die Flecken dort haben mich stutzig gemacht«, fuhr Jan-Anders fort. »Das könnte Blut sein oder was weiß ich – vielleicht auch Heidelbeersuppe.«

»Nee«, rief Märta. »Das sieht schon sehr nach Blut aus!«

Sie stand auf und schlenderte Anna entgegen.

»Ich habe im Bezirkskrankenhaus angerufen, kurz bevor du gekommen bist, aber dort ist in den vergangenen vierundzwanzig Stunden weder Börje noch jemand anderes mit einer starken Blutung vorstellig geworden.«

»Wer, sagten Sie, wohnt hier?«, hakte Anna nach.

»Börje Bohman«, antwortete Jan-Anders. »Er ist ein … Tja, vielleicht könnte man ihn als Sonderling bezeichnen. Ein Witwer, von der eher starrköpfigen Sorte.«

»Und was haben Sie hier gewollt? Ihn besuchen?«

»Ja, aus beruflichen Gründen. Börje muss doch inzwischen halb taub sein, wo sie ihm jeden Moment den eigenen Berg unterm Haus wegsprengen wollen, wie Sie sehen. Er ist zwangsenteignet worden, trotzdem weigert er sich, von hier wegzuziehen. Ich dachte, ich hole für die Zeitung mal einen O-Ton ein.«

»Wohnt er hier oben allein?«

»Ja. Seine Frau ist schon lange tot, und Kinder hatten sie nie. Seit Marianne gestorben ist, war er allein. Tragisch, wenn Sie mich fragen.«

»Und Sie haben drinnen schon nach ihm gesucht?«, erkundigte sich Märta.

»Klar. Bin eine kurze Runde durchs Haus gelaufen, um zu sehen, ob er nicht irgendwo sitzt und vor sich hin gammelt – oder bewusstlos in einer Ecke liegt. Das Haus ist ein verdammtes Labyrinth. Hab ihn nicht finden können. Und ich hab wie verrückt gerufen, seit ich hier angekommen bin. Dann hab ich den Notruf gewählt. Irgendwas stimmt hier doch nicht.«

Märta warf Anna ein Paar Plastiküberzieher für die Schuhe zu.

»Los, schauen wir uns um. Aber besser, wir ziehen die über. Nicht, dass irgendwo noch mehr Blut ist.«

»Ach verdammt, daran hab ich natürlich nicht gedacht«, sagte Jan-Anders. »Ich bin da einfach mit meinen Matschsohlen rein! Hoffe, ich bin auf nichts Wichtiges getreten!«

»Warten Sie bitte kurz in Ihrem Wagen«, forderte Anna ihn auf, und er nickte artig, schien aber keine Anstalten zu machen, ihrer Bitte Folge zu leisten.

»Wir sollten sicherstellen, dass er keine Einzelheiten in der Zeitung bringt«, raunte Anna Märta zu, als sie auf die Haustür zuhielten. »Wenn die Leute anfangen würden, über Blut und Sonderlinge zu spekulieren und irgendwelche Verschwörungstheorien zu erzählen, könnte das unsere Arbeit behindern.«

»Ha! Wenn du es schaffst, diesem Typen einen Maulkorb anzulegen, dann lade ich dich auf ein Eis ein. Täglich. Den ganzen Sommer über.«

Sie betraten die Diele. In Börje Bohmans Haus war es mucksmäuschenstill.

»Hallo? Börje? Hier ist die Polizei«, rief Anna. »Wir wollen nur sicherstellen, dass alles in Ordnung ist.«

Keine Antwort. Märta zeigte auf die Treppe, die rechts in den ersten Stock führte.

»Ich sehe mich oben um.«

Sie verschwand die Treppe hinauf, während Anna sich im Erdgeschoss Zimmer für Zimmer vornahm.

Jan-Anders hatte recht gehabt, als er das Haus als Labyrinth beschrieben hatte: ein Labyrinth aus rotem Klinker, Kiefernlatten, Schiebetüren, angelaufenem Blech und jeder Menge Plunder.

Als es gebaut worden war, war es bestimmt topmodern gewesen. Inzwischen sah es aus – und roch –, wie es wohl zu erwarten war, wenn ein alter Mann jahrzehntelang ein Einsiedlerleben führte.

Seit sie schwanger war, war Annas Geruchssinn enorm empfindlich, und sie beschloss, bei ihrem Rundgang so gut es ging nur durch den Mund zu atmen.

In jeder noch so kleinen Nische standen Möbel, Pappkartons und bergeweise Zeitungen; allem Anschein nach hatte Börje schon seit einiger Zeit nichts mehr weggeworfen. Trotzdem hatte das Durcheinander System, stellte Anna fest: Die Kartons standen akkurat übereinander und waren mit Etiketten und einer krakeligen Handschrift versehen.

Kleine bestickte Tischdecken.

Weihnachtsdekoration.

Zerbrechlich! Blumenservice.

Das Ganze machte einen trübseligen Eindruck; unter Garantie waren Börje und seine Frau pfleglich mit ihren Habseligkeiten umgegangen. Vielleicht hatte er es nicht übers Herz gebracht, sie nach dem Tod seiner Frau wegzuwerfen, sondern hatte alles sortiert und aufbewahrt.

Einsame alte Leute … Es war einfach wahnsinnig traurig.

Jetzt aber!, ermahnte sich Anna im nächsten Moment. Immer diese Schwangerschaftshormone! Sie konnte glatt einmal die Stunde in Tränen ausbrechen – nur, dass sie so ihren Job nicht mehr hätte ausführen können.

Sie sah sich in dem einst bestimmt großzügigen, modernen Wohnzimmer um. Inzwischen war es so vollgestellt, dass Anna sich seitwärts hindurchschieben musste – und weil sie nach vorn mittlerweile ein gutes Stück umfangreicher war, als sie es gewöhnt war, stieß sie prompt eine große Stehlampe um, die zu Boden gekracht wäre, hätte sie sie nicht im letzten Augenblick gerade noch so zu fassen bekommen.

Sie betrachtete die Lampe nachdenklich und fragte sich, wie betroffen Börje Bohman wohl gewesen wäre, wenn sie kaputtgegangen wäre. Anna hatte kaum je etwas Hässlicheres gesehen: dunkelbrauner Holzfuß. Der Schirm aus Webstoff, unter dem eine große Glasglocke steckte. Ein schmutzgelbes Textilkabel. Funktionierte die überhaupt noch, oder würde man den Stromschlag seines Lebens riskieren, wenn man sie anschaltete?

Märta kam die Treppe herunter.

»Da oben ist Börje jedenfalls nicht. Sieht aus, als wäre dort schon länger niemand mehr gewesen. Ich hab Spuren im Staub gezogen.«

»Und was ist da oben?«

»Zwei kleinere Schlafzimmer, ein Bad. Nicht ganz so viele Kartons und Sachen wie hier, aber fast.«

»Was meinst du: Gibt es auch noch einen Keller?«

»Zumindest eine Garage habe ich vorhin gesehen. Weißt du was? Ich glaube, ich rufe auch noch im Ärztehaus an. Vielleicht sitzt der Alte dort im Wartezimmer und blutet vor sich hin.«

Märta nahm ihr Handy zur Hand, rief die Nummer

auf, und gemeinsam traten sie nach draußen. Sie gingen einmal ums Haus herum und ignorierten Jan-Anders, der ihnen, mit den Händen tief in den Lederjackentaschen, neugierig mit dem Blick folgte.

Das Haus war in den Hang hineingebaut worden, so dass es in Richtung Westen zwei, nach Osten hin jedoch drei Stockwerke hatte. Die Garagentür war fast ebenso breit wie das Haus.

Märta hatte ihr Telefonat beendet.

»Nichts. Auch im Ärztehaus keine Spur von ihm. Könnte er irgendwo andershin gefahren sein, um sich verarzten zu lassen? Sofern das Blut auf der Treppe wirklich seins ist …«

»Tja. Krankenhaus und Ärztehaus wären das Nächstliegende. Etwas anderes fällt mir auch nicht ein. Vielleicht noch ein Nachbar? Nur, dass er hier keine Nachbarn mehr hat.«

Anna beugte sich vor, um das Garagentor aufzuwuchten, doch Märta hielt sie zurück.

»Spinnst du? In deinem Zustand! Lass mich das machen.«

Das Tor war unverschlossen, ließ sich aber nur unter ohrenbetäubendem Krach öffnen.

»Na, so was! Zumindest ist er nicht mit dem Auto unterwegs«, stellte Märta fest.

Ein alter beigefarbener Saab parkte in der Garage, die im Gegensatz zum restlichen Haus verblüffend aufgeräumt aussah: eine große senfgelbe Kühltruhe, Metallregale voller Lackdosen, ein paar Furnierplatten an der Wand und vier Reifen, die in der Ecke ordentlich übereinandergestapelt waren.

»Auch hier kein Börje«, murmelte Märta, nachdem sie das Auto umrundet hatte.

»Und die Außengebäude?«, fragte Anna.

Auch die waren schnell abgesucht: Sie warfen einen Blick in einen kleinen Verschlag für Brennholz und in einen Schuppen, in dem zwei verrostete Räder standen – ein Damen- und ein Herrenrad. Doch auch dort versteckte sich kein Sonderling.

Märta verschwand um die Ecke und kreischte plötzlich laut auf.

»*Jumalauta!* Das ist ja lebensgefährlich! Fast hätte es mich erwischt!«

Anna lief ihrer Kollegin hinterher, die am Rand eines leeren Betonbeckens stand. Und Märta hatte recht: Der Pool war an die zwei Meter tief. Der Boden war mit schlierigem Schmelzwasser und verrottendem Laub bedeckt.

Rund um das Haus und im Garten herrschte eine merkwürdige Stimmung, fand Anna. Es war nicht zu übersehen, dass hier einst jemand willens gewesen war, etwas Schönes, ja Luxuriöses zu bauen.

Ein großes, modernes Haus mit Aussicht, Pool, einer großen Garage, einem üppigen Garten … Und mit der Zeit war dies alles zu einem Unterschlupf für einen menschenscheuen, einsamen Menschen geworden.

Die Vorstellung war herzzerreißend.

»Fast schade, dass das alles weggesprengt werden soll«, stellte sie leise fest. »Das muss ein Traumhaus gewesen sein, als es gebaut wurde.«

»Schon, trotzdem – wir haben das Haus und das Drumherum abgesucht«, wandte Märta ein, »und Börje ist nicht hier.«

Anna zuckte mit den Schultern. Sie konnte nicht anders – Börje Bohmans Verschwinden interessierte sie nicht halb so sehr wie das anonyme Baby im Krankenhaus. Und genau dorthin wollte sie zurück und vor Ort sein, wenn die Eltern auftauchten.

»Wir warten noch ein bisschen und melden ihn als vermisst, wenn er nicht von allein wieder auftaucht. Wie du schon gesagt hast: Er könnte sich verletzt und auf eigene Faust Hilfe gesucht haben. Ich wette, dass er auf der Treppe gestürzt ist, sich irgendwas aufgeschlagen hat und dann losgeirrt ist. Aber hier ringsum steht ja kein dichter Wald. Der taucht bestimmt bald wieder auf!«

»Mhm«, machte Märta. »Trotzdem will ich wissen, ob das auf der Treppe wirklich Blut war oder etwas anderes. Ich ruf Filip an, der soll sich das ansehen.«

Filip Johansson war Spurentechniker und der verdrießlichste Mensch, dem Anna je begegnet war.

»Yippie. Dann leg besser gleich mal den Charme-Gang ein!«

»Charme? Okay …« Märta hob das Handy ans Ohr und machte ein paar Schritte von Anna weg.

Von der anderen Seite schlich sich Jan-Anders an. Er hatte sich eine Pilotensonnenbrille aufgesetzt, trotzdem war das neugierige Blitzen in seinen Augen deutlich zu spüren.

»Na? Irgendwas gefunden?«

»Nein. Hören Sie, Sie kennen Börje doch ein bisschen. Haben Sie eine Ahnung, wo er sich üblicherweise herumtreibt oder mit wem er sonst Kontakt hat?«

»Nein. Soweit ich weiß, fährt er bloß ein-, zweimal monatlich runter zum Supermarkt oder zur Bank. Und in letzter Zeit hat er sich gar nicht mehr wegbewegt, weil er fest davon überzeugt war, dass in derselben Sekunde, in der er weg wäre, die Bagger kämen und sein Haus abreißen würden.«

»Hat er keine Freunde oder Verwandte hier in der Gegend, die er mal besucht hätte?«

Jan-Anders schüttelte den Kopf.

»Nee, ich glaube nicht. Er ist immer schon lieber allein gewesen.«

»Und wissen Sie, wie es ihm gesundheitlich ging? Ich meine, könnte es sein, dass er Probleme mit dem Gedächtnis hat und derzeit irgendwo herumirrt?«

»Dass er dement wäre, meinen Sie? Na jaaa … Unmöglich wäre es nicht.«

»Wann haben Sie sich denn zuletzt mit Börje unterhalten?«

»Das ist bestimmt ein Jahr her, aber ich hab mit Leuten geredet, die mit ihm geredet haben.«

»Was denn für Leute?«

Jan-Anders nickte in Richtung des Baggers, der ein Stück den Hang hinab parkte.

»Die Männer, die versuchen, hier einen Fahrradweg zu bauen. Der Vorarbeiter heißt Mats Sjögren. Den rufen Sie besser gleich an! Der oder seine Jungs könnten etwas gesehen haben. Sagen Sie Masse schöne Grüße!«

Anna hatte nicht vor, sich von einem Journalisten vorschreiben zu lassen, wie sie ihren Job machte, trotzdem war Jan-Anders' Vorschlag gewiss nicht verkehrt.

»Sjögren, sagten Sie? Okay. Dann können Sie jetzt wieder nach Hause fahren, Jan-Anders. Wir melden uns, wenn wir noch einmal mit Ihnen sprechen müssten. Ach, und Sie verstehen sicher, dass Sie über Börje Bohmans Verschwinden nicht berichten – zumindest nicht fürs Erste.«

»Aber … Aber klar, so was würde ich doch niemals tun!«, erwiderte Jan-Anders mit Unschuldsmiene.

Anna kniff die Augen zusammen.

»Ehrenwort?«

Jan-Anders bleckte die tabakgelben Zähne.

»Wenn Sie mir versprechen, dass Sie sich melden, sobald Sie etwas haben, worüber ich schreiben darf, verspreche ich Ihnen, dass ich die Füße stillhalte. Und Sie geben mir den Hinweis zuerst, okay? Und anschließend erst dem Lokalradio und diesem finnischsprachigen Käseblatt.«

Anna musste sich schwer zusammenreißen, um nicht laut zu werden.

»Seien Sie froh, dass Rolf so oft für Sie in die Bresche gesprungen ist, sonst könnte ich fast auf die Idee kommen, dass Sie gerade versucht haben, mich zu erpressen.«

Jan-Anders lachte laut und ging nonchalant über Annas Ermahnung hinweg.

»Dann kommt ihr Mädels jetzt besser allein klar. Ich bin dann mal weg!«

Mädels? Also wirklich. Jan-Anders schlenderte in Richtung Auto, und im nächsten Moment trat Märta auf Anna zu.

»Filip meint, er braucht rund fünfzehn Minuten. Du kannst fahren, wenn du willst. Es reicht bestimmt, wenn eine von uns hier ist und auf den Blutfleck zeigt.«

Das Angebot nahm Anna nur zu gern an. Sie war wirklich nicht sonderlich erpicht darauf, Filip Johansson zu begegnen.

Außerdem musste sie auf die Toilette. Und zwar dringend.

Es ist niemand online, stand auf ihrem Bildschirm.

Danke, das weiß ich, dachte Alison und trommelte irritiert mit den Fingern auf die Kücheninsel.

Hatte sie sich in der Zeit vertan?

Nein, es war 17.10 Uhr finnische Ortszeit und somit 9.10 Uhr im Chicagoer Büro. Die große Monatsbesprechung sollte also vor zehn Minuten angefangen haben.

Alison schickte eine Nachricht an Curt, ihren Stellvertreter. *Bereit für das Meeting. Was ist da los? Stimmt etwas nicht mit dem Video-Link?*

Doch Curt klickte die Nachricht nicht einmal auf. Vielleicht streikte mal wieder der Bildschirm im Besprechungsraum? Alison wollte ihren Mitarbeitern noch ein paar Minuten Zeit geben.

Die Nachricht, dass Alison, Gründerin und Geschäftsführerin des Unternehmens, mit ihrem Mann bis auf Weiteres nach Finnland ziehen wollte, war bei den Kollegen zunächst mit Bestürzung aufgenommen worden. Wie würde das Business ohne Alison funktionieren?

Sie hatte die Zügel nur schweren Herzens aus der Hand gegeben, auch wenn ihr klar gewesen war, dass die Zeit reif dafür war. Es hatte lange gedauert, ehe sie den richtigen Mann kennengelernt hatte, den sie heiraten und mit dem sie eine Familie gründen wollte. Sie war schließlich nicht mehr die Jüngste, wie ihre Verwandten nimmermüde betonten. Wenn sie noch Kinder bekommen wollte, war allmählich Eile geboten. Der Plan war, die kommenden Jahre als *home maker* zu Hause zu bleiben und irgendwann wieder ins Berufsleben zurückzukehren.

Es war eine Erleichterung gewesen, als Curt schließlich als ihr Stellvertreter festgestanden hatte: Er war kreativ, ein erfahrener Kollege und von den anderen hochgeschätzt. Die Firma wäre bei ihm in guten Händen.

Alison hatte sich fest vorgenommen, sich nicht ständig einzumischen, sondern Curt und ihrem Team zu vertrauen. Doch einmal im Monat nahm sie per Videoschalte an einer Besprechung teil, und das wollte sie auch weiterhin tun, bis sie wieder vor Ort bei den Kollegen wäre. Einfach nur, um auf dem Laufenden zu bleiben. Und um sie alle daran zu erinnern, für wessen Firma sie arbeiteten.

Deshalb hatte sie sich auch die Haare gewaschen, Make-up aufgelegt und sogar eine gestreifte Bluse gebügelt, obwohl sie sich nicht aus ihrer eigenen Küche hinausbewegen würde. Aber sie konnte für ihre Angestellten ja nicht Gott weiß wie aussehen!

Überdies hatte sie sich zwei Tassen Nespresso bereitgestellt. Hoffentlich würde ihr niemand anmerken, dass sie früher am Tag schon zwei Gläser Wein getrunken hatte.

Curt hatte die Nachricht noch immer nicht gesehen. Und allmählich wurde Alison ungeduldig. Sie schickte eine Nachricht an ein paar andere im Team; irgendwie würde es schon klappen.

Was ist denn los bei euch? Ist das Meeting abgesagt? Ich wäre bereit.

Keine Reaktion, von niemandem.

Mit einem Mal war ein rhythmisches Klopfen zu hören, und Alison zuckte zusammen. Das Geräusch kam aus dem Untergeschoss, aus dem Fitnessraum.

War Samuel schon zurück? Sie hatte ihn gar nicht gehört, er musste gekommen sein, als sie unter der Dusche gestanden hatte. Er war aber auch nicht nach oben gekommen, um Hallo zu sagen.

Sie schnappte sich ihr Handy, damit sie jederzeit rangehen konnte, wenn die Kollegen sich meldeten, und lief die Treppe hinunter.

Vor der Tür blieb sie stehen und musste unwillkürlich lächeln.

Da war er. Ihr Samuel. Der Schweiß schimmerte auf seinem attraktiven Gesicht, das Shirt war ein Stück nach oben gerutscht und entblößte seinen muskulösen Bauch. Er lag auf der Hantelbank, und in seiner Drosselgrube blitzte das kleine Goldkreuz auf, das er zur Konfirmation bekommen und seither nie wieder abgelegt hatte. Im selben Moment, da sie das Kreuz gesehen hatte, war sie sich sicher gewesen, endlich den Richtigen gefunden zu haben: einen echten Mann, stark, gut aussehend, erfolgreich und stolz – und überdies gläubig, genau wie sie selbst.

Es kribbelte an ihrem ganzen Leib. Dass dieser Mann ihr gehörte, ihr allein …

»*Hey, babe*«, sagte sie leise.

Samuel zählte wahrscheinlich gerade mit, weil er nicht antwortete, sondern bloß tief aufstöhnte. Alison wartete, bis er bei seinem Training eine Pause einlegte und sich auf der Hantelbank aufsetzte.

»Hey.«

»Sollen wir uns für heute Abend etwas Schönes vornehmen?« Sie lächelte ihn an.

Samuel trocknete sich das Gesicht mit einem Handtuch ab. Bildete sie sich das nur ein, oder wich er ihrem Blick aus?

»Äh … Sorry, Ali, ich muss noch mal weg, sobald ich geduscht habe.«

»Wo musst du denn hin?«

Sie hoffte, dass sie nicht vorwurfsvoll klang. So etwas ging ihm auf die Nerven.

»Ich soll ein paar Sponsorenhintern küssen und ein, zwei Interviews geben.«

»Okay. Klingt … cool.«

»Ja. Klar. Saucool.«

»Willst du, dass ich mitkomme? Vielleicht fühlt es sich dann eher wie ein Date als nach Arbeit an?«

Er ächzte übertrieben. Sie hoffte nur, dass es die körperliche Anstrengung war und nicht ihr Vorschlag.

»Danke, aber diesmal gehe ich besser allein.«

»Ich dachte nur, weil du doch gestern schon unterwegs warst.«

»Und?«

»Ich fühle mich nur ein bisschen einsam. Ich vermisse meinen Mann, wenn du verstehst, was ich meine.«

Alison feuerte ihr strahlendstes Lächeln ab und versuchte, zugleich hilflos und zuckersüß auszusehen.

Samuel streifte sie nur mit dem Blick und lehnte sich wieder zurück.

»Tut mir leid, aber so ist es zurzeit leider nun mal, auch wenn du vielleicht geglaubt hast, dass ich nur ein paarmal im Jahr einen Puck übers Eis schießen müsste und den Rest der Zeit hier sitzen und Kniffel spielen könnte. Sorry, wenn ich für dich eine Enttäuschung bin.«

»Ich wollte nicht quengeln, entschuldige bitte! Sag Bescheid, wenn du losmusst, dann komm ich und winke dir zumindest nach.«

»Jaja.«

Dabei wusste Alison insgeheim, dass er vergessen würde, sich von ihr zu verabschieden. So wie neuerdings immer.

»Ali, warte kurz!«

Hoffnungsvoll drehte sie sich um.

»Hast du schon mit Leevi gesprochen?«

Leevi war Samuels jüngerer Bruder und seit einigen Jahren überdies dessen persönlicher Assistent.

»Nein, nicht mehr seit letzten Mittwoch. Warum fragst du?«

»Er wollte mit dir über ein Interview reden, für irgend so eine Frauenzeitschrift. Keine von diesen trashigen, es klang eher *classy.*«

»Die wollen *mich* interviewen? Warum denn das?«

Samuel zuckte mit den Schultern, wischte sich abermals mit dem Handtuch übers Gesicht und sah sie nachdenklich an.

»Die wollen auch Bilder – von dir und dem Haus. Solltest du dafür einen Kosmetiktermin ausmachen? Du siehst ein bisschen verquollen aus, vor allem um die Augen. Was in aller Welt hast du mit deinen Augen gemacht?«

Sie schluckte trocken und nötigte sich ein Lächeln ab.

»Vielleicht bin ich ja gegen etwas allergisch ... Hab Spaß heute Abend, *babe*! Ich bleibe wach und warte auf dich.«

»Leg dich besser schlafen, vielleicht geht die *Allergie* davon wieder weg. Erst recht, wenn du nicht allzu oft zum Kühlschrank und an diesen Wein gehst ...«

Er klang fast gemein. Normalerweise hätte sie darauf gekontert, doch diesmal riss sie sich zusammen. Sie wollte sein Fels in der Brandung sein, jetzt, da er zu kämpfen hatte, so hatte sie es sich vorgenommen. Da musste sie fiese Bemerkungen eben von sich abperlen lassen. Irgendwann würde er schon wieder er selbst werden.

»In Ordnung«, sagte sie leise. »Ich rede mit Leevi und mache einen Termin bei der Kosmetikerin aus.«

»Wunderbar«, sagte er trocken und legte sich wieder auf die Hantelbank.

Vor der Tür warf Alison einen Blick auf ihr Handydisplay. Immer noch kein Lebenszeichen aus Chicago. Ihre Nachricht wartete noch immer auf Antwort von fünf verschiedenen Mitarbeitern.

Doch keiner von ihnen hatte ihre Nachricht auch nur angeklickt.

Jan-Anders Rosbäck hatte sich mit einer kleinen Notlüge behelfen müssen, als Chefredakteurin Lena Brunström gefragt hatte, wie es auf dem Betesbacken gelaufen war.

Anstatt zu erzählen, dass er Blut auf der Vordertreppe entdeckt hatte und Börje unauffindbar gewesen war, hielt Jan-Anders sein Versprechen und behauptete, Börje hätte die Tür nicht aufgemacht, so dass es kein Interview gegeben hätte.

Nun war Janne wirklich niemand, der vor der Polizei und anderen Autoritäten kuschte und einen Diener machte, aber diese Anna Glad gefiel ihm. Sie war weder bossy noch schmeichlerisch, sondern gerade richtig irgendwo dazwischen. Ungekünstelt. Natürlich. Und anscheinend auch schwanger, aber Jan-Anders wusste natürlich, dass man Damen nicht geradeheraus danach fragte, ob sie einen Babybauch oder bloß allgemein einen Bauch hatten. In derlei Fettnäpfchen war er früher öfter getreten – einmal sogar bei der Chefredakteurin. Nur gut, dass er damals seinen Job hatte behalten dürfen. Es hatte nämlich ein ordentliches Donnerwetter gegeben, weil Lena Brunström nicht schwanger gewesen war, sondern im Urlaub nur zu gut und zu viel gegessen hatte.

Das Tückische beim Lügen war, dass Jan-Anders noch am selben Nachmittag mehrfach kurz davor war, sich zu verplappern. Etwa als die Kollegen darüber spekulierten, was Börjes nächster Schritt in seinem Kampf gegen den Radweg wäre. Es war schließlich nicht das erste Mal, dass der Alte sich einer Veränderung in seiner Nachbarschaft in den Weg stellte.

»Meine Lieblingsgeschichte ist ja, als Börje behauptet hat, genau an der Stelle, wo Karmo die Farbenfabrik hinbauen wollte, würde ein altes Wikingergrab liegen«, johlte Lasse Pihlström aus der Wirtschaftsredaktion. »Es hat echt ewig gedauert, bis irgend so ein Museumsdirektor oder Archäologe oder weiß der Geier diesen alten Steinhaufen untersucht hatte.«

»Der Karmo-Chef war nicht begeistert«, warf Lena ein. »Am Ende haben sie die Fabrik woanders gebaut – vermutlich so weit von Börje entfernt wie nur möglich!«

»Und war es wirklich ein Wikingergrab?«, fragte Kattis, Fotografin, Anfang zwanzig und erst seit wenigen Monaten bei der Zeitung angestellt.

»Ach was«, schnaubte Lasse. »Es war einfach nur ein normaler Steinhaufen. Bestimmt hatte Börje ihn sogar selbst aufgeschichtet. Es gibt inzwischen so viele Börje-Geschichten, dass wir glatt eine Sonderausgabe über ihn bringen könnten. Das *Börje-Extrablatt*!«

»Also, ich weiß nicht«, murmelte Christel. »Ich finde ja, man sollte Männern, die ihre Frau verprügeln, nicht auch noch eine Plattform bieten.«

»Oha!«, sagte Lasse. »Aber das ist doch wohl nur ein Gerücht.«

»Normalerweise ist an solchen Gerüchten durchaus etwas dran.«

»Janne?«

Jan-Anders zuckte zusammen, als Lena ihn ansprach.

»Wie sollen wir in der Radweggeschichte weiter vorgehen? Du warst seit Stunde null an der Sache dran. Was meinst du?«

Jan-Anders bemühte sich um einen neutralen Gesichtsausdruck.

»Also, ein Interview mit Börje würde ich zumindest derzeit nicht einplanen …«

»Sicher? Nur, weil er heute die Tür nicht aufgemacht hat? Du gibst doch sonst nicht so schnell auf. Kannst du nicht noch einmal rausfahren und ein bisschen nachdrücklicher bei ihm anklopfen?«

»Ich bin mir recht sicher. Stattdessen könnte ich mal mit Verner Jansson aus dem Rathaus sprechen. Mal sehen, was der Stand der Dinge ist. Ob sie immer noch vorhaben, den Radweg bis Mittsommer zu eröffnen, oder ob es nicht eher der erste Advent wird. Oder ob sie zugeben, dass sie da oben die teuerste Sackgasse der ganzen Stadt gebaut haben. Ich nehme ihn ein bisschen in die Zange.«

»In Ordnung«, sagte Lena, »mach das. Aber gib Börje noch nicht auf. Wir wollen schließlich alle wissen, was er von alledem hält.«

Jan-Anders versank wieder in Gedanken.

Lasse Pihlströms Einwurf, ein *Börje-Extrablatt* zu bringen, war natürlich ein Scherz gewesen, aber tatsächlich hatte die Idee etwas für sich.

Börje Bohman hatte sich über die Jahre zahlreiche Feinde gemacht. Sobald irgendetwas auf dem Betesbacken passieren sollte, hatte Börje sich quergestellt. Er hatte die Grundstücke rund um sein Haus aufgekauft und war somit derjenige mit dem größten Landbesitz am Berg. Er hatte gegen die Karmo-Farbenfabrik angekämpft, gegen den Fahrradweg, und selbst wenn Nachbarn Baugenehmigungen für eine Außengarage beantragt hatten, hatte er Einspruch eingelegt – und überwiegend seinen Willen durchgesetzt.

Anna Glad, die Polizistin, hatte Janne gefragt, ob Börje womöglich krank oder geistig verwirrt sein mochte.

Jan-Anders wusste es nicht, aber für geistige Gesundheit sprach es nicht gerade, wenn jemand für sich beanspruchte, dass das Land rund um das eigene Haus nicht verändert werden durfte.

Denn um nichts anderes ging es doch: Seit Börje Mitte der siebziger Jahre dort oben gebaut hatte, war er gegen jede Veränderung ringsum vehement vorgegangen. Er war zig Leuten auf die Zehen getreten, und der eine oder andere hätte gewiss Grund zu feiern, wenn Börje endlich verschwunden wäre …

Janne hätte nicht spontan jede einzelne von Börjes wilden Eskapaden aufzählen können, aber es wäre ein Leichtes für ihn, Einzelheiten zusammenzutragen.

Nachdenklich klopfte er mit seiner Zigarettenschachtel auf die Tischplatte.

Das meiste würde sogar im hauseigenen Nachrichtenarchiv zu finden sein. Die vergangenen fünfzehn Jahre lagen digital vor, doch Börje war bereits lange zuvor aufgefallen. Die älteren Artikel müsste Jan-Anders aus dem Zeitungsarchiv im Keller heraussuchen. Dort war er schon ewig nicht mehr gewesen.

Er hatte die Schachtel so fest aufgeklopft, dass er Gefahr lief, die Zigaretten zu zerknicken. Er legte die Schachtel beiseite und kratzte sich mit einem Bleistift hinter dem Ohr.

Irgendwann wäre die Polizei gezwungen, öffentlich zu machen, dass Börje verschwunden war. Dann würden sie eine Beschreibung rausgeben und die Allgemeinheit um Hinweise bitten.

Oder Börje würde irgendwo tot aufgefunden werden. Möglicherweise sogar ermordet.

An sich war Jan-Anders hart im Nehmen, trotzdem hatte er urplötzlich eine Gänsehaut.

Die Schlussfolgerung war zwar makaber, aber im Grunde nur logisch, oder etwa nicht? Er hatte Blut auf Börjes Treppe entdeckt, da war er sich sicher – eine große Menge Blut. Konnte man einen solchen Blutverlust überhaupt überleben? Wohl kaum.

War Börje Bohman mit seiner Starrköpfigkeit schlussendlich zu weit gegangen? Hatte jemand, den er über all die Jahre provoziert hatte, zu drastischen Mitteln gegriffen?

Hier war eindeutig Journalistentaktik gefragt.

Jan-Anders würde unbemerkt Archivmaterial und andere Fakten zu Börje Bohman zusammenstellen; und wenn die Polizei den Mann fände und das tragische Ende bestätigte, hätte die Zeitung wie von Zauberhand einen detailreichen und auf den Punkt formulierten Artikel über Börje parat – verfasst von niemand Geringerem als Jan-Anders Rosbäck.

Es wäre die perfekte Story – tragisch mit gewissen fast komischen Einsprengseln: David-Börje gegen Goliath, die Kommune, die spannende Geschichte eines starrsinnigen Originals, das einem mysteriösen Schicksal erlegen war. Der Blickwinkel wäre eindeutig pro Börje, beschloss Jan-Anders: die Perspektive eines kleinen – na ja, Börje war fast eins neunzig groß, aber egal – Mannes und seines hartnäckigen, heldenhaften Kampfes für den Erhalt des Altbewährten und Gewohnten.

Sogar die Überschrift hatte er schon.

Fahrradweg wurde zu Börje Bohmans Entscheidungsschlacht.

Unter Garantie würden auch größere Medien auf den Zug aufspringen und die kleine Lokalzeitung zitieren, die mit der besten Recherche aufgewartet hätte. Und mit einem Mal würde Jan-Anders persönlich interviewt werden. Es gehörte inzwischen ja zum guten Ton, dass Medienleute einander interviewten, und er war bereits länger nicht mehr im Radio zu hören gewesen.

»Janne? Sitzt du nur herum und träumst vor dich hin?«

Er zuckte zusammen.

»Soll ich dich ins Rathaus mitnehmen?«, fragte Christel.

»Hä?«

»Wolltest du nicht mit Verner Jansson reden? Wenn du dich beeilst, schaffst du das Interview noch vor der Ratssitzung.«

»Hm … Nein danke, ich fahre gleich selbst hin.«

»Na dann. Selber schuld.«

Das Rathaus wäre auch später noch da. Erst einmal wollte Jan-Anders nach unten ins Archiv gehen. Und weil die Kollegen noch nicht wussten, dass Börje derzeit unauffindbar war, musste er bei seiner Suche möglichst diskret vorgehen.

Anna hatte am ganzen Körper leichte Schmerzen. Ihre Beine schwollen abends immer an, zudem hatte sie seit dem Vormittag die zu enge Yogapants getragen. Ihr unterer Rücken machte ebenfalls Probleme – jetzt also Hintern *und* Rücken.

Was für ein langer, anstrengender Tag. Die Demütigung beim Yoga, das rätselhafte Baby und dann auch noch ein entlaufener Eigenbrötler.

Anna war einen Umweg zum Krankenhaus gefahren; das kleine Mädchen war immer noch dort, es hatte friedlich in einem Babybettchen vor sich hin geschlummert, und eine der Schwestern hatte berichtet, dass es fast den ganzen Tag nur gegessen und geschlafen habe.

»Sie scheint komplett erschöpft gewesen zu sein, die Kleine. Aber einen guten Appetit hat sie – und das ist immerhin ein gutes Zeichen.«

Weil sie den Impfstatus und derlei Dinge nicht kannten, war das Mädchen isoliert worden. Anna hatte eine Zeit lang neben dem Bettchen gesessen und sie betrachtet. Dass sich immer noch keiner gemeldet hatte und das Würmchen vermisste!

Was, wenn sich niemand meldete?

Oder – und der Gedanke war umso schlimmer –, wenn sich jemand meldete, dem man so ein kleines Schätzchen lieber nicht mehr anvertrauen wollte?

Was waren das für Eltern, denen das eigene Kind abhandenkam – auf so eine Weise? Anna war zwar wenig optimistisch, dass sie selbst eine jener superorganisierten Mütter sein würde, die jederzeit Dutzende unterschiedlicher Zwischenmahlzeiten in der Wickeltasche dabeihatten und an der Kühlschranktür einen Wochenkalender führten. Trotzdem wäre sie ja wohl imstande, sich daran zu erinnern, dass sie ein Baby hatte.

»Glaube ich zumindest«, sagte sie an ihren Bauch gewandt, als sie zu Hause die Wohnungstür aufschloss.

Der Bauch antwortete nicht. Und seit jenem Tritt am Vormittag hatte sie auch keinen weiteren mehr gespürt. War das überhaupt ein Tritt gewesen? Es könnten ebenso gut Blähungen gewesen sein.

Anna zuckte heftig zusammen, als sie jemanden auf ihrem Sofa entdeckte.

»Was zur …!«

Tomas drehte sich breit lächelnd zu ihr um.

»Willkommen zu Hause!«

»Was machst du denn hier?«, piepste sie. Sie war immer noch zu Tode erschrocken.

»Na ja, das ist jetzt ein bisschen peinlich, aber ich hab hier in der Stadt ein Mädchen geschwängert. Deshalb komme ich ab und zu vorbei, um zu beweisen, dass ich ein guter Mann bin.«

»Du Esel! Ich meine – warum heute? Solltest du nicht erst nächste Woche kommen?«

Er stand auf und nahm sie in die Arme.

»Ich hatte eigentlich vor, dich an deinem freien Tag zu überraschen. Hab mir dann aber schon denken können, dass du trotzdem bei der Arbeit warst.«

»Äh … Stimmt. War nicht so geplant. Aber diesmal war es nicht meine Schuld.«

»Neeein! Was hast du denn für eine lustige Hose an?«

Anna sah müde auf die bunten Sportsachen hinab, brachte aber keine Erklärung zustande.

»Ich hab heute einen Tritt gespürt, glaube ich.«

Tomas strahlte sie an.

»Wirklich? Endlich! Wie hat es sich angefühlt?«

»Wie eine Art Klopfen. Ziemlich komisch. Hast du schon gegessen?«

»Ja, aber da ist noch eine halbe Salamipizza für dich. Setz dich, ich hole sie dir. Wir haben einiges zu besprechen, und ich muss morgen früh schon wieder heim.«

Dankbar ließ Anna sich aufs Sofa fallen, während Tomas in der Küche verschwand.

An so etwas könnte sie sich glatt gewöhnen: an einen gut aussehenden Mann, der ihr ein Abendessen brachte, während sie selbst nach einem langen Arbeitstag auf dem Sofa faulenzte.

Tomas werkelte in der Küche herum.

»Also: Eine Kollegin hat uns ein Gitterbett samt Matratze angeboten. Sie will nichts dafür haben, Hauptsache, sie ist es los. Ich hab ihr gesagt, dass ich erst dich fragen muss. Und weißt du, was ein Nestchen ist? Das will sie auch loswerden, und ich habe keine Ahnung …«

»Mhm.«

Das Sofa war herrlich weich und fühlte sich heute besonders gut an. Schön, endlich zu Hause zu sein. Und dann Tomas, der in der Küche vor sich hin plauderte – richtig gemütlich!

»Ich habe mir online ein paar Wohnungen hier in der Gegend angesehen, aber jetzt im Frühsommer etwas Größeres zu finden, scheint nicht ganz leicht zu sein. Oder hast du irgendwelche Kontakte? Hier passen wir zu dritt ja wohl nicht rein … Aber ich hatte noch eine andere Idee, über die ich mit dir reden wollte. Und sag nicht gleich Nein, denk erst darüber nach und …«

Mit der Pizza auf einem Teller kam Tomas ins Wohnzimmer zurück.

»Hallo? Hörst du mir überhaupt zu, Glad?«

Anna Glad lag mit offenem Mund und in die Höhe gerecktem Bauch schlafend auf dem Sofa.

Juni 1970

Was sollte sie von Mariannes neuem Freund halten? Birgitta Svensson war sich nicht sicher.

Börje hieß er, und irgendetwas an seinem Gesichtsausdruck machte sie nervös. Womöglich die dunklen Augen, die tief in den Höhlen lagen und mitunter so schwarz wirkten, dass man nicht mal hätte sagen können, wo er gerade hinsah. Mit seinem breiten Kinn und der dauerhaft verbissenen Miene war er nicht gerade der Schwiegermuttertraum.

Andererseits … Wenn er es schaffte, dass Marianne diese elende Geschichte mit Lennart vergaß, wäre Birgitta die Letzte, die Einwände erheben würde. Vielleicht hatte Börje ja eine Chance verdient, auch wenn er ein bisschen abgerissen aussah.

Über den Tisch im Pausenraum des Bezirkskrankenhauses hinweg spähte sie zu ihrer Freundin. Marianne kaute gedankenverloren ihr Käsebrot und blätterte in einer Frauenzeitschrift, lächelte angesichts einer Überschrift in sich hinein, und Birgitta fiel auf, wie hübsch ihre Freundin heute aussah: gerötete Wangen, frisch gewaschene, glatt geföhnte Haare, ein Hauch Lippenpomade.

»Weißt du eigentlich, wem du ähnlich siehst?«

»Wem denn?«

»Britt Ekland.«

»Ach. Veräpple mich nicht.«

»Ich veräppele dich nicht – es ist wahr!«

Birgitta fand wirklich, dass Marianne so schön wie der schwedische Filmstar war. Gerade erst wenige Wochen zuvor war das noch ganz anders gewesen, da hatte sie meist müde und niedergeschlagen ausgesehen. Lag die Veränderung an diesem Börje?

Birgitta lächelte verzückt. Immerhin war sie es gewesen, die Marianne überredet hatte, mit zu der Feier zu gehen, wo auch Börje aufgetaucht war. Damit konnte sie mit Fug und Recht behaupten, dass ihr die Ehre gebührte.

»Habt ihr gestern etwas Schönes gemacht, du und Börje?«

Marianne errötete noch ein bisschen mehr.

»Ja, haben wir wirklich. Wir haben uns ein Grundstück angesehen!«

»Ein Grundstück? Was denn für ein Grundstück?«

»Oben auf dem Berg, ein Stück außerhalb der Stadt. Dort soll gebaut werden, und Börje denkt darüber nach, dort etwas zu kaufen. Es ist wunderschön da.«

Birgitta klappte so unvermittelt die Kinnlade runter, dass ihre Zigarette fast auf ihrer Schwesternkluft gelandet wäre.

»Ihr wollt ein Haus bauen, du und Börje? Ihr kennt euch doch gerade erst ein paar Wochen?«

»Sei nicht albern. Börje will bauen. Ich habe ihm dort nur Gesellschaft geleistet.«

»Ist er … reich oder so?«

»Keine Ahnung. Aber anscheinend hat er das Haus seiner Eltern unten am Strand geerbt, und er ist Einzelkind. Das Haus ist zu altmodisch, findet er, er will etwas Moderneres – roten Klinker. Und einen Swimmingpool.«

»Da schau einer an«, murmelte Birgitta, der erst eine Sekunde zu spät dämmerte, wie höhnisch das geklungen hatte.

Marianne sah ihre Freundin über die Zeitschrift hinweg stumm an.

»Bigi, stimmt es, dass du ihn nicht leiden kannst?«

»Ach, ich kenne ihn doch kaum.«

»Aber …?«

Mit einem Schulterzucken drückte Birgitta ihre Zigarette aus.

»Vielleicht bin ich einfach nur übervorsichtig. Das mit Börje ging ja ziemlich schnell, und du hast komplett neben dir gestanden nach dieser Sache mit Le…«

»Ich will den Namen nicht hören«, fauchte Marianne.

Birgitta sah sie überrascht an.

»Entschuldige, aber …«

»Erwähn Börje und ihn gefälligst nicht im selben Atemzug! Das hier ist etwas anderes, kapiert?«

Sie klang so aufgebracht, dass Birgitta die Lippen zusammenpresste. Am besten, sie sagte überhaupt nichts mehr.

Nach einer kurzen Pause erhob Marianne – inzwischen ruhiger – erneut das Wort.

»Ich bin nicht wie du, Bigi. Bei mir stehen die Verehrer nun mal nicht Schlange. Kann ich deshalb jetzt bitte mal glücklich sein und genießen, dass ich zur Abwechslung jemand Guten gefunden habe?«

»Natürlich, aber …«

»Außerdem fühle ich mich mit Börje sicher. Er ist fürsorglich. Er verstellt sich nicht und spielt keine Spielchen. Und er könnte Lennart unter dem Absatz zermalmen, wenn die zwei sich begegneten.«

Birgitta biss sich auf die Zunge. Einen ganz ähnlichen Gedanken hatte sie auch schon gehabt. Der kräftige Börje wäre ganz sicher imstande, Mariannes Ex-Freund zu Brei zu schlagen.

Allerdings hatte Birgitta eher vor Augen gehabt, wie er Marianne zu Brei schlug …

Sie räusperte sich.

»Ach, Dummerchen. Ich freue mich für dich! Du hast nur das Beste verdient, verstanden? Und wenn du diesen Börje willst, dann ist er ein verdammter Glückspilz.«

Marianne sah schon einen Hauch fröhlicher aus, und Birgitta sprach eilig weiter.

»Roter Klinker ist ja auch der letzte Schrei, hab ich gerade erst gelesen. Und hast du ernsthaft Swimmingpool gesagt?«

»Ja. Er denkt darüber nach, selbst einen zu entwerfen. Du solltest die Pläne sehen! Eigentlich müsste er seine Betonfirma verkaufen und stattdessen Architekt werden.«

»Das klingt unfassbar. Und hast du auch Sonderwünsche anbringen können? Wenn es denn dazu käme, dass du mit in dieses Traumhaus einziehst?«

»Was meinst du damit?«

Marianne sah zugleich begeistert und verlegen aus. Birgitta beschloss, sie noch ein klein wenig zu necken.

»Ach, keine Ahnung. Eine rosa Eckbadewanne vielleicht? In der ihr zu zweit baden könntet? Andererseits wäre das womöglich ein bisschen zu viel des Guten, wenn ihr schon einen Swimmingpool habt … Halt, jetzt weiß ich was! Eine kleine Cocktailbar, die auf Knopfdruck aus dem Boden fährt! So etwas will man doch wohl heutzutage?«

Marianne musste lachen.

»Nein danke, das braucht man nun wirklich nicht. Allerdings habe ich mir immer ein Hobbyzimmer gewünscht, in das der alte Webstuhl meiner Mutter passt. Und eine richtig große Kühltruhe!«

»Eine Kühltruhe? Wozu denn das?«

»Wäre es nicht toll, Beeren und Pilze und so einzufrieren? Ich gehe wahnsinnig gern Beeren sammeln, will aber nicht immer alles sofort entsaften und einkochen.«

»Und jetzt kriegst du von Börje eine Kühltruhe?«

»Er selbst geht auf Elchjagd, deshalb müssten wir eine richtig große haben. Ich meine natürlich: ER müsste eine richtig große haben …«

Der Versprecher ihrer Freundin entlockte Birgitta herzliches Gelächter.

Doch als sich das Gelächter gelegt hatte, beschlich sie abermals ein schwer definierbares Gefühl.

Kühltruhen, Swimmingpool, Luxus – da wäre jeder verzückt, erst recht, wenn man frisch verliebt wäre.

Aber war Börje wirklich der Traumprinz, den Marianne in ihm zu sehen schien?

Oder würde ihr Männergeschmack abermals zu einer Enttäuschung führen?

Birgitta würde sich dies alles ganz genau ansehen müssen.

KAPITEL 3

Wer in jede Kiste blickt
der Teufel ihm ins Näschen zwickt

Freitag, 9. Juni

»Komm, dann stelle ich dich den anderen vor!«

Jan-Anders Rosbäck war derart in seine Zeitungsausschnitte vertieft, dass er die Stimme nur vage wahrnahm und erst aufblickte, als die Chefredakteurin Lena Brunström keinen Meter mehr von ihm entfernt war.

Und sie war nicht allein. Neben ihr stand ein junger Mann mit blonden Haaren und einem wahnsinnig selbstgerechten Gesichtsausdruck.

O nein, dachte Jan-Anders. Einer dieser Sommervögel …

»Janne Rosbäck, das hier ist Alex Hartman, unser neuer Praktikant für den Sommer.«

»Morjens«, sagte Alex und hielt Jan-Anders die Hand hin, zog sie dann aber gleich wieder zurück, als ihm dämmerte, dass Jan-Anders keine Anstalten machen würde, ihm die Hand zu geben.

»Ah«, sagte der nur. »Willkommen.«

»Danke. Wird cool, hier mit auszuhelfen. Hab euer Blättchen immer gelesen, wenn ich im Sommerhaus meiner Oma war.«

»Alex kommt aus Helsinki«, erklärte Lena.

Ach, echt?, dachte Jan-Anders nur und wandte sich wieder seinen Artikeln zu.

Im Allgemeinen hatte er nichts gegen Praktikanten, einige entpuppten sich sogar als halbwegs vernunftbegabte Menschen. Doch er hatte die jungen Journalisten gefressen, die hier mit der Einstellung einmarschierten, sie würden den Schreiberlingen aus der Provinz zeigen müssen, wie Journalismus funktionierte.

Er spähte zu Christel hinüber. Rund zehn Jahre zuvor war auch sie hier als Sommerpraktikantin hereingestiefelt – und hatte eine Heidenangst gehabt, irgendwas falsch zu machen, sich vor dem klingelnden Telefon weggeduckt und sich jedes Mal eine Viertelstunde auf dem Klo verbarrikadiert, wenn ihr jemand ein Interview verweigert hatte.

Doch Christel war bescheiden – und hartnäckig! – gewesen, hatte sich binnen weniger Monate ein dickes Fell zugelegt und mehrere wirklich gute Artikel geschrieben. Jan-Anders war nur zu gern ihr Ratgeber und Mentor gewesen und hatte sich ehrlich gefreut, als sie ein paar Jahre später bei der Zeitung fest angestellt worden war.

Die diesjährige Witzfigur hingegen …

Jan-Anders würde leider den ganzen Sommer über arbeiten müssen; er nahm seinen Urlaub immer erst im Herbst. Das bedeutete allerdings auch, dass er dieses selbstverliebte Grinsen in den kommenden Monaten tagtäglich vor Augen hätte.

»Warum glotzt du denn so?«, fragte Christel aus heiterem Himmel.

Jan-Anders zuckte zusammen.

»Du liebe Güte! Ich hab mich nur an etwas erinnert – und du saßt zufällig in meiner Blickrichtung. Entschuldige!«

Christel funkelte ihn weiter an, wirkte aber eher belustigt.

»Du wirst mit jedem Tag wunderlicher, Janne! Aber jetzt ist gleich Morgenrunde. Hopp, hopp!«

Das Redaktionsteam versammelte sich wie immer im Büro der Chefredakteurin. Heute waren sie zu sechst: Lena natürlich, dann die schreibende Zunft in Gestalt von Christel, Lasse und Jan-Anders, die Fotografin Kattis und dieser Clown, Alex.

Lena zückte die Liste der Themen für die Ausgabe des kommenden Tages.

»Schauen wir doch mal ... Christel, dein Artikel über das Festival?«

»Fast fertig. Könnte noch durch ein kleines Meinungsbild vom Marktplatz oder so ergänzt werden. ›Haben Sie vor, aufs SeaPop-Festival zu gehen?‹ – am besten kurz und knapp, aber so kommen auch noch ein, zwei Leute von hier zu Wort.«

»Eine Umfrage klingt gut, finde ich«, erwiderte Lena. »Jan-Anders, wie läuft's mit dem Fahrradweg?«

»Tja, das ist die Frage ... Wie zur Hölle läuft es derzeit mit Jokelas Fahrradweg? Mein Interview mit Verner Jansson steht auf alle Fälle.«

Verner Jansson war recht zugeknöpft gewesen, als Janne ihn angerufen hatte, aber ein paar Bemerkungen hatte er dem Mann schlussendlich doch entlocken können.

»Ich hab ihn gefragt, ob der Radweg die teuerste Sackgasse der Stadtgeschichte werden könnte, und er hat nicht sofort Nein gesagt«, ulkte Janne.

»Und was hatte er zum Zeitplan zu sagen? Soll der Weg nach wie vor bis Mittsommer eingeweiht sein?«

»Nichts da. Inzwischen setzen sie auf den Herbst. Mein Artikel steht größtenteils, noch ein bisschen Feinschliff hier und da, und er ist fertig.«

»Sehr gut, Janne. Kattis?«

Die Fotografin blickte von ihrem Handy auf.

»Du könntest doch eine Runde über den Betesbacken drehen und ein paar Bilder von den Straßenbauarbeiten machen?«

»Sieht schlimm aus da oben«, kommentierte Jan-Anders beschwingt.

»Okay, dann fahre ich gleich los«, murmelte Kattis und stand auf. »Vielleicht schaffe ich es noch vor dem Regen.«

»Na dann, Alex«, sagte Lena mit einem breiten Lächeln. »Weil heute dein erster Tag ist, darfst du dich hier erst mal gemütlich einrichten. Stell sicher, dass die Zugangsdaten zu sämtlichen Programmen stimmen und so weiter. Anschließend könntest du vielleicht mit Christel raus auf den Marktplatz gehen und ein paar O-Töne einfangen? Das wäre doch eine entspannte Aufgabe für Tag eins?«

Alex stieß einen merkwürdigen Laut aus und blickte unschlüssig drein.

»Klar, kann ich natürlich machen. Aber ich hatte auch gleich eine eigene Idee. Wäre es okay, wenn ich die kurz vorstelle?«

»Natürlich«, sagte Lena. »Schieß los.«

»Unsere Leser könnten doch vielleicht an einem Interview mit diesem Eishockeyspieler, Samuel Lindberg, interessiert sein, der kürzlich hier in die Stadt gezogen ist.«

Christel schnaubte, und Jan-Anders ächzte laut auf.

»Tja, die Idee hatten wir auch schon«, erklärte Lasse. »Nur, dass Lindberg leider nicht zur Verfügung steht.«

»Nicht?«

Alex sah ihn überrascht an.

»Nein«, bestätigte Christel. »Sein PR-Mensch hat unsere letzte Anfrage nicht einmal mehr beantwortet. Wir waren den kompletten Frühling über an ihm dran.«

»Aha.«

Lena lächelte Alex freundlich an.

»An der Idee ist also rein gar nichts verkehrt, nur …«

»Es ist aber so, dass ich das Okay von Lindberg schon in der Tasche habe.«

Den anderen fallen gleich die Augen raus, schoss es Jan-Anders durch den Kopf.

»Mein Onkel war gut mit Samuel Lindbergs Vater befreundet. Der – also der Vater – hatte einen Schlaganfall und ist ziemlich hinüber, aber ich hab die Mutter angerufen, und die hat schon alles in die Wege geleitet. Samuel Lindberg hat anscheinend rein gar nichts gegen ein Interview einzuwenden.«

»Das ist ja großartig!«, rief Lena; ihre überschwängliche Begeisterung verärgerte Jan-Anders ungemein. »Und hast du auch schon einen Termin ausgemacht?«

»Montag um neun Uhr morgens, weil Lindberg tagsüber noch weitere Interviews hat. Aber ich bin der Erste.«

Alex grinste von einem Ohr zum anderen. Er erinnerte Jan-Anders vage an eine Kröte – oder vielleicht an … Wie hießen diese gruseligen Eidechsen? Die mit den Krallen? Velociraptoren.

»Und wo soll das Ganze stattfinden?«, wollte Christel wissen.

»Bei Lindberg daheim, in seinem neuen Haus.«

Lena nickte zufrieden und lehnte sich auf ihrem Schreibtischstuhl zurück.

»Ausgezeichnet! Dann machst du, Alex, heute diese SeaPop-Sache, und am Montag fährst du raus zu Lindberg. Kattis und Janne fahren mit.«

Jan-Anders erstarrte, genau wie Alex.

»Warum in aller Welt sollte ich mit zu Lindberg fahren?«, hakte Jan-Anders nach.

Dort hinzugondeln und gemeinsam mit Alex den Prahlereien eines Hockeywichts zu lauschen, klang gelinde gesagt anstrengend. Was hatte er bitte verbrochen, dass er so etwas verdient hatte?

»Lena, ich bin mir sicher, dass ich das auch allein hinkriege«, wandte Alex ein. »Eine Fotografin nehme ich natürlich gern mit, aber …«

»Schon gut. Wir machen es folgendermaßen«, ging Lena dazwischen, und Alex hielt mit offenem Mund inne. »Alex, du bist neu. Ich will einfach nicht riskieren, dass du bei einem so wichtigen Interview einen Anfängerfehler nach dem anderen machst. Janne, du passt auf ihn auf und springst zur Not ein. Wenn du dabei bist, kann ich darauf vertrauen, dass diese Geschichte unser Titelthema zu Mittsommer wird. Eine so große Aufgabe darf nicht der Praktikant allein verantworten.«

Als er sah, wie wütend Alex war, lachte sich Jan-Anders insgeheim ins Fäustchen.

»Ah, okay. Verstehe. Natürlich stehe ich als Rettungsleine und Ratgeber gern zur Verfügung«, sagte er, so süßlich er nur konnte, und sah seinen neuen Kollegen – sofern das überhaupt möglich war – noch viel süßlicher an. »Dann treffen wir uns am Montag um halb neun unten am Hafen, Partner?«

»Am Hafen?«, fragte Alex. »Können wir nicht einfach direkt zu Lindbergs Haus fahren?«

»Klar, wenn du ein Boot besitzt?«

»Ein Boot?«

»Das Haus steht auf einer Insel. Aber vielleicht wolltest du ja schwimmen – jung und dynamisch, wie du bist!«

Ein paar Sekunden lang sah Alex fast schon verlegen aus, doch dann legte er wieder sein nerviges Eidechsengrinsen auf.

»Stimmt, das hatte ich ganz vergessen! Hast du ein Boot?«

»Klar. Die *Sabrina* ist klein und langsam und stinkt fürchterlich, aber die bringt uns ausreichend stilvoll rüber zu Lindbergs altem Schuppen. Wenn der Motor ausfallen sollte, müsst du und Kattis eben rudern.«

Alex sah zu Tode verängstigt aus. Jan-Anders freute sich schon jetzt auf die folgende Woche.

Rolf hatte den ganzen Vormittag im Garten seiner Sommerhütte verbracht. Seit dem vergangenen Herbst hatte er nicht mehr richtig danach gesehen. Überall lag noch das Laub vom Vorjahr, der Kompost quoll über, der Pfad zum Plumpsklo war zugewuchert. Aber so war es nun mal, wenn man im Krankenhaus liegen musste und wertvolle Zeit verbummelte, statt seinen üblichen Aufgaben nachzugehen.

Im Sommer gab es hier draußen immer eine Menge zu tun. Rolf hätte nur zu gern einen Helfer gehabt. Typisch, dass sich Max ausgerechnet jetzt diese Erkältung eingefangen hatte. Sein Partner war nach Hause zurückgekehrt und hatte geschrieben, dass er mindestens eine Woche lang daheimbleiben müsse.

Rolfs Töchter waren längst ausgeflogen und mit ihrem eigenen Alltag vollauf beschäftigt; die konnte er also nicht fragen.

Aber er könnte natürlich seine Ex-Frau anrufen. Sie hatten während ihrer Ehe zig Sommer in der Hütte verbracht, Mia wusste über alles genau Bescheid und würde ganz sicher nicht Nein sagen, wenn er sie fragen würde.

Gar keine schlechte Idee. Rolf und Mia kamen immer noch gut miteinander aus, nur Mia und Max konnten einander nicht ausstehen, doch wenn Max ohnehin nicht hier wäre, dürfte es keine Probleme geben.

Aber erst einmal musste Rolf etwas essen. Er wärmte eine große Portion Lachssuppe vom Vortag auf – insofern fast gut, dass Max nach Hause gefahren war: So blieb mehr Suppe für Rolf übrig.

Er hatte gerade fertig gegessen, als er hörte, wie sich ein Fahrzeug näherte. Er sah durchs Fenster und freute sich, als er sah, wer ihn besuchen kam.

»Hallooo!«, rief Anna Glad, kaum dass sie ausgestiegen war.

»Hallo ebenfalls! Dass die heilige Mutter sich zu meiner bescheidenen Hütte begibt!«

»Höchstpersönlich«, ächzte Anna. »Wo hast du denn Max gelassen?«

»Der ist für ein paar Tage nach Hause gefahren. Wie geht's euch beiden?« Rolf nickte vielsagend auf Annas Bauch hinab.

»Oh, ganz gut, glaube ich.«

»In welcher Woche bist du inzwischen?«

Anna musste kurz nachdenken.

»In der sechsundzwanzigsten … Nein, in der siebenundzwanzigsten. Womöglich …«

»Was, das weißt du nicht in- und auswendig? Gibt's da keine App, in der man so was dokumentiert?«

Den leisen Vorwurf konnte er sich nicht verkneifen. Als seine Tochter Elvira mit seinem Enkel Leo schwanger gewesen war, hatte sie alles jederzeit im Blick gehabt, und ihr Handy hatte ihr jede Menge Dinge zugeflüstert, etwa dass das Baby jetzt groß wie ein Päckchen Butter oder zu einer Honigmelone herangewachsen war.

Anna blickte verlegen drein.

»Na ja, Tomas hat so eine App. Ich wollte sie auch installieren, hab's aber vergessen.«

»Kaffee? Du darfst doch Kaffee trinken?«

»Zwei Tassen pro Tag.«

»Zwei?! Wie schaffst du das? Lag dein Tagesdurchschnitt nicht eher bei so was wie zwölf?«

»Schon … Tja, leicht ist es nicht.«

Rolf hatte die Kaffeemaschine schon angestellt, während er die Suppe aufgewärmt hatte, und so musste er bloß in die Küche stiefeln und zwei Tassen befüllen. Es reichte genau für zwei.

Wann immer Anna zu Besuch kam, hellte Rolfs Laune sich auf. Seine lange Polizeikarriere hatte ein jähes Ende genommen, als er aus gesundheitlichen Gründen in den Vorruhestand hatte gehen müssen. Obwohl er jetzt jederzeit segeln gehen konnte, mit Enkel Leo spielte und in seinem Herrenchor singen ging, hatte er sich immer noch nicht vollends an sein Rentnerleben gewöhnt.

Dass seine einstige Kollegin hier und da auftauchte und ihn als eine Art wandelndes regionalgeschichtliches Lexikon missbrauchte, war ihm daher nur recht.

»Wir müssen leider drinnen sitzen, fürchte ich. Auf der Terrasse stürmt es wie verrückt.«

Anna ließ sich am Küchentisch nieder und griff direkt zur ersten Zimtschnecke.

»Also«, sagte Rolf und setzte sich zu ihr. »Was gibt's Neues?«

Anna schluckte.

»Börje Bohman. Wenn ich es richtig verstanden habe, ist er so was wie der Sonderling hier in der Stadt. Kennst du ihn?«

»Klar kenne ich Börje Bohman! Darf ich fragen, warum er diesmal aufs Tapet gekommen ist?«

»Er ist verschwunden. Dein alter Kumpel Jan-Anders Rosbäck hat uns alarmiert. Er sollte Börje interviewen, aber es war niemand zu Hause.«

»Ach du Schande. Und jetzt irrt der alte Sauertopf irgendwo dort draußen herum?«

»Das nehme ich an – nur hat ihn niemand gesehen. Er wohnt ja dort oben, wo sie den Radweg bauen wollen, und weigert sich wegzuziehen.«

Rolf nickte.

»Ja, davon hab ich gehört. Überrascht mich kein bisschen. Börje stellt sich ja gern mal quer.«

»Ich habe schon mit einem gewissen Mats Sjögren geredet, dem Vorarbeiter dort oben, und der meinte, er hätte Börje schon eine Weile nicht mehr gesehen. Normalerweise hätte er am Zaun gestanden und den Bautrupp beschimpft, aber seit ein paar Tagen hat er sich nicht mehr blicken lassen.«

»Hm. Ich hab ihn seit Jahren nicht mehr gesehen, aber anscheinend schafft er es immer noch, von seinem Berg aus für jede Menge Unruhe zu sorgen.«

Rolf gluckste in sich hinein. Anna sah ihn nachdenklich an.

»Ich dachte erst, vielleicht hätte er sich bei einem Spaziergang verlaufen, aber es ist ihm anscheinend niemand begegnet. Märta und ich haben bei allen möglichen Anlaufstellen angerufen, inzwischen auch in sämtlichen Krankenhäusern – nichts. Wir haben ihn zwar noch nicht als vermisst gemeldet, aber es fehlt nicht mehr viel, wenn er nicht bald auftaucht.«

»Ja, und auch, dass Börje Bohman verreist sein könnte, klingt nicht sehr wahrscheinlich«, sagte Rolf grüblerisch. »Er ist nicht der Typ, der sich *last minute* nach Torremolinos verdrückt.«

Anna schüttelte den Kopf und nahm sich die nächste Zimtschnecke. Wie gut, dass Rolf einen anständigen Vorrat hatte. Wenn sie so weiter aß, würde er bald weitere auftauen müssen.

»Hör zu«, sagte Anna nach ein paar Bissen. »Wenn wir diesen Gedanken mal weiterspinnen könnten, dass Börje Bohman nicht aus freien Stücken davonspaziert ist, sondern ihm womöglich jemand schaden wollte. Wer würde dir da spontan einfallen?«

Rolf dachte kurz nach.

»Na jaaa. Ich sag das wirklich nicht gern, aber wenn es um Börje Bohman geht, dürften diejenigen, die einen Groll auf ihn haben, fast schon Schlange stehen.«

»Wirklich? Und wer wäre das? Die Arbeiter vom Fahrradweg?«

»Na klar. Vielleicht nicht die Arbeiter an sich, aber unser neuer Bürgermeister und seine komplette Planungsabteilung, nehme ich an. In den vergangenen vierzig Jahren hat Börje es sich fast schon zur Aufgabe gemacht, gegen städtische Beschlüsse Einspruch zu erheben und ihnen dort Knüppel zwischen die Beine zu werfen – vor allem, wenn es um seine unmittelbare Nachbarschaft ging.«

»Dann hat er außer dem Fahrradweg auch noch andere Sachen boykottiert?«

»Machst du Witze? Er hat gegen Fabrikbauten rebelliert, gegen Bauvorhaben der Nachbarn, den Ausbau der Kanalisation – alles Mögliche. Wann immer jemand auf dem Betesbacken etwas verändern wollte, hat Börje dem Ganzen einen Riegel vorgeschoben. Aber diesmal kann ich ihn sogar verstehen. Einen Bescheid zu bekommen, dass das eigene Zuhause dem Erdboden gleichgemacht werden soll, kann wirklich nicht wahnsinnig schön sein.«

»Aber soweit ich weiß, sollte er großzügig entschädigt werden …«

»Bestimmt. Andererseits hat er das Haus damals eigenhändig gebaut. Zusammen mit seiner Frau, Marianne. Sie ist seit Langem tot, trotzdem gibt man doch nicht einfach sein Haus auf, nur weil irgendwer findet, da müsste ein Fahrradweg verlaufen, wo ausgerechnet das eigene Wohnzimmer liegt …«

Rolf versuchte, sich Börjes und Mariannes Haus in Erinnerung zu rufen. Er war mehrmals oben auf dem Betesbacken gewesen, aber weil das Haus am Ende einer Sackgasse auf der Kuppe stand, kam man dort nicht mal eben zufällig vorbei. Und auch in seiner Eigenschaft als Polizist hatte Rolf nie einen Grund gehabt, bei den Bohmans vorbeizufahren. Halt – doch, hatte er tatsächlich!

»Ich meine, mich zu erinnern, dass ich mal dort war, in den neunziger Jahren, als bei einem Nachbarn ein Stück den Hang runter eingebrochen worden war. Da hab ich auch bei den Bohmans geklingelt, um zu fragen, ob sie etwas gesehen hätten. Drinnen war ich nie. Das ist nicht gerade ein kleines Häuschen, das er dort oben gebaut hat.«

»Nein, und man kann immer noch sehen, dass es mal todschick war«, pflichtete Anna ihm bei.

»Gibt es den Pool noch?«

»Schon … Aber du meintest, dass gewisse Leute einen Groll gegen ihn gehabt hätten. Wer denn zum Beispiel?«

Rolf wurde ernst.

»Jetzt betreten wir aber Gerüchte-Terrain, nimm also nicht alles für bare Münze, okay?«

»Schon klar. Schieß los.«

»Die schlimmsten Gerüchte handelten von seiner Frau, Marianne – als junges Ding ein bildschönes Mädchen. Stammte ursprünglich nicht von hier, war beruflich bedingt hergezogen, als Krankenschwester.« Bei der Erinnerung musste Rolf lächeln. »Mir fällt gerade ein, wie ich mich Hals über Kopf in sie verliebt habe, als ich wegen einer Blinddarm-OP eingeliefert wurde. Sie war atemberaubend schön, strahlte eine Ruhe und eine Freundlichkeit aus … und ich, na ja, ich war vielleicht zehn, sie war zwanzig und leider gegen meinen Charme komplett immun.«

»Ach was.«

»Keine dummen Bemerkungen bitte! Aber dann … Na ja, ich weiß nicht. Sie hat sich im Lauf der Jahre verändert. Sah kränklich aus, zerbrechlich – die paarmal, die man sie in der Stadt gesehen hat. Hat sich irgendwie langsam bewegt, sah immer aus, als hätte sie Schmerzen. Irgendwann wurde sie ernsthaft krank, Magenkrebs, wenn ich mich recht entsinne. Aber die Veränderung hatte weit früher eingesetzt.«

Anna wartete gespannt auf eine Fortsetzung. Rolf seufzte und zupfte zerstreut an den Pelargonien am Fenster herum, die auf mehr Sonne harrten, um endlich ihre feuerrote Blüte entwickeln zu können.

»Wie gesagt, es gab schlimme Gerüchte. Und einige besagten, dass Börje seine Frau schlagen würde. Dass sie sich deshalb so sehr verändert hätte. Ich weiß wirklich nicht, ob das stimmt, aber ganz unwahrscheinlich ist es wohl nicht, wenn ich es mal so sagen darf.«

»Ist er je angezeigt worden?«

»Nein.« Rolf seufzte erneut. »Aber auch das ist ja nicht ungewöhnlich. Wir konnten da nicht viel machen. Ich weiß noch, dass sich diverse Leute immer wieder nach

Marianne erkundigt haben, aber sie hat sich zusehends zurückgezogen.«

»Aber Marianne ist doch schon seit Langem tot. Wer sollte sich jetzt auf einmal an Börje dafür rächen wollen, dass er damals seine Frau geschlagen haben soll?«

»Wenn es wirklich so war, dann würde ich ihm dafür selbst glatt eins verpassen wollen. Marianne war eine Elfe – und Börje groß wie ein Bär. Aber sie hatte ja auch Freundinnen und Kollegen und bestimmt Verwandtschaft.«

»Okay …?«

»Oh, und fast hätte ich Stippe vergessen!«

»Stippe?«

»Börjes Erzfeind. Ich weiß nicht, warum, aber die beiden hassen einander wie die Pest, und das schon seit Jahrzehnten. Anfangs waren sie Freunde gewesen, aber dann muss da irgendwas vorgefallen sein.«

»Und wie heißt dieser Stippe mit richtigem Namen?«

»Sten Ingman. Er wohnt in der Nähe des Campingplatzes und ist selbst kein bisschen merkwürdig oder menschenscheu. Ganz anders Börje. Ein richtig netter Kerl – und Bariton.«

»Was?«

»Er singt in meinem Chor, bei den ›Strandjungs‹.«

»Dann haben wir es also mit einem singenden Erzfeind, der Familie einer misshandelten Ehefrau, wütenden Nachbarn und dem halben Rathaus zu tun? Scheint ein echt angenehmer Zeitgenosse zu sein, dieser Börje«, fasste Anna zusammen.

»Na ja, sagen wir es einfach so: Wenn er jetzt verschwunden ist, dürften ihn nicht allzu viele vermissen.«

Anna stand auf und beugte den Rumpf vor und zurück.

»Entschuldige bitte, ich muss mich kurz dehnen. Ich hab wahnsinnig Schmerzen im Hinterteil, anscheinend Schwangerschaftskrämpfe …«

»Mach nur. Bei Mia war es das Gleiche, als sie mit den Mädchen schwanger war. Wann beginnt eigentlich dein Mutterschutz?«

»Anfang August.«

»Dann bist du jetzt erst mal mit Börje Bohman beschäftigt?«

»Na ja, da ist noch etwas anderes. Eine ziemlich bizarre Geschichte … Eine Mutter, die von einem Spaziergang kam und in deren Kinderwagen plötzlich ein Kind zu viel lag – und kein Mensch weiß, wie das zusätzliche Baby dort gelandet ist.«

Mit einem lauten Knall stellte Rolf seine Tasse ab.

»Wie bitte? Sie hat ein Baby gekidnappt?«

»Nein, nein. Die Mutter hat sogar die Polizei gerufen, als sie das zweite Baby im Kinderwagen entdeckt hat. Sie hatte einen Sonnenschutz über das Verdeck gehängt und hat das zweite Baby erst bemerkt, als sie ihre eigene Tochter herausnehmen wollte.«

»Das ist ja unglaublich.«

»Ich weiß! Und inzwischen ist ein ganzer Tag vergangen. Ich hoffe sekündlich, dass sich irgendwer meldet, damit die Kleine nicht länger auf der Kinderstation liegen muss.«

»Die Ärmste!«

Anna nahm ihre Handtasche von der Stuhllehne und bedankte sich für den Kaffee. Rolf brachte sie noch zur Tür.

»Sei doch so nett und halt Onkel Rolf auf dem Laufenden, wie es mit Börje und dem Baby weitergegangen ist.«

»Ich komme wieder und erstatte Bericht, Ehrenwort. Zumindest sofern wir weitergekommen sind, bis ich in den Mutterschutz verschwinde.«

Dann fiel Rolf wieder ein, dass er noch ein weiteres Update benötigte.

»Bevor du gehst: Wie läuft es eigentlich mit meinem Nachfolger?«

Anna verzog das Gesicht.

»Mit Benny? O Mann. Was für ein Dampfplauderer. Er ist ziemlich anstrengend, muss ich sagen. Nicht, dass ich gern über Kollegen lästere, aber …«

Wider Willen fühlte sich Rolf ein klitzekleines bisschen erleichtert. Dass er schwer zu ersetzen war, war immerhin ein kleiner Trost.

Benny Westlander war bereits der Zweite binnen kürzester Zeit, der es auf Rolfs Posten versuchte. Er war annähernd gleich breit um die Schultern wie lang und hatte das Selbstvertrauen eines Donald Trump.

Wenn Anna ein Loblied auf Benny gesungen hätte, wäre Rolf tatsächlich ein bisschen eifersüchtig gewesen.

»Das Schlimmste ist aber«, fuhr Anna fort und riss die Augen dramatisch auf, »dass ich den Verdacht habe, dass er mit Märta flirtet. Und ich weiß ja nicht, aber … sie scheint allen Ernstes eine Schwäche für ihn zu haben. Sie hat sogar angefangen, Lipgloss aufzutragen! Kannst du dir das vorstellen? Märta und Lipgloss? Neulich hat sie sogar die Haare offen getragen!«

»Ach! Eine kleine Revierromanze?«

Als sie sich auf den Weg zu ihrem Wagen machte, sah Anna fast aus, als wäre ihr leicht übel.

»Stell die Zimtschnecken weg, wenn ich nächstes Mal komme. Ich hab leider keine Selbstkontrolle mehr.«

Rolf winkte ihr beschwingt nach. Komischerweise war die Müdigkeit nach der anstrengenden Gartenarbeit des Morgens mit einem Mal wie weggefegt.

Endlich konnte er wieder über ein paar spannende Geschichten nachdenken, während er den Garten harkte.

Alison fühlte sich ein klitzekleines bisschen beschwipst. Es war schön gewesen, nach dem Frühstück draußen auf der Terrasse zu sitzen und die Beine in die Sonne zu halten. Sie hatte sogar ein Glas Wein mit hinausgenommen, um zu feiern, dass es zu guter Letzt wärmer wurde.

Sie hatte das dringende Bedürfnis, ihren Laptop zu holen und ein paar Leute zu Hause anzuskypen: ihre Mutter, ihre Schwester, ihre beste Freundin Rachel. Allerdings schliefen sie alle noch, dort drüben war es immer noch mitten in der Nacht.

Aber so war es nun mal: Alison fühlte sich einsam.

Spät am Vorabend hatte Curt sich endlich gemeldet.

»Fuck, ich bitte tausendmal um Entschuldigung, Alison. Ich hatte total vergessen, dass du bei dem Meeting dabei sein wolltest! Wir probieren gerade diese sogenannte Spaziergangs-Besprechung aus, und ich hatte alle darum gebeten, die Handys im Büro zu lassen. So was steigert die Kreativität!«

Spaziergangs-Besprechung? Was für ein Blödsinn. Wanderten Alisons Angestellte jetzt wie eine verirrte Touristengruppe durch die Straßen der Großstadt und diskutierten Gästelisten und Marketingpläne? Mit Curt als Fremdenführer? Sie sah es regelrecht vor sich, wie er mit einem Fähnchen und einem Megaphon in der Hand vorneweg ging.

Aber okay. Zumindest erklärte das, warum niemand auf ihre Nachricht reagiert hatte. Wenn Alison auf ihren

Posten zurückkehrte, würden sie sich allesamt wieder an altbewährte Meetings im Besprechungsraum gewöhnen müssen.

Aus dem Haus war ein leiser Wortwechsel in einer Sprache zu hören, die nach Alisons Dafürhalten Finnisch hätte sein können, von der sie jedoch wusste, dass es Estnisch war. Zwei junge Estinnen setzten jeden Freitag auf die Insel über, um das Haus vom Keller bis unters Dach zu putzen. Sie waren überaus diskret und leise, doch hier und da konnte Alison sie leise lachen hören.

Es fühlte sich leicht unangenehm an, wie eine Diva mit einem Glas Wein draußen auf der Terrasse zu liegen, während andere drinnen für sie putzten, aber daran würde sie sich schon noch gewöhnen. Alison hatte hart dafür gearbeitet, eine erfolgreiche Geschäftsfrau zu werden, und war obendrein mit einem der bestbezahlten Eishockeystars der Welt verheiratet. Da durfte man sich doch wohl eine Putzhilfe leisten. Wenn sie zudem auch noch Mutter werden würde, wollte sie sich zu einhundert Prozent auf das Kind konzentrieren und gewiss nicht aufs Staubsaugen.

Trotz allem verspürte sie einen Anflug von Eifersucht auf die beiden Frauen; sie schienen Freundinnen zu sein. Wie wunderbar, gleich mehrere Stunden am Tag mit einer Freundin verbringen zu können – auch wenn Reinigungskraft womöglich nicht der glamouröseste Beruf war. Doch Alison hätte ganze Tage mit Bodenwischen verbracht, wenn sie Rachel an ihrer Seite gewusst hätte.

Wie so oft hatte sie keine Ahnung, wo Samuel sich gerade befand.

»*See you next week!*«, rief eine der Frauen von drinnen.

»*Have a great weekend*«, antwortete Alison, und ein

paar Minuten später sah sie, wie die zwei fröhlich lachenden Estinnen mit den Armen voller Putzutensilien in Richtung Anleger liefen.

Sobald sie aus dem Haus waren, schienen sie sich zu erlauben, lauter zu lachen.

Aber worüber eigentlich?

Über die Blondine mittleren Alters mit dem Weinglas? Möglich.

Mit einiger Mühe stemmte Alison sich aus der Liege und schwankte durch die Terrassentür. Wie konnte sie von zwei Gläsern Wein derart weiche Knie bekommen? Sie musterte das Glas. Na ja, es war ziemlich groß … und obendrein hässlich. Wie ein normales Weinglas, allerdings nach unten hin irgendwie kantiger; irgendein finnisches Design. Ihre Schwiegermutter hatte ihnen die Gläser geschenkt.

Sie steuerte die Toilette an und blieb vor dem Spiegel stehen.

Samuel hatte schon recht, als er gesagt hatte, sie bräuchte eine Gesichtsbehandlung. Irgendwas stimmte nicht mit der finnischen Sonne, Alisons Haut nahm einfach keine Farbe an. Sie hatte keinerlei Teint, kein Leuchten, nichts.

Aus heiterem Himmel schlug ihre Resignation in Zorn um.

Das hier war doch nicht sie! Wie in aller Welt hatte sie in diese Lage geraten können?

Warum wanderte sie einsam durch ein leeres Haus? Sie, die sie in den vergangenen Jahren kaum je eine einzige Sekunde allein, sondern in einem fort der Dreh- und Angelpunkt von allem gewesen war? Im Büro, bei Abendessen mit Geschäftspartnern, bei Events, im Gewimmel der Großstadt?

Und nun saß sie hier, inmitten der unendlichen Stille auf einer Insel. Ohne eine Ahnung, was ihr Ehemann trieb oder was in ihrer Firma passierte, und ohne dass sie etwas zu tun hätte.

Aber war das wirklich nur ihre Schuld? Natürlich nicht. *It takes two to tango* – und in diesem Land waren sie doch so verdammt verrückt nach finnischem Tango!

Den Alltag in ihrem neuen Heimatland hatte sie sich anders vorgestellt. Während sie auf ihr lang ersehntes Kind wartete, hatte sie Samuel bei seinen Verpflichtungen zur Seite stehen wollen, als seine Frau, sein Resonanzboden, seine Verbündete.

Sie hatte überdies vorgehabt, viel mehr Zeit auf die Einrichtung des Hauses zu verwenden, doch als sie eingereist waren, war das Haus quasi fertig möbliert gewesen. Ihre Schwiegermutter hatte bereits alles organisiert. Alison redete sich ein, dass Maggi Lindberg es gut gemeint hatte – sie hatte sicherlich gewollt, dass ihr Sohn und seine Frau sich vom ersten Moment an in ihrem neuen Zuhause wohlfühlten. Samuel fand dies alles großartig, und Alison verfluchte sich dafür, dass sie keine aufrichtige Dankbarkeit empfand. Sie hatte insgeheim beschlossen, nach und nach einzelne Einrichtungselemente auszutauschen, die ihr nicht gefielen (was auf so gut wie alles zutraf), doch diesen Plan in die Tat umzusetzen, fiel ihr nicht ganz leicht; womöglich würde sie Maggi damit vor den Kopf stoßen.

Andererseits waren Möbel und Einrichtungsgegenstände lediglich Dinge – deutlich schlimmer war derzeit der Umstand, dass Samuel ihr aus dem Weg zu gehen schien. Sie hätte nicht sagen können, wann es angefangen hatte, aber die Entwicklung war gar nicht mehr zu übersehen.

In ihren letzten Monaten in den USA, während sie ihren Umzug nach Finnland geplant hatten, war es so schön gewesen. Sie hatten Wange an Wange dagesessen und die Baufortschritte auf dem Bildschirm verfolgt. Leevi war regelmäßig zur Baustelle gefahren, hatte Bilder geschossen und ihnen geschickt.

Dort auf der Insel sollten sie schon alsbald wohnen und überglücklich werden …

Ihre Eltern waren ebenfalls überglücklich gewesen. All die Jahre, in denen sie sich Sorgen um ihre älteste Tochter gemacht hatten, die sich nur krumm und bucklig arbeitete, statt sich einen guten Mann zu suchen und mit ihm eine Familie zu gründen. »Wann konzentrierst du dich endlich auf das Wesentliche im Leben?«, hatte ihre Mutter wiederholt gefragt.

Dass das Wesentliche dann in einem weit entfernten Land stattfinden sollte, hatte sie natürlich traurig gestimmt, aber nachdem es nur eine vorübergehende Lösung sein sollte, hatten ihre Eltern Alison von Anfang an bei deren Ansinnen unterstützt. Außerdem liebten sie Samuel heiß und innig.

»Da sieht man mal, dass Gott seit jeher einen Plan für dich hatte«, hatte ihre Mutter gesagt, nachdem Alison ihr von Samuel berichtet hatte. »Und wir waren schwach, weil wir daran gezweifelt haben.«

Vor dem Umzug war Alison die glücklichste Frau der Welt gewesen.

Samuel hatte ihr hoch vergnügt die Namen finnischer Nahrungsmittel, Schimpfwörter und andere nützliche Dinge beigebracht: *karjalanpiirakka, kossuvissy, perkele.*

Besonders schön war es immer gewesen, wenn ihre Zukunftsüberlegungen in eine bestimmte Richtung gegangen waren.

»In diesen Bäumen könnten wir ein Baumhaus bauen!«

»Das Tolle an diesem Treppengeländer ist, dass man im ersten Stock ein Babygitter davorsetzen kann.«

»Die finnischen Schulen sind die besten der Welt, wusstest du das? Unsere Kinder bekommen eine Ausbildung auf Weltklasseniveau. Und das ganz ohne Schulgebühren! Ist das zu glauben?«

Jetzt würden sie eine Familie gründen, es lag geradezu auf der Hand. Die Frage war nur, wie viele Kinder es werden sollten. Alison wollte zwei, Samuel gern ein paar mehr.

Die ersten Wochen in Finnland hatten sie in einer Wohnung in Helsinki gewohnt, weil das Haus draußen auf der Insel noch nicht bezugsfähig gewesen war. Es war eine schöne Zeit gewesen, auch wenn Samuels Kalender im Handumdrehen voll gewesen war, kaum dass er finnischen Boden betreten hatte. Veranstaltungen, Meetings, Interviews, dieses und jenes. Trotzdem hatte er anfangs noch dafür gesorgt, dass auch Zeit für Alison blieb: um zusammen zu lachen, miteinander zu schlafen und für ein bisschen Sightseeing.

Es fühlte sich an, als wäre das tausend Jahre her.

Alison musste kurz überlegen.

Hatte es schon in Helsinki angefangen? Oder erst, als sie in ihr Haus hier auf der Insel gezogen waren?

Hatte sie irgendetwas übersehen? War etwas geschehen, was diese Veränderung bei Samuel ausgelöst hatte? Irgendwas, was sie selbst getan oder gesagt hatte? War es nur der Stress im Allgemeinen, der Termin- und Leistungsdruck, der ihn so mürrisch gemacht hatte, oder ein spezielles Vorkommnis?

Auf dem Weg in die Küche mit dem leeren Weinglas in der Hand versuchte sie, in ihrem Gedächtnis zu kramen.

Was würde nur aus ihrer Familienplanung werden, wenn sie sich gar nicht mehr sähen und auch nicht mehr miteinander schliefen? Bald hätte sie ihren nächsten Eisprung, und …

Aus heiterem Himmel sprach jemand sie an, und Alison kreischte erschrocken auf. Sie war sich sicher gewesen, dass sie allein zu Hause war, seit die zwei Putzfrauen gefahren waren. Doch urplötzlich saß Leevi, ihr Schwager, in der Küche auf einem der Barhocker und sah sie verlegen an.

»Shit, Ali, ich wollte dich nicht erschrecken! Hast du gar nicht gehört, dass ich gekommen bin? Ich hab gerufen.«

»Nein, ich … war im Bad.«

Alison rang vor Schreck noch immer nach Luft, doch dann musste sie lachen und nahm ihn in die Arme, um ihm zu zeigen, dass alles okay war.

»Wie geht es dir, Leevi?«

»Vorsicht!« Er verzog das Gesicht. »Ich habe mir doch die Schulter operieren lassen. Deshalb war ich auch ein paar Tage abgetaucht.«

Peinlich berührt wich Alison von ihm zurück. Was immer sie gerade tat, war verkehrt.

»Entschuldige! Ist Samuel auch da?«

»Nein, er hat einen spontanen Termin reinbekommen, zu dem er sofort fahren musste. Ich bin nur hier, um ein paar Wechselklamotten für ihn zu holen. Aber ich wollte noch kurz eine Sache mit dir besprechen.«

»Ja?«

Alison schenkte sich ein großes Glas Wasser ein. Er sollte ihr nicht anmerken, dass sie mitten am Tag einen Schwips hatte.

»Eine Frauenzeitschrift hat sich bei mir gemeldet. Sie

wollen eine größere Story mit dir machen. Du sollst sogar aufs Titelblatt.«

»Samuel hat gestern so etwas erwähnt. Aber warum ich?«

»Weil die Finnen von Hockeystars und ihren Frauen vollkommen besessen sind. Besonders, wenn Letztere so gut aussehen wie du. Da will eine Frauenzeitschrift dich natürlich auf dem Umschlag haben!«

Das Kompliment kam unerwartet, klang aber ehrlich. Alison spürte, wie ihr eine leichte Röte ins Gesicht stieg. Es war schon sehr lange her, dass Samuel so etwas zu ihr gesagt hatte, daher nahm sie die freundlichen Worte dankbar entgegen, auch wenn sie nicht von ihrem Mann, sondern von ihrem Schwager stammten.

»Okay … und was für ein Interview soll das sein?«

»Ach, nur irgendwas Allgemeines, nehme ich an. Wie dir Finnland gefällt, wie Samuel so in seiner Freizeit ist und wie ihr hier wohnt – solche Sachen. Wärst du damit einverstanden?«

Alison lächelte ihn an.

»Na klar. Wann soll das Ganze denn stattfinden?«

»Das ist jetzt ein bisschen kurzfristig, ich weiß, aber schon nächsten Montag, wenn das für dich okay wäre? Samuel hat ebenfalls ein paar Interviewtermine hier im Haus, deshalb wäre es gut, wenn wir einen intensiven Pressetag einlegen könnten. Anschließend hättet ihr eure Ruhe. Wäre das in Ordnung?«

Oh. Am Montag schon? Würde sie es bis dahin zur Kosmetikerin schaffen? Vielleicht gleich tags darauf, wenn sie eins von Samuels Autos nähme und nach Helsinki führe? Normalerweise hatte er nichts dagegen, wenn sie seinen Tesla nahm.

»Und was ist mit dem Outfit, dem Styling und so?«

»Die Zeitschrift kümmert sich um alles. Sie schicken einen Make-up-Profi, eine Stylistin, einen Fotografen und die Reporterin.«

Alison atmete aus. Das würde sie irgendwie hinkriegen.

»Ah, gut, dann schaffe ich es ja doch, halbwegs repräsentativ auszusehen.«

»Du siehst immer repräsentativ aus, Alison. Die könnten hier und jetzt einen Schnappschuss von dir machen, und es wäre der schönste Zeitschriftentitel seit jeher.«

Himmel, was für ein Schmeichler er war! Sie wollte ihm zum Dank schon einen freundschaftlichen Knuff versetzen, riss sich dann aber zusammen, weil sie ihm nicht schon wieder wehtun wollte.

Und mit einem Mal blickte Leevi ernst drein.

»Es ist wirklich toll, dass du mit im Boot bist. Samu braucht das jetzt. Ich weiß nicht, ob ihr schon darüber gesprochen habt, aber …«

Als er nicht weitersprach, wurde Alison hellhörig.

»Aber was?«

»Ach, sag ihm nicht, dass ich etwas erzählt habe, aber … Vielleicht könnte es wichtig sein, dass du Bescheid weißt. Joonas Leino sagt dir etwas, oder?«

Alison musste kurz nachdenken. Der Name klang vage bekannt.

»War das nicht der Hockeyspieler, der seine Karriere beenden musste?«

Leevi nickte.

»Joonas und Samu haben gleichzeitig bei der Nationalmannschaft angefangen. Anfangs waren sie Freunde, aber Leino hat immer schon ein bisschen zu sehr zu Partys und Ausschweifungen geneigt. Wirklich tragisch –

weil er ein phantastischer Spieler war, wenn er sich mal zusammengerissen hat. Er hätte gut und gern einer der ganz Großen werden können.«

Alison begriff nicht recht, was das mit Samuel und ihr zu tun haben sollte, hörte aber weiterhin aufmerksam zu.

»Inzwischen ist Leino seit ein paar Jahren trocken und meinte wohl, er müsste jetzt ein Buch über seine wilden Jahre schreiben. Wenn dieses Buch rauskommt, wird es einschlagen wie eine Bombe.«

»Okay … Aber was hat das mit dem Interview für die Frauenzeitschrift zu tun?«

Leevi wich ihrem Blick aus.

»Na ja, wie gesagt, darüber solltest du mit Samu sprechen. Aber sagen wir es so: Samu war in jüngeren Jahren auch nicht gerade ein Heiliger. Er war ebenfalls ein Partyhengst – das waren sie alle.«

»Okay …«

Alison war nicht weiter überrascht. Samuel hatte ihr offen erzählt, dass er in der Vergangenheit Dinge getan hatte, auf die er nicht unbedingt stolz war, die er aber hinter sich gelassen hatte. Alison hatte nie darauf gedrängt, mehr zu erfahren, sie liebte ihn schließlich für das, was er heute war, und nicht dafür, was er mit Anfang zwanzig getan hatte.

»Also«, fuhr Leevi fort, »es besteht ein gewisses Risiko, dass ein paar wenig schmeichelhafte Details in Leinos Buch stehen, über die Samu nicht unbedingt glücklich sein dürfte.«

Und endlich ergab alles einen Sinn. Alison war fast erleichtert. Bestimmt war Joonas Leinos Buch einer der Gründe, warum Samuel in letzter Zeit so sehr unter Druck stand. Er hatte das Gefühl, mit ihr nicht darüber reden zu können – aus Angst, dass sie von ihm enttäuscht oder wütend werden könnte. Aber das würde sie nicht, das musste sie ihm zu verstehen geben.

»Verstehe«, sagte Alison. »In dem Interview gehen wir also *all-in* und zeigen, dass Samuel Lindberg ein großartiger Mensch ist – allen Gerüchten und alten Geschichten zum Trotz.«

»Genau«, pflichtete Leevi ihr bei.

Es juckte ihr schon in den Fingern. So etwas konnte sie: Charme versprühen, zugewandt sein, lustig und klug, ihre Ideen an den Mann bringen.

Ihr war völlig egal, ob Samuel als junger Mann die Nacht zum Tag gemacht hatte – das war Jahre her. Dass er vor ihr andere Frauen gekannt hatte, war ebenfalls klar. Sie waren immerhin beide über 35 gewesen, als sie sich kennengelernt hatten. Doch jetzt endlich hatte sie die Chance, ernsthaft etwas für ihren Mann zu tun. Und wenn er erst einsähe, dass sie sich nicht von seinen Jugendsünden abschrecken ließe, ganz im Gegenteil, würde er sich ihr bestimmt wieder zuwenden.

»Ich fange sofort mit den Vorbereitungen an. Fühl dich wie zu Hause, Leevi«, rief sie noch. »Du findest Samuels Sachen bestimmt auch ohne meine Hilfe.«

Sie freute sich regelrecht auf den Presse-Montag. Das Haus wäre voller Leute, und Samuel wäre ebenfalls hier. Endlich würden sie wieder etwas gemeinsam unternehmen.

Sie drehte das Wasser auf, um sich die große Badewanne einzulassen, und suchte sämtliche Tuben und Flaschen zusammen, die sie benötigte.

Badesalz, eine Gesichtsmaske mit koreanischem Schneckenschleim, eine Haarkur, ein Körperpeeling … Natürlich würde sie sich um die Gesichtsbehandlung kümmern, aber ein bisschen Basisarbeit konnte sie auch schon zu Hause erledigen.

Ihr Blick blieb an dem Tablettendöschen ganz oben im Badezimmerschrank hängen, und sie fasste einen Entschluss.

Wenn sie am Montag auf den Pressefotos gut aussehen wollte, musste sie ausgeschlafen sein.

Am Abend würde sie eine der Schlaftabletten nehmen und früh zu Bett gehen.

»Ich hab sie!«, brüllte Aram Demir aus seinem Dienstzimmer.

Anna sprang regelrecht von ihrem Stuhl. Es war nicht leicht, von einer Ermittlung zur anderen umzuschalten; sie hatte eine Zeit lang dagesessen und über das Gerücht nachgedacht, Börje Bohman habe seine Ehefrau geschlagen, doch stattdessen würde sie jetzt womöglich erfahren, wie das Baby in Saara Nymans Kinderwagen gelandet war. Und das war allemal dringlicher, nachdem die arme Marianne Bohman schließlich seit Langem tot war.

Als sie nach gegenüber in Arams Kabuff lief, vergaß sie in ihrem Feuereifer kurz sogar ihre schmerzende Kehrseite.

Angesichts ihres Bauchumfangs war es nicht ganz einfach, sich in die kleine Kammer zu zwängen. Aram hatte selbst um den kleinsten und dunkelsten Raum im ganzen Gebäude gebeten – er hatte nicht mal ein Fenster, weil die Kammer ursprünglich als Lager geplant gewesen war. Doch Aram konnte dort nach eigener Aussage auf seinen Bildschirmen besser sehen. Zudem sei die Lüftung hervorragend.

Nachdem sie kurz Möbel gerückt hatten, saßen sie schließlich nebeneinander vor einem der Monitore.

»Okay. Wir haben Bildmaterial von vier unterschiedlichen Stellen entlang der Storgatan«, erklärte Aram. »Allerdings ist nicht gesagt, dass man von der Straße an sich allzu viel sieht. Das hängt ganz davon ab, wie die Überwachungskameras ausgerichtet sind.«

»Gut. Wo hängen sie?«

»Einmal vor dem Eisenwarenhandel, hier am Kiosk, vor der Boutique Pernilla und dem Damenfriseur.«

»Der Blumenladen hat keine Kamera?«

»Leider nicht.«

Der Moment, in dem jemand das Baby in den Kinderwagen gelegt hatte, war folglich nirgends aufgezeichnet worden. Trotzdem hoffte Anna, dass eine der Kameras zumindest irgendwas eingefangen hätte, was ihnen einen Hinweis geben konnte.

»Dann schauen wir doch mal … Wir können ja mit der Kiosk-Kamera anfangen.«

Aram klickte die erste Datei an.

»O Mann. Wie ich schon befürchtet habe. Die Kamera ist so ausgerichtet, dass man nur sehen kann, wer im Kiosk ein- und ausgeht. Sollen wir uns gleich die nächste vornehmen?«

»Mach das.« Anna lehnte sich so weit vor, wie sie konnte (was nicht sonderlich weit war, weil ihr Bauch im Weg war).

Die Kamera über dem Friseursalon war auf die gleiche Weise ausgerichtet: Man konnte den Kassentresen erkennen, die Kundinnen, die über die Schwelle traten, aber kaum das, was davor passierte.

Dagegen war die Kamera über der Boutique direkt an der Oberkante des Schaufensters montiert und erfasste sowohl den Eingang als auch ein Stück Gehweg.

»Das könnte was werden«, stellte Anna fest.

»Okay. Um welche Uhrzeit kam es zu unserem umgekehrten Kidnapping?«

»Saara Nyman hat ihre Blumen laut Kassenbeleg um 11.43 Uhr gekauft. Das Baby muss etwa zum selben Zeitpunkt in den Kinderwagen gelegt worden sein.«

»Gut, dann spulen wir vor bis etwa 11.35 Uhr. Und was hoffen wir gleich zu entdecken?«

»Na ja, jemanden mit einem Baby. Entweder im Arm oder in einem anderen Kinderwagen. Der sich in Richtung Blumenladen bewegt.«

»Alles klar.«

»An sich sollten wir ja nach jedem Ausschau halten, den wir erkennen können – nach jedem, der etwas beobachtet haben könnte. Märta und Markus haben schon mit den Ladenbetreibern entlang der Straße gesprochen, aber keiner von denen hat etwas mitbekommen.«

»Da kommt jemand.«

Aram und Anna hielten den Blick starr auf den Bildschirm gerichtet.

Ein Fahrradfahrer fuhr vorbei, dann kam eine ältere Dame mit einem Einkaufstrolley. Ob man darin ein Baby transportieren konnte? Vielleicht, wenn man richtig durchgeknallt war? Aber der Trolley sah zu flach aus.

Als Nächstes kam eine lange Reihe Kleinkinder unter der Aufsicht dreier Frauen.

»Guck mal, da ist Mariam«, rief Aram begeistert, »meine Jüngste! Bestimmt waren sie da gerade auf dem Weg zum Spielplatz.«

Aram tippte auf eine kleine Gestalt mit Zöpfchen und einer violetten Jacke.

»Sie ist erst drei, insofern dürfte sie als Starzeugin nicht viel taugen. Aber wir könnten mit den Betreuerinnen sprechen: Ann-Britt, Mirella und Harriet.«

Anna notierte sich die Namen. Immerhin ein Anfang.

Sie ließen den Film weiterlaufen, bis die Zeitanzeige auf 11.47 Uhr sprang und eine Frau mit Kinderwagen an der Kamera vorbeieilte.

»Und da kommt Saara Nyman, die noch keine Ahnung hat, dass in ihrem Wagen mittlerweile zwei Babys liegen«, stellte Anna fest.

»Dann nehmen wir uns den letzten Film vor. Hoffen wir auf das Beste. Der Eisenwarenladen.«

Anna zeichnete einen groben Lageplan auf ihren Block. Der Blumenladen lag fast mittig an der Straße und die Boutique zehn Meter entfernt auf derselben Straßenseite, während der Eisenwarenladen gegenüber und rund zwanzig Meter in die andere Richtung lag.

»Das sieht doch vielversprechend aus«, murmelte Aram, und Anna pflichtete ihm bei.

Die Überwachungskamera des Geschäfts hing in einem schiefen Winkel, so dass man ein gutes Stück Straße sehen konnte. Anna legte ihren Block beiseite und konzentrierte sich auf den Monitor.

»Spring wieder vor bis 11.35 Uhr.«

»In Ordnung … So. Das da dürfte derselbe Radfahrer sein, den wir eben schon gesehen haben.«

»Niemand, den ich wiedererkennen würde.«

»Ich auch nicht.«

»Und da kommt die Dame mit dem Einkaufstrolley.«

»Japp, eindeutig. Wir könnten herumfragen, ob jemand aus dem Team weiß, wer das sein könnte. Sie sieht aus, als könnte sie ihre Umwelt ganz gut im Blick haben.«

»Oh, und da kommt Saara!«

Gemächlich kam Saara Nyman mitsamt Kinderwagen ins Bild geschlendert.

»Diese Kamera hat sie eingefangen, bevor sie im Blumenladen war. Wenn sie gleich aus dem Bild verschwindet, geht sie also dort rein … und wir schauen extragenau hin!«, flüsterte Anna.

Weitere Passanten gingen an dem Eisenwarenladen vorüber. Leute, die auf den vorigen Bildern nicht zu sehen gewesen waren. Allerdings war rein gar nichts an ihnen auffällig; niemand hatte ein Baby dabei oder schob einen Kinderwagen, niemand verhielt sich bemerkenswert. Inzwischen war Anna so angespannt, dass ihre Waden anfingen zu zucken.

»Und da kommt die Kindergartengruppe«, murmelte sie.

Aram lächelte verzückt.

»Mein Zuckerschnütchen.«

Anna spähte auf die Zeitanzeige und spürte, wie sich Enttäuschung in ihr breitmachte.

»Zu diesem Zeitpunkt hat Saara Nyman den Blumenladen bereits wieder verlassen, wie wir wissen, und ist an der Boutique vorbeigegangen. Dann hat also keine der Kameras irgendwas von Interesse aufgezeichnet.«

»Na ja, war vielleicht ein bisschen zu optimistisch, dass wir den Babyaussetzer auf Film quasi auf frischer Tat ertappen würden.«

»Ich weiß. Trotzdem hatte ich es gehofft. Und was machen wir jetzt?«

»Ich finde, wir sollten Pamela bitten, sich die Aufnahmen vom Eisenwarenladen anzugucken.«

Gar keine schlechte Idee. Pamela, die am Empfang der Dienststelle saß, kannte so gut wie jeden in der Stadt. Vielleicht würde sie den einen oder anderen potenziellen Zeugen auf den Bändern wiedererkennen?

»Irgendwer muss doch etwas gesehen haben«, murmelte Anna.

»Absolut. Ich frage Pamela, ob sie sich das Band ansehen kann. Und ich nehme mir alles noch mal genau vor – sicherheitshalber auch die Filme vom Kiosk und vom Friseur. Vielleicht ist uns ja doch etwas entgangen.«

»Okay.«

Mit einiger Mühe schob Aram sich an ihr vorbei und verließ sein Büro, während Anna sitzen blieb.

Dass das kleine Mädchen in den Kinderwagen gelegt worden war, war jetzt anderthalb Tage her, und noch immer hatten die besorgten Eltern sich nicht zu erkennen gegeben.

Anna starrte auf den hastig gezeichneten Lageplan. Von der Storgatan gingen an mehreren Stellen Querstraßen ab. Vielleicht gelangte man ja von dort zum Blumenladen, ohne an einer der Kameras vorbeizukommen? Indem man die Berggatan hochging, dann auf die Storgatan einbog, mit dem Baby zum Blumenladen lief und dann über die Berggatan verschwand?

Oder hatte sich die Person, die das Kind bei sich gehabt hatte, dicht an der gegenüberliegenden Hauswand gehalten, so dass sie nirgends von einer Kamera erfasst worden war? Aber so ein Verhalten erregte doch Aufmerksamkeit? Und man hätte an allerhand offenen Türen vorbei und über Vordertreppen hinwegsteigen müssen.

Nein, viel wahrscheinlicher war, dass die Person mit dem Baby über die Berggatan gekommen war. Doch entlang der Querstraße gab es keine Geschäfte und damit bestimmt auch keine Überwachungskameras.

»Immer noch ein Mysterium, unser Baby X«, murmelte Anna und seufzte.

»Guck mal, wie komisch!«, sagte Kattis zu Lena.

»Ja, wirklich! Was machen die denn da?«

Die Damen beugten sich stirnrunzelnd über Kattis' Rechner. Dann sah Lena zu Jan-Anders.

»Janne, kommst du mal? Wir sehen uns gerade die Fotos an, die Kattis heute früh geschossen hat. Bei Börje Bohmans Haus ist irgendetwas im Busch.«

Jan-Anders stand auf und ging zaudernd auf die beiden zu.

»Was denn? Wer ist das?«

»Börjes Grundstück war abgesperrt«, erklärte Kattis. »Und ich glaube, das da ist dieser CSI-Typ.«

»Wer?«

»Wie heißt das gleich wieder? Spurentechnik?«

»Na klar, der sieht aus wie Filip Johansson«, rief Lena. »Der arbeitet doch für die Polizei?«

Als Jan-Anders nichts darauf erwiderte, sah sie ihn forschend an.

»Janne? Hast du irgendeine Ahnung, warum die Polizei den Weg abgesperrt hat und Börje Bohmans Haus absucht?«

»Nee. Hab keinen Schimmer.«

Lena sah wenig überzeugt aus.

»Dann hast du nichts Ungewöhnliches bemerkt, als du kürzlich dort oben warst?«

»Nein, aber ich kann ja mal bei der Polizei anklopfen und nachhaken.«

»Mach das«, forderte Lena ihn auf.

Mit einem Mal hatte Jan-Anders das Gefühl, als stünde jemand hinter ihm. Und tatsächlich: Lautlos wie ein Gespenst hatte Alex Hartman sich angeschlichen.

»So eine Ausrüstung benutzt man, wenn Proben genommen und irgendwo Blut oder andere Körperflüssigkeiten vermutet werden«, dozierte er.

»Ach ja? Und woher weißt du das? Aus den Panzerknacker-Comics?«, murmelte Jan-Anders.

Alex bleckte sein Eidechsengrinsen. »Hab ein paar Kurse in Forensik belegt, eher aus Spaß, als ich Austauschstudent in Oxford war.«

Jan-Anders machte kehrt und ging an seinen Schreibtisch zurück. Wo zur Hölle war sein Handy? Er würde Anna Glad nicht von seinem Arbeitsplatz aus anrufen können. Er wollte nicht, dass seine Kollegen erfuhren, dass er ihnen Börje Bohmans Verschwinden verheimlicht hatte.

Das Handy lag unter einem Haufen aus Zeitungsausschnitten. Er schob es sich in die Gesäßtasche, schlüpfte in seine Lederjacke und eilte in Richtung Raucherbalkon.

Anna goss sich ihre zweite und damit letzte Tasse Kaffee des Tages ein und schlenderte damit hinüber zu Annette Käld.

»Irgendwas Neues?«, erkundigte sich die Chefin.

»Auf den Überwachungsbändern der Storgatan war leider nichts zu sehen. Aram schaut sich noch mal alles an und hört sich um. Vielleicht können wir darauf irgendwen als Zeugen identifizieren.«

»Sehr gut. Ich hab vor ein paar Minuten gesehen, wie Filip zu Märta gegangen ist. Kann er schon etwas zu den Blutflecken auf Börje Bohmans Treppe sagen?«

Anna hätte sich fast den Kaffee übers Bein gekippt.

»Ich frage ihn gleich.«

Sie ging über den Flur auf Märtas Dienstzimmer zu und stieß die Tür auf, ohne anzuklopfen.

»Hey«, sagte sie, »gibt's schon Neuigkeiten zu Börje?«

Filip Johansson sah sie irritiert an. Aber mit nichts anderem hatte sie gerechnet. Anna lächelte ihn unbekümmert an. Ihr war klar, dass ihn das nur noch mehr aufregen würde.

»Da *war* Blut auf der Treppe«, antwortete Märta. »Menschliches Blut.«

»Und zwar eine Menge«, ergänzte Filip.

»Wirklich? Und wie alt war es?«

»Unmöglich zu sagen«, erwiderte Filip. »Es hat in den letzten Nächten ja auch ordentlich geregnet. Aber älter als einen Monat auf gar keinen Fall, würde ich sagen.« Er zeigte auf ein Foto auf Märtas Schreibtisch. »Und das Verteilungsmuster ist interessant.«

»Inwiefern?«, hakte Anna nach.

»Wenn sich auf einer Treppenstufe eine Art Pfütze bildet, sollte man doch meinen, dass dort irgendwer früher oder später hineintreten würde. Aber nicht hier. Der Fleck ist getrocknet, ohne dass jemand durchgelaufen wäre. Und wenn ihr euch das mal anguckt …«

Er tippte auf ein weiteres Foto.

»Genau deswegen bin ich heute Morgen noch mal hingefahren – um es mir bei Tageslicht genauer anzusehen. Erkennt ihr das da? Den blutigen Handabdruck am Türrahmen?«

»Ach du Scheiße«, platzte es aus Anna heraus.

Sie hatte sich in den vergangenen vierundzwanzig Stunden so oft eingeredet, dass Börje Bohman ganz sicher nur irgendwo herumirrte und das Blut auf der Treppe das eines Tieres war. Doch das hier war höchst beunruhigend.

»Wessen Blut ist es?«

»So weit sind wir noch nicht. Ich habe die Proben ins

Labor geschickt – zusammen mit einer Zahnbürste und ein paar anderen Sachen, die ich aus Bohmans Bad mitgenommen habe.«

Konzentriert betrachtete Anna die Fotos. Dann war es also Blut. Nur von wem?

Am wahrscheinlichsten war wohl, dass es sich dabei um Bohmans Blut handelte – gerade wenn man bedachte, dass er menschenscheu war und obendrein vermisst wurde.

Aber was, wenn nicht? Was war dort oben auf dem Betesbacken passiert, und wo steckte Börje jetzt?

»Diese Spritzer da auf der Treppe«, fuhr Märta dazwischen, »was glaubst du, von wem die stammen? Was ist da vorgefallen?«

»Zum einen sind das keine Spritzer. Dafür hat das Ganze die falsche Form.«

»Was bedeutet das?«, hakte Anna nach.

Ausnahmsweise wirkte Filip kein bisschen verdrießlich, im Gegenteil: Fast schon begeistert erklärte er, was er sich zusammengereimt hatte. Er benutzte einen Kugelschreiber als Zeigestock und hielt die Fotos nach und nach hoch.

»Seht ihr das? Wenn es sich hier um Spritzer infolge eines harten Schlages oder eines Schusses handeln würde, wäre das Blut völlig anders verteilt. Dann wäre es von schräg oben dort gelandet, und die Spritzer wären länglich, okay? Das hier sieht eher aus, als hätte jemand etwas annähernd senkrecht verschüttet oder ausgekippt.«

»Aber welche Verletzung könnte dazu führen?«, fragte Märta. »Würde es auch so aussehen, wenn jemand sich blutüberströmt dort hingeschleppt hätte?«

Filip zuckte mit den Schultern.

»Eher nicht. Da wäre das Blut ja verschmiert, oder? Aber Spritzer gibt es jedenfalls keine.«

»Dann wäre das eher … wie Nasenbluten?«, hakte Anna nach.

Filip schnaubte.

»Nein. Den will ich sehen, dessen Nase so heftig blutet. Müsste schon die Nase eines Riesen sein. Aber okay, ich verstehe schon, was du damit sagen willst. Irgendwas hat hier von oben herab auf die Treppe geblutet. Allerdings nicht die Nase. Oder zumindest nicht *ausschließlich* die Nase.«

»Wann, glaubst du, meldet sich das Labor?«, fragte Anna, der im nächsten Moment ein überwältigender Hauch Rasierwasser in die empfindliche Nase stieg.

Sie musste sich nicht einmal umdrehen, um zu wissen, dass Benny Westlander hinter ihr aufgetaucht war.

»Was hab ich verpasst?«

Benny lehnte auf eine Weise im Türrahmen, dass Anna fast mit seiner Deo-überschwemmten Achsel in Berührung kam.

»Wieder gesund?«, fragte sie knapp.

»Danke der Nachfrage, ja, mir geht's besser. Verdammt ätzende Magensache. Es kam mir zu sämtlichen Enden raus, war aber auch genauso schnell wieder vorbei, wie es gekommen war.«

Anna wich sofort ein Stück zurück. Sie wollte sich ungern mit etwas anstecken. Doch prompt rückte Benny nach und sah sich ebenfalls interessiert die Fotos an.

»Was haben wir denn da?«

»Einen Blutfleck auf Börje Bohmans Vordertreppe«, antwortete Märta.

»Ach du Schande! Und wessen Blut ist das?«

Filip Johansson schnaubte.

»Was glaubst du, wer wir sind – das Fernseh-FBI? Geben einen Tropfen in einen Apparat, und der spuckt direkt ein Passbild und die Telefonnummer aus?«

Benny nahm beide Hände hoch und lachte.

»Oh, oh, ich sehe schon, dünnes Eis! Darf ich die anderen Fotos auch sehen?«

Er versuchte, sich an Anna vorbeizuschieben, doch ausnahmsweise kam ihre Körperfülle ihr gut zupass. Sie rührte sich nicht von der Stelle.

»Warum willst du sie dir überhaupt ansehen, Benny? Du ermittelst doch nicht in dem Fall.«

Benny sah sie verdattert an. Anna starrte unverwandt zurück.

So langsam hatte sie die Nase voll von wichtigtuerischen männlichen Kollegen, die sich in ihre Ermittlungen einmischten, um sich selbst in ein besseres Licht zu rücken und die Karriereleiter weiter emporzusteigen. Diesbezüglich war Benny genau wie der Trottel, der zuvor auf seinem Posten gesessen hatte: Statt seinen eigenen Aufgaben nachzugehen, steckte er lieber die Nase in die Arbeit von anderen.

»Jetzt hör mal zu, Anna Glad«, sagte er. »Wenn ich an dem Tag, an dem Börje verschwunden ist, nicht zufällig die Scheißerei gehabt hätte, wäre das hier jetzt meine Ermittlung.«

»Mag sein, aber nun warst du eben zu Hause und hast gekackt und gekotzt, was das Zeug hält. Und deshalb ist es nun so, dass du und Markus den Fall mit dem Baby von der Storgatan untersucht. Ich hab die Namen einiger Kindergärtnerinnen, die du befragen kannst, und Pamela sucht derzeit nach weiteren potenziellen Augenzeugen. Du hast also keinen Grund, dich nutzlos zu fühlen, darauf mein Ehrenwort.«

Dann drehte sie sich zu Märta und Filip um und erhaschte gerade noch so einen Blick auf ihre Gesichter. Zum ersten Mal überhaupt hatte Filip Johansson fast schon verzückt ausgesehen. War ja ganz was Neues.

Märta hingegen wirkte stinksauer. Anscheinend hatte Anna ihrem jüngsten Flirt gerade einen Einlauf verpasst – aber das würde sie schon aushalten, und wenn Märta diesen Benny für einen tollen Hecht hielt, war das bitte schön ihr Problem.

In Annas Gesäßtasche surrte es, und sie angelte ihr Handy hervor.

»Anna Glad?«

»Morgen, hier ist Janne.«

Anna hoffte, dass ihr Seufzer an Jan-Anders Rosbäcks Ende der Leitung nicht allzu laut zu hören war. Was Anna anging, führte ein Anruf des Journalisten kaum je zu etwas anderem als zu weiterem Ärger.

»Hören Sie, wir müssten allmählich damit rausrücken, dass Börje vermisst wird. Das heißt – wird er denn noch vermisst? Vielleicht haben Sie ihn ja inzwischen gefunden?«

»Warum sollten wir damit rausrücken?«, fragte sie und huschte zurück in ihr eigenes Dienstzimmer.

»Unsere Fotografin hat Ihren Technikertypen gesehen, wie er den Fleck auf der Treppe untersucht hat. Und jetzt will die Chefredakteurin wissen, was da los ist. Wenn ich nicht erzähle, was da vor sich geht, ruft sie Sie selbst an und fragt nach.«

War ja klar. Anna seufzte erneut.

»Sind Sie auf dem Wasser?«, fragte Jan-Anders. »Klingt, als wäre es ganz schrecklich windig.«

»Ich spreche mit meiner Vorgesetzten. Und Sie halten die Füße still, bis Sie von mir grünes Licht haben, okay?

Wir sind an der Sache dran, und es wird nur chaotisch, wenn die Leute anfangen, mit ihren Spekulationen zu Vermissten und Blutflecken bei uns anzurufen.«

»Ach, dann war das also wirklich Blut auf der Treppe?«, hakte Jan-Anders blitzschnell nach.

Verdammt.

»Ich rufe Sie gleich wieder an, Jan-Anders. Halten Sie sich so lange bedeckt.«

»Klar. Ich fange nur schon mal an, mir einen kleinen Artikel zurechtzulegen. Sie sind Oberkommissarin, nicht wahr? Nicht, dass ich Sie falsch bezeichne?«

Anna legte auf und marschierte zurück zu Annette.

»Entschuldige bitte, aber wir haben ein kleines Problem …«

Erstmals überhaupt wünschte sich Jasper Jokela, er hätte sich nicht ausgerechnet ein türkisfarbenes Fahrrad gekauft. Das Bianchi kam ihm regelrecht selbstleuchtend vor, als er versuchte, es diskret irgendwo am Straßenrand abzustellen. Jasper war der Einzige in der Stadt, der ein solches Fahrrad besaß, deshalb konnte er es auch nicht einfach überall abstellen, erst recht nicht, während er versuchte, unerkannt zu bleiben.

Schlussendlich beschloss er, das Rad ein Stück in den Wald zu schieben und an einem Baum anzuschließen. Das musste reichen.

Es war schließlich auch nicht völlig abseitig, dass das Stadtoberhaupt sich zu einer Baustelle begab, um sie persönlich in Augenschein zu nehmen. Doch nun war ausgerechnet die Sache mit dem Fahrradweg ein wenig pikant.

Verner Jansson war von der Lokalzeitung interviewt worden, und inzwischen war es ein offenes Geheimnis, dass die Eröffnung auf unbestimmte Zeit verschoben worden war. Es stand überdies schon im Netz, und in den Kommentarspalten war man nicht zimperlich.

Bei der Altenpflege wird zusammengestrichen, aber diese Art Angeberei darf gern was kosten! Schämt euch!, hatte jemand mit der Signatur K-G geschrieben und von anderen Lesern zig Likes bekommen.

»Ein Fiasko«, hatte der Journalist es genannt.

Und das tat weh. Verdammt weh.

Aber genau deshalb hatte Jasper diese kleine Expedition auch machen wollen, ohne dass jemand davon wusste.

Er war weitsichtig genug gewesen, sich Gummistiefel mit kurzem Schaft anzuziehen, so dass er das letzte Stück durch den Wald zu Fuß gehen konnte.

Nach wenigen Minuten konnte Jasper zwischen den Bäumen das Klinkerhaus oben auf der Kuppe erkennen. Börje Bohmans verdammtes Haus, das ihm so viel Kopfzerbrechen bereitete.

Bohman selbst war nirgends zu sehen, und das war auch gut so. Jasper war nicht gekommen, um mit ihm zu verhandeln – er wusste, dass es aussichtslos wäre –, sondern um das Terrain zu sondieren. Um das Trauerspiel mit eigenen Augen zu sehen.

Jasper blinzelte verärgert in Richtung des schäbigen Siebziger-Jahre-Gebäudes. Bestimmt saß er dort drinnen in einer Ecke und hatte sich verbarrikadiert, dieser Bohman. Grinste in sich hinein, weil er gegen die Stadt die nächste Runde für sich entschieden hatte.

Doch da hatte er nicht mit Jasper Jokela gerechnet.

Der Bürgermeister war ein freundlicher, fröhlicher Zeitgenosse – da passierte es schon mal, dass er unterschätzt wurde.

Und wer immer ihn unterschätzte, bereute das früher oder später. Jasper hatte nämlich durchaus ein paar Asse im Ärmel.

Er ging ein Stück näher an das Haus heran. Von dort, wo er stand, war klar zu sehen, wie nah an der Fertigstellung sein Radwegprojekt de facto war.

Es handelte sich nur mehr um einen allerletzten kleinen Streckenabschnitt.

Jenseits von Börjes Grundstück lag eine rund hundert Meter tiefe bewaldete Böschung, die der Kommune gehörte, und dahinter eine der Straßen, die ins Stadtzentrum führten.

Wenn die Kuppe, auf der Börjes Haus stand, endlich planiert werden könnte, wäre der Weg im Handumdrehen fertig. Seit Beginn des Jahres war der Bau von beiden Enden her gut vorangeschritten.

Es war gelinde gesagt ärgerlich. Nur noch ein paar Dutzend Meter – mehr fehlten nicht.

Im nächsten Moment war ein Geräusch zu hören, und Jasper drehte sich um. Es war nicht sonderlich laut gewesen, aber ohne Zweifel aus Börjes Haus gekommen. Es hatte fast geklungen, als wäre ein schwerer Gegenstand auf den Boden gefallen.

Und schlagartig war ihm mulmig zumute. Vielleicht stand Bohman ja in seinem Wohnzimmer und hatte ihn schon im Visier?

Vorsichtig schlich Jasper denselben Weg zurück, den er gekommen war. Dann warf er einen letzten Blick über die Schulter. Das war doch kein Haus mehr, das war eine Baracke! Es juckte ihn in den Fingern, dem Gemäuer persönlich mit einem Vorschlaghammer zu Leibe zu rücken.

Sobald er eine Idee hätte, wie er diesen Börje vertreiben könnte, wäre es so weit. Jasper Jokela würde höchstselbst den ersten Schlag setzen, wenn dieses Haus dem Erdboden gleichgemacht würde.

»Verdammt noch mal, Börje! Was ist los mit dir?«

Stippe war aufrichtig schockiert. So elend hatte Börje noch nie ausgesehen, dabei kannten sie einander, seit sie sieben Jahre alt gewesen waren.

Als Stippe Börje erstmals zu Gesicht bekommen hatte, war der eindeutig der verlottertste Junge gewesen, dem er je im Leben begegnet war. Es war Sommer, Stippe war auf dem Weg zum Badestrand mit dem Fahrrad gestürzt und hatte am erstbesten Hof angehalten, um dort um ein Pflaster zu bitten. Dann guckte Börje hinter einem Busch hervor – mit Dreck und Rotze im ganzen Gesicht.

Jener Börje, der ihm jetzt, siebzehn Jahre später, in der kleinen Kneipe gegenübersaß, war zwar nicht so dreckig wie damals, aber annähernd genauso grau im Gesicht. Die Haare standen ihm zu Berge, und er sah aus, als hätte er in seinen Klamotten geschlafen.

»Was ist passiert? Bist du immer noch wegen Marianne so fertig?«

Börje röchelte etwas in sich hinein und starrte auf die Tischplatte. Stippe stand auf.

»Bleib sitzen. Ich hol was zu trinken.«

Während Stippe am Bartresen wartete, spähte er in Börjes Richtung.

Diese verflixte Marianne.

Sie hatte Börje wirklich am Haken gehabt – und ihm dann aus heiterem Himmel mitgeteilt, dass sie zu ihrem Ex zurückkehren wollte.

Hatte sie auch nur eine Ahnung, wie schlimm das für Börje war?

Den ganzen Sommer über war er ein anderer Mensch gewesen. Nach jenem Fest, bei dem Börje sie kennengelernt hatte, hatte Stippe ihn kaum noch zu Gesicht bekommen. Aber Stippe nahm anderen so was nicht krumm. Schließlich war Börje bis über beide Ohren verliebt, und es passierte nicht allzu oft, dass Börje mal einen Treffer landete.

Er hatte es im Leben nicht leicht gehabt, das war Stippe schon bei ihrer ersten Begegnung klar gewesen – an jenem Sommertag vor vielen Jahren.

Börje hatte Stippe nie hereingebeten, um ihn zu versorgen, aber er hatte Handtücher, Wasser und Pflaster nach draußen gebracht und Stippe interessiert beobachtet, als der sich selbst verarztet hatte. Börje hatte die ganze Zeit nur leise gesprochen, als hätte er Angst, jemanden drinnen zu stören, und sicherheitshalber war auch Stippe leise gewesen.

Dann hatte Börje ihm seinen Vogelfriedhof gezeigt, wo er sämtliche Vögel, die gegen das Terrassenfenster geflogen waren und sich den Schädel zertrümmert hatten, fürsorglich beerdigt hatte.

Stippe zeigte ihm seinerseits, wie man seine Augenlider auf links klappte und die Mädchen zum Kreischen brachte.

Seit jenem Tag waren sie Freunde.

Nachdem sie ein paar Monate nach ihrer ersten Begegnung eingeschult worden waren, gingen sie fast eine Art Symbiose ein: Stippe war flink im Kopf und erfindungsreich, Börje der langsamere Denker, aber stark wie ein Bär. Aufgrund seiner großen Klappe geriet Stippe nicht selten in Schwierigkeiten, und dann war Börje mit seinen eisernen Fäusten zur Stelle und verteidigte ihn. Wann immer umgekehrt jemand Börje blöd kam, eilte Stippe ihm zu Hilfe und unterstützte ihn, indem er den Mobber verhöhnte, bis der schließlich seinerseits von anderen ausgelacht wurde und von Börje abließ. Und wenn Stippe irgendwo in der

Klemme steckte, reichte es meist, dass Börje sich nur dazugesellte, die Fäuste ballte und Stippes Widersacher einen finsteren Blick zuwarf, und jeder Streit verlief sofort im Sande.

Die Kumpels hatten während ihrer Schulzeit so einige Prügeleien und Auseinandersetzungen miteinander durchgestanden.

Mittlerweile waren sie beide erwachsen, und Börje brauchte eindeutig Trost. Nur lag Stippe so etwas leider nicht. Was konnte man jemandem auch sagen, der überzeugt davon war, gerade die Liebe seines Lebens verloren zu haben?

Er schob eins der Biergläser auf Börje zu.

»Also … Dann hat sie sich nicht mehr gemeldet? Ich meine Marianne?«

Börje schüttelte den Kopf.

»Hast du sie angerufen? Und eine Erklärung von ihr verlangt?«

»Hat doch keinen Sinn.«

»Warum denn nicht?«

»Sie hat mir geschrieben.«

»Und was hat sie geschrieben?«

»Eine Postkarte.«

»Jaja, aber was stand darauf?«

»Dass Schluss ist. Dass sie und ihr Ex wieder zusammen sind.«

»Nichts weiter?«

»Nein.«

»Aha, okay. Scheiße. Tut mir echt leid, Börje. Wirklich ätzend von ihr. Aber du weißt schon, dass es da draußen noch andere Frauen gibt?«

Börje wich Stippes Blick aus und hatte bislang nicht mal sein Bier angerührt. Kurzerhand versuchte Stippe, das Thema zu wechseln.

»Du, erzähl mir doch von diesem Haus, das du gerade planst. Wie steht es darum?«

Börje sackte nur umso mehr auf seinem Stuhl zusammen, und Stippe fluchte tonlos in sich hinein. Wie hatte er nur so ein unachtsames Trampeltier sein können? Natürlich war Börjes Traum von einem eigenen Haus oben auf dem Berg eng mit seinem Traum von einem Leben mit Marianne verknüpft gewesen. Und jetzt streute Stippe auch noch Salz in die Wunde …

Allmählich war er verzweifelt.

»Hallo? Börje? Ist dir überhaupt klar, was für eine Bombenpartie du sein wirst, wenn du erst im schicksten Haus der Welt wohnst? Du könntest Poolpartys organisieren! Vergiss bloß nicht, mich einzuladen!«

Es war zwecklos. Börjes Blick wurde nur zusehends schwärzer. Stumm saßen sie eine Zeit lang beieinander, Stippe schlürfte verlegen sein Bier, während Börje nur mit geballten Fäusten dasaß.

»Keine andere«, murmelte er nach einer Ewigkeit.

»Was hast du gesagt?«

»Ich werde nie eine andere finden. Und ich würde auch keine andere wollen.«

»So fühlt es sich vielleicht gerade an, aber …«

»Das hat doch alles keinen Sinn mehr.«

Stippe versuchte, aufmunternd zu klingen, doch so langsam war er verunsichert.

»Was? Börje! Du hast doch wohl nichts Dummes im Sinn?«

»Wie – nichts Dummes?«

»Also … so was wie dem Ex-Freund den Hals umdrehen oder … Weil das nämlich eine saublöde Idee ist. Für so etwas hinter Gittern zu landen, das ist es doch nicht wert!«

Börje brummelte etwas Unverständliches in sich hinein, griff dann zu seinem Glas und kippte das Bier in einem Zug in sich hinein.

KAPITEL 4

Anna Panna kochte Rüben
ganze einhundertundsieben
Rüben verkocht
Anna in Not
Glockenschlag
Anna tot

Montag, 12. Juni

Pressemitteilung, zur sofortigen Freigabe
Die örtliche Polizeidienststelle bittet die Öffentlichkeit um Mithilfe bei der Suche eines seit Donnerstag, 8. Juni, vermissten 70-jährigen Mannes.

Der Vermisste ist 1,90 Meter groß, von kräftiger Statur, weißhaarig und vermutlich bekleidet mit einem braunen Mantel, einer grauen Hose und einer braunen Schiebermütze. Der Mann hält sich für gewöhnlich in unmittelbarer Nähe des Betesbacken auf.

Er ist vermutlich in guter körperlicher Verfassung und hat in der Vergangenheit keinerlei Anzeichen für eine geistige Verwirrung erkennen lassen.

Hinweise nimmt jede Dienststelle entgegen.

Kattis und Alex warteten bereits am Anleger, als Jan-Anders ankam. Er beschloss, erst mal in aller Seelenruhe den Steg entlangzuschlendern. Für Hetze gab es schließlich keinen Grund. Außerdem war es lustig zu sehen, wie Alex Hartman ungeduldig von einem Bein aufs andere trat.

»Darf ich vorstellen? *Sabrina*«, tönte Jan-Anders hochtrabend. »Königin der Schären.«

Man musste schon ein Kenner sein, um seinem Motorboot die Erhabenheit anzusehen, trotzdem hing er sehr an seiner *Sabrina*. Und Alex schien keinen Blick dafür zu haben, er schnaubte lediglich.

»Nun denn, Matrosen, dann mal Leinen los!«, rief Jan-Anders munter, nachdem er ausgiebig seine Sonnenbrille mit einem Brillenputztuch sauber gerieben hatte.

»Und Tempo«, fauchte Alex. »Wir müssen Gas geben, sonst kommen wir zu spät!«

Mit einem amüsierten Gesichtsausdruck legte Kattis ihre Fototasche neben sich ab.

Sie brauchten nur wenige Minuten, um zu dem Inselchen überzusetzen, auf dem Samuel Lindberg seinen Palast hatte errichten lassen. Mehrere protzige Motorboote und ein Jet-Ski dümpelten träge am Anleger.

»Springst du rüber, Alex, und hilfst uns raus?«

»Ach was«, sagte Kattis ruhig. »Bleib nur sitzen. Kattis kümmert sich!«

Einen Augenblick später stapfte die kleine Delegation auf die terrakottafarbene Betonburg zu.

»Herr im Himmel, was für eine Hütte«, murmelte Jan-Anders.

»Ich finde sie nicht übel«, erwiderte Kattis, »ein bisschen Villa Malaparte *meets* Disneyland.«

»Kommt endlich, wir sind jetzt schon spät dran«, maulte Alex.

Sie klingelten mehrmals, ohne dass etwas passierte.

»Vielleicht hat Kammerdiener Jeeves ja heute seinen freien Tag?«, ulkte Jan-Anders.

Doch dann machte jemand die Tür auf – allerdings kein Jeeves, sondern ein geleckter junger Mann, der sich als Leevi vorstellte, aber nicht weiter erklärte, welche

Funktion er innehatte. Vielleicht wirklich ein Butler? Man konnte nie wissen, dachte Jan-Anders.

Leevi bat sie herein.

Das Haus sah innen kaum besser aus als von außen, stellte Jan-Anders fest. Während sie von Zimmer zu Zimmer marschierten, war er fast ein bisschen dankbar dafür, dass der kleine aufstrebende Alex diesen Ausflug geplant hatte. Über Lindbergs Haus zerrissen sich in der Gegend so einige die Mäuler, aber nur wenige hatten je einen Fuß ins Innere gesetzt. Die Jungs im O'Donnells wären sicher beeindruckt.

»Okay, Samu«, sagte Leevi, »hier kommen deine ersten Gäste.«

Und plötzlich stand er da, *the man himself*. Der Torschützenkönig, das Wunderkind, der Zauberer auf Kufen – Samuel Lindberg. Die Kinnpartie war fast ebenso imponierend wie die breiten Schultern, und das Lächeln war kreideweiß; aber wenn man schon gezwungen war, sich Jahr für Jahr neue Zähne anzuschaffen, war es womöglich nicht ganz so schwer, den Farbton beizubehalten.

»Hey, ich bin Samu«, stellte Lindberg sich artig vor und gab ihnen reihum die Hand. Sein Handschlag war fest und die Pranke riesig. Auch Jan-Anders hatte große Hände, doch diesmal war die Begrüßung selbst für ihn fast schmerzhaft.

Alex Hartman indes konnte sich kaum mehr beherrschen. Wie auf Kommando platzte eine gar nicht mehr enden wollende Tirade aus ihm heraus: wie heftig das Haus sei und wie cool, dass Samu (den Spitznamen hatte er natürlich sofort übernommen) sich die Zeit nehme, sich mit ihnen zu unterhalten, und diverse weitere Schmeicheleien.

Jan-Anders hielt sich anfangs dezent zurück, doch als Alex in aller Ausführlichkeit seine persönlichen Erinnerungen an das finnische WM-Gold schilderte, zu dem Lindbergs Tor in der Verlängerung entscheidend beigetragen hatte, räusperte er sich.

»Wir wollen Herrn Lindbergs Zeit lieber nicht länger als nötig beanspruchen, deshalb schlage ich vor, wir fangen mit dem Interview an.«

Alex wirkte kurz peinlich berührt, doch dann kramte er seinen Notizblock hervor und fing an, seine Fragen zu stellen.

Widerwillig musste sich Jan-Anders eingestehen, dass der Junge sich halbwegs gut schlug: Alex hatte sich sorgfältig vorbereitet, stellte klar verständliche offene Fragen und schien den Antworten, die er erhielt, aufmerksam zu lauschen. Samuel Lindberg wiederum war derart mediengewandt, dass die Antworten nur so aus ihm herausströmten wie Ahornsirup. Allerdings waren sie auch über die Maßen klischeehaft.

Es sei *großartig*, wieder zurück auf heimischem Boden zu sein. Die Fans seien ebenfalls *großartig*. Samuels Ehefrau Alison sei das *Großartigste* überhaupt, könne aber leider nicht Hallo sagen, weil sie derzeit selbst ein Interview gebe. Und ja, was Samuels Background angehe – dass er nach einer ärmlichen Kindheit plötzlich zu so viel Wohlstand gekommen sei, dass er sich ein Traumhaus habe bauen können –, auch dafür könne es nur ein Wort geben: *großartig*.

»Ich wünschte mir manchmal, ich könnte in der Zeit zurückreisen und mich als kleinen Jungen treffen: als den kleinen Jungen, der seine – natürlich gebrauchte! – Eishockey-Ausrüstung von Bus zu Bus schleppte, um zum Training zu kommen. Ich frage mich, was er mir sagen würde, wenn er damals schon gewusst hätte, was die Zukunft für ihn bereithielt.«

»Was sagen denn Ihre Eltern dazu, dass sie wieder zurück in der Heimat sind?«

»Die finden das natürlich großartig. Und ich habe ihnen ja auch alles zu verdanken – besonders meinem Vater! Wenn er mich nicht immerzu angetrieben hätte, wäre nichts von all dem passiert. Da hätte ich wahrscheinlich irgendwann aufgegeben und stattdessen auf dem Gameboy Tetris gespielt. Womöglich hätte ich noch eine Ausbildungsstelle gefunden, auch wenn meine Noten nicht sonderlich nennenswert waren. Aber mein Vater hat mich immer gepusht und nicht zugelassen, dass ich aufgebe.«

Jan-Anders beschloss, eine eigene Frage einzuwerfen.

»Wie sieht denn Ihre Beziehung speziell zu dieser Gegend hier aus? Warum haben Sie Ihr Traumhaus ausgerechnet hier gebaut und nicht irgendwo anders?«

Bildete er es sich nur ein, oder hatte sich die breite Kinnpartie für den Bruchteil einer Sekunde entspannt? Samuel Lindberg sah für einen kurzen Augenblick fast schon verträumt aus.

»Als Kind habe ich ein paar Sommer hier verbracht. Mein Großvater hatte nur ein paar Kilometer entfernt ein kleines Sommerhaus. Andere Reisen kannte ich als Kind überhaupt nicht, weil das Training fast meine komplette Freizeit beanspruchte und wir uns mehr auch gar nicht hätten leisten können. Das ganze Jahr über habe ich auf den Sommer hin gefiebert. Hinauszurudern und früh am Morgen die Netze einzuholen, auf Bäume zu klettern, Holz zu hacken … Das war wie im Märchen!«

Und endlich ging Jan-Anders ein Licht auf.

»Ihr Großvater – das war nicht zufällig ein gewisser Konrad Lindberg?«

»Doch, genau so hieß er.«

»Ich kann mich noch gut an ihn erinnern, ein Pfundskerl. Dann waren Sie als Kind immer auf Rövarskäret?«

»Völlig richtig.«

Inzwischen funkelte Samuel Lindbergs Blick fast so sehr wie sein Gebiss.

»Opa war fabelhaft … Und um auf Ihre Frage zurückzukommen: Ich nehme an, ich wollte aus nostalgischen Gründen hierher zurück. Ich will meinen Kindern das Beste bieten, und die Sommer, die ich hier verbracht habe, waren das Schönste, was ich mir hätte vorstellen können. Natürlich gab es dort draußen auf der Insel keinen Luxus, aber es war *nice*.«

»Ist Rövarskäret immer noch im Besitz der Familie?«

»Japp. Ich habe tatsächlich erst überlegt, dort mein Haus zu bauen, aber das hätte nicht funktioniert. Von hier brauche ich nur ein paar wenige Minuten ans Festland und zum Auto, aber dort draußen sitzt man bei schlechtem Wetter schlichtweg fest.«

Jan-Anders nickte beifällig.

Und damit hatten sie auch einen Aufhänger, einen Hauch Authentizität, für ihr Interview. Für einen kurzen Moment hatte der aufpolierte Eishockeystar seine Deckung fallen gelassen und war ein normalsterblicher Mensch gewesen. Genau das würde in die Überschrift kommen, in den Teaser: die Verbundenheit zur Gegend, die ihre Leserschaft sehr zu schätzen wüsste. Sollte Alex nur weiter seine vorhersehbaren Fragen stellen und Lindbergs *großartige* Klischeeantworten mitschreiben.

Der Praktikant hatte den kurzen Wortwechsel mit leicht säuerlicher Miene mitverfolgt, schien jetzt aber das Heft wieder in die Hand zu nehmen und sogar einen Gang höher zu schalten.

»Was hält eigentlich Ihre Frau davon, dass Sie jetzt hier wohnen?«

»Alison fühlt sich hier pudelwohl! Sie ist ein Großstadtkind, aus Chicago, deshalb fand sie es hier zunächst ein bisschen still, aber so langsam gewöhnt sie sich daran.«

»Sie ist ja durchaus ein bisschen anders als Ihre früheren Partnerinnen«, fuhr Alex kumpelhaft fort.

Kattis und Jan-Anders wechselten einen Blick. Hatte die kurze Plauderei über familiäre Verhältnisse bei Alex den Eindruck erweckt, dass auch er persönlich werden durfte?

Samuel Lindberg runzelte die Stirn.

»Was soll das heißen?«

»Na ja, Alison war immerhin eine erfolgreiche Geschäftsfrau, als Sie sich kennengelernt haben.«

»Ja, das ist richtig. Alison ist diejenige, die man anrufen sollte, wenn man ein richtig großes Event plant und will, dass auch garantiert nichts schiefgeht. Sie hatte eine Wohltätigkeitsveranstaltung auf die Beine gestellt, bei der ich Gast war. So haben wir uns kennengelernt.«

»Ja, und sie ist anders als Ihre Ex-Freundinnen, das waren ja Models und Schönheitsköniginnen …«

Samuel Lindberg lachte auf, sah dabei jedoch kein bisschen amüsiert aus, während Alex munter weiterplapperte.

»Ich weiß noch, dass Sie vor hundert Jahren mal mit Miss Finnland zusammen waren. Jeder einzelne meiner Kumpels hatte Poster von ihr an den Wänden, und alle fanden, sie war die absolute Traumfrau. Aber ich hab schon immer gesagt, es reicht nicht, wenn eine gut aussieht, solange sie nicht auch noch mehr mitbringt, und inzwischen weiß ja wohl keiner mehr, was aus Venla Sarén geworden ist, während Alison …«

»Und wie lautet gleich Ihre Frage?«, fiel Samuel Lindberg ihm ins Wort.

Alex war anscheinend komplett entgangen, dass sich die Stimmung im Raum verändert hatte. Ihm klappte die Kinnlade runter. Der gelackte Butler (oder was immer er war) bekam prompt einen Hustenanfall.

Es war eine Wohltat für Jan-Anders' Ohren, dass der Jungspund zur Abwechslung kein Wort mehr herausbrachte, trotzdem tat er ihm komischerweise sogar ein bisschen leid. Er beschloss einzugreifen und das Gespräch auf weniger vermintes Terrain zu manövrieren.

»Ein Bekannter von mir erzählt, dass die Fische vor Rövarskäret inzwischen sogar besser beißen als noch vor zwanzig Jahren.«

Samuel Lindberg drehte sich zu Jan-Anders um und schien sich wieder ein wenig zu entspannen.

»Ach, wirklich?«

»Nehmen Sie Ihre Frau doch mal mit auf eine Angeltour! Zeigen Sie ihr, wo Sie herkommen. Und gehen Sie auf Rövarskäret spazieren, dort draußen ist es ja wirklich bildschön!«

Jan-Anders bekam ein verkniffenes Lächeln zur Antwort.

»Gute Idee. Ich war seit Jahren nicht mehr dort, so ein Ausflug wäre wirklich ganz nett.«

Jan-Anders stand auf.

»Ich glaube, dann wären wir so weit … Darf Kattis noch ein paar Fotos schießen?«

Alex schnappte auf seiner Sofakante wütend nach Luft, begriff aber zum Glück, dass er jetzt besser den Mund hielt.

Samuel Lindberg stand ebenfalls auf, bezog vor einem seiner Pokalschränke Stellung und posierte verspannt und mit verschränkten Armen, während Kattis ihre Fotos schoss.

Sie war wirklich klasse, arbeitete zügig und zog die Fotosession nicht unnötig in die Länge. Nur wenige Minuten später war alles, was sie brauchte, im Kasten.

Sie bedankten sich abermals für das Gespräch, und Leevi brachte sie zur Tür.

Kattis wollte noch kurz auf die Klippen klettern, um das Haus von außen zu fotografieren, während Jan-Anders und Alex vor der Tür stehen blieben.

»Was sollte das?«, fauchte Alex Jan-Anders an. Er war hochrot im Gesicht.

»Was meinst du?«

»Wie kannst du mich und das Interview auf diese unfassbar respektlose Art unterbrechen?«

»Jetzt hör mal gut zu, Kleiner. Ich hab dir den Arsch gerettet. Du warst drauf und dran, mit deinem Geschwätz über Lindbergs Ex-Freundinnen voll ins Fettnäpfchen zu treten. Hast du nicht bemerkt, wie sauer er wurde?«

Doch Alex brodelte vor Wut.

»Als Journalist darf man ja wohl keine Angst vor ein bisschen dicker Luft haben?«

»Nein, da hast du recht, aber es ist eine Sache, den Bonzen ein paar toughe Fragen zu stellen, und eine ganz andere, jemandes Jugendliebe zu verunglimpfen – eine Frau, die nicht mal die Chance gehabt hätte, sich zu verteidigen. Mit solchem Boulevardgewäsch gibt sich unsere Zeitung nicht ab.«

»Ich hatte alles im Griff! Und ich hatte noch nicht mal die Hälfte meiner Fragen gestellt! Sag einfach stattdessen die Wahrheit!«

»Ach? Sei so gut und sag du es mir: Was ist denn die Wahrheit?«

»Du bist neidisch!«, spie Alex aus. »Du bist doch bloß ein alter Sturschädel, der mit jüngeren, besser ausgebildeten und kompetenteren Leuten, die Sachen zustande bringen, nicht klarkommt und der stattdessen nur dasitzt und in alten Zeitungsausschnitten wühlt!«

Jan-Anders straffte die Schultern. Er war einen Kopf größer als Alex und sah durch die Sonnenbrille auf den Jungen herab.

»Na gut«, brummte er nur. »Dann darf der junge Herr Starreporter wohl allein zusehen, wie er von hier wegkommt. Kompetent ist er ja.«

»Nichts lieber als das«, fauchte Alex.

Kattis kam mit der Kameratasche über der Schulter zurück.

»Oh. Ich sehe schon, hier gedeiht eine Bromance …«

Jasper Jokela legte die Zeitung auf den Schreibtisch und lehnte sich in seinem Stuhl zurück.

»*Well played*, Börje Bohman, *well played*«, sagte er laut, obwohl er allein in seinem Dienstzimmer war.

Dann wurde Börje Bohman jetzt also »vermisst«.

Das grenzte ja fast an Genialität.

Indem er sich selbst zum Ziel einer polizeilichen Untersuchung machte, hatte Börje dafür gesorgt, dass sein Haus noch eine Weile nicht angerührt würde. Man konnte schließlich niemanden zwangsräumen, der nicht auffindbar war.

Klar, sie könnten ebenso gut einen Entrümpler damit beauftragen, Börjes Sachen zu packen, ein Lager anzumieten und den ganzen Mist unterzustellen, ehe man dann Börje die Rechnung präsentierte, wenn er irgendwann wieder auftauchte. Aber PR-mäßig wäre das eine Katastrophe.

Jasper stand auf und schnappte sich die Zeitung.

Er klopfte an Verner Janssons Tür, war aber derart in Fahrt, dass er auf ein »Herein« nicht warten konnte.

Der technische Leiter blickte verschreckt auf und legte eilig sein Handy beiseite, auf das er gerade eingetippt hatte.

Jasper hatte nicht mal gewusst, dass Verner so ein altes Handy besaß. Das Ding war genauso verknöchert wie Verner selbst – ein altes Nokia mit riesigen Tasten.

»Herrgott, was ist das denn für ein antikes Teil? Bestell dir mal ein anständiges Smartphone! Mit so was plagt man sich doch nicht mehr herum!«

Verner schob das Handy in seine Aktentasche.

»Okay ...«

Jasper winkte vielsagend mit seiner Zeitung.

»Bohman«, sagte er nur.

»Bohman«, wiederholte Verner düster. »Verschwunden.«

»Brillanter Schachzug.«

»Mhm.«

»Aber lange kann er sich nicht verstecken. Sobald die Polizei ihn aufgespürt hat, geht es mit dem Abriss weiter.«

»Gut.«

Verner Jansson war wirklich keine Plaudertasche. Jasper hätte gern noch ein bisschen mit ihm gelästert, aber es fühlte sich an, als könnte er ebenso gut mit einer Zimmerpflanze reden.

»*Keep up the good work*«, sagte er deshalb nur und zog sich wieder zurück.

»Mhm«, brummte Verner und kramte sein altes Handy wieder heraus.

Malin Lund, die Pressesprecherin, saß mit Sorgenmiene in ihrem Büro. Ihr kurzes Haar stand zu Berge, wie es nur dann der Fall war, wenn sie gestresst war. Was nach Jaspers Dafürhalten recht häufig vorkam, auch wenn er die Gründe nicht immer nachvollziehen konnte.

Er betrat ihr Büro.

»Hallo, Malin. Hast du schon gesehen, dass die Polizei nach Börje Bohman sucht?«

»Nach wem? Ach ja, richtig, nach dem. Ballaballa-Börje. Nein, hab ich noch nicht gesehen. Ich bin gerade mit SeaPop beschäftigt, muss heute die Pressemitteilung mit dem Line-up rausschicken.«

Jasper ließ sich auf den zitronengelben Besuchersessel fallen.

»Sag, wenn du Hilfe brauchst. Mein Kalender ist zwar randvoll, aber wenn die Medien noch einen O-Ton brauchen, kann ich vielleicht etwas einrichten.«

Malin sah ihn leicht betreten an.

»Okay, gut zu wissen. Aber ich glaube, die meisten werden mit Isabella sprechen wollen, unserem Main Act. Ihr Manager hat zugesichert, dass sie für Interviews zur Verfügung steht, jetzt, da sie fest gebucht ist.«

»Aha.«

»Sie hat immerhin *Idol* gewonnen, insofern ist ihr Name halbwegs bekannt.«

»Das ist bestimmt genauso gut. Cool, dass sie sich bereit erklärt hat.«

»Mhm.«

Malin drehte sich wieder zu ihrem Bildschirm um,

doch als Jasper auf dem gelben Sessel sitzen blieb, sah sie zurück zu ihm.

»Wolltest du noch über etwas anderes sprechen?«

»Na ja«, sagte Jasper, »hast du schon von Samuel Lindbergs Leuten gehört? In Sachen Einweihung des Fahrradwegs?«

»Hast du nicht gerade erzählt, dass Börje Bohman verschwunden ist? Heißt das nicht, dass das Einweihungsdatum weiter unsicher bleibt?«

»Schon, aber du könntest doch schon etwas in die Wege leiten? Mal hören, wie der Hockeystar zu seiner Teilnahme und zum Radfahren steht. Jungfernfahrt – könnten wir es nicht so nennen?«

Malin seufzte tief auf.

»Okay. Ich hab tatsächlich bereits versucht, mit Samuel Lindbergs PR-Leuten Kontakt aufzunehmen. Sie haben sich noch nicht zurückgemeldet. Aber wenn ich ehrlich sein soll, glaube ich nicht, dass er ein Fahrradmensch ist.«

Was waren das denn bitte für Vorurteile? Jasper hob beschwichtigend die Hände.

»Wie kommst du darauf?«

»Sieh dir mal das hier an.«

Malin schob eine Zeitschrift auf ihn zu, eins dieser Automagazine, wie Jasper sie aus den Zeitschriftregalen im Supermarkt kannte. Er hatte noch nie auch nur in einem einzigen geblättert.

Auf der Titelseite lehnte Samuel Lindberg mit verschränkten Armen breit lächelnd an der Motorhaube eines beigefarbenen, kantigen Fahrzeugs.

»Er sammelt Luxuskarossen«, erklärte Malin. »Besitzt inzwischen acht Stück.«

Jasper starrte auf die Titelseite. Natürlich konnte auch er einem schönen, teuren Auto etwas abgewinnen – aber nichts konnte sich mit einem türkisfarbenen Bianchi messen.

»Wäh. Was ist das denn?«

»Ein Mercedes-AMG«, antwortete Malin. »In dem Artikel erzählt er, dass er sich in Finnland erst wieder richtig zu Hause gefühlt hat, als sein geliebter Mercedes über den Atlantik geschifft worden war. Insofern weiß ich nicht recht … Ein Fahrradenthusiast scheint er eher nicht zu sein.«

»Tut mir echt leid für ihn«, kommentierte Jasper betont beschwingt. »Aber vielleicht können wir das als eine Herausforderung sehen, ihn umzustimmen.«

»Hm.« Malin hatte sich wieder ihrem Rechner zugewandt. »Entschuldige, Jasper, aber die Pressemitteilung …«

»O ja, klar. Mach du nur! Ich versuche, mir Zeit freizuschlagen, falls jemand mit mir reden will.«

Draußen auf dem Flur stieß Jasper fast mit Verner Jansson zusammen, der aus seinem Büro geschossen kam wie eine Kanonenkugel. Er hielt einen dicken gelben Umschlag in der Hand.

»Na, na, Verner!«, lachte Jasper auf. »Die Post ist doch noch ein paar Stündchen offen?«

»Ich … muss nur schnell etwas erledigen.« Er eilte weiter in Richtung Treppenhaus.

Jasper warf seine Zeitung wieder auf den Schreibtisch. Die Meldung zu Börje Bohman leuchtete ihm regelrecht entgegen.

Seit Donnerstag, 8. Juni, vermisst …

Interessant. Erst am Freitag hatte er sich an das Gebäude herangeschlichen und ein deutliches Geräusch von drinnen gehört.

Kurz dachte er darüber nach, die Polizei anzurufen

und davon zu erzählen. Dass Börje Bohman am Tag nach seinem vermeintlichen Verschwinden noch zu Hause gewesen sein musste.

Andererseits wollte Jasper nicht, dass jemand von seiner Schnüffelei erfuhr; es wäre ein bisschen peinlich.

Außerdem würde es ohnehin nicht lange dauern, ehe Börje wieder aus seinem Versteck gekrochen käme. Unterdessen musste Jasper einfach nur einen kühlen Kopf bewahren.

Auch diesmal klang es nicht so, wie Anna es sich gedacht hatte. Ein Herz sollte doch *Dunk-dunk-dunk* machen, und das in etwa im Takt einer Uhr? Was da aber über den kleinen Lautsprecher kam, klang eher wie ein munteres Pferdchen im Galopp.

»Das klingt doch gut«, sagte die Gesundheitspflegerin. Elsa.

»Warten Sie, ich würde gern einen kurzen Mitschnitt machen.« Anna streckte sich nach ihrem Handy aus.

Tomas war nach ihrem letzten Ultraschalltermin so enttäuscht gewesen, dass er nicht dabei sein und die Herztöne des Babys hatte hören können, dass er diesmal am Galopp teilhaben sollte.

Anna zeichnete ein paar Sekunden auf. Anschließend bekam sie eine Handvoll Papiertücher in die Hand gedrückt, mit denen sie sich das grün-bläuliche, klebrige Gel abwischen konnte, das Elsa ihr auf den Bauch geschmiert hatte.

»Und noch kurz auf die Waage«, forderte Elsa sie fröhlich auf.

Mühsam schob Anna sich von der Pritsche. Zeit fürs Wiegen. *Oh joy.*

»Hoppla!«, sagte Elsa.

Anna beschloss, lieber nichts zu sagen. Stattdessen musterte sie eine Zeichnung mit zwei Kaninchen, die an der Pinnwand hing. Das eine hatte ein Schleifchen zwischen den Ohren, das andere trug einen kleinen Schlips.

Klare Geschlechterrollen sind aber auch unglaublich wichtig, schoss es Anna durch den Kopf. Und die werden hauptsächlich durch Accessoires vermittelt – zumindest bei Kaninchen.

»Das ist ja einiges mehr als beim letzten Mal«, stellte Elsa ein wenig lauter fest, nachdem Anna auf ihr »Hoppla« nicht reagiert hatte.

»Mhm.« Anna stieg von der Waage.

»Es ist folgendermaßen: Normalerweise sagen wir immer, zwölf Kilo mehr sind während einer durchschnittlichen Schwangerschaft mehr als ausreichend. Und das wäre das Gewicht *gegen Ende* der Schwangerschaft.«

»Ah ja.«

»Und Sie haben schon fünfundzwanzig Kilo zugelegt.«

»So sieht es wohl aus, ja.«

»Und das ist mächtig viel, finde ich.«

»Danke.«

Anna ließ sich auf den Stuhl nieder und machte sich an die mühsame Aufgabe, ihre Sneakers zuzubinden. Vielleicht sollte sie sich für die restliche Schwangerschaft Schuhe mit Klettverschluss zulegen. Klettverschlüsse hatte sie seit den frühen Neunzigern nicht mehr gehabt. Bekam man die überhaupt für erwachsene Schuhgrößen?

»War noch was?«, fragte sie knapp.

»Wir müssten noch Ihren Blutdruck messen.«

Anna streckte den Arm aus, Elsa legte die Manschette darum und drückte auf eine Taste. Der Apparat brummte, und die Manschette wurde enger.

»Hm, sieht auf alle Fälle gut aus«, sagte Elsa, als die Werte auf dem Display erschienen.

Klang fast enttäuscht, stellte Anna fest.

Die Gesundheitspflegerin tippte etwas in ihren Rechner ein und machte ein besorgtes Gesicht.

»Ich weiß nicht recht, wie ich es sagen soll. Blutdruck, Hämoglobinwerte und Blutzucker sehen ordentlich aus, Anna, und das Baby wächst, wie es soll, aber Ihr Gewicht ... Denken Sie mal darüber nach.«

»Und worüber genau soll ich da nachdenken?«

Elsa sah sie verdattert an.

»Na ja, eine Zunahme von zwölf Kilo sollte ausreichen ...«

»Vielleicht reicht die ja nicht für mich? Wer bestimmt überhaupt, dass zwölf Kilo die magische Grenze sein sollen? War dieser Jemand selbst schon mal schwanger? Weil das nämlich unter Garantie ein Mann gewesen ist.«

Elsa watschelte auf ein Schränkchen mit zig Broschüren und Flyern zu.

»Hier, darin können Sie nachlesen, welche Nahrungsmittel in der Schwangerschaft empfohlen werden. Sie haben ja nicht mehr allzu lange vor sich, aber noch ist es nicht zu spät, etwas daran zu ändern ...«

»Dann soll ich jetzt dreizehn Kilo abnehmen? Glauben Sie wirklich, das ist gut für das Baby, wenn ich jetzt mit einer Diät anfange?«

»Nein, nein, das ist wirklich nicht nötig. Aber es ist schon unglaublich, welchen Unterschied es ausmacht, wenn man die Zimtschnecke am Nachmittag einfach gegen einen Apfel eintauscht.«

Anna schnappte sich ihren Mutterpass, ließ die Ernährungsbroschüre auf Elsas Schreibtisch liegen und stürmte aus der Praxis. Sie war schon ein gutes Stück weit die Straße entlangmarschiert, ehe sie merkte, dass sie immer noch die blauen Überzieher über den Sneakers trug.

Als sie in ihr Auto einstieg, schämte sie sich ein wenig für ihren Gefühlsausbruch.

Elsa liebte es nun mal, wenn die Wirklichkeit mit den Kurven und Graphen in ihrem Computerprogramm übereinstimmte. Sie meinte es sicher nicht böse.

Außerdem hatte Anna in letzter Zeit wirklich die eine oder andere Zimtschnecke verdrückt. Aber war das denn nicht menschlich?

Überdies fiel ihr erst jetzt ein, dass sie in ihrer Wut vergessen hatte, all die Fragen zu stellen, die der Kindsvater ihr mit auf den Weg gegeben hatte. Tomas hatte eine ganze Liste geschickt. Unter anderem hatte er wissen wollen, wie viel das Baby mithören und ob es die Stimme seines Vaters auch via Skype wiedererkennen konnte.

Tomas tat es jedes Mal leid, wenn er wieder eine Untersuchung verpasste, nur weil er so weit entfernt wohnte. Anna hatte ihm hoch und heilig versprochen, dass sie seine Fragen mitnehmen, ihn direkt nach dem Termin anrufen und ausführlich Bericht erstatten würde.

Und das würde sie auch. Aber erst musste sie wieder zu Kräften kommen.

Verdammt, warum musste das alles so kompliziert sein?

Ein Kind. Ein eigenes Baby.

Sieben Jahre lang hatte sie sich danach gesehnt. Mit ihrem Ex Måns hatte sie es immer und immer wieder versucht und war unzählige Male enttäuscht worden. Erst im Nachhinein hatte ihr gedämmert, dass Måns nicht annähernd so betroffen gewesen war. Oftmals hatte sie mit ihrer Enttäuschung ganz allein klarkommen müssen, während Måns einfach nur mit den Schultern gezuckt und Sachen gesagt hatte wie: »Na ja, dann probieren wir es eben weiter. Und wenn es nichts wird, dann hat es nicht sollen sein.«

Ironischerweise hatte Måns kein Jahr nach ihrer Trennung ein Baby mit einer anderen gezeugt, das er nun im Kinderwagen durch die Stadt schob – stolz wie ein Gockel. Superpapa Måns.

Anna hatte sich ihrerseits irgendwann an den Gedanken gewöhnt, dass sie nicht mehr Mutter werden würde. Sie ging auf die vierzig zu, Måns war nicht mehr da, und trotzdem würde das Leben vielleicht ganz okay werden.

Und urplötzlich war da ein netter Kollege in ihr Leben geplatzt und hatte ihre Welt kaugummirosa eingefärbt.

Anna hatte sich so Knall auf Fall in Tomas verliebt, dass sogar ihre ermatteten Eierstöcke eine Art Schockbeben durchmachen mussten. Und nach einer rotweinbenebelten, unachtsamen Nacht – ausgerechnet der Weihnachtsnacht – war es dann auch direkt passiert.

Einmal ungeschützter Sex. Ein einziges Mal.

Und schwanger.

Eine Frau mit Zigarette schlenderte an Annas Auto vorbei, und eine feine Rauschschwade stahl sich durchs Fenster. Anna atmete gierig ein, obwohl sie genau wusste, wie verquer das war. Es war nicht zu fassen, wie sehr ausgerechnet ihr, die sie nie mehr als während des Studiums hier und da eine Zigarette geraucht hatte, in den vergangenen Monaten nach Rauchen zumute war.

Anna Glad war im Rahmen ihrer Arbeit schon zigmal in brenzlige Situationen geraten, aber nichts war je der Nervosität gleichgekommen, die sie gepackt hatte, kurz bevor sie eines Tages im Januar Tomas angerufen und ihm erzählt hatte, dass er Vater werden würde.

Sämtliche Szenarien hatten sich gleichermaßen wahrscheinlich und unwahrscheinlich angefühlt: dass Tomas entsetzt reagieren und auf Schwangerschaftsabbruch plädieren würde. Dass er überglücklich wäre, ihr auf der Stelle einen Antrag machen und mit ihr gemeinsam in den Sonnenuntergang reiten wollen würde. Dass er sich für die Info bedanken und sich dann nie wieder bei ihr melden würde.

Doch Tomas hatte ganz anders reagiert.

Erst war es komplett still in der Leitung gewesen. Dann hatte er fast schon wütend gesagt, so etwas bespreche man doch nicht am Telefon. Er sei schon halb im Treppenhaus. Und tatsächlich hatte er nur wenige Stunden später an ihrer Tür geklingelt. Er musste auf dem Weg von Tampere die Küste entlang jedes einzelne Tempolimit überschritten haben.

Und so merkwürdig es auch klang – im selben Moment, da Anna Tomas vor ihrer Tür gesehen hatte, hatte sie genau gewusst, was sie wollte. Als sie diese freundlichen Augen gesehen hatte, das zerzauste braune Haar, die breiten Schultern und die Arme, von denen sie sich nichts sehnlicher wünschte, als dass sie sie umarmen würden.

»Ich glaube, ich will ein Kind mit dir«, war es aus ihr herausgeplatzt, bevor sie auch nur Hallo gesagt hatte.

»Danke gleichfalls«, hatte er geantwortet.

Und so sollte es jetzt allem Anschein nach kommen.

Anna und Tomas würden Eltern werden. So weit war alles klar.

Das Problem war nur, dass ihre Beziehung an sich deshalb bis heute kein bisschen klarer umrissen war.

Würden sie zusammenziehen?

Getrennt wohnen bleiben?

Eine Art dauerpendelnde Zwei-Haushalte-Familie werden?

Wie viele Tage hatten sie bislang eigentlich zusammen verbracht? Dreißig vielleicht? Natürlich hatten sie fast täglich Kontakt, per Telefon und Chat, trotzdem fühlte sich das als Basis für eine gemeinsame Elternschaft ziemlich dürftig an.

Anna hatte ihren Job hier in der Stadt, Tomas seinen in Tampere. Und der Frühling war nur so vorbeigerauscht, ohne dass sie darüber geredet hätten, was sie tun würden, wenn das Baby erst da wäre. Irgendwie hatten sie nie richtig Zeit gehabt, um darüber zu sprechen.

Auch wenn dies in Wahrheit nur ein Vorwand war, dämmerte es Anna.

Sie schob es zwar auf die Zeit, aber in Wahrheit machte ihr eine derart wichtige Entscheidung Angst.

Anna griff zu ihrem Handy, um Tomas anzurufen, war aber fast schon erleichtert, als im selben Moment ihre Chefin Annette Käld anrief.

»Hallo? Anna? Hörst du mich? Wo bist du gerade?«

Ihre Vorgesetzte klang aufgewühlt.

»Ich war bei der Untersuchung. Hab Überstunden abgebaut, das hatte ich dir aber doch geschrieben?«

»Ach, richtig, ja, hast du bestimmt. Aber jetzt komm her, so schnell du kannst. Wir haben ein paar Hinweise zu Börje reingekriegt.«

»Bin gleich da«, antwortete Anna, warf ihr Handy auf den Beifahrersitz und ließ den Motor an.

Nachdenklich betrachtete Rolf Månsson sein Handy. Stimmte irgendetwas damit nicht? Bedeutete dieses kleine Strichdiagramm in der Ecke nicht, dass man Empfang hatte und Nachrichten in beide Richtungen durchgehen sollten?

Das Ganze war einfach nur merkwürdig. Er hatte den ganzen Vormittag über versucht, Max zu erreichen. Er hatte mehrmals angerufen und drei Nachrichten geschickt. Was trieb der Mann nur? Da machte man sich ja fast schon Sorgen.

Noch ein Versuch.

Das Signal ging durch, es klingelte und klingelte, und als Rolf gerade schon die Hoffnung aufgeben und auflegen wollte, war ein Knacksen zu hören.

»Hey«, sagte eine schwache Stimme am anderen Ende.

»Max? Hallo? Ich bin's!«

»Ja, das seh ich doch, Dummerchen.«

Rolf war erleichtert und sauer zugleich.

»Wo hast du dich denn verkrochen? Ich hab seit gestern Abend versucht, dich zu erreichen.«

Max seufzte, und es dauerte einen Moment, ehe er antwortete.

»Entschuldige. Es war nichts … Ich hab bloß geschlafen.«

Schlagartig hatte Rolf ein schlechtes Gewissen. Da rief er zigmal an und störte und schimpfte auch noch mit seinem Partner, der doch nur erkältet und geschwächt war. Max, der sich mit Engelsgeduld von morgens bis abends um Rolf gekümmert hatte, während der seine Herzprobleme auskuriert hatte.

»O weh! Geht's dir immer noch schlecht? Du Armer!«

»So ist es halt … Was gibt's bei dir Neues?«

»Hab am Wochenende draußen in der Hütte jede Menge weggearbeitet. Hab sogar die Terrasse geölt.«

»Oh, fleißig! Tut mir leid, dass ich nicht mit angepackt habe.«

»Ist schon okay, Mia ist angerückt. Wir haben das ganze Wochenende über geschuftet. Sie hat sogar, weil sie so in Fahrt war, die Gartenmöbel frisch gestrichen. Diese Frau ist nicht aufzuhalten.«

Am anderen Ende wurde es still.

»Hallo? Bist du noch dran?« Rolf starrte erneut die Empfangsanzeige an.

»Ich muss mich jetzt ausruhen.«

»Mach das. Hören wir uns morgen? Küsschen!«

»Okay. Küsschen!«

Nachdem Rolf aufgelegt hatte, saß er noch eine Zeit lang am Küchentisch.

Irgendwas war da doch faul. Bildete er es sich ein, oder hatte Max sich in letzter Zeit komisch verhalten?

War er müder gewesen? Nicht mehr so fröhlich wie sonst? Und nicht mehr annähernd so erpicht darauf, dass sie sich trafen?

Jetzt, da er darüber nachdachte ... Doch, so war es.

Und so war es nicht erst seit gestern. Max war seit einigen Wochen nicht mehr der Alte.

Hätte Rolf nicht erwähnen sollen, dass Mia im Sommerhaus mit angepackt hatte? Hatte Max ihm das krummgenommen?

Dann wurde ihm schlagartig kalt.

Was, wenn Max die Nase voll von ihm hatte?

An sich wäre das nicht verwunderlich. Ein alternder, frühpensionierter Polizist, gesundheitlich nicht auf der Höhe ... Was hatte Rolf einem wesentlich jüngeren, arbeitsfähigen und obendrein attraktiven Mann wie Max schon zu bieten?

Charmante Gesellschaft?

Eine frisch geölte Terrasse?

Schlechte Wortwitze?

Er griff erneut zu seinem Handy, um eine nette Nachricht hinterherzuschicken, teils um den Patienten am anderen Ende aufzuheitern, teils aber auch, weil er auf eine Antwort hoffte, die seine Bedenken zerstreute.

Doch ihm wollte nicht einfallen, was er schreiben sollte. Er legte das Handy wieder beiseite.

»Alle mal herhören: Kurzer Austausch im Besprechungsraum, jetzt, da Anna zurück ist.«

Anna kam nicht umhin, sich über die Formulierung zu ärgern. »Jetzt, da Anna zurück ist« – als hätte sie blaugemacht und sich den Vormittag über irgendwo herumgetrieben. Sie hatte der Chefin doch von ihrem Termin erzählt und grünes Licht gehabt. Aber womöglich sollte sie einfach darüber hinweggehen.

»Also, Freunde«, hob Annette an, sobald sich alle gesetzt hatten.

Außer Anna und ihr selbst waren auch Pamela, Märta, Aram, Markus und Benny gekommen.

»Wie ihr inzwischen wahrscheinlich mitbekommen habt, haben wir beschlossen, eine Öffentlichkeitsfahndung nach Börje Bohman rauszugeben. Er hat sich nicht mehr in der Nähe seines Hauses aufgehalten seit …«

Sie hielt inne und sah zu Anna.

»Mindestens seit Donnerstag. Zuletzt hat ihn jemand verlässlich vor einer Woche gesehen, am Montag, dem Fünften, und zwar die Bauarbeiter oben auf dem Betesbacken, die sich noch daran erinnern können, dass er auf seinem Grundstück stand und sie nicht aus den Augen gelassen hat.«

»Wir sind also heute mit einer Personenbeschreibung an die Öffentlichkeit gegangen. Pamela, du hast die Anrufe entgegengenommen.«

Pamela, die den Empfang und die Telefonzentrale der Dienststelle verantwortete, räusperte sich.

»Bislang sind es nicht übermäßig viele Anrufe, aber den interessantesten habe ich zu Benny durchgestellt, weil sonst niemand am Platz war.«

Es schien Pamela fast peinlich zu sein. Sie war ebenfalls kein großer Benny-Westlander-Fan und sich durchaus im Klaren darüber, dass Anna es lieber gesehen hätte, wenn der Anruf an jemand anderen gegangen wäre.

Benny indessen lächelte vergnügt.

»*Yes*, und interessant ist noch untertrieben. Wie war das gleich? Anna und Märta, habt ihr zu Hause bei Börje ein Handy gefunden, als ihr euch dort umgesehen habt?«

»Kann mich an keins erinnern«, antwortet Märta. »Warum?«

»Und wie ist es mit einer Brieftasche, einem Schlüsselbund und dergleichen?«

»Also, in der Schale am Eingang lag nichts – daran würde ich mich erinnern. Aber wir hatten bei unserem Besuch auch noch keinen Grund, das Haus gründlich zu durchsuchen.«

Benny lehnte sich auf seinem Stuhl zurück. Das Plastik knackste unheilvoll unter seinem Gewicht.

»Börje scheint die Biege gemacht zu haben«, fuhr er betont dramatisch fort.

»Woher willst du das wissen?«, fragte Anna.

»Sag jetzt nicht, dass er selbst auf dem Hinweistelefon angerufen hat«, brummelte Märta.

»Nein, aber jemand namens Verner Jansson.«

»Verner Jansson? Der technische Leiter aus dem Rathaus?«, hakte Annette nach.

»Genau der. Anscheinend stand er mit Börje in SMS-Kontakt.«

Anna rutschte auf ihrem Stuhl hin und her. Ihr Hintern war in den letzten Wochen breiter geworden, doch die hervorstehenden Kanten des Sitzes rieben an ihren Kniesehnen.

»Ach? Und was hat Börje diesem Verner geschrieben?«

Benny legte eine kleine Kunstpause ein, ehe er sein Telefon zückte.

»Ich hab die Screenshots hier. Börje schreibt: *Verner, ich hab mein Haus aufgegeben. Macht mit eurem Bauprojekt weiter, ich stehe euch nicht länger im Weg.*«

Anna streckte sich nach Bennys Handy aus, um die Nachricht mit eigenen Augen zu lesen.

Ja, es schien tatsächlich zu stimmen. Die Nachricht war am Freitagabend von Börjes Nummer verschickt worden. Anna erkannte die Nummer wieder, ohne sich erst rückversichern zu müssen. Sie hatte selbst versucht, Börje zu erreichen, doch jedes Mal war nur die Ansage gekommen, dass der *Teilnehmer vorübergehend nicht verfügbar* war.

»Hat Jansson irgendwelche Rückfragen gestellt?«, hakte Märta nach.

»Japp. Er hat gefragt, wo Börje steckt, und die Antwort lautete: *Bin bei einem Verwandten.* Und inzwischen ist die Nummer nicht mehr erreichbar.«

»Ruft weiter dort an«, sagte Annette. »Sobald Börje rangeht, können wir die Fahndung augenblicklich beenden.«

»Sofern wir denn sicher sein können, dass er die SMS wirklich selbst verschickt hat«, wandte Anna ein.

Benny verdrehte die Augen.

»Wer hätte sie denn sonst schicken sollen?«

»Jeder kann eine SMS von einem fremden Handy verschicken«, erwiderte Anna.

»Aber warum *sollte* man? Und darf ich bitte mein Handy zurückhaben? Danke.«

Anna schob Bennys Handy über den Besprechungstisch.

»Ich finde das alles komisch. Egal, mit wem ich gesprochen habe, alle beschreiben Börje als einen Sonderling ohne Angehörige. Was für ein Verwandter sollte das sein, bei dem er jetzt plötzlich untergeschlüpft ist?«

»Aber unmöglich wäre es doch nicht, dass er den Kontakt zu einem – sagen wir – entfernten Cousin gehalten hat?«, wandte Annette ein.

Widerwillig schüttelte Anna den Kopf.

»Aber dass er einfach so die Segel streicht, ist noch viel komischer. Bitte sehr, baut euren Radweg, reißt mein Haus ab … Nachdem er sich vierzig Jahre lang quergestellt hat? Kommt euch das nicht merkwürdig vor?«

»Sehr merkwürdig«, pflichtete Märta ihr bei.

»Kein bisschen merkwürdig«, entgegnete Benny. »Er war es am Ende wohl einfach satt. Und jetzt nimmt er sich die Entschädigungskohle, wohnt eine Zeit lang bei diesem entfernten Cousin oder bei wem auch immer und zieht dann in eine betreute Wohnanlage. Ende gut, alles gut.«

»Und dann die ganzen Sachen aus seinem Haus«, dachte Anna laut nach. »Die waren fast schon archiviert – samt Etiketten und ordentlichen Stapeln. Das würde Börje doch nicht einfach so Hals über Kopf hinter sich lassen?«

»Vielleicht hat er ja diese Kon Mari gelesen oder wie die heißt.«

Es klopfte an der Tür, und Filip Johanssons missmutiges Gesicht tauchte im Türspalt auf.

»Ah, hier steckt ihr alle. Okay.«

»Wen suchst du denn?«, wollte Annette wissen.

»Na ja, wenn … Na, meinetwegen.«

Sein missbilligender Blick auf Benny ließ darauf schließen, dass er ihn lieber nicht angetroffen hätte.

»Da ist etwas mit dem Blut von Börje Bohmans Haus. Ich habe gerade die Laborergebnisse bekommen, und das Blut stammt von zwei unterschiedlichen Personen.«

Anna setzte sich so abrupt auf ihrem Stuhl auf, dass ihr Bauch gegen die Tischkante krachte.

»Zwei Personen?«

»Ja. Das Blut am Türrahmen ist aller Wahrscheinlichkeit nach das von Börje selbst. Es stimmt mit den DNA-Proben überein, die ich im Haus entnommen habe. Aber das Blut von der Vordertreppe – die große Lache – stammt von jemand anderem.«

»Und von wem?«, wollte Benny wissen.

Filip seufzte.

»Das finde ich schon noch heraus. Lass mich nur mit einem kleinen Köfferchen losziehen und von sämtlichen Leuten Proben nehmen, die mir begegnen.«

»Ach, komm schon«, murmelte Märta.

»Unsere Datenbank hat jedenfalls nichts ausgespuckt. Deshalb weiß ich jetzt auch nicht …« Filip sah fast aus wie ein trotziges Kind.

»Aber Johansson, das ist doch hoch spannend!«, rief Anna. »Wir haben eben erst erfahren, dass Börje ausgezogen ist. Und wenn der große Blutfleck von seiner Treppe nicht sein Blut war, dann heißt das doch, dass er immer noch bei bester Gesundheit sein könnte!«

»Könnte er vielleicht auf der Flucht sein?«, fragte Märta. »Sagen wir, wenn er jemanden verletzt hätte, als er sein Haus verlassen wollte?«

»Ja!«, rief Anna. »Nur – wer sollte das sein? Und wie

schwer verletzt ist er oder sie? Der Fleck war immerhin ziemlich groß.«

»Trotzdem keine Spritzer«, sagte Filip. »Falls ihr euch gefragt haben solltet, ob es dort zu einem Handgemenge gekommen sein könnte, da hätte der Fleck anders ausgesehen.«

»Stimmt, aber es war trotzdem eine Menge Blut.«

»Und deshalb hält Börje sich jetzt versteckt?«, fragte Märta.

Annette Käld murrte leise vor sich hin.

»Das klingt ja alles wahnsinnig spannend, aber wie ihr wisst, Märta und Anna, können wir derlei Schlussfolgerungen nicht ohne handfeste Beweise ziehen. Und wie wollt ihr an solche Beweise herankommen?«

Filip Johansson schien es peinlich zu sein, dass er sich für einen Moment von Märtas und Annas Eifer hatte mitreißen lassen.

»Ich suche weiter nach Treffern für die Blutlache«, murmelte er und zog sich wieder zurück.

Aram, der die ganze Zeit über still dagesessen hatte, hielt seinen Kugelschreiber hoch.

»Ich sehe mal nach, ob ich Bohmans Handy zu dem Zeitpunkt lokalisieren kann, als es eingeschaltet war. Und ich kann ja auch weiter bei ihm anrufen.«

»Ich muss zurück an den Empfang und nehme weitere Hinweise entgegen«, sagte Pamela.

Anna dachte fieberhaft nach. Es gab eine Person, mit der sie noch nicht gesprochen hatten und die möglicherweise wusste, ob Börje tatsächlich noch Verwandtschaft hatte.

»Ich fahre zu Stippe raus«, sagte sie.

»Zu wem?«

»Stippe, Sten Irgendwas, den Nachnamen hab ich mir

nicht gemerkt, aber irgendwo habe ich ihn notiert. Er war Börjes Sandkastenfreund, allerdings scheinen sie sich überworfen zu haben. Er könnte aber noch das eine oder andere über Börje wissen.«

»Wie heißt es so schön? *Keep your friends close and your enemies closer*«, kommentierte Märta.

»Ungefähr in der Art«, sagte Anna.

»Dann fahre ich hoch auf den Betesbacken und bringe bessere Schlösser an«, sagte Märta. »Irgendwie fühlt es sich falsch an, dass Börjes Haus unverschlossen ist, jetzt, da er als vermisst gilt und wir wissen, dass irgendeine unbekannte Person die halbe Treppe vollgeblutet hat. Findet ihr nicht auch?«

»Ich fahre mit«, sagte Benny. »Ich will dieses Haus mit eigenen Augen sehen.«

Anna bekam fast eine Gänsehaut, als sie sah, wie vergnügt er dabei wirkte. Nicht nur hatte er sich in die Ermittlung eingeschlichen, jetzt würde er auch noch in trauter Zweisamkeit mit Märta einen Ausflug machen.

»Ausgezeichnet«, sagte Annette und versuchte, das allgemeine Stühlerücken zu übertönen. »Dann wissen ja alle, was sie zu tun haben. Anna, bleibst du noch kurz?«

Anna sah ihre Chefin überrascht an, während die anderen den Besprechungsraum verließen.

»Es geht um Baby X«, erklärte Annette. »Ich glaube, es ist an der Zeit, dass wir die Ermittlung an jemand anderen übergeben.«

»An wen denn?«

»An die Kollegen aus Helsinki. Genauer gesagt an die nationale Abteilung für Menschenhandel.«

»Menschenhandel?! Du meinst, das Baby könnte Opfer von Menschenhändlern geworden sein?«

Annette nickte ernst.

»Du hast bestimmt schon mal davon gehört, dass man sich Babys kaufen kann, wenn man nur genügend Geld auf den Tisch legt und sich nicht allzu sehr um Recht und Gesetz und Ethik schert?«

Natürlich hatte Anna davon gehört. Sie hatte von Paaren gehört, die keine eigenen Kinder bekommen konnten und sich deshalb eine Leihmutter suchten, die das Kind an deren Stelle austrug. In einigen Ländern war so etwas nach wie vor legal: Promis, die Kinder bekamen, den eigenen wohltrainierten Körper jedoch keiner Schwangerschaft aussetzen wollten, konnten den schwierigen Teil jemand anderem überlassen.

In Finnland hingegen war eine Leihmutterschaft illegal. Trotzdem gab es Fälle, in denen finnische Paare Kinder bekamen, die von Frauen im Ausland ausgetragen worden waren.

Überdies hatte Anna von Fällen gehört, in denen die Paare es sich plötzlich anders überlegt hatten und das Baby auf einmal nicht mehr wollten. Als wäre das Kind ein Kleidungsstück in der falschen Größe, das man im Internet bestellt hatte und jetzt zurückgeben wollte.

Womöglich hatte Annette recht. Zumindest wäre es eine Möglichkeit. Traurig, aber möglich.

»Dann glaubst du, jemand hat das Kind ins Land geschmuggelt, musste es dann aber aus irgendeinem Grund loswerden und hat es deshalb in Saaras Kinderwagen gelegt?«

Annette nickte verkniffen.

»So was in der Art, ja.«

»Grässlich.«

»Finde ich auch. Aber es wäre wohl die wahrscheinlichere Erklärung, als dass liebende Eltern ihr Kind verschusseln und es nicht einmal bemerken. Das Mädchen könnte auch gekidnappt oder von einer Leihmutter ausgetragen worden sein, die nicht mal weiß, was anschließend passiert ist.«

»Pfui Teufel«, sagte Anna mit Inbrunst.

Sie hatte lange dagesessen, das Mädchen betrachtet und wusste noch genau, wie es aussah: ein perfektes kleines Wesen, unschuldig, genügsam. Was hatte das Schicksal mit ihm vorgehabt?

»Wo ist es jetzt gerade, unser Baby X?«

»Das Jugendamt hat eine Pflegefamilie gefunden, die sich fürs Erste um die Kleine kümmern will. Ich kenne die Sozialarbeiterin zufällig, und sie weiß, was sie tut. Sie hat mir versichert, dass es der Kleinen bei der Familie gut gehen wird.«

»Schön zu hören.«

Anna hoffte nur, sie würde das Mädchen noch mal zu sehen bekommen, ehe es bei seiner Pflegefamilie einzog. Es würde ihr schwerfallen, den Fall ad acta zu legen, auch wenn sie Annette recht geben musste: Es war besser, wenn die spezialisierten Kollegen sich darum kümmerten.

Annas Handy vibrierte in ihrer Tasche.

Tomas.

Wie lief die Untersuchung?

Anna hatte vollkommen vergessen, Tomas anzurufen. Sie würde ihn zurückrufen, wenn sie zu Sten »Stippe« Ingman rausfahren würde.

Zum ersten Mal seit Langem war Alison zufrieden mit dem, was sie im Spiegel sah.

»Dann sind wir fertig, glaube ich«, sagte der Make-up-Artist Ville.

»Du bist wirklich ein Zauberkünstler«, schwärmte Alison.

Ihr Haar lockte sich und glänzte, die Ringe unter den Augen waren verschwunden, und ihre Haut war makellos. Obendrein hatte die Stylistin ein paar richtige Kawumm-Kleider herausgesucht, die Alison zum Fotoshooting tragen sollte. Im Augenblick hatte sie ein tailliertes, kornblumenblaues Chiffonkleid an, das in seiner Kürze Alisons Beine betonte und trotz allem erwachsen, geschmackvoll und elegant wirkte.

»Bist du angezogen?«, rief eine Stimme durch die Tür.

Leevi spähte herein und schlug die Hand vor den Mund.

»Ali … Himmel, du siehst unglaublich aus!«

Sie stand auf, drehte eine kleine Pirouette und lächelte Leevi und Ville im Spiegel an.

»Dann ist jetzt wohl Zeit für das Interview?«

»Go get 'em«, scherzte Ville.

Alison schwebte förmlich hinaus. Sie fühlte sich besser denn je. Doch noch vor der Treppe hielt Leevi sie auf.

»Warte, Ali, ich will dir noch eine Sache mit auf den Weg geben«, raunte er ihr zu. »Ein Journalist vom hiesigen Lokalblättchen hat heute Vormittag ein paar merkwürdige Fragen gestellt, auf die Samu ziemlich sauer reagiert hat. Während der anderen Interviews war er nicht mehr er selbst, und wir können von Glück sagen, dass du dieses hier übernimmst.«

Alison nickte. Jetzt galt's. Sie würde Vollgas geben und charmanter denn je sein.

Die Journalistin der Frauenzeitschrift stellte sich als Marja vor – eine bebrillte Frau mittleren Alters mit kurzen, rot gefärbten Haaren und einer gemusterten Bluse mit großen Blüten. Bestimmt Marimekko. Dass die Leute hier allen Ernstes Muster für ihre Kleidung wählten, die aussahen wie die Vorhänge in den Sommercamps, die Alison als Kind besucht hatte …

Sie setzten sich ins kleinere der beiden Wohnzimmer, von dem man übers Meer blicken konnte.

»*Okay, let's see*«, hob Marja an.

Alison betonte erneut, wie dankbar sie sei, dieses Interview auf Englisch führen zu dürfen. Sie würde zwar nach und nach Finnisch und womöglich auch Schwedisch lernen, weil in ihrer neuen Heimatstadt beide Sprachen gesprochen wurden, doch noch war sie nicht so weit.

»*No problem*«, antwortete Marja gelassen.

Dann ging es los, und Alison entspannte sich zusehends. Hier war sie in ihrem Element. Es war leicht beunruhigend gewesen zu hören, dass Samuel wütend auf einen der Journalisten war. Hoffentlich würde er sich ab sofort beherrschen, damit ihm nichts Dummes entschlüpfte, was ihn in ein schlechtes Licht rückte.

»Sorry, könnten Sie die letzte Frage wiederholen?«

Alison strahlte Marja an, um darüber hinwegzutäuschen, dass sie mit den Gedanken kurz woanders gewesen war.

»Sicher. Ich habe gefragt, ob Sie sich in Finnland wohlfühlen«, wiederholte Marja.

Alison hob beide Hände und gab alles – wie wunderbar und wie wunderschön das Land sei. Die Natur, das Meer – einfach wow. Samuel habe versprochen, ihr seine Lieblingsplätze zu zeigen (was nicht stimmte, aber gut klang), und sie könne es gar nicht erwarten.

Marja nickte und machte sich Notizen, Alison stellte sicher, dass sie ein Loblied auf die Sauna sang, auf Mumins und auf finnisches Design – im Speziellen auf Marimekko und schöne Weingläser.

Es lief wie am Schnürchen.

»Sie hatten in den USA Karriere gemacht, nicht wahr?«

Alison lächelte breit und nickte.

»Ja, ich führe eine eigene Eventfirma. So haben Samuel und ich uns auch kennengelernt: Ich hatte eine Wohltätigkeitsgala organisiert, wir luden ein paar Eishockeystars als Publikumsmagneten ein – und der Rest ist Geschichte.«

»Dann waren Sie ziemlich erfolgreich?«

Alison hätte gern weiter über ihre Arbeit gesprochen, aber in diesem Interview spielte ihr Job keine Rolle, als PR-Profi war ihr das klar. Der Fokus sollte auf Samuel liegen, auf ihnen als Paar, nicht auf Alisons Karriere.

»Klar, und ich werde auch immer stolz auf mein Unternehmen sein. Ich bin froh, dass meine Kollegen es weiterführen, auch wenn ich mir eine Auszeit genommen habe. Mein Hauptaugenmerk liegt unterdessen auf anderen Dingen.«

Durch ihre markante rote Brille sah Marja sie mit blassgrauen Augen forschend an.

»Sie sagten, dass Sie sich in Finnland sehr wohlfühlen. Aber wie steht es um Ihren Mann? Haben Sie nicht das Gefühl, dass er hier ein wenig unterkühlt aufgenommen wurde?«

Was für eine merkwürdige Frage. Spielte sie gerade auf Leino und sein Skandalbuch an? Oder auf die mittelmäßige NHL-Saison?

»*Well no, not at all*«, antwortete Alison übereilt.

»Dann hat er die Kontroversen rund um seinen Wegzug in die USA hinter sich gelassen?«

Alison lächelte noch immer, obwohl sie zusehends verunsichert war. Kontroversen? Sie hatte den Eindruck gehabt, dass ihr Ehemann in seinem Heimatland als eine Art Underdog gegolten hatte, der wider alle Wahrscheinlichkeit auf dem Eis zum Weltstar geworden war. Die klassische Erfolgsstory: der Junge aus armen Verhältnissen, der auf Sozialhilfe angewiesen war, um sich dem Eishockey widmen zu können, der mit dem Bus zum Training fuhr und eine riesige Tasche mit gebrauchter Ausrüstung mit sich herumschleppte, weil er sich nichts Neues leisten konnte.

Sie hatte so oft gehört, wie Samuel Journalisten davon erzählt hatte, dass sie die Geschichte in- und auswendig konnte.

Aber was genau meinte Marja mit Kontroverse? Sie schätzte, dass es ihr um die Partys in seiner Jugend ging, war sich aber nicht sicher.

Sie beschloss zu improvisieren.

»Es wäre für jeden eine umwälzende Erfahrung, nach so vielen Jahren im Ausland wieder nach Hause zurückzukehren. Aber echte Freunde bleiben, und wir freuen uns beide darauf, hier in unserem neuen Zuhause heimisch zu werden, uns mit unseren Lieben zu treffen und hoffentlich irgendwann eine Familie zu gründen.«

Die Antwort klang vielleicht ein bisschen schwammig, aber Alison war zufrieden.

»Und Samuels Sohn, war der schon hier?«, fragte Marja.

Alison verspürte das überwältigende Gefühl, die Flucht zu ergreifen.

Ein Sohn?

Irgendwas polterte hinter ihr – Leevi, der das Zimmer verließ.

»Entschuldigen Sie, ich habe die Frage nicht verstanden.«

»Samuels Sohn. Wie alt ist er inzwischen? Zehn?«

Alison streckte sich nach ihrem Wasserglas auf dem Couchtisch aus.

»Sorry«, sagte sie. »Ich habe einen wahnsinnig trockenen Hals … Vielleicht bin ich ja gegen irgendwas allergisch?«

Sie versuchte, auf Zeit zu spielen, während sie einige große Schlucke nahm und fieberhaft überlegte. Unterdessen wartete Marja geduldig ab und verzog keine Miene.

»Ähm«, sagte Alison zu guter Letzt und versuchte, ein Lächeln zustande zu bringen. »Wie lautete die Frage?«

»Hat der Junge sein neues Zuhause schon gesehen?«

»Er … Ich …«

»Nein, hat er leider noch nicht«, sagte eine tiefe Stimme hinter ihr.

Samuel Lindberg hatte das Zimmer betreten: frisch rasiert, umgezogen und mit einem betrübten Lächeln im Gesicht. Leevi folgte ihm auf dem Fuß.

Alison starrte ihren Ehemann an. So hatte sie ihn schon lange nicht mehr gesehen. Es war fast, als wäre der alte Samuel Lindberg wiederauferstanden, der gut aussehende, freundliche Samuel, der ihr so sehr gefehlt hatte.

Aber wovon redete er?

»Ali und ich freuen uns darauf, gemeinsam eine Familie zu gründen.« Er legte seine Hand auf Alisons Schulter. »Und ich wünsche mir sehnlichst, dass mein Junge Teil davon wird. Mehr möchte ich aus Respekt vor allen Beteiligten nicht sagen – aber die Hoffnung bleibt.«

Der harte Griff um Alisons Schulter fühlte sich nicht gerade liebevoll an. Alison wusste genau, was sie zu tun hatte: Sie legte ihre Hand auf seine und lächelte gütig.

»Das hoffe ich natürlich auch«, sagte sie leise. »Sehr.«

Sie schrie sich die Seele aus dem Leib - allerdings nur innerlich.

»Und, wie ist es gelaufen?«

Lena Bjurström blickte lächelnd von ihrem Bildschirm auf, doch das Lächeln verblasste, als sie Alex Hartman und Jan-Anders Rosbäck vor sich sah. Alex wirkte wie eine wandelnde Gewitterwolke.

»O nein. Was ist passiert?«

»Nichts Spezielles«, antwortete Jan-Anders vergnügt. »Das wird sicher ein ... tja, wie soll ich es ausdrücken ... *großartiger* Artikel.«

Alex schien gute Miene zum bösen Spiel machen zu wollen.

»Mhm, glaub ich auch. Ich setze mich gleich dran.«

Lena musterte die beiden verkniffen. Sie schien die kleine Showeinlage durchschaut zu haben.

»Schreib du mal drauflos, Alex. Und denk daran, den Schwerpunkt auf Themen rund um Samuel Lindberg zu legen, die speziell unsere Leserschaft interessieren könnten, also Leute hier aus der Gegend – nicht das Eishockey-Geschwafel, das die anderen Zeitungen gebracht haben.«

»Zum Beispiel?«, murmelte Alex.

»Zum Beispiel dass Lindberg seine Kindheitssommer zusammen mit seinem Großvater Konrad auf Rövarskäret verbracht hat«, warf Jan-Anders munter ein.

Lena sah begeistert aus.

»Ist das wahr? Das wusste ich ja gar nicht! Das muss gewesen sein, bevor er berühmt wurde. Genau so etwas wäre der perfekte Blickwinkel! Und dazu noch ein Kinderfoto – das wäre phantastisch!«

»Und wie soll ich an so was rankommen?«

»Ruf Lindbergs Eltern an. War der Vater nicht ein Freund deiner Familie?«

»Okay …«

Jan-Anders räusperte sich. Allmählich musste das Babysitting ein Ende haben.

»Na dann, Jungs und Mädels, mache ich mal mit meinen eigenen Projekten weiter.«

Lena winkte noch leicht zerstreut, und Jan-Anders kehrte federnden Schrittes an seinen Arbeitsplatz zurück.

Er hatte es kaum erwarten können, wieder an seinem Schreibtisch zu sitzen. Seine Überlegungen zu Börje hatten ihm die ganze Zeit über keine Ruhe gelassen. Da gab es noch einige Spuren, denen er nachgehen musste.

Er würde mit einem Anruf bei Anna Glad anfangen und fragen, was die Fahndung bislang ergeben hatte. Anschließend würde er nach unten ins Archiv gehen und dort weiterwühlen.

Was ihr digitales Zeitungsarchiv und die Ausschnitte anging, war er schon ein gutes Stück vorangekommen. Was immer über Börje und seine Eskapaden geschrieben worden war, hatte er größtenteils zusammengestellt. Doch unter Garantie gab es da noch mehr – er musste lediglich die Augen offen halten.

Das alte, analoge Artikelarchiv war wesentlich unpraktischer für die Recherche. Bisher hatte Jan-Anders meist bloß dagesessen und in abgehefteten Zeitungen geblättert. In den neunziger Jahren war die Zeitung noch täglich erschienen – was unzählige Seiten ergab, auf denen er leicht etwas übersehen konnte.

Doch dann hatte er eine Idee.

Das Fotoarchiv war im Gegensatz zum Artikelarchiv

wesentlich besser organisiert – dank ihres früheren, inzwischen verstorbenen Fotografen Gösta Kranck. Gösta hatte penibel sämtliche Fotos nach Thema, Namen und Jahreszahl verschlagwortet, und wenn Jan-Anders sich nicht irrte, lagerte das komplette Bildarchiv noch immer in mehreren Aktenschränken unten im Keller.

Er sprang auf und eilte aufs Treppenhaus zu. Unterwegs wäre er fast mit Alex zusammengestoßen, der einen Becher Kaffee in der Hand vor sich her balancierte.

»Wo willst du denn schon wieder hin?«, fragte er säuerlich.

»Ins Bildarchiv!«

Gut möglich, dass er dort die Lücken in seinen Recherchen würde schließen können. Er würde nachsehen, ob es dort Fotos von Börje Bohman gäbe und er über die Daten zu den Fotos an weitere Artikel herankommen könnte.

Und Börje wäre im Übrigen nicht der einzige Name, nach dem er suchen würde – auch Marianne Bohman wäre womöglich interessant. Und der Betesbacken.

Sten Ingman lächelte verzückt, als er zwei Becher mit Kaffee füllte.

»Es kann jeden Moment kommen, nicht wahr?«

Vielsagend nickte er auf Annas Bauch hinab.

»Na ja … Eigentlich erst im Spätsommer.«

»Was? Und es ist wirklich nur eins?«

Anna war drauf und dran, etwas Bissiges zu antworten, riss sich dann aber zusammen.

»Ja, ist nur eins.«

»Ach. Als Berit, meine Frau, damals mit unseren Jungs schwanger war, war sie so schmal, dass ich gar nicht fassen konnte, wie die beiden dort reingepasst haben. Denn als sie dann rauskamen, waren sie ganz stattlich – beide an die vier Kilo.«

»Mhm.«

Sten schien zu einer längeren Tirade über die Anatomie schwangerer Frauen ansetzen zu wollen, so dass Anna eilig dazwischenfuhr.

»Danke, dass Sie sich für mich Zeit nehmen konnten, Sten.«

»Sagen Sie Stippe, so nennen mich alle.«

»Okay. Danke, Stippe.«

»Ist doch kein Thema. Ich hatte mir schon gedacht, dass Sie früher oder später vorbeikommen würden, deshalb hab ich die Unterlagen schon mal rausgesucht.«

Er schob einen Stoß Papiere auf sie zu. Anna starrte verwirrt darauf hinab.

»Äh … Was denn für Unterlagen?«

»Die Genehmigungen, die Verträge – alles, was ich in Sachen Festival unterschrieben habe.«

»Festival?«

»Das SeaPop-Festival im August. Das wird ein Trubel! Aber ich habe natürlich sofort Ja gesagt. Ist doch klasse, so etwas hier quasi direkt vor der Haustür zu erleben.«

Allmählich dämmerte es Anna, wovon Sten Ingman sprach: Gegen Ende des Sommers würde in der Stadt ein großes Musikfestival stattfinden, genauer gesagt auf dem Campingplatz, der an Sten Ingmans Grundstück angrenzte. Anscheinend waren die Nachbarn angeschrieben und um Erlaubnis gebeten worden.

»Ah, jetzt weiß ich, was Sie meinen«, sagte sie. »Allerdings bin ich nicht deshalb hier.«

Sten Ingman sah sie verdattert an.

»Nicht? Weshalb denn dann?«

Anna zögerte kurz. Rolf hatte sie vorgewarnt, dass das Thema womöglich heikel sein könnte.

»Ich wollte mich mit Ihnen über Börje Bohman unterhalten.«

Es war faszinierend, wie binnen weniger Sekunden jegliche Freundlichkeit und alles Entgegenkommen seitens Sten Ingman wie weggewischt war. Inzwischen erinnerte er fast an jene riesigen Statuen auf den Osterinseln, die Anna von Fotos kannte.

»Ach«, stieß er nur hervor.

»Ich habe gehört, dass Sie nicht mehr sonderlich gut miteinander auskommen, Sie und Börje?«

Sten Ingman lachte tonlos auf.

»Das ist richtig. Es ist schon übel, wenn man darüber nachdenkt. Als Kinder waren wir wie Arsch und Eimer – eigentlich bis in unsere Zwanziger. Damals war an Börje wirklich nichts weiter verkehrt.«

»Jetzt aber schon?«

Sten stand abrupt auf.

»Wenn wir darüber reden sollen, dann brauche ich einen Drink. Würde Ihnen ja auch einen anbieten, aber ich nehme an, Sie müssten sowieso Nein sagen.«

»Stimmt, trotzdem danke.«

Sten Ingman verschwand aus dem Zimmer, Anna hörte ein deutliches Plopp, und ein paar Sekunden später war er mit einem gut gefüllten Kognakschwenker zurück.

»Also, Frau Kommissarin Glad. Was wollen Sie über Börje wissen?«

»Sie haben es schon gehört, nehme ich an?«

»Was?«

»Dass Börje vermisst wird. Wir haben am Wochenende eine Öffentlichkeitsfahndung rausgegeben.«

Sten Ingman hob seinen Kognak an.

»Schau an! Nein, das wusste ich nicht. Vermisst? Potzblitz. Aber was hat das mit mir zu tun? Hier ist er jedenfalls nicht, das kann ich Ihnen versichern. Der kommt mir nicht mehr über die Schwelle.«

»Vielleicht könnten wir mit dem Grund für Ihr Zerwürfnis anfangen …«

»Das müssten wir uns in Etappen ansehen. Aber angefangen hat es, als Börje mein Elternhaus verkauft hat.«

»Wie ist es dazu gekommen?«

Sten nippte an seinem Kognak, behielt ihn einen Augenblick lang im Mund, ehe er schluckte und anfing zu erzählen – auf eine zugleich sentimentale und fast dramatische Weise, die den Schluss zuließ, dass er die Geschichte nicht zum ersten Mal zum Besten gab.

»Das war Ende der Siebziger, als meine Eltern in nur ein paar Jährchen Abstand gestorben waren. Ich hatte geschäftlich ein bisschen Pech gehabt, ein paar unglückliche Entscheidungen getroffen und konnte die Erbschaftssteuer nicht bezahlen. Aber Börje, der hatte Geld wie Heu. Seine Eltern waren ebenfalls gestorben, und er hatte sowohl die Betonfirma als auch das Haus geerbt, in dem er aufgewachsen war. Also hab ich ihn gefragt, ob er sich vorstellen könnte, mein Elternhaus zu kaufen und mich dort zur Miete wohnen zu lassen. So würde es sozusagen in der Familie bleiben – und ich würde es ihm wieder abkaufen, sobald ich finanziell auf die Beine gekommen wäre. Darauf gaben wir uns die Hand.«

Er nippte erneut an seinem Kognak und sah Anna unverwandt an.

»Ich weiß ja nicht, wie andere darüber denken, aber wenn ich Sachen verspreche und sie per Handschlag besiegele, dann sind die abgemacht.«

»Was ist passiert?«

»Na ja, drei Jahre später teilt Börje mir eines schönen Tages mit, dass er mir den Mietvertrag in meinem eigenen Haus kündigt. Er wollte verkaufen, und ich sollte dort raus. Und dann kam irgend so ein Geschäftsmann aus Espoo, kaufte das Grundstück, machte das alte Holzhaus dem Erdboden gleich und baute stattdessen so eine hässliche Schuhschachtel aus Kalkzement. Was glauben Sie, wie sich das für mich angefühlt hat?«

»Hat Börje Ihnen je erklärt, warum er sich so entschieden hat?«

»Mit keiner Silbe. Ich hatte die vereinbarte Miete gezahlt, war auf bestem Wege, wieder Geld zu verdienen, und das wusste er auch. Ich bin kein Taugenichts – ich hatte als junger Kerl ein paar Fehler gemacht, aber ich hab meine Lektion gelernt. Sehen Sie sich um! Das hier ist alles meins. Ich hab jeden Cent eigenhändig verdient.«

»Was hat er denn mit dem Kauferlös gemacht?«

»Er hat sich diverse Nachbargrundstücke gekauft – ist das zu fassen? Hat nicht mal darauf gebaut, wollte sie einfach nur besitzen.«

»Wann war das?«

»1980. Aber damit war unsere Freundschaft Geschichte.«

Er stellte sein Glas mit einem Knall auf dem Tisch ab. Nachdenklich nickend machte Anna sich Notizen.

»Kannten Sie Marianne ebenfalls?«

»Flüchtig. War ja ein ziemlich schüchternes Mädchen. Und Börje wollte sie für sich allein. Ich weiß noch gut, wie die beiden sich kennengelernt haben. In dem Sommer, als sie den Job hier im städtischen Krankenhaus hatte, war er von jetzt auf gleich komplett besessen von ihr. O ja. Aber dann fuhr sie zurück nach Helsinki und teilte ihm mit, sie sei zu ihrem Ex zurückgekehrt. Au Backe, ich dachte schon, damit wäre es um Börje geschehen. Nur gut, dass er damals nicht vor einen Zug gesprungen ist, weil sie dann ja wieder zu ihm zurückkam. Und ich nehme an, da hat Börje auf Nummer sicher gehen wollen: Er hat ihr sofort einen Antrag gemacht, und schwuppdiwupp waren sie verheiratet. Ich war sogar zur Hochzeit eingeladen, das war schließlich, bevor wir uns zerstritten haben.«

Sten Ingman hatte sich derart in Fahrt geredet, dass Anna Mühe hatte mitzukommen.

»Wann haben Sie Börje zuletzt getroffen?«

Sten Ingman schien kurz nachdenken zu müssen.

»Das letzte Mal, dass wir uns unterhalten haben, war vor fast vierzig Jahren. Aber natürlich hab ich den Mistkerl seither immer wieder gesehen, im Supermarkt und so. Aber sogar das ist mittlerweile lange her.«

Er rieb sich nachdenklich über den Bart.

»Zuletzt gesehen hab ich ihn ... Könnte das schon zwei Jahre her sein? Ich meine, das war in der Bank.«

»Waren Sie in letzter Zeit mal oben auf dem Betesbacken?«

»Niemals! Dort geht man nur auf eigenes Risiko hin! Börje steht da ja schon mit der Flinte im Anschlag, sobald er sieht, dass sich jemand nähert. Hab ich zumindest in der Stadt gehört – selbst erlebt habe ich es nie.«

»Wissen Sie, ob Börje noch Kontakt mit einem Verwandten hat, bei dem er zu Besuch sein könnte?«

Sten schüttelte den Kopf.

»Ich kann wohl verhältnismäßig sicher behaupten, dass er keine Verwandten mehr hat. Er hat als Junge nie von jemandem erzählt und ist auch nie irgendwen besuchen gefahren. Die Bohmans waren immer lieber für sich. Und als die Eltern tot waren, war eben nur noch Börje übrig.«

Er lachte kurz auf, wurde aber sofort wieder ernst.

»Der Vater hat die Mutter geschlagen, das war allgemein bekannt. Börjes Elternhaus war wirklich ein furchtbarer Ort. Schnaps und Geschrei und Schläge. Die hatten nie Besuch – außer von mir, aber ich bin meist draußen vor der Tür geblieben, bis Börje rauskam. Insofern ... Verwandtschaft? Nein, ich denke nicht.«

Er blieb mit halb offenem Mund und abwesendem Blick eine Zeit lang stumm sitzen. Anna beschloss, mit ihren Nachfragen kurz zu warten. Er sollte erst nachdenken. Und nach einer Weile gab Stippe sich einen Ruck.

»Ach, ich weiß auch nicht. Börje und ich waren nach der Sache mit dem Haus ja mehr oder weniger verfeindet. Aber ... Irgendwie kann ich ihm inzwischen nicht mal mehr böse sein. Es hat sich für mich ja zum Guten gewendet. Ich bin finanziell auf die Füße gekommen, hab Berit kennengelernt, und dann sind unsere Jungs zur Welt gekommen. Börje wurde Witwer und damit so was wie ein Einsiedler, über den die Leute gelacht haben – und jetzt reißen sie auch noch sein Haus ab! Wenn man so darüber nachdenkt, hat es das Schicksal nicht besonders gut mit ihm gemeint.«

Anna wartete noch kurz, doch dann wollte sie die Frage, die ihr im Kopf herumging, doch stellen.

»Anscheinend glauben einige, Börje hätte Marianne misshandelt. Was sagen Sie dazu?«

Sten Ingman schüttelte nachdrücklich den Kopf.

»Es ist eigentlich gegen meine Prinzipien, Börje nach allem, was er mir angetan hat, auch noch zu verteidigen.

Aber dass er Marianne misshandelt haben soll, stimmt auf gar keinen Fall.«

»Nicht?«

»Er hätte ihr nie auch nur ein Haar gekrümmt.«

»Wie können Sie sich da so sicher sein?«

»Weil ich ihn trotz allem kenne. Börje hat ohne Grund nie die Hand erhoben – nicht mal als Jugendlicher, obwohl er der Stärkste in der Klasse war. Er wollte nicht wie sein Vater werden, das war ihm ungeheuer wichtig. Die paarmal, als er in Prügeleien geraten ist, musste er sich verteidigen. Oder vielmehr *mich* verteidigen ...«

Stippe schien abermals tief in Gedanken zu versinken.

Mit einiger Mühe stemmte Anna sich vom Sofa hoch.

»Danke, dass Sie sich für mich Zeit genommen haben, Stippe. Wenn Börje sich melden sollte, rufen Sie mich an, ja?«

»Das wird nicht passieren. Aber ja, klar.«

»Hör mal, das hier ...«

Jasper Jokela klickte eilig das Computerspiel weg, mit dem er sich in der letzten halben Stunde die Zeit vertrieben hatte. Verner Jansson war in der Tür aufgetaucht.

»Hm? Komm rein, komm rein, Verner.«

Der technische Leiter ließ sich auf einem Besucherstuhl nieder. Jasper hatte den Eindruck, als sähe der Mann endlich ein bisschen fröhlicher aus – fast schon beschwingt.

»Also, Folgendes: Ich stehe mit Börje Bohman in SMS-Kontakt. Ich wollte das eigentlich schon viel früher erzählen, aber erst musste ich mich vergewissern, dass wirklich er diese Nachrichten schreibt.«

Jasper sprang fast von seinem Stuhl auf.

»Börje Bohman? Dann ist er gar nicht verschwunden?«

»Nein, er ist bloß abgehauen. Ist endlich von zu Hause ausgezogen. Wir können mit dem Fahrradweg weitermachen.«

»Das ist ja großartig! Weiß die Polizei schon Bescheid?«

»Ja, die habe ich informiert.«

Jasper konnte nicht länger an sich halten und legte ein Tänzchen aufs Parkett. Verner sah ihm wortlos dabei zu.

»Ich rufe sofort Annette an, nur um sicherzugehen, dass wir mit Volldampf weitermachen dürfen«, sagte Jasper, kaum dass er sein Tänzchen beendet hatte.

Verner Jansson blieb sitzen, während Jasper Annette Kälds Nummer wählte. Sie ging sofort ran, durchkreuzte dann aber Jaspers Hoffnungen.

»Nein, das geht leider nicht«, erwiderte Annette. »Wir wissen über die SMS Bescheid, haben aber die Untersuchung noch nicht abgeschlossen. Das Haus ist nach wie vor von Interesse, deshalb könnt ihr Börjes Haus bis auf Weiteres noch nicht abreißen.«

»Aber warum denn nicht?«, platzte es aus Jasper heraus.

»Die Gründe kann ich dir nicht nennen.«

Sie legten auf, und Jasper ließ sich schwer auf seinen Schreibtischstuhl sacken.

»Was hat sie gesagt?«, wollte Verner wissen.

»Sie hat Nein gesagt. Sie ermitteln noch.«

»Aber das ist doch albern. Bohman ist ausgezogen!«

»Ich weiß, aber das hat sie nun mal gesagt.«

Jasper seufzte tief auf und dachte kurz nach. Dann traf er eine Entscheidung.

»Weißt du was, Verner? Wir legen den Fahrradweg vorübergehend auf Eis, okay? Wir haben doch beide demnächst Urlaub, außerdem stecke ich mitten in der Sea-Pop-Sache. Wir müssen uns den Umständen anpassen. Was derzeit passiert, liegt einfach nicht mehr in unserer Hand.«

Verner Jansson setzte sich abrupt auf und donnerte die Hand auf Jaspers Schreibtisch. Jasper war derart überrumpelt, dass er instinktiv seinen Schreibtischstuhl nach hinten schob, woraufhin er gegen das Fensterbrett krachte.

»Verner, jetzt mal ganz ruhig!«

»Dass dieser Bohman *schon wieder* gewinnt, ist doch *scheiße*!«, brüllte er.

»Gewinnt? Aber er gewinnt doch nicht? Du hast gerade selbst gesagt, dass er ausgezogen ist – das ist doch wohl nicht das Gleiche …«

»Nicht mal jetzt, da er *aus dem Weg* ist, können wir weitermachen.«

Jasper hatte sich immer noch nicht von dem Schreck erholt, und er brauchte einen Moment, ehe er einen sinnvollen Satz zustande brachte.

»Ich hab's immer noch nicht ganz kapiert. Weißt du mehr über diese Sache? Wo steckt Börje überhaupt? Kannst du ihm nicht schreiben, dass er mit der Polizei Kontakt aufnehmen soll?«

Verner sprang auf und stapfte wütend aus dem Zimmer. Jasper hörte noch, wie er ein Stück den Flur hinunter seine Bürotür hinter sich zudonnerte. Einen Augenblick später schaute Malin Lund verschreckt bei Jasper vorbei.

»Was ist denn passiert?«

»Ganz ehrlich? Keine Ahnung.«

Verners Reaktion hatte Jasper eiskalt erwischt. Natürlich konnte er verstehen, dass sein Kollege frustriert war. Er selbst war die ständigen Unterbrechungen ihres Radwegprojekts genauso leid. Aber irgendwas, was Verner gesagt hatte, nagte an ihm, und er kam nicht darauf, was es war. Oder doch, Verners Wortwahl – dass Börje Bohman *aus dem Weg* sei, nicht *verreist*, nicht dass er *ausgezogen* sei, dass er *eingelenkt* habe, nein, er sei *aus dem Weg*. Lag es nur an Jasper, oder klang das nach *aus dem Weg geräumt*?

Erst jetzt dämmerte ihm, dass Malin etwas gesagt und er nicht hingehört hatte.

»Entschuldigung, kannst du das noch mal sagen?«

»Klar. Die vom Radio wollten wissen, ob du morgen früh im Frühstücksprogramm dabei sein könntest – wegen SeaPop.«

Jasper atmete tief durch. Wie gut, dass es noch andere Projekte gab, über die er nachdenken konnte. Solche, die ihnen zu gelingen schienen. Verner Jansson musste sich erst wieder abregen, doch Jasper selbst hatte nicht vor, sich in absehbarer Zeit noch mal mit dem Fahrradweg und Börje Bohman zu beschäftigen.

Stattdessen würde er dafür sorgen, dass das SeaPop-Festival ein Erfolg würde.

»Selbstverständlich bin ich dabei«, sagte er.

Alison heulte Rotz und Wasser. Ein paar Tränen landeten in ihrem Weinglas, aber das war ihr egal. Sie konnte einfach nicht mehr.

Samu war weggefahren. Natürlich war er weggefahren, statt mit ihr zu reden.

Mit übermenschlicher Kraftanstrengung hatte sie das restliche Interview überstanden, ohne zusammenzubrechen. Sie hatte im Wohnzimmer und auf der Treppe für

Fotos posiert, mit einem roten Regenschirm draußen am Anleger, breit gelächelt, nachdenklich gelächelt, verträumt gelächelt, lauthals gelacht und alles umgesetzt, was der Fotograf ihr aufgetragen hatte.

Als der Trupp von der Frauenzeitschrift endlich gegangen war, hatte sie das Schlafzimmer gestürmt, wo ihr Mann sich gerade umgezogen hatte.

»Du hast einen Sohn? Warum hast du mir das nie erzählt?«

Sie hätte es ihm verziehen, sie hätte gleich fünfzehn Söhne und Töchter aus früheren Beziehungen akzeptiert – sofern Samuel in jenem Moment zumindest einen Anflug von Reue gezeigt hätte. Doch stattdessen hatte er sie nur unterkühlt angesehen.

»Ich war so oft kurz davor, kapierst du das? Die zig Male, die du gequengelt hast, ich solle mich untersuchen lassen und dass es an mir liegen würde, dass du nicht schwanger wirst. Aber jetzt weißt du es: Ich kann Kinder zeugen. Das Problem muss also bei dir liegen.«

Was er gesagt hatte, tat immer noch weh. Wie konnte er jemandem gegenüber, den er doch für den Rest seines Lebens lieben wollte, derart hartherzig sein?

»Aber warum hast du ihn vor mir verheimlicht? Einen Jungen – das ist doch phantastisch! Jedes Kind ist ein Segen. Ich würde ihn wirklich gern kennenlernen.«

Doch sie hatte keine Antwort von ihm bekommen. Samuel hatte sich umgezogen, war zum Anleger gelaufen und mit dem Boot hinüber ans Festland gefahren.

»Ich schaffe das hier gerade nicht. Wir reden darüber, wenn du dich wieder beruhigt hast«, hatte er noch gesagt.

Aber war es so überraschend, dass sie aufgebracht war, nachdem sie eben erst erfahren hatte, dass ihr angetrauter Ehemann bereits ein Kind hatte? Und weil sie mehr wissen wollte?

Etwas kitzelte sie an der Wange. Eine künstliche Wimper hatte sich gelöst. Anscheinend kam der wasserfeste Wimpernkleber mit einem ausgewachsenen Heulanfall nicht klar. Sie riss eine falsche Wimper nach der anderen ab und legte sie auf ein kleines Häuflein auf die Sessellehne.

Im nächsten Moment tauchte Leevi in der Zimmertür auf. Dass er sich immer so anschleichen musste! Alison wollte nicht, dass er sie in diesem Zustand sah – verheult und aufgelöst und mit dem Weinglas in der verkrampften Hand. Vor wenigen Stunden war sie noch so schön gewesen, dass ihr Schwager regelrecht zurückgezuckt war.

»Sorry, wenn ich dich schon wieder erschreckt habe. Ich wollte nur sehen, ob mit dir alles okay ist.«

»Just wonderful«, entgegnete sie sarkastisch.

Leevi räusperte sich.

»Alison … Ich will nur sagen, dass das, was vorhin passiert ist, nicht in Ordnung war. Ich hatte keine Ahnung, dass diese Journalistin auf Kevin zu sprechen kommen würde. Davon war im Vorfeld nie die Rede. Das war ein hinterhältiger Trick.«

Kevin? Welcher Kevin? Aaah …

»Heißt er so? Samuels Sohn? Kevin?«

Leevi blickte beschämt drein.

»Darüber solltest du mit deinem Mann sprechen. Ich hoffe nur, Samu kommt wieder zu sich und hört auf, dir gegenüber so ein Arschloch zu sein. Du … Du hast so einen Mist nicht verdient.«

Alison blinzelte ihn verwundert an. Sie hatte Leevi nie auch nur ein kritisches Wort über Samuel sagen hören.

Die Mitglieder der Familie Lindberg hielten zusammen, das hatte sie schnell gelernt.

»Okay.« Mehr brachte sie nicht zustande.

»Er kommt verdammt noch mal mit so viel Mist davon. Er ist immer und überall der Held – für manche fast schon ein Gott! Unsere eigenen Eltern zum Beispiel, die haben ihm immer den Rücken freigehalten. Samuel macht keine Fehler, nein. Ich meine – sogar ein Gutteil der Journalisten hat freundlicherweise den Mund gehalten, weil er so etwas wie ein Nationalheld ist. Welcher andere Promi wird schon so behandelt? Keiner.«

Alison schwirrte der Kopf. Wovon redete Leevi? Von Kevin oder von anderen Sachen? Sie wollte gerade nachhaken, als Leevi sich zur Haustür wandte.

»Ich muss los. Pass gut auf dich auf!«, rief er über die Schulter.

Alison stemmte sich vom Sofa hoch, musste sich dann aber zusammenreißen, um Leevi nicht hinterherzurennen. Am liebsten hätte sie sich an ihn geklammert und sich geweigert, ihn wieder loszulassen, ehe er ihr alles erzählt hätte, was er über diesen Kevin wusste. Doch sie ließ es bleiben.

Stattdessen trat sie ans Fenster und sah ihm auf dem Weg zum Anleger hinterher.

Im selben Moment schoss ihr durch den Kopf, dass sie sich überdies gern an Leevi geklammert hätte, einfach nur um die Nähe eines anderen Menschen zu spüren. Sie schämte sich sofort dafür. So durfte man als verheiratete Frau nicht denken. Für Alison war die Ehe heilig, und es gehörte sich nicht, einen anderen Mann auf diese Weise zu betrachten.

Doch sie konnte nicht anders.

Leevi war freundlich und einfühlsam. Er erkundigte

sich, wie es ihr ging, machte Komplimente und schien aufrichtig an ihren Gedanken interessiert zu sein.

Außerdem war er seinem Bruder sehr ähnlich. Die gleichen Haare, die gleiche Gesichtsform. Sie waren gleich groß, nur dass Samuel breiter gebaut war.

Manchmal fühlten sich sogar Leevis Blicke ähnlich an wie jene, mit denen Samuel sie eingangs bedacht hatte. Sie hoffte inständig, dass ihr Mann das nicht mitbekam, es würde ihn nur zusätzlich aufbringen, wenn er auch noch glaubte, sie würde mit seinem Bruder flirten. Denn dafür würde er garantiert *sie* verantwortlich machen.

Genau wie er sie dafür verantwortlich machte, dass sie nicht schwanger wurde.

Und dass man mit ihr nicht über Kevin reden konnte – auch das war ihre Schuld. Weil sie so aufgewühlt war …

Kevin.

Wo war dieser Junge? Und wer war die Mutter? Wusste Samuel, wo er wohnte? Versuchte er wirklich, eine Beziehung zu ihm aufzubauen, wie er es der Journalistin gegenüber behauptet hatte? Stand er immer noch mit der Mutter in Kontakt? Und wo hatte er heute Abend so eilig hinfahren müssen? Zu ihr?

Gott, es war einfach zu viel. Sie wollte nur noch ins Bett.

Das Döschen mit den Schlaftabletten stand auf dem Küchentisch. Eigentlich durfte man derlei Tabletten nicht alkoholisiert einnehmen, aber im Augenblick konnte sie darauf keine Rücksicht nehmen.

Schniefend öffnete sie die Dose und schüttelte mehrere Tabletten heraus. Sie wollte wie zuvor auch gleich zwei nehmen, aber an diesem Abend sahen die Tabletten irgendwie größer aus als sonst. Allerdings spielte das jetzt keine Rolle mehr. Sie war schlicht und ergreifend zu müde, zu traurig und zu betrunken, um auf ihre Erinnerung zu vertrauen.

Sie spülte die zwei Tabletten mit lauwarmem Leitungswasser hinunter, ging ins obere Stockwerk und brach auf ihrem Bett zusammen.

»RÄUM BITTE AUF«, sagt Mama.

Sie klingt müde, und er beeilt sich, ihrer Bitte Folge zu leisten. Es geht auch schnell, er besitzt ja nicht viel. Die Spielkarten sammelt er ein und legt sie in die Schachtel. Die Comichefte landen auf Kante im Regal. Die Metallkugeln aus dem Fortuna-Spiel legt er ordentlich in die Rille, dann schiebt er den Riegel davor und stellt das Spiel an die Wand.

Er wird immer besser im Fortuna, viel besser als Mama. Daran ist sie selbst schuld, weil sie nicht übt. Er fragt sie täglich, aber meist findet sie, er soll allein spielen, und liest selbst ein Buch.

Am Ende klaubt er noch die Wachsmalstifte und das Papier auf und legt alles in das Regal neben seinem Bett.

So. Fertig aufgeräumt.

Früher war es viel anstrengender, da hatte er Schwierigkeiten, Ordnung zu halten. Damals hatte er noch ein großes Zimmer und jede Menge Sachen. Er hatte tatsächlich so viele Sachen, dass sie die Kisten hatten beschriften müssen, damit er es schaffte, alles zu sortieren.

Eisenbahn, Modellautos, Duplo-Bauklötze, Puzzle, Verkleidungssachen. So viele Dinge!

Auch das Zimmer war schön, das weiß er noch. An der Decke hingen Sterne, die im Dunkeln leuchteten. Er hatte ein Bett, das ihm schon bald zu klein geworden wäre, aber da hätte er es einfach ausziehen können, weil das nämlich so funktionierte: Das Bett konnte mit ihm mitwachsen. Nicht mehr lange, und er hätte einen Schreibtisch für Große gekriegt, mit einem Schreibtischstuhl, der sich drehte.

Aber so weit war es nie gekommen.

Weil sie stattdessen umzogen.

Am ersten Ort, an dem sie einzogen, gab es noch andere Kinder, und ein paar davon räumten im Gemeinschaftsraum nie hinter sich auf, obwohl die Erwachsenen sie darum baten. Das war anstrengend.

Inzwischen ist es besser, weil es nur noch Mama und er und weniger Sachen sind.

Mann, das war dumm von ihm, an sein altes Zimmer zu denken. Jetzt ist er ein bisschen traurig geworden.

»Ich hab aufgeräumt, Mama.«

»Mhm. Schön. Danke, mein Schatz.«

Er sieht sie von der Seite an. Ob er sie fragen soll? Vielleicht wird sie dann traurig und will nicht antworten. Aber er will es wirklich, wirklich wissen.

»Mama?«

»Hm?«

Sie blickt von ihrem Buch auf.

»Was?«

»Wann ziehen wir wieder nach Hause?«

Er sieht sie beunruhigt an, und für einen kurzen Moment glaubt er schon, dass sie gleich anfängt zu weinen. Doch dann lächelt sie schief.

»Ich weiß es nicht, Liebling. Aber ich hoffe, schon bald.«

Mariannes ganzes Leben passte in eine kleine, moosgrüne Reisetasche: ein paar Blusen, lange Hosen und Strickjacken. Das Fotoalbum mit den Schwarz-Weiß-Bildern von Oma als jungem Mädchen, der Kalevala-Koru-Schmuck, den sie nur wenige Wochen vor seinem Tod von ihrem Vater zum Abitur bekommen hatte. Ein paar andere Kleinigkeiten.

Natürlich besaß sie noch mehr, aber sie hatte nur das Wichtigste einpacken wollen, der Rest musste warten.

Es war schon spät am Abend, als sie am Marktplatz aus dem Bus stieg, was nur gut war, weil sie nicht gesehen werden wollte. Sie konnte jetzt mit niemandem reden, und nach dem Sommerjob im Krankenhaus kannte man sie hier, die Leute würden sie ansprechen und fragen, wie es ihr ging.

Sie nahm die Griffe der Reisetasche in beide Hände, als sie in Richtung Strand eilte und dann weiter auf das große, gruselige Haus zu, das Börje unbedingt verkaufen wollte. Er hasste sein Elternhaus und sehnte sich nach etwas Neuerem, Modernem. Da würde er noch mal ganz neu anfangen, hatte er ihr erklärt.

Und Marianne hatte ihm zugehört, ihn dazu ermuntert, sogar von Webstühlen und Kühltruhen geredet, ihm Hoffnungen gemacht – und ihn dann schwer enttäuscht.

Sie war durchgeschwitzt, obwohl ihr kalt war. Die Bluse war wirklich Mist, irgendeine Kunstfaser, die nicht atmete. Außerdem war sie wahnsinnig nervös. Wo sollte sie hin, wenn er ihr die Tür vor der Nase zuknallen würde?

Und was, wenn er gar nicht zu Hause wäre? Wo sollte sie dann die Nacht verbringen? Ein Hotelzimmer konnte sie sich nicht leisten, und Birgitta war verreist.

Aber doch – da brannte Licht im Fenster!

Das letzte Stück joggte sie fast, so schnell es mit ihrer Reisetasche und allem Drum und Dran eben ging.

Jetzt einen Blick in den Taschenspiegel zu werfen und sich frisch zu machen, würde nichts bringen. Marianne wusste genau, wie sie gerade aussah. Da hätte Lippenpomade gar keinen Sinn. Dann waren Schritte von drinnen zu hören. Und die Tür ging auf.

Da stand er. Börje. Ihr Börje.

Sie konnte seinen Gesichtsausdruck nicht deuten. War er froh oder wütend, sie zu sehen?

»Lieber, geliebter Börje, bitte nimm mich zurück! Ich werde dich nie wieder verlassen, bitte, bitte! Ich weiß auch nicht, wie ich so dumm sein konnte. Verzeih mir! Hilf mir, bitte!«

Es dauerte ein paar Sekunden, ehe sie von ihm eine Antwort bekam, auch wenn es sich wie Stunden anfühlte. Marianne war zum Zerreißen angespannt, als Börje endlich den Mund aufmachte.

»Komm rein.«

JULI

KAPITEL 5

Auge, Auge, Nase, Mund
Gleich liegst du auf des Brunnens Grund

Mittwoch, 12. Juli

»Vorsicht, pass auf, kleiner Mann! Da sind Brennnesseln!«

Der kleine Leo hörte über die Warnung seines Großvaters hinweg, stapfte zielstrebig auf das Gestrüpp zu und griff hinein.

Die Reaktion folgte auf dem Fuß.

»Uääääääääh«, plärrte der Dreijährige, und seine Mutter, die Großmutter sowie der Großvater stürzten hinüber, um ihn zu trösten.

Heute war im Sommerhäuschen einiges los, und eigentlich hätte Rolf überglücklich sein müssen (natürlich mal abgesehen davon, dass sein Enkelkind sich gerade die Hände verbrannt hatte). Mit Leo in der Sonne zu sitzen – danach hatte er sich den ganzen Winter lang gesehnt. Sie hatten Suppe mit Würstchen gegessen, die Zehen ins Wasser gehalten, Wiesenmargeriten gepflückt und Ball gespielt. Und natürlich war Rolf froh, dass er immer noch Ball spielen konnte: Ein halbes Jahr zuvor hatte es diesbezüglich eher düster ausgesehen.

Trotzdem, so richtig fröhlich war er heute nicht.

Mia und Elvira verschwanden mit dem immer noch weinenden Leo nach drinnen. Rolf blieb auf dem Rasen stehen und kramte sein Handy hervor.

Normalerweise ließ er sein Handy in der Küche liegen, wenn er im Sommerhaus war. Wie sollte so ein Apparat auch mit all der Schönheit und Freude ringsum konkurrieren? Doch im Augenblick hoffte er auf ein Lebenszeichen von Max.

Und nachdem Max nicht selbst von sich hören ließ, musste Rolf wohl oder übel erneut bei ihm anrufen.

Rolf schlenderte zum Bootssteg, um in Ruhe mit seinem Partner sprechen zu können. Sofern Max denn ranging –auch das tat er inzwischen nicht mehr verlässlich. Aber diesmal knackste es in der Leitung.

»Hey«, sagte Max.

»Gleichfalls hey! Wie geht's, wie steht's drüben im Königreich?«

»Ach, es ist, wie es ist. Aber wie geht es dir? Ist Leo gekommen?«

»Klar«, sagte Rolf und spitzte kurz die Ohren.

Das Heulen hatte aufgehört. Wahrscheinlich hatte Mia sich daran erinnert, dass im Gefrierfach noch Eis am Stiel lag.

»Hier geht es rund«, sagte Rolf.

Max lachte leise, allerdings hörte es sich ziemlich freudlos an.

»Kommst du am Freitag, wie wir es geplant haben?«, erkundigte sich Rolf.

»Hatten wir dieses Wochenende ausgemacht? Ach Mensch, das muss ich durcheinandergebracht haben …«

»Was?«

Rolfs Laune war schlagartig im Keller. Würde Max sich wirklich schon wieder aus der Affäre ziehen?

»So ein Mist, ich hab am Samstag noch etwas anderes vor, was sich kaum verschieben lässt.«

»Okay, schade. Kommst du dann am Sonntag?«

»Mal sehen. Ich will lieber noch nichts versprechen.«

Es war doch zum Mäusemelken. Max arbeitete als

Bootsmakler, hatte im vergangenen Jahr aber seine Arbeitszeit reduziert, und Rolf konnte kaum glauben, dass er urplötzlich wieder so viel zu tun haben sollte, dass er nicht mal mehr vorbeikommen konnte. Klar, es war Sommer und damit Hochsaison, aber früher hatte Max sich zwischen seinen Aufträgen doch auch immer freinehmen können oder Dienstreisen nach Finnland mit Besuchen bei seinem Partner verbunden. Max hatte selbst gesagt, dass dies schlicht und ergreifend eine Frage der Prioritäten sei. Nur, dass er in letzter Zeit anscheinend etwas anderes priorisierte.

Aber einen Versuch wollte Rolf noch wagen.

»Hör mal, wie wäre es denn, wenn ich stattdessen zu dir käme? Mein Kalender ist immerhin genauso leer wie mein Kopf. Und es ist ja auch ungerecht, dass immer du an- und abreisen musst.«

Es dauerte einen Moment, ehe Max antwortete.

»Nee, Rolf, ich fürchte, das ist keine gute Idee. Nicht diese Woche.«

»Nicht?«

»Nein. Und, du, ich muss allmählich los. Wir hören uns!«

»Okay, dann bis bald und Küsschen!«

»Tschüss!«

Und dann war er weg. Rolf schloss die Augen und seufzte tief auf. Er hatte es sich nicht nur eingebildet. Jetzt lag es klar auf der Hand, dass Max ihm aus dem Weg ging. Er rief nicht an, schrieb keine SMS, sagte ihre Treffen ab.

Was war da nur los? Hatte er jemand anderen kennengelernt, oder war er Rolfs einfach nur überdrüssig? Aber warum konnte er das dann nicht direkt sagen? Die andauernden Grübeleien waren für Rolf die reinste Tortur. Allmählich wurde er sauer, und das sah Rolf wirklich nicht ähnlich. Vielleicht sollte er Max erneut anrufen und mal Klartext mit ihm reden.

»Guck mal, Opa!«, rief Leo.

Rolf atmete noch einen Moment lang tief durch. Dann legte er ein breites Lächeln auf und drehte sich um.

»Oh, wie lecker! Jetzt will der Opa aber auch noch ein Eis!«

Alison machte einen Schritt zurück und sah sich kritisch in ihrem Schlafzimmer um. Sie hatte eine Art Hotelsuite-Feeling heraufbeschwören wollen. Wenn sie zugezogen waren, bedeckten die neuen Verdunkelungsvorhänge die ganze Wand, und offen sahen sie fast aus wie ein Theatervorhang.

Sie hatte die maßangefertigten Gardinen schon vor Monaten in Auftrag gegeben, allerdings waren sie erst jetzt geliefert worden. Ein Handwerker hatte die unauffällige Schiene an der Decke befestigt, und Alison war selbst auf die Leiter gestiegen, um die Vorhänge aufzuhängen.

Es hatte sich fabelhaft angefühlt, zur Abwechslung etwas selbst zu erledigen, zumal das Ergebnis sofort sichtbar war. Auch ihr Job als Eventmanagerin hatte oftmals handfeste Ergebnisse geliefert, und selbst als Chefin des Unternehmens hatte sie zigmal die Ärmel hochgekrempelt, Tischdecken gebügelt oder Konfetti aufgesaugt. Das hatte ihr nie etwas ausgemacht.

Deshalb waren die vergangenen Monate auch so langweilig gewesen – weil sie in ihrem Haus, das jemand anderes eingerichtet hatte, das jemand anderes putzte, in dem jemand anderes sich um sämtliche praktischen

Dinge kümmerte, selbst lediglich auf und ab schlenderte. Oft hatte sie das Gefühl, dass sie nur vorübergehend Gast in ihrem eigenen Zuhause war.

Doch jetzt endlich würde sie loslegen und allem ihren eigenen Stempel aufdrücken. Die Vorhänge waren bildschön. Und was noch wichtiger war: Wenn sie sie vorzog, war es im Zimmer stockdunkel, selbst wenn draußen die Sonne schien.

Alison hatte ihren Kampf gegen die Schlaflosigkeit schlichtweg zu einem Projekt gemacht. So funktionierte sie nun mal: Sie umriss ein Problem, setzte sich Ziele und entwickelte entsprechende Strategien.

In diesem Fall hatte die Strategie letztlich darin bestanden, neue Kissen zu kaufen, auf denen sie besser würde liegen können.

Zuvor hatte sie eine Entspannungs-App mit unterschiedlichen beruhigenden Geräuschen ausprobiert – Regen auf Blechdach, sanftes Wellenplätschern –, dann aber festgestellt, dass sie hier auf der Insel fast rund um die Uhr von derlei Naturgeräuschen umgeben war und sich deshalb noch lange nicht entspannt fühlte. Die App hatte sie wieder gelöscht.

Sie hatte Seiden- gegen Baumwolllaken eingetauscht. Die neuen Stoffe waren vielleicht nicht so exklusiv, aber die Festigkeit war unschlagbar.

Sie hatte eine Zeit lang sklavisch ihr Schlafmittel genommen, hoffte aber, dass sie davon wieder wegkäme.

Insofern: Ja, das Projekt Schlaf schritt voran.

Und das Projekt Haus-zu-ihrem-eigenen-Machen hatte schon mal gut begonnen.

Schlechter stand es um das Projekt Eherettung.

Es fiel ihr noch immer schwer, Samuel dazu zu bringen, zumindest so lange still zu sitzen, dass sie reden konnten. Wenn er zu Hause war, saß er in Telefonkonferenzen, trainierte oder schlief. Es war eine gefühlte Ewigkeit her, seit Alison und Samuel zuletzt zusammengesessen und gemeinsam zu Abend gegessen hatten.

Über das Kind zu sprechen, war während seiner kurzen Stippvisiten zu Hause völlig undenkbar. Alison hatte sich genötigt gesehen, die Gedanken an den Jungen beiseitezuschieben. Solange Samuel die Sache nicht ansprach, hatte es keinen Zweck, wenn sie darüber nachgrübelte.

Trotzdem wollte sie die Hoffnung nicht aufgeben. Immerhin war Samuel zuletzt nicht mehr ganz so leicht reizbar gewesen. Er hatte sich entschuldigt, wann immer er sich abermals auf den Weg machen musste, und beteuert, dass er viel lieber zu Hause bleiben würde, aber keine andere Wahl hätte.

Und neuerdings schickte er Blumen: Ganze Armvoll Callas, Rosen und gespreiztes Grün kamen per Kurier auf die Insel. Immer streng patriotisch in Blau-Weiß, und insgeheim fand Alison die Sträuße oft ziemlich hässlich. Sie musste sie jedes Mal erst neu arrangieren, bevor sie sie ins Wasser stellte.

Sie hätte die Sträuße jederzeit auf direktem Weg auf den Kompost befördert, wenn sie stattdessen nur einen Abend mit ihrem Ehemann hätte verbringen dürfen, aber das schien derzeit nicht möglich zu sein. Ständig lag etwas an, ständig musste Samuel irgendwohin.

Doch die Blumen waren zumindest ein Zeichen, dass er sich Mühe gab.

Sie klammerte sich an die knappen Zeilen, die er den Blumensträußen beifügte.

Für das schönste Mädchen der Welt!

Für die Frau, die ich vermisse, wenn ich abends ohne sie an meiner Seite einschlafen muss.

Ich liebe dich, Babe! XOXO

Sie lächelte angesichts der Schmeicheleien in Samuels unrunder Handschrift.

Er kämpfte um sie. Sie kämpfte um ihn. Noch war nicht alles verloren. Dies hier war nur eine Phase, die sie durchstehen würden.

Noch während sie den Blick über den vanilleweißen Bettüberwurf schweifen ließ, schoss ihr etwas durch den Kopf. Sie streckte sich nach ihrem Handy auf dem Nachttisch aus und rief ihre Menstruations-App auf.

Sie hatte sich nicht getäuscht! Seit ihrer letzten Blutung waren vierzehn Tage vergangen, es war wieder Zeit für den Eisprung.

Und Samuel war nicht zu Hause … Aber vielleicht konnte er seine Pläne ja ändern? Im vergangenen Monat hatten sie den Zeitpunkt verpasst, weil er unterwegs gewesen war.

Trotzdem beschloss sie, nicht anzurufen. Sicherlich saß er wie immer in einer Besprechung. Stattdessen schrieb sie ihm eine Nachricht.

Babe, es ist wieder Zeugungsnacht! Kommst du heute Abend nach Hause? Du fehlst mir!

Noch ein paar Herzchen, und Senden.

Ausnahmsweise antwortete Samuel umgehend.

Fuuuck!:-(Tut mir leid, Liebling, aber ich hänge hier den ganzen Abend fest.

Dann war's das, schon wieder.

»Huhuuu?«, rief eine Stimme im Untergeschoss, und Alison zuckte zusammen.

Sie hatte angenommen, sie wäre allein im Haus.

»Alison? Bist du da?«

Erst jetzt erkannte sie die Stimme und war schlagartig erleichtert und nervös gleichermaßen.

»Maggi? Ich bin im Schlafzimmer«, rief sie zurück und lief ihrer Schwiegermutter entgegen.

Maggi Lindberg war eine groß gewachsene, kräftige Frau, die wesentlich jünger aussah als 67. Ihr natürlicher Gesichtsausdruck war eher düster und grimmig, und Alison fühlte sich ihr gegenüber immer leicht eingeschüchtert.

Sie umarmten einander steif. Es fühlte sich an, als würde sie eine Statue umarmen.

Samuel vergötterte seine Mutter, und Alison hatte sich stets Mühe gegeben, eine herzliche Beziehung zu ihren Schwiegereltern aufzubauen.

Allerdings war es nicht leicht gewesen. Samuels Vater hatte, ein paar Jahre bevor sie sich kennengelernt hatten, einen Schlaganfall erlitten, saß im Rollstuhl und konnte sich nur mühsam artikulieren. Natürlich konnte er nichts dafür – trotzdem meinte Alison immer, ein leicht gemeines Blitzen in Roger Lindbergs Blick zu erahnen. Sie hatte das Gefühl, als könnte er sie nicht ausstehen, und da war es nun mal nicht leicht, Sympathien für ihn zu entwickeln. Doch eine gläubige Christin gab nicht klein bei. Sofern sie ihm nur Respekt und Fürsorge entgegenbrächte, würde die Zuneigung womöglich folgen. Alison hatte Roger und Maggi immerhin die Liebe ihres Lebens zu verdanken.

»Was machst du denn gerade?«, fragte Maggi mit einem leicht anklagenden Unterton.

»Ich habe neue Vorhänge aufgehängt.«

»Vorhänge? Was war an den alten denn verkehrt? Sofern man sie alt nennen kann. Die habe ich doch gerade erst vor fünf Monaten gekauft?«

»Nein, nein, sie waren wirklich schön«, beeilte sich Alison zu sagen. »Aber ich bin so wahnsinnig lichtempfindlich. Im Schlafzimmer muss es stockdunkel sein.«

Maggi ließ es sich nicht nehmen, Alisons Verdunklungsvorhänge zu begutachten.

»Na ja.«

Mehr sagte sie nicht. Trotzdem war Alison klar, dass Maggi die neuen Gardinen scheußlich fand. Doch darüber wollte sie nicht weiter nachdenken, dies hier war immer noch ihr Zuhause, ihr Schlafzimmer, und es war ihr Nachtschlaf, um den es hier ging.

»Wie nett, dass du vorbeischaust, Maggi. Samuel ist leider nicht da.«

»Ich weiß. Aber wenn das Pokalzimmer fertig werden soll, dann heute.«

»Ach ja?«

Maggi machte kehrt und eilte die Treppe wieder hinunter. Alison lief ihr hinterher. Im nächsten Moment ging die Haustür auf, und nur Sekunden später kamen zwei wildfremde Männer mit Umzugskisten herein.

»Die kommen da rein«, kommandierte Maggi.

»Was … Was sind das für Sachen?«, wollte Alison wissen.

»Während Samuel in den USA gewohnt hat, hatten wir die meisten seiner Pokale und Sachen eingelagert, aber jetzt dürft ihr euch gern selbst darum kümmern«, sagte Maggi und verschwand im Pokalzimmer.

Dort zog sie eine Umzugskiste auf und nahm einen Fotorahmen heraus. Alison beugte sich vor, um besser sehen zu können. Es handelte sich um ein Gruppenbild mit mehreren Jungs in Hockeymontur, allerdings ohne Helme.

»Na, findest du ihn?«, fragte Maggi und klang zum Glück schon ein wenig milder.

Alison nahm ihr das Foto aus der Hand und betrachtete die Gesichter. Ihn ausfindig zu machen, war nicht schwer. Bereits als kleiner Junge war Samuel ungeheuer charismatisch gewesen.

»Wie alt war er da?«

»Elf. Etwa zur selben Zeit hat uns gedämmert, welches enorme Talent er hat.«

»Wow, schon mit elf …«

Die Männer kamen mit mehr Kisten, und Maggi fing an auszupacken. Sie schien genau zu wissen, was in welche Vitrine gehörte. Alison versuchte, ihr behilflich zu sein, was allerdings nicht gelang. Aber dieses Zimmer sollte die Schwiegermutter in Gottes Namen allein einrichten – es würde eher ein Museum zu Samuels bisherigem Leben werden, und Alison war schließlich erst in jüngster Zeit ein Teil davon geworden.

In einer Kiste lag ein Fotoalbum. Alison nahm es hoch und fing an, darin zu blättern. Vergnügt gluckste sie in sich hinein. Sie hatte kaum je normale Kinderbilder von Samuel gesehen, Fotos, auf denen er etwas anderes tat, als Eishockey zu spielen. Und hier gab es Fotos von ihm, wie er Knäckebrot aß, wie er mit einem Gameboy spielte, auf einen Baum kletterte, im Meer badete und einfach nur glücklich aussah.

»Wie süß er da war!«, platzte es aus ihr heraus.

Würden ihre gemeinsamen Kinder auch so aussehen, wenn es Jungen würden? Sie hoffte es inständig. Sie hatte den Gedanken kaum zu Ende gedacht, als ihr unvermittelt eine weitere Frage durch den Kopf schoss.

Sah dieser Kevin auch so aus?

Verstohlen spähte sie zu ihrer Schwiegermutter, die

gerade ein paar gerahmte Juniormedaillen auf einem Glasboden platzierte. Wusste sie vielleicht, wer die Mutter war und wo Kevin sich befand?

Sollte Alison sie wirklich fragen? Aber was, wenn Maggi gar nicht Bescheid wusste und Alison damit eine Katastrophe heraufbeschwor?

Nein, sie durfte sie nicht fragen. Stattdessen blätterte sie weiter in dem Fotoalbum. Nach und nach war ein älterer Samuel darin zu sehen, vielleicht mit fünfzehn, und auch die Umgebung sah jetzt bekannt aus – Meer und Klippen. Diese Bilder waren bestimmt hier in der Gegend aufgenommen worden.

Auf einigen der Sommerfotos war auch ein süßes blondes Mädchen zu sehen. Eine Jugendliebe? Das Mädchen sah Alison im gleichen Alter verblüffend ähnlich. Dann hatte Samuel also schon damals einen guten Geschmack gehabt. Und der kleine Flachskopf rechts, das musste doch …

»War ich nicht niedlich?«

Ohne dass sie es bemerkt hätte, war Leevi hinter ihr aufgetaucht.

Alison war froh, ihn zu sehen. Es war immer leicht anstrengend, mit Maggi allein zu sein. Leevis Anwesenheit trug zur Entspannung bei.

»Wahnsinnig niedlich«, antwortete Alison. »Aber Samuel war ja schon im Teenageralter zum Niederknien attraktiv! Und wer ist dieses Mädchen?«

»Äh … Die war im Sommer auch dabei.«

Prompt ging Maggi dazwischen.

»Bitte, wenn wir hier fertig werden wollen, müsst ihr allmählich mit anpacken. Legt das, was dort in den Kisten steckt, auf den Tisch, dann stelle ich es in die richtige Vitrine.«

Leevi verzog übertrieben das Gesicht, und Alison kicherte in sich hinein.

Sie würde am Abend weiter in dem Album blättern.

Jan-Anders Rosbäck lehnte sich zufrieden auf seinem Schreibtischstuhl zurück und drückte auf Senden.

Damit war seine Glosse unterwegs in die Korrektur, und sie war gut geworden. Ein klassischer Janne Rosbäck. Diesmal bekamen die Bootsbesitzer-Snobs ihr Fett von ihm weg, all diejenigen, die im Gästehafen Wunder erwarteten. Was glaubten die, wer sie waren? Nicht mehr lange, und sie würden nach solchen japanischen Klos verlangen, die Musik spielten und einem den Hintern abtrockneten. Oder Haustier-Wellnessbereiche, damit der kleine Boots-Chihuahua zum Friseur gehen konnte, während das Segelboot vor Anker lag. Wichtigtuer, allesamt!

»Das ist ja fast schon Folter, dich so selbstzufrieden zu sehen«, kommentierte Christel.

»Ich hab auch allen Grund dazu.«

So. Endlich hatte er wieder die Nase vorn. Sowohl seine Glosse als auch die beiden Artikel für die Freitagsausgabe waren im Kasten. Außerdem war Chefredakteurin Lena Brunström im Urlaub, so dass sie ihm nicht mehr reingrätschen und ihn auf irgendeinen anderen Mist ansetzen konnte.

Denn mit Mist hatte er es in letzter Zeit hinreichend zu tun gehabt: mit einer wahnsinnig spannenden Reportage über die diesjährige Erdbeerernte. Mit einem Interview zum Achtzigsten eines halb debilen Lokaldichters. Mit einem Blick hinter die Kulissen des örtlichen Sommertheaters, das zum fünfzehnten Mal den *Sommernachtstraum* inszenierte.

Jan-Anders hatte gleich mehrmals zu Terminen ausrücken müssen, die genauso gut der Praktikant hätte übernehmen können, aber der feine Herr Alex Hartman hatte sich als noch unfähiger erwiesen, als Janne befürchtet hatte.

Das Interview mit Samuel Lindberg war noch immer nicht gedruckt worden. Alex hatte es einfach nicht geschafft, es fertigzustellen. Lena hatte ihm mehrmals aufgetragen, es umzuschreiben, trotzdem taugte es nichts. Und Kinderbilder hatte er auch nicht zutage gefördert.

Ein paar Tage lang hatte der Junge überdies mit irgendeiner Magenseuche flachgelegen, so dass der Rest der Redaktion für zwei hatte arbeiten müssen.

Jan-Anders warf einen Blick in Alex' Richtung. Der junge Kollege schien um sein Leben zu schreiben. Womöglich war der Knoten jetzt geplatzt, und er würde endlich Artikel am laufenden Band produzieren?

Zumindest hatte Jan-Anders selbst im Augenblick ein bisschen Leerlauf, und er wusste auch schon, wie er den nutzen würde: Er würde erneut ins Bildarchiv abtauchen.

Börje Bohman galt mittlerweile seit einem geschlagenen Monat als vermisst, und die Bauarbeiten am Fahrradweg waren auf unbestimmte Zeit verschoben worden. Und es wunderte auch niemanden mehr. Die Kollegen verdrehten lediglich die Augen, wenn Janne auf Börje und den Radweg zu sprechen kam. Er selbst hatte das Interesse daran mitnichten verloren, ganz im Gegenteil.

Er war sich ganz sicher, dass er wertvolle Hinweise aus der Vergangenheit finden würde, und seine Liste der Personen, die seit den achtziger Jahren mit Börje Bohman in einen Konflikt geraten waren, war noch immer nicht vollständig.

Lena Brunström hatte ihm widerwillig erlaubt, weiter zu wühlen, solange er seine täglichen journalistischen Aufgaben nicht vernachlässigte.

»Und keine Verschwörungstheorien, hörst du?«, hatte sie noch gesagt, ehe sie in den Urlaub gefahren war.

»Was soll denn das heißen?«, hatte er prompt erwidert.

»Ich kenne dich doch, Janne. Möglicherweise gibt es zwischen Börjes Verschwinden und dem Fahrradweg gar keinen Zusammenhang. Aber davon gehst du aus, nicht wahr? Dass irgendwer von ihm die Nase voll hatte und er jetzt den Fischen als Futter dient oder so was in der Art?«

Dumm war sie nicht, diese Lena. Aber derzeit war sie nicht vor Ort, Christel leitete die Redaktion interimsweise, und die saß den Kollegen selten wegen irgendwelcher Sachen im Nacken.

Also dann, jetzt aber runter in den Keller. Ein angenehm kühler Ort, um sich einen schönen Sommertag zu vertreiben. Ein Sonnenanbeter war Janne nie gewesen.

Auf dem Weg nach Tampere musste Anna gleich zwei Pinkelpausen einlegen. Sonst fuhr sie die Strecke in einem Rutsch. An jeder einzelnen Tankstelle musste sie überdies unbedingt am Süßigkeitenregal vorbeigehen, wo reihenweise verbotene Salmiakpastillen hingen und ihr zuzurufen schienen: »Huhu, hier sind wir! Dürfen wir diesmal gar nicht mit dir mitkommen?«

Sobald das Baby auf der Welt wäre, würde Anna ein ganzes Kilo Salmiak essen.

Gleichzeitig war der Besuch in Tampere eine willkommene Abwechslung. Ihre eigene Wohnung fühlte sich zusehends schmuddelig an, aber Anna war inzwischen derart unbeweglich, dass sie lieber alles liegen ließ, als sich um den Haushalt zu kümmern.

Außerdem würde sie bei Tomas endlich nicht mehr an den Job denken müssen. Börje Bohman war seit einem guten Monat verschwunden, und Annette Käld fand, dass sie allmählich andere Prioritäten setzen sollten, erst recht, wenn sie selbst, Märta Hansson und diverse andere Kollegen vom Revier alsbald in die Ferien starten würden.

Tatsächlich traten sie seit einem Monat auf der Stelle.

Aram Demir hatte zwar Börje Bohmans Handy geortet, es hatte sich zuletzt in einem Industriegebiet in Vantaa ins Netz eingewählt, doch seit dem 13. Juni war es abgeschaltet gewesen.

Die Umgebung, in der das Handysignal zuletzt geortet worden war, wurde von einer der großen Ringstraßen rund um Helsinki durchquert, insofern könnte Börje an jenem Tag in einem Auto oder Fernbus gesessen und das Handy dann abgestellt haben. Zumindest darin waren sich die Kollegen einig.

Allerdings konnten sie sich nicht vollends sicher sein, dass Börje selbst in Vantaa gewesen war, nur weil sein Handy dort geortet worden war.

Als Anna wieder auf die Autobahn in Richtung Tampere auffuhr, brummelte sie missmutig in sich hinein.

Sie war immer noch nicht überzeugt davon, dass Börje aus freien Stücken verschwunden war. Selbst Rolf hatte ihr beigepflichtet, als sie ihm die Geschichte erzählt hatte. Doch leider zählte seine Meinung bei der Arbeit nicht mehr.

Wie es um Baby X stand, wusste Anna nicht, doch jedes Mal, wenn sich ihr Kind im Mutterleib bewegte, musste sie unwillkürlich an das rotwangige kleine Würmchen mit dem wachen Blick und der kleinen Strickmütze denken. Inzwischen hatte das Mädchen wahrscheinlich mehr Zeit seines kurzen Lebens bei Pflegeeltern als bei seinen leiblichen Eltern verbracht – oder wo immer es eben gewesen war, ehe es in Saara Nymans Kinderwagen gelandet war. Die Pflegefamilie hatte verlauten lassen, dass sie sich gern bis auf Weiteres um die Kleine kümmerte, aber nicht die Möglichkeit hätte, sie dauerhaft bei sich aufzunehmen.

War es naiv, auf ein gutes Ende der Geschichte für Baby X zu hoffen?

He, nein, jetzt tat Anna genau das, was sie sich ausdrücklich verboten hatte: an die Arbeit zu denken.

Keine Jobprobleme. Stattdessen ein freier Abend mit einem schönen Mann, und basta.

Es war schon vier Uhr, als sie den Wagen parkte, kurz hin und her irrte, bis sie den richtigen Treppenaufgang gefunden hatte, und den Aufzug nach oben nahm.

Tomas strahlte sie an, als er die Tür aufmachte. In Jeans und schwarzem T-Shirt sah er so gut aus, dass Anna fast über ihre eigenen Füße gestolpert wäre. Er wirkte muskulöser denn je, was ironisch war, weil sie selbst im vergangenen Halbjahr kaum eine Hantel auch nur mit dem Blick gestreift hatte.

»Endlich! Ich habe mir schon Sorgen gemacht! Hast du dich verfahren?«

Weil eine Schilderung ihrer zahlreichen Pinkelpausen wohl eher unromantisch gewesen wäre, zuckte Anna bloß mit den Schultern.

»So was in der Art.«

Es war ihr erster Besuch in Tomas' Wohnung. Er hatte monatelang in einer Übergangswohnung gelebt, während in seinem Wohnhaus die Wasserleitungen saniert worden waren, und in der Übergangswohnung war Damenbesuch nicht erlaubt gewesen, hatte er behauptet.

Deshalb hatten sie die meiste gemeinsame Zeit in Annas unordentlicher, aber gemütlicher Wohnung in der alten Holzvilla verbracht.

Aber wie sah es denn nun bei dem Mann zu Hause aus, mit dem sie schon bald ein Kind kriegen würde? Anna ging sofort auf Sightseeingtour. Tomas musste ihr regelrecht hinterherlaufen, um einen Begrüßungskuss zu bekommen.

»Gott, wie schick du wohnst!«, platzte es aus ihr heraus.

Die Wohnung war unglaublich. Das Haus war früher ein Fabrikgebäude gewesen und zu einem Wohnhaus umgebaut worden. Allerdings waren die unverputzten Ziegelwände bewahrt worden, genau wie die großen Fenster mit den schwarzen Fensterrahmen.

»Findest du? Ich mag es auch sehr.«

Tomas sah stolz aus, als er ihr erst die Küche zeigte (brandneue schwarze Küchenschränke, eine Arbeitsplatte aus gebürstetem Edelstahl, eine riesige, blank polierte Espressomaschine auf einem Ehrenplatz), dann den Balkon (Polyrattan-Möbel, keine Blumen) und das Schlafzimmer (weiß bezogenes Doppelbett, wie in einem Hotel).

»Sag bitte, dass du noch schnell geputzt hast, bevor ich gekommen bin, sonst muss ich mir allmählich Sorgen machen«, kommentierte Anna.

Er lachte.

»Ein bisschen aufgeräumt hab ich. Aber so viel kann ich ja auch noch nicht durcheinanderbringen. Die meisten Sachen sind immer noch eingelagert.«

»Und das Klo, wo ist das?«

Unfassbar, sie musste schon wieder!

»Da drüben.«

Das Badezimmer war genauso klinisch sauber und aufgeräumt wie der Rest der Wohnung. Graue Fliesen am Boden, weiße Wände, Spots in der Decke und der Rahmen der Duschkabine dermaßen blitzblank, dass man beim Wasserlassen sein Spiegelbild bewundern konnte.

Schlagartig wurde ihr angst und bange.

Wie sollte das funktionieren?

Sie waren so grundverschieden, Tomas und sie. Und jetzt, da sie seine Wohnung kannte, stand es ihr quälend deutlich vor Augen.

Anna hatte einfach zu viele Sachen, obwohl sie durchaus versuchte auszumisten und Ordnung zu halten. Allerdings fand sie ihr mittelschweres Durcheinander auch halbwegs gemütlich. Und nachdem Tomas nie etwas gesagt hatte, war sie davon ausgegangen, dass es ihm genauso ging.

Doch jetzt, da sie seine Wohnung gesehen hatte, war sie zutiefst verunsichert.

Würden sie je zusammenziehen können? Von einem gemeinsamen Kind ganz zu schweigen …

»Anna? Alles in Ordnung?«

»Alles bestens! Bin gleich da!«

Jetzt aber Beeilung.

In der Küche hantierte Tomas an etwas herum.

»Willst du ein Bier? Ich hab alkoholfreies gekauft. Schmeckt gar nicht schlecht! Ich habe gestern schon eins probiert.«

»Gern. Danke.«

Als er die Kühlschranktür wieder zuschob, entdeckte sie das Ultraschallbild, das er aufgehängt hatte. Er hatte das Bild unbedingt mitnehmen wollen. Die übrigen lagen irgendwo bei Anna zu Hause, sie wusste nicht mal, wo genau.

Es war ein umwälzendes Erlebnis gewesen, das zappelige kleine Wesen in ihrem Bauch auf dem Monitor vor sich zu sehen. Anna war hauptsächlich verwirrt gewesen, doch Tomas hatte Freudentränen verdrückt und ihr fast die Hand zerquetscht.

Er war in allem so viel besser, schoss es ihr durch den Kopf. In Sachen Einrichtung, Sauberkeit, in Gefühlsdingen … Bestimmt wäre er auch der bessere Elternteil.

Sie nahm das Bier entgegen und trank ein paar Schlucke. Sie hoffte, es hätte einen Placebo-Effekt und sie würde sich endlich ein bisschen entspannen.

»Tomas, wir müssen …«

Im selben Moment klingelte es an der Tür.

»Die Pizza!«, rief er vergnügt und huschte hinaus auf den Flur.

Ein, zwei Minuten später kam er mit zwei dampfenden Kartons zurück.

»Peperoni, Mozzarella, Basilikum – und ich hab sichergestellt, dass nirgends Ananasdosen auch nur in der Nähe standen, als deine Pizza belegt wurde.«

Anna musste lachen. Ananas auf Pizza war das Schlimmste, was sie sich vorstellen konnte.

Tomas wieselte auf und ab, stellte Teller auf den Tisch, legte Servietten und Besteck bereit, und es dauerte abermals einen Moment, ehe Anna erneut einen Versuch starten konnte.

»Tomas, wir müssen uns dringend über eine Reihe praktischer Dinge unterhalten.«

»Das kann man wohl sagen! Ich bin so froh, dass wir uns endlich in Ruhe zusammensetzen und reden können. Willst du anfangen?«

Anna nahm einen großen Bissen, um Kraft zu sammeln.

»Gott, ist die lecker!«

»Ich weiß. Die backen die weltbeste Pizza – und der Laden ist gleich um die Ecke! Aber rede weiter.«

»Okay. Wo sollen wir eigentlich wohnen, wenn das Baby kommt? Funktioniert das denn, wenn wir weiterhin getrennte Wohnsitze haben?«

Tomas nickte nachdrücklich und kaute fertig.

»Darüber habe ich auch schon nachgedacht. Ich finde, du solltest hier einziehen.«

Anna biss sich auf die Zunge.

»Hier?«

»Na klar, hier wäre genügend Platz.«

»Dann willst du, dass wir alle hier wohnen? In dieser Wohnung?«

»Aber sicher! Ein bisschen blöd, dass ich Küche und Bad und all das allein ausgesucht habe, ohne dass du etwas dazu beitragen konntest, doch über den Rest der Einrichtung könnten wir ja zusammen entscheiden. Das kleine Arbeitszimmer benutze ich nie, das könnte das Kinderzimmer werden. Aber nun eilt das ja nicht – wenn ich es richtig verstanden habe, schlafen Babys im ersten Jahr bei den Eltern.«

Er klang so überzeugt und vorfreudig, dass Anna ganz zappelig wurde.

»Ich … Über diese Alternative hatte ich nicht einmal nachgedacht. Also, dass ich nach Tampere ziehen könnte.«

»Aber du hast doch zu deiner jetzigen Heimatstadt auch keine große Verbindung? Du sagst doch selbst immer, dass du dich wie ein Outsider fühlst, obwohl du seit Jahren dort wohnst. Kannst du da nicht genauso gut eine neue Stadt ausprobieren? Rolf und Märta kommen doch sicher auch hier zu Besuch.«

Anna schwieg. Alles, was Tomas sagte, klang so nervtötend richtig. Trotzdem fühlte es sich himmelweit entfernt an. Tampere …

Tomas sah sie ernst an.

»Du siehst nicht begeistert aus. Wie hattest du es dir denn gedacht?«

»Ich weiß auch nicht genau, was ich gedacht habe.«

»Willst du nicht mit mir zusammenwohnen?«

»Doch, klar will ich das.«

Er lächelte.

»Das ist doch schon mal ein Anfang. Und wenn du wieder arbeiten gehst, gibt es hier bestimmt jede Menge Alternativen. Ich weiß zufällig, dass hier in den nächsten zwei, drei Jahren diverse Kriminalkommissare in Pension gehen – das könnte die perfekte Gelegenheit für dich sein!«

Ihr schwirrte der Kopf.

»Hier arbeiten? Aber ich kann doch kaum Finnisch!«

»Ach, klar kannst du Finnisch. Bist nur ein bisschen eingerostet.«

Anna zuckte zusammen, als ein Stück heiße Peperoni auf ihrem Bauch landete. Sie hatte mit dem Pizzastück auf halber Strecke zwischen Teller und Mund innegehalten, und es fehlte nicht mehr viel, dass noch mehr hinunterfiel.

»Aber, Tomas … Ist es denn ausgeschlossen, dass du stattdessen zu mir ziehst? So eng ist es bei mir doch auch wieder nicht?«

»Nein, aber könnte ich dort arbeiten? Mein Job ist ja ziemlich speziell, da sind Stellen nicht gerade reich gesät. Polizisten braucht man überall, deshalb wäre es für dich doch viel leichter.«

Mist verdammt, und wieder hatte er recht.

»Also … Ich weiß nicht, was ich dazu sagen soll. Was immer du sagst, klingt total vernünftig, trotzdem fühlt es sich irgendwie komisch an.«

»Okay. Vielleicht brauchst du einfach ein bisschen Zeit, um dich an den Gedanken zu gewöhnen? Ich dachte mir, wir könnten morgen einen kleinen Spaziergang durch die Stadt machen, und am Abend kommen meine Eltern.«

»Wie bitte?!«

Tomas seufzte.

»Sei jetzt nicht sauer, Anna. Aber musst du jedes Mal, wenn ich etwas sage, so gucken, als hättest du ein Gespenst gesehen? Ja, meine Eltern wollen dich kennenlernen. Davon reden sie schon seit Monaten. Du wirst sie mögen, sie sind echt okay.«

Anna war, was Schwiegereltern anging, vollkommen überfordert. Es war fast eine Erleichterung gewesen, als die Eltern ihres Ex-Freundes Måns schon bald beschlossen hatten, sie nicht leiden zu können. So waren sie sich nur noch begegnet, wenn es sich gar nicht mehr hatte vermeiden lassen.

Und sie hatte ja kaum Kontakt zu ihren eigenen Eltern …

»Okay«, krächzte sie.

»Und sie werden dich lieben! Genau, wie ich dich liebe, auch wenn du ein bisschen komisch bist.«

»Okay«, flüsterte Anna abermals.

Jan-Anders Rosbäck schaltete seine Schreibtischlampe aus. Es war ein langer Tag gewesen, aber er hatte einiges zustande gebracht.

Über die Verschlagwortung des Bildarchivs war er auf mehrere Artikel mit Verbindungen zu Börje Bohman gestoßen, die er bislang übersehen hatte. Er hatte alles kopiert und ausgedruckt, sogar Artikel, von denen er bereits ahnte, dass sie ihm im vorliegenden Zusammenhang nichts nutzen würden.

Doch er konnte genauso gut alles auf einmal zusammentragen.

Sein Schreibtisch sah ungewohnt ordentlich aus. Er hatte den üblichen Plunder in die Schreibtischschubladen werfen müssen, um hinreichend Platz zu haben, die Ausdrucke und seine Notizen vor sich auszubreiten. Inzwischen lag alles auf Kante auf einem fast sieben Zentimeter hohen Stapel, den er in eine Plastikhülle geschoben hatte. Die Hülle legte er in die oberste Schublade und warf einen Blick auf seine Armbanduhr.

Es war nicht mal spät. Ein, zwei Bier in der Bahnhofskneipe kämen ihm jetzt sehr gelegen.

Er zog seine Lederjacke an, löschte das Licht auf dem kompletten Flur und verließ die Redaktion. Wie so oft war er der Letzte, der ging.

Es nieselte leicht, deshalb ging er schneller. Er war nie der Typ für einen Regenschirm gewesen.

In seinem Kopf ratterte es weiter. Je mehr er über Börje Bohman gelesen hatte, umso rätselhafter war ihm der Mann vorgekommen. All die Streitigkeiten mit Behörden und Nachbarn – warum? Im Grunde war Börje doch ein recht wohlhabender junger Mann gewesen, der ein hübsches Mädchen geheiratet und ein stattliches Haus gebaut hatte. Wie in aller Welt war er zum Einsiedler geworden? Zum größten Querkopf der Stadt? Zu einem Irren? Was war passiert, dass er derart abgedriftet war? Es wäre schön gewesen, seine Gedanken mit jemandem zu teilen, der die letzten dreißig, vierzig Jahre miterlebt hatte. In der Redaktion gab es da niemanden –

dort waren sie alle zu jung, um sich an gewisse Ereignisse noch zu erinnern.

Doch Janne kannte jemanden, der klar im Kopf war und als Sparringspartner wie geschaffen wäre.

Ob er ihn um diese Uhrzeit noch besuchen konnte?

Klar, konnte er.

Jan-Anders machte auf dem Absatz kehrt und stapfte durch den Regen in die entgegengesetzte Richtung. Klar wäre ein Bier jetzt gut gewesen, aber eine Unterhaltung war noch viel besser.

Wenn er in diesem Augenblick aufgeblickt hätte, hätte er in den Fenstern der Redaktion ein Licht gesehen.

Kein taghelles, nur das Licht einer einsamen Schreibtischlampe, die an einem verregneten Sommerabend in einer verwaisten Zeitungsredaktion brannte.

Alison sah sich in dem Zimmer um und musste unwillkürlich lachen. Das Ganze war doch absurd. Im eigenen Haus eine Tür aufzuschieben und ein kleines Museum zu betreten.

Die *Samuel Lindberg Hall of Fame*.

Maggi war nach stundenlanger Arbeit heimgefahren. Aber jetzt war alles fertig. Die Vitrinen waren vollgepackt mit Pokalen, Medaillen, gerahmten Fotos, Trikots und Zeitungsausschnitten. Überall Samuel, Samuel, Samuel.

Nur der echte Samuel war nicht da. Er, der so groß, kräftig und attraktiv war. Der nach dem Duschen so herrlich roch und Wärme und Geborgenheit ausstrahlte, wenn man in einer kalten Nacht neben ihm unter die Decke kroch. Er, der immer noch Kinderessen mochte, Spaghetti Bolognese und Pfannkuchen, und zwar so sehr, dass er sich in Büfettrestaurants gern mal ans Kinderbüfett schlich. Der jederzeit für Fotos mit Kindern zu haben war, die mit glänzenden Augen neben ihrem großen Idol posieren wollten. Der Actionfilme mochte, in denen Sachen explodierten und Autos zu schnell fuhren.

Im Grunde war er kein komplizierter Charakter, und dafür liebte sie ihn. Er wäre ein wunderbarer Vater, da war sie sich sicher.

Heute Nacht hätten sie die Gelegenheit gehabt. Und nun war er nicht da.

Alison machte sich nicht die Mühe, das Licht auszuschalten, als sie die Ruhmeshalle verließ. Sie nahm ihren Laptop mit ins Schlafzimmer und würde versuchen, sich mit einer hirnlosen Soap abzulenken. Und dann würde sie ihre Schlaftabletten nehmen.

Sie hoffte auf eine richtig lange, traumlose Nacht.

Als es an der Tür klingelte, ließ Rolf Månsson fast die Teekanne fallen – und zwar eher vor Eifer als vor Schreck. Wer klingelte da noch so spät?

Konnte das Max sein, der ihn überraschen wollte?

Vielleicht hatte er es sich anders überlegt!

Aber warum klingelte er denn, hatte er den Schlüssel zu Hause liegen lassen?

Rolf lief zur Tür und machte auf.

Nur leider stand da nicht Max, sondern ein durchnässter Lokalreporter namens Jan-Anders Rosbäck.

»Herr im Himmel! Hat der Herr keinen Regenschirm?«

»Was? Regnet es? Hab ich gar nicht gemerkt«, erwiderte Jan-Anders grinsend. »Darf ich reinkommen?«

»Natürlich.«

Es war bedauerlich, dass es nicht Max war, trotzdem freute er sich, Jan-Anders wiederzusehen. Das letzte Mal war schon ein Weilchen her.

»Darf ich dir etwas anbieten? Kaffee, Tee? Kognak? Ein Handtuch?«

»Ein Handtuch und ein Kognak wären phantastisch.«

Rolf schaltete den Fernseher aus, als er die Kognakflasche aus dem Barschrank holte. Es lief nur eine dänische Krimiserie, die nach Rolfs Dafürhalten unnötig brutal war. In seinen Dienstjahren als Polizist hatte er hinreichend echtes Elend zu sehen bekommen, da musste er sich in Pension nicht auch noch fiktiven Dramen aussetzen.

Jan-Anders hatte sich am Küchentisch niedergelassen.

»Wo ist denn dein …«

Janne geriet ins Stocken, und Rolf wartete gespannt auf die Fortsetzung. Wie würde er ihn wohl nennen? Freund? Kumpel? Partner?

»… Schwede?«, fragte Janne zu guter Letzt.

»Mein Schwede ist in Schweden, komisch, oder? Zum Wohl.«

Sie stießen schwungvoll miteinander an.

»Also dann, der Herr Reporterveteran. Wolltest du etwas Spezielles, als du beschlossen hast, so spät noch vorbeizukommen? Oder hast du etwas anderes im Sinn? Muss mein Schwede sich Sorgen machen?«

Janne lachte, sah aber leicht befangen aus. Von Rolfs alten Freunden hatte ein Teil so seine Probleme, sich daran zu gewöhnen, dass er nach der Scheidung von Mia mit Max zusammengekommen war. Einige erwähnten den Umstand mit keiner Silbe, andere hatten damit überhaupt kein Problem. Janne befand sich wohl irgendwo mittendrin, deshalb war es fast lustig, ihn zappeln zu lassen.

»Na ja, also … Ich wollte mich mit dir über Börje Bohman unterhalten.«

»Dacht ich's mir doch. Soweit ich weiß, ist er immer noch nicht wieder aufgetaucht.«

»Ich glaube nicht, nein. Und ich glaube, das wird er auch nicht mehr. Zumindest nicht lebend.«

Rolf spitzte die Ohren. Das hier konnte interessant werden.

Anna Glad hatte ihm im Vertrauen erzählt, dass sie nach seinem mutmaßlichen Verschwinden eine SMS von Börje Bohman – oder zumindest von seinem Handy – erhalten hätten, in der stand, dass er ausgezogen war. Sie hatte überdies erzählt, dass vor Börjes Haus Blut sichergestellt worden war, das meiste jedoch nicht von Börje selbst, sondern von einer unbekannten Person gestammt hatte. Doch all dies konnte er Janne schlecht erzählen, deshalb musste Rolf genau überlegen, was er sagte.

Aber erst sollte Jan-Anders schildern, was er von der Sache hielt.

»Klingt, als hättest du dir eine schmutzige kleine Theorie zurechtgelegt, Janne. Was glaubst du denn, was Börje widerfahren ist?«

»Wusstest du, dass ich die Polizei informiert hab, als ich ihn nicht angetroffen habe?«

»Ja, hab ich schon gehört.«

»Und wusstest du, dass da ein riesiger Blutfleck auf seiner Vordertreppe war? Nur deshalb war ich so verschreckt.«

»Mhm.«

»Ich glaube ja, dass jemand schlussendlich die Schnauze voll von ihm hatte und ihm eins übergebraten hat. Der Mann ist riesig und verbittert, aber inzwischen eben auch über siebzig.«

»Davon gehst du also aus?«

»Es ist doch so, dass es in dieser Stadt nur wenige Menschen gibt, die keine Politiker sind und trotzdem derart viel Einfluss haben. Ich bin gerade dabei, eine Liste von Fällen zusammenzustellen, in denen Börje einen Nachbarn, eine Firma oder die Stadtplanung torpediert hat. Das dürfte eine Weile dauern …«

»Bestimmt.«

Jan-Anders hatte seinen Kognakschwenker geleert, und Rolf schenkte nach.

»Kannst du dich noch von früher an ihn erinnern?«, hakte er nach. »Börje ist ja sicher fünfzehn Jahre älter als wir, aber ich weiß noch gut, wie er damals als junger Kerl war.«

Jan-Anders nickte nachdrücklich.

»Klar kann ich mich noch an ihn erinnern. Er war der größte Mann, den ich je gesehen hatte. Ich hatte eine Heidenangst vor ihm!«

»Hatten wir wahrscheinlich alle. Und Marianne war wirklich niedlich. Dass sie ausgerechnet ihm ins Netz gegangen war! Das fand ich schon damals bemerkenswert. Die zwei waren mit Abstand die Schönsten in der ganzen Stadt, Marianne und Birgitta.«

Janne schlürfte erneut sein Kognakglas leer.

»Birgitta? An die kann ich mich nicht erinnern.«

»Birgitta Svensson, Mariannes Freundin, sie war auch Krankenschwester. Ist später Hebamme geworden, hat all meine Mädchen auf die Welt geholt.«

»Ach ja! Die hab ich ja ganz vergessen! Svensson, sagst du?«

Jan-Anders zückte einen Block aus seiner Brusttasche und schrieb sich den Namen auf. Dann sah er Rolf mit einem dämlichen Grinsen an.

»Wäre denn noch ein Schlückchen drin? Der Kognak ist wirklich ganz ausgezeichnet.«

Rolf goss großzügig nach. Es war seine letzte Flasche, Max hatte sie bei der Überfahrt im Tax-free-Shop der Fähre gekauft, trotzdem war es nett, für eine Weile zusammen mit einem alten Freund die Sorgen zu ertränken.

»Du hast da kürzlich einen netten Artikel geschrieben – über die Erdbeeren.«

Janne murmelte etwas Unverständliches in sich hinein und schwieg für einen Augenblick, ehe er die nächste Frage stellte.

»Glaubst du, dass Börje Marianne geschlagen hat?«

Rolf seufzte auf.

»Ist es denn wirklich wichtig, was ich in diesem Zusammenhang *glaube*?«

»Nein, klar, natürlich nicht. Aber man liest ja so einiges. Frauen, die bei ihrem Mann bleiben, obwohl der Mistkerl sie grün und blau prügelt. Die sich nicht trauen zu gehen – oder es nicht mal wollen. Die glauben, dass sich das schon wieder einrenkt. Marianne ist ja geblieben, bis der Krebs sie sich geholt hat.«

»So war es wahrscheinlich.«

»Aber warum in Herrgotts Namen? Börje war ja nun weder charmant noch besonders gut aussehend? Klar, er hatte Geld, aber doch auch keine ungeheuerlichen Reichtümer? Warum ist sie bei ihm geblieben? Sie als Krankenschwester war doch beliebt, hatte Freunde und Kollegen, und wenn sie zu Hause eins auf die Mütze gekriegt hätte, hätte es doch bestimmt Mittel und Wege gegeben?«

Rolf nahm einen zu großen Schluck. Der Kognak brannte bis hoch in die Nasenlöcher, und er verzog das Gesicht.

»Keine Ahnung. Liebe macht einen mitunter blind. Da kann von Vernunft keine Rede mehr sein.«

Hoppla. Anscheinend fing er an zu lallen. Jetzt war Vorsicht geboten, nicht, dass er etwas ausplauderte, was er laut Anna Glad für sich behalten sollte. Besser, er wechselte das Thema.

»Ich glaube, mein Schwede will mich verlassen«, murmelte er halb in sich hinein.

Janne sah ihn leicht beklommen, aber mitfühlend an.

»Das ist aber nicht schön zu hören.«

»Niemand will einen alten Langweiler haben.«

»Da ist es ja nur gut, dass wir auch wunderbar allein klarkommen«, entgegnete Jan-Anders und füllte Rolfs Glas.

Alison hatte keine Ahnung, wie spät es war; sie wusste kaum, wo sie sich befand.

Als die Schlafzimmertür aufging und ein Streifen Licht vom Flur hereinfiel, versuchte sie, sich zu orientieren.

Sie musste geträumt haben, stellte sie für sich fest und glitt zurück in den Halbschlaf.

Samuel hatte in der Türöffnung gestanden. Aber das konnte ja nicht stimmen.

Als sie im nächsten Moment eine Bewegung auf der Matratze spürte, wurde ihr innerlich ganz warm.

Es stimmte doch!

Er war nach Hause gekommen! Er war trotz allem heimgekommen.

Die Schlaftabletten waren stark, und als sie versuchte, sich zu ihm umzudrehen, verweigerte der Körper ihr den Dienst.

»Ssschlaf…«, lallte sie zur Erklärung.

Nur ihre linke Hand schien ihr noch zu gehorchen.

Sie tastete sich unter der Decke nach ihm vor.

O ja, da war tatsächlich etwas im Gange!

So würden sie den Eisprung in diesem Monat ja doch nicht verpassen!

»Liebl…«

Er wuchtete sie auf den Rücken, sie spürte seinen Mund an ihrem Hals, seine Schultern, seine wunderbare Schwere auf ihrem Leib.

Alison glitt wieder in den Schlaf. Sollte er sich um den Rest kümmern, das war schon okay.

Er war hier, das war das Wichtigste.

SIE BEKOMMEN BALD ein Kind, er und Mama. Ja, er wird so was wie ein Vater, auch wenn er noch ein kleiner Junge ist. Aber ein kleiner Vater ist besser als gar kein Vater, das weiß er ja selbst. Keinen Vater zu haben, ist einfach nur blöd.

Das wird lustig.

Täglich überlegt er sich Namen, die seiner Ansicht nach passen könnten. Echt schöne Namen.

Valerie, Pernilla oder Amanda, wenn es ein Mädchen wird.

Jungennamen sind schwieriger, die klingen nicht annähernd so schön. Er hofft, dass es ein Mädchen wird.

Mama sagt, dass Babys schon im Babybauch etwas hören können. Dass das Baby seine Stimme wiedererkennen wird. Deshalb singt er dem Bauch jeden Tag vor.

»Ho eieiei buff«, singt er.

Manchmal funktioniert es so gut, dass Mama von seinen Liedern einschläft. Dass er mit Schlafliedern wirklich so gut ist! Mit Schlafliedern und im Fortuna.

Er ist auch halbwegs gut im Fußball, aber das hat er schon länger nicht mehr getestet, auch wenn er einen Ball und alles hat. Aber Mama will nicht, dass er nach draußen geht, und hier drinnen gehen die Sachen kaputt, wenn man versucht zu schießen.

Stattdessen schiebt er sich den Ball unter den Pullover. Jetzt sieht er aus wie Mama.

»Guck mal!«, lacht er.

Und Mama lacht ebenfalls ein bisschen.

»Gratulation! Wann ist es denn so weit?«

»An Ostern«, antwortet er.

»Oh, das ist ja schon bald! Wie aufregend!«

»Sie heißt Valerie«, sagt er mit quietschiger Stimme, als wäre er eine verrückte alte Frau.

»Was für ein schöner Name!«

»Oooh, ich glaube ... *Ooooooh*!«

Er schiebt den Fußball unter dem Pulli heraus, so dass er auf dem Boden auftitscht.

»Es ist ein Ball!«, ruft er. »Hurra!«

Dann springt er neben Mama aufs Bett, sie lachen und umarmen sich, und es fühlt sich ganz wunderbar an.

Im selben Moment hören sie ein Klopfen.

Klopf, klopf, klopf, kommt es von oben, und Mama wird schlagartig ernst.

»Wir müssen leiser sein«, ruft sie ihm in Erinnerung.

Er nickt, denn eigentlich weiß er das ja.

Manchmal vergisst er sich einfach.

Das Baby kniff die Augen zu, zog die Nase kraus und rieb sich mit den winzigen Fingern über den Nasenrücken, als wollte es ein Insekt verscheuchen. Birgitta und Marianne sahen ihm hingerissen dabei zu.

»Da juckt es anscheinend. Süßes Ding …«

Birgitta konnte sich an ihrer Tochter gar nicht sattsehen. Genau so hatte sie in den letzten zweiundsiebzig Stunden mehr oder weniger ohne Unterbrechung dagesessen, seit die kleine Viveca zur Welt gekommen war.

»Sie ist ganz wunderbar! Ich habe noch nie so ein hübsches Kind gesehen. Stimmt doch, Börje?«

Marianne lächelte ihren Mann an, der mit kerzengeradem Rücken und leicht angespanntem Gesichtsausdruck ein Stück entfernt auf einem Ledersessel saß.

»Mhm.«

Viveca nieste, und Marianne und Birgitta juchzten verzückt auf. Es klang so, als hätte das Baby Börjes mangelnde Begeisterung kommentiert.

»Kümmere dich nicht um Onkel Börje, der macht einfach nicht gern Komplimente. Aber Tante Marianne sieht jetzt schon, dass aus dir mal eine kleine Schönheitskönigin wird. Genau das wirst du – eine Miss Finnland!«

Börje brummte etwas in sich hinein und verließ das Zimmer. Birgittas Ehemann Nils werkelte draußen im Garten, bestimmt wollte Börje sich zu ihm gesellen.

»Darf ich sie mal halten?«, fragte Marianne, und Birgitta legte ihr das kleine Bündel vorsichtig in die Arme.

Dann richtete sie sich gerade auf und sah ihre beste Freundin und ihre Tochter müde, aber glücklich an.

»Du wirst die Patentante! Aber das hast du dir bestimmt schon gedacht.«

»Was? Ist das dein Ernst?«

»Natürlich nur, wenn du willst.«

»Sei nicht albern! Natürlich will ich! Es ist mir eine Ehre! Hast du das gehört, Miss Finnland? Hier ist deine Patentante Marianne!«

»Was glaubst du, was Börje sagt? Meinst du, er wäre zu Tode verschreckt, wenn er Patenonkel werden müsste? So richtig begeistert scheint er von Kindern ja nicht zu sein. Aber ihr kämt ja sozusagen im Paket?«

»Ich bin mir sicher, er wird sich ebenfalls geehrt fühlen. Außerdem mag Börje Kinder durchaus. Vielleicht müssen wir uns diese kleine Prinzessin eines Tages mal ausleihen!«

Birgitta lachte.

»Das dürft ihr gern. Du solltest meine Mutter hören, die in einem fort erzählt, wie anstrengend es mit Kindern ist. Aber vielleicht war ich als kleines Kind ja auch ganz besonders anstrengend! Ihr dürft euch Viveca ausleihen, sooft ihr wollt, aber erst, wenn sie ein bisschen größer ist.«

»Herrlich! Und bis dahin haben Onkel Börje und Tante Marianne einen Swimmingpool, in dem du schwimmen kannst, Prinzesschen!«

»Ach, der Swimmingpool ist also beschlossene Sache?«

»Ja, Börje hat schon mit dem Aushub begonnen. Wir wohnen ja jetzt schon sieben Jahre dort, und allmählich wurde es Zeit.«

»Stimmt, ich kann mich noch erinnern, dass er dir schon im allerersten Sommer, als ihr euch kennengelernt habt, ein Schwimmbad versprochen hat.«

»Hat er wirklich! Und was glaubst du, warum ich ihn geheiratet habe? Ich war von Anfang an nur auf den Swimmingpool aus!«

Das Baby musste erneut niesen, und die beiden Freundinnen lachten.

Marianne sah gut aus, schoss es Birgitta durch den Kopf. Sie hatte ein paar Kilo zugenommen, aber die standen ihr gut zu Gesicht. Marianne hatte sich nie für schicke Kleidung und Mode interessiert, doch inzwischen hatte sie einen Stil für sich gefunden, der sie wirklich gut kleidete. Sie hatte einen hübschen schulterlangen Bob mit einem dichten Pony, und die dunkelblaue Brille betonte ihre Augenfarbe. Das Pukeva-Blumenkleid hatte Birgitta ihr bei einer Wochenendreise nach Helsinki fast schon aufzwingen müssen, aber wie gut, dass sie darauf bestanden hatte! Es sah an Marianne wirklich hinreißend aus.

Früher hatte Birgitta sich Gedanken um ihre Freundin gemacht, erst recht, als dieser missmutige Börje in ihr Leben getreten war. Doch die Sorgen waren nicht berechtigt gewesen.

»Wollt ihr nicht auch ein Kind?«, fragte Birgitta. »Es wäre so toll, wenn wir beide Mütter wären!«

Marianne errötete und lächelte leicht schief.

»Na ja. Ich wollte eigentlich noch nichts erzählen. Es ist noch schrecklich früh …«

»WAAAS?«, kreischte Birgitta so laut, dass die kleine Viveca zusammenzuckte.

»Ja, anscheinend bin ich wirklich in anderen Umständen. Aber wie gesagt, es ist noch wahnsinnig früh.«

»Aber das ist ja phantastisch, Marianne! Hast du das gehört, Viveca? Dein Ehemann ist schon unterwegs!«

Marianne lachte. »Sind sie wirklich schon verlobt?«

»Ist doch perfekt«, sagte Birgitta, »wenn wir Mütter das direkt unter uns ausmachen. So bleibt unseren Kindern erspart, dass sie erst jede Menge Nieten ziehen, wenn sie sich in zwanzig Jahren umschauen.«

»Wenn das so einfach ist …?«

Beim Stichwort Nieten in der Liebeslotterie fiel Birgitta wieder etwas ein.

»Apropos, rate, wen ich am selben Tag, als ich ins Krankenhaus kam, getroffen habe. Ich wollte es dir längst erzählt haben, aber dann hab ich es vergessen.«

Marianne verdrehte die Augen.

»Du hattest gute Gründe, leicht vergesslich zu sein. Aber wen hast du denn getroffen?«

»Lennart – ausgerechnet den! Erst hab ich ihn nicht mal erkannt, aber dann ist er auf mich zugekommen und hat Hallo gesagt.«

Die kleine Viveca quietschte in Mariannes Armen auf. Anscheinend hatte die künftige Patentante sie ein wenig zu fest an sich gedrückt.

»Lennart? Wo war das?«

»Auf dem Marktplatz.«

»Hier in der Stadt?«

Birgitta schnaubte.

»Klar, ich fahre ja wohl nicht hochschwanger durchs ganze Land, um Pilze zu kaufen.«

»Wie … Wie sah er aus?«

»Wie damals, nur zehn Jahre älter. Schick war er ja immer. Ich hab ihn gefragt, was er in der Stadt zu tun habe. Er meinte, er sei bloß auf Durchreise. Aber keine Sorge, ich war ihm gegenüber kühl und abweisend. Wenn jemand der besten Freundin das Herz bricht, vergibt man es ihm nicht, auch wenn es schon Jahre her ist.«

Marianne lächelte matt.

»Danke.«

»Allerdings hat er sich nach dir erkundigt. War ein verdammt gutes Gefühl, ihm zu erzählen, dass du glücklich verheiratet bist und im tollsten Haus der ganzen Gegend wohnst, mit Blick über die Stadt. Oh, ich glaube, jetzt muss ich sie stillen …«

Birgitta machte die Brust frei und legte ihre Tochter an,

was nicht ganz rundzulaufen schien, aber mit der Zeit hätte sie den Dreh bestimmt raus. Viveca machte sich gierig an der Brust zu schaffen, und Birgitta verzog schmerzerfüllt das Gesicht.

»Auaaa. Ich will dir ja keine Angst einjagen, Marianne, aber mach dich auf Schmerzen gefasst, die alles übersteigen, was du dir vorstellen kannst.«

Marianne nickte nur, sagte aber nichts.

KAPITEL 6

Das Fräulein Schwank,
Es aß und trank
Aus dem Reservetank
Und wurde krank

Donnerstag, 13. Juli

Anna hatte schlecht geschlafen. Es war nicht ganz einfach, angesichts ihres Bauches eine bequeme Liegeposition zu finden. Außerdem schien das Baby derzeit nachts am aktivsten zu sein.

Doch umso anstrengender waren die Gedanken, die Anna im Kopf herumgingen.

Sie liebte Tomas. Natürlich liebte sie ihn. Zumindest war sie sich da recht sicher.

Aber war sie wirklich bereit, ihr derzeitiges Leben für ihn und das Kind hinter sich zu lassen?

In all den Jahren, in denen sie sich ein Kind gewünscht hatte, hatte sie sich ausgemalt, dass das Leben einfach so weitergehen würde wie bisher, auch nachdem sie Mutter geworden wäre. Das Kind würde in die Kita kommen, Anna weiter als Polizeioberkommissarin arbeiten, womöglich in Teilzeit, aber auf alle Fälle wäre sie immer noch derselbe Mensch. Ihre Freundin Linda hatte sich anders entschieden. Sie war nach der Geburt ihres ersten Kindes ewig nicht zur Arbeit zurückgekehrt – allerdings waren da auch in regelmäßigen Abständen kleine Geschwister nachgekommen, so dass es sich dazwischen laut Linda nicht recht gelohnt hätte.

Anna konnte sich nicht vorstellen, länger nur Hausfrau und Mutter zu sein.

Aber was würde sie stattdessen sein, sobald sie zu Tomas ziehen würde? Hausfrau, Mutter – und arbeitslos?

Tomas sah im Schlaf so unbekümmert und glücklich aus. Seine Hand ruhte auf Annas Bauch. Was, wenn das Bild, das er sich von Anna Glad gemacht hatte, komplett irreführend war? Vielleicht glaubte er ja, dass sie sich an sein klinisch sauberes Heim anpassen und hübsch ordnungsliebend, häuslich und rotwangig würde? Dass sie mit Hingabe die Arbeitsflächen in seiner modernen Küche wienerte? Und Brei aus ökologisch angebautem Gemüse kochen und die Laken mangeln würde?

Sie hätte es ihm nicht verübeln können, schließlich kannten sie einander kaum.

Aber wie wunderbar er aussah. Anna musterte jeden Quadratmillimeter seines Gesichts.

»Du guckst mich an, stimmt's?«, sagte er plötzlich.

Anna bekam einen solchen Schreck, dass sie fast aufgeschrien hätte.

Lachend schlug Tomas die Augen auf.

»Guten Morgen, Glad! Frühstück?«

»O ja, gern.«

Tomas stemmte sich auf der Matratze hoch und verschwand in der Küche. Es dauerte wesentlich länger, bis Anna sich von dem niedrigen Futonbett erhoben hatte.

Nachdem sie auf der Toilette gewesen war, sich das Gesicht gewaschen und sich die Haare zusammengebunden hatte, tapste sie in die Küche.

»Verdammt, siehst du toll aus!« Tomas drückte ihr eine weiße Kaffeetasse in die Hand.

»Hör auf! Ich sehe aus wie Jabba the Hutt mit Pferdeschwanz.«

Tomas musste lachen.

»Ich mochte Jabba immer lieber als Prinzessin Leia – aber verrate mich nicht!«

Anna nippte an ihrem Kaffee. Er war stark und lecker.

»Mir ist noch etwas eingefallen«, sagte Tomas.

Gott, wie hellwach er klang.

»Sollen wir nicht so eine *Find-your-friend*-App auf unseren Handys installieren?«

»Warum denn das? Ich hab meinen Freund doch schon gefunden. Er kocht echt starken Kaffee.«

»Doch nicht so eine App. Sondern eine, bei der man sehen kann, wo der andere gerade steckt. Also, ich will dich nicht stalken oder so, aber wenn die Wehen einsetzen, willst du ja vielleicht sehen, wie weit weg ich noch bin?«

Anna nickte. Das klang nur vernünftig.

»Du darfst mich natürlich auch stalken, wenn du willst«, sagte sie und schlürfte ihren Kaffee. »Ich lebe immerhin ein aufregendes Leben, in dem ich zwischen Zuhause und Job hin und her pendele und hin und wieder einen Abstecher zu Rolfs Sommerhaus mache.«

»Gib mal dein Handy her, dann lade ich die App gleich runter.«

Es dauerte gerade mal zwanzig Sekunden, ehe Tomas alles installiert hatte. Wenn Anna es selbst versucht hätte, hätte es mindestens eine halbe Stunde gedauert.

»So. Siehst du diesen lustigen lila Punkt auf der Karte? Das bin ich.«

»Hallo, lila Punkt.«

»Hast du dir schon Gedanken über einen Kinderwagen gemacht?«, fragte er dann. »Ich hab ein bisschen recherchiert und hätte ein paar Ideen.«

»Äh, nein, nicht wirklich ...«

»Ein Kollege meinte, das Beste wäre eine Babyschale mit Isofix-Basis, die kompatibel ist mit einem Kinderwagen, der sowohl Liege- als auch Sitzposition hat.«

Anna starrte ihn an. Sie verstand nur Bahnhof.

»Wenderäder sollen auch gut sein, aber wenn man überlegt, wie viel Schnee wir im letzten Winter hatten, wären große, stabile Reifen vielleicht wichtiger? Oder am besten gleich ein Modell, bei dem wir variieren könnten. Was meinst du?«

»Äh, ja, absolut.«

»Es gibt hier in der Stadt einen großen Kinderausstatter. Vielleicht könnten wir da heute hingehen? Ich meine, nur um ein paar Wagen auszuprobieren. Bestellen könnten wir ihn online, ich hab da ein paar gute Tipps bekommen. Ach, richtig, und meine Eltern würden gern etwas dazu beisteuern.«

Anna erschauderte. Sie hatte bis zu diesem Moment erfolgreich verdrängt, dass sie heute Tomas' Eltern kennenlernen würde.

»Das ist sehr nett von ihnen.«

»Ja, oder? Sie sind schon total aufgeregt.«

Annas Handy brummte auf der Tischplatte. Ein Anruf von der Arbeit, allerdings kam sie nicht darauf, wessen Durchwahl sie gerade vor sich hatte.

»Hallo?«

»Ich bin's«, fauchte jemand ins Telefon.

»Wer denn?«, fragte Anna und stellte fest, dass sie ganz automatisch zurückgefaucht hatte.

»Ich! Pamela! Wo steckst du?«

»Ich hab heute frei.«

»O Mann. Du musst reinkommen.«

»Und warum?«

»Benny. Er hat etwas gefunden. Er meint, er fährt gleich zu Börje Bohman raus und schließt den Fall ab.«

Anna war schlagartig so wütend, dass ihre Kopfhaut brannte.

»Und was hat er gefunden?«

»Die Mordwaffe, sagt er. Er sitzt gerade bei Annette. Mehr weiß ich nicht, aber ich dachte mir, du würdest vielleicht Bescheid wissen wollen.«

»Will ich auch. Danke, Pamela. Wenn Annette fragt, sag ihr, dass ich unterwegs bin. Und Benny soll nicht zu dem Haus fahren, bis ich angekommen bin! Richte ihm schöne Grüße von mir aus!«

Sie legte auf und knurrte gleichsam in sich hinein. Dieser verdammte Benny Westlander! Der hatte doch garantiert nur darauf gewartet, dass Anna verreist und die Luft für ihn rein wäre. Und jetzt versuchte er schon wieder, sich ihren Fall unter den Nagel zu reißen.

Tomas sah Anna ernst an.

»Du hast vor zurückzufahren, oder?«

Verlegen biss Anna sich auf die Lippe.

»Tut mir leid …«

»Ist schon okay. Ich verstehe das schon. Und meine Eltern verstehen es auch, ich erkläre es ihnen.«

Anna war insgeheim erleichtert, dass ihr das Treffen mit den Schwiegereltern erspart bleiben würde, gleichzeitig schämte sie sich dafür, dass sie Erleichterung verspürte.

»Sag ihnen, dass es mir fürchterlich leidtut. Aber in meine letzte große Ermittlung vor der Elternzeit kommt gerade Bewegung … Ich hoffe, wir können bald einen neuen Versuch starten.«

»Okay, sag ich ihnen.«

Tomas lächelte matt, doch sie sah es ihm an: Er war eindeutig enttäuscht.

»Das klang echt gut – das mit dieser Fixelifax-Babyschale. Kauf so eine. Ich verlasse mich da ganz auf dich und deine Recherche.«

»Schön zu hören. Und wir sehen uns ja morgen.«

Anna, die sich gerade ihre Jeans anziehen wollte, hielt in der Bewegung jäh inne.

»Morgen?«

Tomas seufzte.

»Im Geburtsvorbereitungskurs?«

»Ach, stimmt ja!«

Anna hatte den Kurs mitnichten vergessen, allerdings war sie davon ausgegangen, dass er erst in einigen Wochen losgehen würde.

»Wie gut – dann sehen wir uns ja direkt wieder! Und grüß deine Eltern!«

»Mach ich. Fahr vorsichtig!«

Im Dunkeln tastete Alison nach ihrem Handy. Sie konnte kaum glauben, wie spät es schon war – halb zehn?! Sie wusste nicht, wann sie zuletzt so lange geschlafen hatte.

Das hatte sie eindeutig den Verdunklungsvorhängen zu verdanken. Und den Schlaftabletten.

Aber hauptsächlich Samuel.

Sie gluckste leise in sich hinein und strich über die leere Seite des Bettes neben ihr. Er war schon aufgestanden, was aber nicht weiter überraschend war, wenn sie bedachte, wie lange sie geschlafen hatte. Und Samuel hatte heute bestimmt wie sonst auch einiges vor.

Trotzdem hatte er tags zuvor seine Abendpläne geändert und war zu ihr gekommen. Und in ihrem Bauch passierten womöglich gerade gewisse Dinge. Alison hatte in einem YouTube-Clip gesehen, wie sich zu bombastischer Orchestermusik die Eizelle zum Embryo, weiter zum Fötus und schließlich zum voll ausgereiften Baby entwickelte.

Doch wenn es in diesem Monat wieder nicht dazu käme, wäre das schon okay.

»Samuel?«

Sie rief mehrmals nach ihm, ohne jedoch eine Antwort zu erhalten. Als sie feststellen musste, dass er wirklich nicht mehr zu Hause war, drohte die Glücksblase bereits zu platzen, doch sie kämpfte dagegen an.

Gut möglich, dass er sich von ihr verabschiedet hatte, ehe er gegangen war, und sie so tief geschlafen hatte, dass sie es nicht gehört hatte.

Bestimmt war es so. Und jetzt würde sie sich einen doppelten Nespresso mit Hafermilch machen.

Sie sah sich noch kurz im Schlafzimmer um. Vielleicht hatte Samuel ihr ja eine kleine Liebesbotschaft hinterlassen? Stattdessen entdeckte sie etwas äußerst Unerfreuliches.

»No, no, noooooo!«

Sie stürzte auf ihren Laptop zu, der neben dem Bett auf dem Fußboden lag.

Ein Wasserglas war umgekippt und das Wasser über die Tastatur gelaufen. Der Rechner war mausetot. Bestimmt ein Kurzschluss.

»Fuck!«

Halbherzig tupfte sie das Wasser mit Klopapier auf. Wie hatte das passieren können? Sie hatte sich im Bett noch eine Serie angesehen, war dann aber schlagartig hundemüde gewesen und hatte bestimmt nicht aufgepasst, als sie den Laptop beiseitegestellt hatte. Und sie hatte immer ein Glas Wasser am Bett. Wie hatte sie nur so ungeschickt sein können?

Verdammt unnötig, das Ganze.

Andererseits war es auch keine Riesenkatastrophe. Der Rechner war schon ein paar Jährchen alt, und sie hatte von sämtlichen Fotos und Arbeitsdateien Back-ups. Da musste sie sich eben einen neuen kaufen.

Sie warf den Laptop aufs Bett, schlang sich den Seidenmorgenrock um den Leib und ging nach unten in die Küche.

Rolf Månsson schlurfte zum Medizinschränkchen und musste kurz suchen, ehe er die Schachtel mit den Schmerztabletten fand.

Es war wirklich erbärmlich. Er war seit Jahren nicht mehr verkatert gewesen. In seiner aktiven Zeit hatte er stets darauf geachtet, dass er mit dem Alkohol nicht über die Stränge schlug, und im vergangenen Jahr hatten die Ärzte ihm nachdrücklich dazu geraten, mit Hochprozentigem vorsichtig zu sein.

Tja, spätabendliche Besuche von redefreudigen Journalisten waren anscheinend gefährlich. Mit mehreren Gläsern Wasser spülte Rolf die Tablette hinunter. Pfui Teufel. An diesem Tag würde er wohl eher keine Großtaten erbringen.

Doch selbst mit pochenden Schläfen musste er zugeben, dass es nett gewesen war, mit seinem alten Freund zusammenzusitzen und zu plaudern. In letzter Zeit hatte Rolf Einschlafprobleme gehabt. Sonst schickte er immer ein *Schlaf gut!* an Max, aber zuletzt war dessen Reaktion ausgeblieben.

Am Vorabend war Rolf, nachdem er Janne weit nach Mitternacht verabschiedet hatte, ins Bett gekrochen und eingeschlafen, noch bevor sein Kopf auf dem Kissen gelandet war.

Seinen Liebeskummer in Kognak zu ertränken, war womöglich nicht die allerbeste Idee, aber ausnahmsweise hatte es Spaß gemacht. Auch wenn Rolf sich derzeit am liebsten den Kopf abgeschraubt, ihn in kaltes Wasser geworfen und anschließend wieder aufgeschraubt hätte.

Und wo war eigentlich sein Telefon?

Ah, da, es war hinters Sofakissen gerutscht. Und eine Nachricht hatte er auch bekommen – von Max!

Hey, vielleicht wäre es doch schön, wenn du übers Wochenende vorbeikommen würdest. Natürlich nur, wenn du noch willst.

Zuerst war Rolf froh. Er würde das Wochenende trotz allem mit Max verbringen, sofern er so kurzfristig ein Flugticket ergatterte.

Dann setzte Verunsicherung ein.

Max schrieb doch sonst keine so nüchternen SMS. Normalerweise garnierte er seine Nachrichten mit Herzchen und Smileys und streute hier und da noch ein *Liebling, Schätzchen* oder einen *schönen Finnen* ein.

Aus welchem Grund klang er diesmal so förmlich? Und weshalb hatte er es sich anders überlegt?

Wollte er sich mit Rolf treffen, um Schluss zu machen?

Rolf seufzte so tief auf, dass es sich anfühlte, als würde das ganze Haus erzittern.

Dann rief er die Airline an. Ja, tags darauf nach Stockholm zu fliegen sei gar kein Problem.

Ein Rückflugticket buchte er nicht. Schlimmstenfalls würde er noch am selben Tag mit gebrochenem Herzen nach Hause zurückkehren.

Jan-Anders beschloss, die Sonnenbrille aufzubehalten, als er die Redaktionsräume betrat. Das Licht war so verdammt grell! Oder womöglich war der Vorabend bei Rolf Månsson auch einfach nur aus dem Ruder gelaufen. In der Renault-Flasche war nicht mehr allzu viel übrig gewesen, als Jan-Anders schließlich nach Hause gewankt war.

Mit einem lauten Ächzer ließ er sich auf seinen Schreibtischstuhl plumpsen.

Amüsiert sah Christel ihn an.

»Mensch, siehst du heute frisch aus, Janne! Kommst du direkt aus dem Fitnessstudio oder was?«

»Halt bloß den Rand, du kleines Miststück«, röchelte Jan-Anders.

Er war viel zu vernebelt, als dass ihm eine bessere Replik eingefallen wäre.

Tja. Dann mal los, ein paarmal tief durchatmen und ran an die Arbeit.

Die gestrige Diskussion mit Rolf hatte ihm einige neue Ansätze beschert, und er hoffte, dass ihm zumindest ein paar davon wieder einfallen würden. Er hatte sich einige Namen notiert, dann aber sein kleines Notizbuch bei Rolf auf dem Küchentisch liegen lassen.

Er zog den Stoß Ausdrucke näher und starrte auf das Foto hinab, das ganz oben lag.

Merkwürdig. Das war doch nicht das Bild, das am Vortag zuoberst gelegen hatte? Er hatte das Bild kaum beachtet und es irgendwo in die Mitte des Stapels geschoben.

Es war eins der ältesten Fotos von Börje Bohman, das Jan-Anders hatte finden können. Eine private Aufnahme aus dem Jahr 1980 und zu nichts zu gebrauchen, weil Börje darauf nur zur Hälfte sichtbar war. In der Bildmitte stand Marianne mit einem Baby im Arm. Das Baby trug ein langes weißes Gewand, vermutlich ein Taufkleid. Und weil Börje und Marianne nie Kinder bekommen hatten, handelte es sich dabei unter Garantie um das Kind eines anderen.

Jan-Anders fragte sich, warum er das Foto überhaupt in seine Materialsammlung mit aufgenommen hatte. Er hätte von Anfang an besser auswählen müssen.

Er blätterte in den Ausdrucken vor und zurück und stieß auf einen Artikel von 1985 – vom ersten Mal, da Börje Schwierigkeiten gemacht hatte. Damals hatte das *Rundradion* auf dem Betesbacken etwa fünfzig Meter von Börjes und Mariannes Grundstücksgrenze entfernt einen Sendemast errichten wollen. Nichts da, so Börje, der mit allen Mitteln gegen das Vorhaben ankämpfte. Der Mast wurde schlussendlich auf einem anderen Berg errichtet, wo die Anwohner weniger renitent waren.

1987 dann der nächste Vorfall. Ein Nachbar hatte seinen großzügigen Grund neu aufteilen und Stadthäuser entlang der Straße bauen wollen. Die Stadt hatte ihr Einverständnis bereits gegeben. Doch abermals stellte Börje sich quer. Die Folge: Der Nachbar zog weg, das Grundstück wurde nicht angetastet, und das ursprüngliche Haus verfiel zusehends, bis es in den 1990er-Jahren abgerissen werden musste.

An die nächsten Querelen hatte Jan-Anders sich noch erinnern können, ehe er im Archiv gewühlt hatte: das Steinzeitgrab, Fernwärme, der Fabrikbau.

Wenn man sämtliche Vetos und Streitereien zusammentrug, kam dabei eine lange Liste heraus – eindeutig zu lang, um daraus einen Infokasten für die Zeitung zu basteln, hatte Jan-Anders einsehen müssen. Aber vielleicht konnte er die wesentlichen Ereignisse herauspicken?

Christel saß entspannt zurückgelehnt auf ihrem Schreibtischstuhl und blätterte durch die aktuelle Ausgabe der Zeitung. Auf der Seite, die sie Jan-Anders hinhielt, prangte ein Foto des Bürgermeisters, Jasper Jokela.

Jokela lachte unbekümmert in die Kamera des Fotografen, allerdings war er innerlich vermutlich nicht annähernd so unbekümmert, wie er sich nach außen gab.

Wenn er sich die Mühe gemacht hätte, ein wenig herumzufragen, bevor er den Startschuss für das Radwegprojekt gegeben hatte, hätte er gewusst, dass er damit in einer Sackgasse landen würde. Solange Börje auf dem Betesbacken wohnte, würde dort nichts verändert werden, und das hätten die Leute dem Bürgermeister allesamt erzählen können. Vielleicht hatten es ja sogar einige versucht?

Dass ein menschenscheuer alter Kauz einen so großen Einfluss auf seine Umgebung haben konnte …

Nun war Jan-Anders nicht der Typ Journalist, der über Befindlichkeiten, Psychologie und anderen Blödsinn schrieb. Aber er fragte sich doch, wie ein solcher Querkopf aus Börje hatte werden können.

Wer ihn bereits zu Schulzeiten gekannt hatte, hätte bestätigen können, dass er schon als Kind eher eigen gewesen war, aber kein solcher Querulant. Er hatte Freunde gehabt und vor allen Dingen eine Freundin, die er dann auch geheiratet hatte.

Am Vorabend waren sich Rolf und Jan-Anders einig gewesen, dass Marianne ein außergewöhnlich hübsches Mädchen gewesen war. Auch sie musste im jungen Börje etwas gesehen haben. Und die Betonfirma, die Börje von seinem Vater geerbt hatte, war ebenfalls gut gelaufen, an Geld hatte es ihm also auch nie gemangelt.

War es vielleicht Mariannes Krankheit, der sie schlussendlich erlegen war, die Börje derart mürrisch gemacht hatte?

Jan-Anders zog erneut das Taufbild hervor. 1980. Damals war Marianne noch gesund und munter gewesen. Auf dem Foto lächelte sie fast schon mütterlich auf das Baby in ihren Armen hinab. Börjes Gesichtsausdruck hingegen ließ sich schwer deuten.

Wessen Kind war das überhaupt? Es stand nicht dabei, und Jan-Anders musste erst den Artikel heraussuchen, zu dem das Foto entstanden war.

Der Artikel erwies sich als wesentlich jünger denn das Foto selbst. Er war 1998 erschienen, kurz bevor das Archiv digitalisiert worden war.

Viveca Svensson: »Ich ziehe die Küche meiner Mutter jeder Pariser Modenschau vor!«

Richtig. Jan-Anders konnte sich sogar noch vage an das Fotomodell Viveca Svensson erinnern. Ein Mädchen hier aus der Stadt, die in die große weite Welt hinausgezogen war. Er hatte seither nichts mehr von ihr gehört – nicht, dass er sich allgemein groß für Models und Mode interessierte.

Aber Svensson … Warum nur kam ihm der Name so ungeheuer bekannt vor? Der Name war zwar nicht selten, trotzdem.

In der Bildunterschrift stand: *Viveca mit ihren Taufpaten Marianne und Börje Bohman am Tag der Taufe, dem 17. September 1980.*

Bei dem Artikel handelte es sich um ein längeres Interview mit dem Fotomodell. Das größere Bild war ein keckes Porträt, auf dem sie am Strand Eis aß. Doch allem Anschein nach hatte man damals auch im Familienalbum geblättert, weil es außer dem Taufbild auch noch ein Schulfoto gab, auf dem Viveca als Teenager mit ihrem Jugendfreund zu sehen war, sowie ein Bikinibild von einer regionalen Miss-Wahl, die Viveca selbstredend gewonnen hatte.

Jan-Anders ertappte sich dabei, wie er das Bikinibild anstarrte.

Und endlich fiel ihm wieder ein, wo ihm der Name Svensson kürzlich erst begegnet war. Rolf hatte ihn beiläufig erwähnt, als die Kognakflasche noch halb voll gewesen war. Birgitta Svensson, Marianne Bohmans beste Freundin, die anscheinend beide Bohmans gebeten hatte, Paten ihrer Tochter zu werden.

Na gut. Das war nicht wahnsinnig spannend. Da gab es andere Spuren, denen er nachgehen konnte.

Die Karmo AB beispielsweise, ein Familienunternehmen, das Farben produzierte. Die Eigentümer waren in den 1990er-Jahren mit Börje in einen Konflikt geraten, als sie versucht hatten, der Wirtschaftskrise zu trotzen, indem sie am Fuß des Berges, auf dem Börje wohnte, ein neues Fabrikgebäude bauten. In diesem Zusammenhang hatte Börje behauptet, am Berg befände sich ein Wikingergrab, und er hatte den Spatenstich so lange hinausgezögert, bis das Unternehmen hatte aufgeben müssen. Karmo war schon vor Jahren bankrottgegangen, aber vielleicht würde sich ja jemand finden lassen, der sich noch an den Börje-Bohman-Eklat 1993 erinnerte?

Interessant wären auch ein paar frühere Lokalpolitiker, die sich noch an die Streitigkeiten in den Neunzigern zwischen Börje und der Kommune erinnern konnten.

Aber erst brauchte er Kaffee. Und zwar mehrere Liter.

So, wie Benny Westlander mit seinen verschränkten Muskelarmen über den spannenden T-Shirt-Ärmeln vor ihr stand, sah er derart selbstzufrieden aus, dass Anna sich schon fragte, ob er gleich platzen würde.

Vor ihm auf dem Schreibtisch lag ein Jagdgewehr in einer Asservatentüte.

»Endlich ein Durchbruch in der Börje-Bohman-Sache!«

Anna trat vor und musterte das Gewehr.

»Wo hast du das gefunden?«

»Es lag in einem Graben ein Stück den Betesbacken runter. Und rate, wer eine Lizenz für genau so eine Waffe hat. Börje Bohman.«

Die Waffe war verhältnismäßig schwer und sah steinalt aus. Aus den siebziger oder achtziger Jahren, vermutete Anna.

»Schau einer an. Da fragt man sich doch, warum du die Gräben rund um den Betesbacken abgesucht hast.«

Benny zuckte nur grinsend mit den breiten Schultern.

»Bauchgefühl. Darauf verlässt du dich doch auch gern mal, Glad, wie man so hört. Nur dass dein Bauch derzeit ja mit etwas anderem beschäftigt ist.«

Anna lächelte schief.

»Und warum gerade jetzt? Als Börje vor einem Monat verschwunden ist, hat dir dein Bauch noch nichts gesagt.«

Benny grinste nur umso breiter.

»Nein, und da hätten wir es auch kaum gefunden. Sie haben gestern die Baumaschinen abtransportiert. Nachdem der Fahrradweg derzeit auf Eis liegt, werden die Bagger an anderer Stelle gebraucht. Ich bin rausgefahren, um mich umzusehen, und genau dort, wo die größte Maschine gestanden hatte, lag dieses Schätzchen.«

Annette Käld betrat das Zimmer.

»Gut, dass du endlich da bist, Anna. Interessante Wendung, findest du nicht?«

Benny sah sie herausfordernd an. Anscheinend wollte er, dass sie wütend auf ihn war und irgendeine Bemerkung fallen ließ, etwa dass er sich ihrer Ermittlung bemächtigt habe.

Doch Anna entschied sich für eine andere Taktik und lächelte fröhlich.

»Aber wirklich! Was für ein großes Glück, dass Bennys Bauchgefühl so treffsicher ist. Du bist heute unser Held des Tages!«

Ha. Sie hatte richtiggelegen. Schlagartig sah er verunsichert aus. Anna klemmte sich das Gewehr unter den Arm.

»Tausend Dank dafür. Dann haben Märta und ich ja jetzt eine neue Spur, der wir nachgehen können. Und Filip soll sich ansehen, ob auf dem Gewehr noch andere Fingerabdrücke drauf sind als nur die von Börje.«

»Aber ich … Ich kann …«, stammelte Benny.

»Danke, ist wirklich nicht nötig. Sobald ich Märta aufgespürt habe, fahre ich zu Börjes Haus. Er muss einen Waffenschrank gehabt haben. Und wenn er wirklich mit diesem Schätzchen hier herumgeballert hat, dürften ja irgendwo auch Patronenhülsen liegen. Es gibt also eine Menge zu tun.«

»Melde dich, wenn du wieder da bist«, rief Annette Käld ihr nach.

Anna steuerte bereits Märtas Dienstzimmer an, als ihr eine weitere Person hinterherrief. Sie blieb stehen und schob den Kopf durch die Tür zu Aram Demirs Kabuff.

»Ja? Gibt's was Spezielles?«

»Na ja, da ist etwas mit Börje Bohmans Telefon.«

Anna trat über die Schwelle. Das Jagdgewehr lehnte sie draußen an die Wand.

»Und was?«

»Du weißt noch, dass die letzte Ortung in Vantaa lag, oder?«

»Ja …?«

»Ich hab ein paar Kollegen um Hilfe gebeten. Eine genaue Adresse haben wir natürlich nicht, trotzdem konnten sie das Areal halbwegs einkreisen.«

Anna beugte sich zu seinem Bildschirm vor.

»Das hier ist, wie wir schon wissen, ein Industriegebiet«, erklärte Aram. »Das Handy befand sich allerdings hier.«

Er umkreiste ein kleineres Gebiet mit dem Finger.

»Okay …?«

Was zum Geier hatte Börje in einem Industriegebiet in Vantaa verloren?

»Diese Gebäude hier – siehst du das Wäldchen und diese größeren Häuser? – sind eine Versandzentrale. Versandhandelsgeschichten und Ähnliches.«

»Oha.«

»Meine Vermutung wäre also, dass das Telefon in einem Umschlag oder Karton lag, als es zuletzt Signale gesendet hat.«

»Dann war Börje nie selbst dort, sondern nur sein Telefon?«

Aram zuckte mit den Schultern.

»Wäre doch nicht so weit hergeholt, oder? Es war immerhin ein altes Nokia. Das weißt du bestimmt noch: Die Akkus hielten eine volle Woche, nicht wie bei den Handys, die man neuerdings hat und die ständig aufgeladen werden müssen.«

»Aber warum sollte das Handy mit der Post verschickt worden sein?«

Doch noch ehe Aram zu seiner Antwort anhob, dämmerte ihr die Antwort selbst.

»Um den Anschein zu erwecken, dass Börje verreist wäre. Verdammt!«

Als sie aus der Tür eilte, stolperte sie fast über das Jagdgewehr. Dass sie es dort abgestellt hatte, hatte sie schon ganz vergessen.

»Märta!«, rief sie. »Wir haben einiges zu besprechen!«

Jasper Jokela hängte sein Sakko an die Garderobe in seinem Dienstzimmer. Die Schuhe stellte er parallel neben das zweite Paar, und dort sollten sie für die nächsten Wochen auch stehen bleiben, während er in den Urlaub fahren würde. Er hatte sich schon seine Fahrradkluft angezogen und würde gleich nach Hause fahren. Wenn er sich beeilte, wäre er noch vor dem Regen daheim.

»Oh«, sagte Malin, die in der Tür aufgetaucht war. »Bist du schon auf dem Sprung?«

»Ja, bereits mit einem Bein im Urlaub.«

»Richtig, du hast ja morgen schon frei. Na, dann viel Spaß! Ich gehe davon aus, dass mit dem SeaPop-Festival alles glattgeht.«

»Gibt's schon was Neues vom Ticketverkauf?«

»Läuft gut. Trotzdem schalten wir noch eine Reihe Anzeigen in den sozialen Netzwerken, vielleicht gehen die Zahlen noch ein Stückchen höher.«

Jasper nickte anerkennend. Endlich verlief mal etwas nach Plan. Das Festival würde ein Bombenerfolg werden, das hatte er im Gefühl. Er selbst hatte erst einmal ein paar wohlverdiente freie Wochen vor sich, und anschließend würde ein Herbst im Zeichen der Musik anstehen.

»Melde dich, wenn irgendwas ist, Malin«, sagte er gönnerhaft.

»Wird schon. Schönen Urlaub!«

Bildete er sich das nur ein, oder hatte Malin leicht beunruhigt gewirkt, weil er gleich weg wäre? Ach, was für ein alberner Gedanke. Jasper wollte gerade aufbrechen, als Verner Jansson den Kopf zur Tür hereinsteckte.

»Was, gehst du schon? Jetzt?«

»Tja, der kleine Jasper hat Sommerferien.«

»Moment, ich hab noch jede Menge Unterlagen, die du unterschreiben müsstest. Ich dachte, du wärst morgen noch da. Hast du noch ein paar Minuten?«

Jasper unterdrückte ein Ächzen. Inzwischen prasselte der Regen ans Fenster. Jetzt würden fünf Minuten mehr oder weniger auch keinen Unterschied mehr machen, er würde ohnehin nass werden.

»Na klar. Her mit deinen Unterlagen.« Er folgte Verner in dessen Büro.

Dort lagen tatsächlich massenhaft Dokumente, die unterschrieben werden wollten. Verdattert starrte Jasper den Stapel an, den Verner auf ihn zuschob.

»Hoppla.«

»So ist es nun mal, wenn man ein Festival organisiert«, sagte Verner. »Zufahrtswege, Abwasserrohre, Mieten, Stellplätze, Lärmschutz, Nachbarn, die angehört werden wollen, dieses und jenes …«

Jasper griff nach dem nächstbesten Kugelschreiber aus dem Stifthalter auf Verners Schreibtisch und fing an, seine verschnörkelte Unterschrift unter alles zu setzen. Auf Leute, die mit schludrigen EKG-Kurven unterschrieben, hatte er immer schon hinabgeblickt. Wenn Jasper Jokela irgendwo unterschrieb, brauchte sein Name nicht noch danebengetippt zu werden, und er mochte die Vorstellung, dass sein verspieltes Temperament an seiner Signatur ablesbar war.

Als er den Stapel halb abgearbeitet hatte, musste er eine Pause einlegen.

»Muss wirklich der Bürgermeister persönlich das alles unterschreiben?« Er hoffte, nicht allzu missmutig zu klingen.

»Nein, aber ein Teil der Papiere erfordert eine zweite Unterschrift, und wir sind die Einzigen, die noch nicht im Urlaub sind.«

Aha. Na, dann weiter im Text.

Verners Telefon klingelte – ein neues Smartphone, wie Jasper bemerkte.

»Bist du das Retroteil endlich losgeworden?«

»Was? Ach so. Ja.«

»Willst du nicht rangehen?«

»Nein, das ist nur dieser nervige Jan-Anders Rosbäck von der Lokalzeitung. Den kann ich später zurückrufen, wenn ich mehr Zeit habe.«

Minuten später hatte Jasper den Stapel abgearbeitet. Es wäre zu viel verlangt gewesen, die Unterlagen auch noch zu lesen. Sein nächstes Projekt wäre eine Stadt mit bedeutend weniger Bürokratie.

Als Verner Jansson die Unterlagen entgegennahm, sah er zur Abwechslung richtiggehend fröhlich aus. Auch er schien sich auf seinen Urlaub zu freuen.

»Danke. Dann wünsch ich dir was.«

Jasper tänzelte regelrecht den Flur entlang. Er war fast so aufgedreht wie damals als kleiner Schuljunge, wenn die Musiklehrerin zum Ende des Schuljahrs das traditionelle Sommerlied auf dem Harmonium anstimmte.

Nun war die darin beschworene Blütezeit fast schon

vorbei, trotzdem würde Jasper endlich in jeder Hinsicht abschalten können.

»Ist vielleicht nur ein kurzer Schauer«, sagte Märta Hansson hoffnungsvoll.

»Vielleicht.« Anna lehnte sich gegen das Beifahrerfenster und spähte skeptisch zum Himmel.

Dort oben bildeten die Wolken eine kompakte, bedrohliche Masse. So, wie es aussah, würde es noch eine ganze Zeit lang regnen.

»Wir warten noch ein paar Minuten und sehen, was passiert«, schlug Märta vor. »Ich hab keine Regensachen dabei.«

»Meine Regenjacke geht nicht mal mehr zu«, murmelte Anna. »Aber okay, warten wir noch ein bisschen ab.«

Märtas Handy vermeldete eine Nachricht. Sie sah aufs Display und blickte kurz leicht belämmert drein, ehe sie das Handy wieder wegsteckte.

Finster beäugte Anna ihre Kollegin. Unter Garantie hatte dieser Muskelmann Benny ihr eine schleimige Nachricht geschickt.

Anna wünschte Märta wirklich alles Glück dieser Welt: Sie hatte in jungen Jahren ihren Ehemann verloren, als der bei einem Elchunfall verunglückt war, und es war wirklich schön, sie mit rosigen Wangen und einem leicht dümmlichen Lächeln auf den Lippen vor sich zu sehen – nur wünschte sich Anna, sie hätte sich einen sympathischeren Mann ausgesucht. Aber es half alles nichts. Wenn Benny Westlander Märta glücklich machte, würde Anna eben gute Miene zum bösen Spiel machen, auch wenn sie ihn kein bisschen leiden konnte.

Sie nahm ihr eigenes Handy heraus und warf einen Blick aufs Display. Anscheinend hatte auch sie eine Nachricht bekommen, von ihrer besten Freundin Linda. *Ruf an, wenn du Zeit hast, hab ein Anliegen, nicht dringend, aber halbwegs wichtig.* Wenn es nicht dringend war, würde Anna sie später anrufen. Hoffentlich hatte Linda keine Babyparty oder irgend so was im Sinn. Sie hatte schon damit gedroht.

»Weißt du was? Das hört nicht mehr auf. Ich gehe da jetzt rein«, sagte Anna kurzerhand und schob die Beifahrertür auf.

»Verdammt«, murrte Märta und versuchte, sich die Jacke um den Leib zu schlingen, während sie auf das Haus zurannte.

Trotz ihres Frühstarts kam Anna erst nach Märta am Haus an. Der Schlamm hatte glitschig ausgesehen, und sie hatte Angst gehabt auszurutschen und auf dem Bauch zu landen.

Märta hatte die Garagentür bereits aufgestemmt, als Anna zu ihr aufschloss.

»Das Licht funktioniert nicht«, stellte Märta fest und drückte mehrmals vergebens auf den Lichtschalter.

»Richtig, die Radwegbauer haben den Strom abgestellt. Börjes offizieller Auszugstermin war schließlich vorige Woche.«

»Stimmt.«

Anna nahm ihre Taschenlampe zur Hand und umrundete den schmutzigen Wagen, der mitten in der Garage geparkt war.

Hier sah es genauso aus wie bei ihrem letzten Besuch: Sperrholzplatten, ein Gefrierschrank, Regale.

»Da haben wir doch den Waffenschrank«, stellte sie fest.

Anna war es peinlich, dass sie den bei ihrem ersten Abstecher in der Garage übersehen hatte. Wenn man bedachte, dass sie Blutflecken auf der Vordertreppe entdeckt hatten, hätte sie umgehend überprüfen müssen, ob in Börje Bohmans Haus Schusswaffen gelagert wurden. Doch zu jenem Zeitpunkt waren sowohl sie selbst als auch Märta noch der Ansicht gewesen, Börje würde unversehrt wieder aufkreuzen. Darüber hinaus hatten Annas Gedanken um Baby X gekreist, das am selben Tag aufgetaucht war.

Der Waffenschrank war unverschlossen – und leer.

»So weit, so gut«, sagte Märta. »Dann könnte das Gewehr, das Benny im Graben gefunden hat, tatsächlich Börje gehören.«

»Wir drehen noch eine Runde durchs Haus, finde ich.«

»Okay.«

Durch den strömenden Regen rannten sie zur Haustür.

»Wirklich schräg, das mit Börjes Telefon«, bemerkte Märta, während sie am Türschloss nestelte.

»Was du nicht sagst. Was meinst du? Wer hat die Nachrichten an diesen Verner Jansson von der Kommune geschrieben? Und wer hat das Handy per Post verschickt?«

»Börje selbst?«, argwöhnte Märta.

»Aber warum?«

»Vielleicht wegen dem, was hier passiert ist.« Märta nickte in Richtung Vordertreppe.

Filip Johansson hatte den Fleck mit einer Plane abgedeckt, doch bei solchem Starkregen wäre er nicht mehr hinreichend geschützt.

»Glaubst du, Börje ist auf der Flucht?«, hakte Anna nach.

»Also, irgendwas ist hier jedenfalls passiert. Daraufhin hat Börje sich verdrückt, hat aber erst noch sein Handy in die entgegengesetzte Richtung geschickt. Gleichzeitig hat er vielleicht darauf gesetzt, dass die Stadt endlich Nägel mit Köpfen und mit dem Fahrradweg weitermacht, sein Haus abreißt und damit potenzielle Spuren am Tatort beseitigt. Ganz schön listig!«

Es wäre tatsächlich listig. Allerdings wussten sie nach wie vor nicht, wessen Blut das dort unter der Plastikplane war.

Endlich bekam Märta die Tür auf, und sie traten ein. Die Luft im Flur war stickiger denn je.

»Wenn ich Börje Bohman wäre, Besitzer eines Jagdgewehrs und wegen der Radwegbauer halbwegs paranoid, würde ich mein Gewehr an der Haustür bereitlegen«, überlegte Anna laut.

Sie leuchtete in jeden Winkel, hinter die Möbel und über die Hutablage.

Nope. Nirgends ein Gewehr.

»Ich sehe nichts«, sagte auch Märta. »Und wir dürfen auch nicht vergessen, dass Filip der Ansicht war, das Blut stammte nicht von einer Schussverletzung. Aber warum sollte das Gewehr dann in dem Graben landen? Das will mir nicht einleuchten …«

Noch während der Fahrt zum Betesbacken war Anna ein Gedanke gekommen, den sie jedoch nicht laut aussprechen wollte.

Schon irgendwie bemerkenswert, dass Benny das Gewehr ausgerechnet an einem Tag im Graben gefunden hatte, an dem er nun wirklich keinen Grund gehabt hatte, zum Betesbacken zu fahren.

War es möglich, dass er zu einer List gegriffen hatte, um endlich an den Ermittlungen beteiligt zu werden, die ihm zu Anfang des Sommers aufgrund seiner Magenverstimmung durch die Lappen gegangen waren? Konnte er in die unverschlossene Garage eingedrungen sein, sich das Gewehr genommen und dann behauptet haben, es hinter dem Bagger gefunden zu haben?

Doch diesen Verdacht wollte Anna lieber nicht mit Märta teilen, die in Benny verliebt war. Zumindest nicht ohne handfeste Beweise.

»Kannst du mal herkommen und hier was ausleuchten?«, rief Märta.

Sie stand in der Küche und starrte auf etwas hinab.

»Was ist das?«

»Ein Kassenzettel. Lag hier auf der Arbeitsplatte. Ich will nur sehen, ob da ein Datum steht.«

Anna richtete den Lichtkegel ihrer Taschenlampe auf den Kassenzettel. Er stammte von dem kleinen Lebensmittelladen direkt am Fuß des Betesbacken.

»Guck dir das an«, sagte Märta aufgeregt. »Börje war am Dienstag vor seinem Verschwinden noch einkaufen. So wissen wir zumindest, dass er am 6. Juni noch am Leben war und mit Pesto und Nudeln nach Hause kam.«

Anna nahm den Kassenbeleg hoch und las weiter.

»Und mit Knäckebrot, Hackfleisch, Eiern und …«

Ihr blieb die Spucke weg.

Was war das denn?

»Was?«, fragte Märta prompt.

Anna schluckte trocken.

»Und mit Windeln. Börje hat Säuglingswindeln gekauft.«

ER DECKT DEN KLEINEN Tisch. Mit Tellern, Bechern, Besteck und hübschen Fächern aus Küchenpapier.

»Hast du dir die Hände gewaschen?«, fragt Mama und rührt das Pesto unter die Spaghetti.

Er liebt Nudeln, aber Pesto hat er inzwischen satt. Er wäscht sich die Hände und denkt kurz nach.

»Können wir mal Bolognese machen, Mama? Oder Carbonara? Mit Ei!«

»Na klar. Ich kann auf jeden Fall fragen. Bolognese wäre echt lecker.«

Sie essen schweigend. Draußen geht die Sonne unter, das sieht man, weil es hinter dem Zeitungspapier in den Fenstern orange leuchtet. Orange ...

»Könnten wir auch Orangen bekommen? Oder solche kleinen ... Wie heißen die? Suzukis?«

Mama fängt an zu lachen.

»Du meinst Satsumas?«

Jetzt muss er ebenfalls lachen.

»Ja, genau die. Suzukis, hahahaha!«

Sie lachen beide, was ein gutes Gefühl ist. Als er im nächsten Moment Schritte auf der Treppe hört, erschrickt er so sehr, dass er sich verschluckt und husten muss.

Mama steht sofort auf, als der Mann die Küche betritt. Er hat ein Paket Toilettenpapier und eine gelbe Einkaufstüte mit Essen dabei. Mama packt die Tüte aus. Brot, Milch, Käse, Butter, Bananen, Nudeln – und ein Glas Pesto.

Der Junge würde gern selbst fragen, ob sie nicht mal Orangen und ein bisschen Hackfleisch haben könnten, damit sie Bolognese machen können, aber er hat vor dem Mann aus dem Stockwerk drüber immer noch ein bisschen Angst. Er weiß, das ist albern, weil der

Mann schließlich immer Geschenke bringt. Das Fortuna-Spiel zum Beispiel, mehrere Comichefte und Malpapier. Trotzdem sieht der Mann immer grimmig aus, und wenn man Geschenke bringt und dabei so guckt, hilft alles nichts, da hat man trotzdem Angst.

Mama beugt sich vor und drückt dem Jungen einen Kuss auf den Scheitel. Ihr Bauch drückt gegen seinen Rücken.

»Iss dein Abendessen, mein Schatz, ich gehe unterdessen kurz mit hoch.«

Er presst die Lippen zusammen. Er hasst es, allein zu sein. Da hat er immer Angst, dass Mama nicht wiederkommt. Was würde dann passieren?

Und jedes Mal, wenn Mama wieder zurückkommt, ist sie traurig und will nur noch ins Bett, statt mit ihm Karten oder Fortuna zu spielen.

»Ich bin gleich wieder da«, versichert sie ihm und geht die Treppe hoch.

KAPITEL 7

Grüß dich, mein Freund
Komm doch mal vorbei
Da ist stets Streiterei
Und es prügeln sich zwei

Freitag, 14. Juli

»Hey, passt es gerade?«, fragte Anna.

»Warte, ich geh schnell ins Bad«, antwortete Linda.

Anna konnte hören, dass im Hintergrund wie üblich der Teufel los war. Sie hatte ihre beste Freundin eigentlich schon am Vorabend anrufen wollen, doch als Märta und sie endlich mit Börjes Haus fertig gewesen waren, war es zu spät dafür gewesen.

»So«, sagte Linda nach einem Moment. »Hör zu, ich muss dich etwas fragen …«

»Mhm?«

Anna saß in ihrem Wagen draußen vor der Dienststelle. Sie hatte kurzerhand beschlossen, ihre Freundin noch vor der Morgenbesprechung anzurufen, sonst würde daraus wieder nichts werden.

»Meine Mutter hat deine Mutter in der Stadt getroffen.«

»Aha?«

»Und meine Mutter weiß ja, dass du schwanger bist, das hab ich ihr mal erzählt. Anscheinend wusste deine Mutter es nicht … und … Na ja, jetzt weiß sie es.«

Anna ließ den Kopf gegen die Nackenstütze sinken.

»Aaah, Scheiße.«

»Aber Anna, du kannst das doch nicht vor deinen Eltern geheim halten? Auch wenn sie nun mal so sind, wie sie sind?«

»Nee, ich weiß ...«

Annas Verhältnis zu ihren Eltern war – vorsichtig formuliert – ein wenig eingerostet. Ihr wollte schlicht und ergreifend kein Grund einfallen, warum sie mit ihnen Kontakt halten sollte. Und wenn sie Kontakt hatten, war es meist ermüdend. Trotzdem hatte sie vorgehabt, ihnen zu erzählen, dass sie Großeltern würden. Nur war es nie dazu gekommen, so wie auch alles andere, was das Kind betraf, nach wie vor irgendwie vage und ungeklärt war.

»Na ja, jetzt weißt du zumindest, dass sie Bescheid wissen«, sagte Linda. »Und jetzt muss ich los, es klingt, als würden die Kinder Folterkammer spielen.«

»Okay, mach's gut!«, brachte Anna gerade noch heraus, ehe die Leitung tot war.

Dann wussten ihre Eltern jetzt also Bescheid. Da würden sie sich bestimmt alsbald melden. Und sicher hätten sie tausend Fragen und würden Tomas kennenlernen wollen und ... Aaah. Darüber würde sie später nachdenken.

So schnell sie vorankam, watschelte sie ins Revier. Es ärgerte sie, dass Märta und sie tags zuvor bei Börje nicht weitergekommen waren, aber es war irgendwann so dunkel geworden, dass sie riskiert hätten, Spuren und Beweise zu zerstören, statt welche zu finden. Wenn heute der Strom hoffentlich wieder eingeschaltet würde, könnten sie mit ihrer Suche fortfahren.

Märta Hansson stand vor ihrem Schreibtisch und hielt den Kassenbeleg in die Höhe, den sie in Börje Bohmans Küche gefunden hatten und der inzwischen in einem Asservatenbeutel steckte.

»Guten Morgen. Sag mir bitte, dass dir über Nacht ein Geistesblitz gekommen ist. Mir nämlich nicht, obwohl ich ewig wach gelegen habe.«

Anna schüttelte den Kopf.

»Nada, tut mir leid. Immer noch genauso verwirrt wie gestern.«

Sie hatten auf der Suche nach einer Erklärung für den Kauf von Windeln für ein Kind zwischen drei und sechs Kilo Körpergewicht Stunden in Börjes Haus zugebracht und versucht, weitere Hinweise auf die Anwesenheit eines Kindes zu finden – ob Spielsachen, einen Wickeltisch, ein Bettchen, was auch immer. Doch sie hatten nichts dergleichen gefunden.

Märta hatte als Erste zur Sprache gebracht, was sie beide gedacht hatten.

»Glaubst du auch, dass die Windeln … Glaubst du, dass er sie für Baby X gekauft hat?«

Womöglich gab es eine völlig plausible Erklärung dafür, warum der kinderlose Witwer Börje Bohman Windeln für einen Säugling gekauft hatte. Und dass er dies nur wenige Tage vor dem Auffinden eines immer noch nicht identifizierten Säuglings in derselben Stadt getan hatte, konnte natürlich ein Zufall sein.

Anna sank auf den Stuhl gegenüber ihrer Kollegin.

»Annette würde jetzt sagen, dass wir nicht anfangen dürfen zu spekulieren. Aber Börjes Verschwinden und Baby X müssen doch verdammt noch mal auf irgendeine verquere Weise zusammenhängen?«

»Aber wie? Könnte Börje es gekidnappt haben? Oder ein Menschenhändler sein?«

»Auf jeden Fall haben die Hauptstadtkollegen bislang nichts weiter zu Baby X gefunden, insofern ist alles möglich.«

Schlagartig fühlte sich Anna zutiefst erschöpft. Sie konnte nun wirklich nicht behaupten, dass sie sich danach sehnte, weitere Tage in Börjes Gruselhaus zu verbringen. Wenn die Suche auch heute nichts ergeben würde, wüsste sie nicht, wie sie weitermachen sollten.

Gegen fünf Uhr würde sie trotz allem eine Pause einlegen müssen. Da würde sie sich mit Tomas zum Geburtsvorbereitungskurs im Krankenhaus treffen.

Annette Käld gesellte sich zu ihnen, und Anna kam nicht umhin, deren Outfit zu mustern. Annette war immer adrett gekleidet, doch heute trug sie einen knielangen schwarzen Rock, und ihre dunkelbraunen, silbern gesträhnten Haare waren lockiger und voluminöser als sonst.

»Himmel, kommt da das nächste Bond Girl?«, rief Märta, der es offenbar ebenfalls aufgefallen war.

»Ach.« Annette errötete leicht. »Nur unser Hochzeitstag – und ich komme nach der Arbeit nicht mehr dazu, nach Hause zu fahren und mich umzuziehen. Kriege ich bitte trotzdem ein Update zur Lage?«

»Sehr elegant. Toller Schnitt, hübsch aufgedrehte Spitzen …«

Die Chefin bedachte Märta mit einem irritierten Blick.

»Ich meinte einen Lagebericht von eurem Besuch auf dem Betesbacken.«

Märta kicherte vergnügt in sich hinein, fasste dann aber für die Chefin alles nüchtern zusammen: dass sie den Waffenschrank, aber keine Waffe gefunden hatten, was den Schluss zuließ, dass das Jagdgewehr, das Benny entdeckt hatte, durchaus das von Börje Bohman gewesen sein mochte. Dass sie sich sicherheitshalber abermals im ganzen Haus umgesehen, aber auch dort nirgends ein Gewehr gefunden hatten. Dass Märta stattdessen den Kassenbon mit den Windeln entdeckt hatte. Dass sie überdies nach Wertsachen, einem Portemonnaie oder Ähnlichem gesucht, dass sie jedoch nichts dergleichen aufgetan hatten.

Anna ergänzte, was sie von Aram erfahren hatte: dass das letzte Signal von Börjes Handy aus einer Versandzentrale in Vantaa gestammt hatte, was darauf schließen ließ, dass es vermutlich per Post verschickt worden war.

»In dem Fall will uns jemand nur weismachen, dass Börje zu Hause ausgezogen ist«, stellte Annette fest. »Vielleicht Börje selbst?«

»Das glaube ich nicht«, wandte Anna ein. »Warum sollte Börje all seine Habseligkeiten zurücklassen und der Stadt den Freibrief erteilen, sein Haus niederzureißen?«

»Vielleicht ist er auf der Flucht und hatte es zu eilig, um noch Sachen zu packen?«, mutmaßte Märta – und dann kam sie richtig in Fahrt: »Was, wenn Börje irgendein Schindluder getrieben hat, das mit Baby X zu tun hatte? Und als er aufzufliegen drohte, hat er das Baby in den Kinderwagen gelegt und ist außer Landes geflohen? Und jetzt will er, dass sein Haus abgerissen wird, damit sämtliche Beweise, die sich jemals darin befunden haben, zerstört werden. Das Blut auf der Treppe – zu wem immer das gehört hat …«

»Jetzt mal langsam, Hansson«, fuhr Annette dazwischen. »Das klingt alles ziemlich wild. Wie wahrscheinlich ist es, dass Börje erst einen Säugling kidnappt und ihn dann auf diese Weise wieder loswird?«

»Alte Männer haben schon komischere Dinge gemacht«, murmelte Märta.

Annette wandte sich zu Anna um, die nachdenklich am Kassenbon in der Asservatentüte nestelte.

»Konzentriert euch auf das, was ihr mit Sicherheit wisst. Hat er noch andere Sachen gekauft außer Windeln?«

»Ja, Lebensmittel. Wir sind die Posten auf dem Kassenzettel einzeln durchgegangen und haben die Küchenschränke abgesucht. Einen Teil könnte er natürlich gegessen haben, aber er hat auch Nudeln und Pesto gekauft, die nirgends auffindbar waren. Wir wollen heute den Müll durchsehen, das war im Dunkeln nicht mehr möglich.«

»Er muss die Nudeln entweder mitgenommen haben, als er ausgezogen ist, oder aber er hat für jemand anderen eingekauft«, sagte Märta.

»Und die Windeln – habt ihr die in seinem Haus finden können?«, hakte Annette nach.

»Nein, und auch nichts anderes, was auf ein Baby hingedeutet hätte.«

»Aber eins ist mir aufgefallen«, warf Anna ein und rief ein Foto auf, das sie mit dem Handy geschossen hatte. »Guck dir das an. Es war noch jemand im Haus, nachdem Börje schon verschwunden war. Als Märta und ich zum ersten Mal dort waren, habe ich fast diese Lampe umgestoßen – aber eben nur fast. Die Lampe war intakt, als wir wieder gegangen sind. Und sieh dir das an! Die Bildqualität ist miserabel, aber vielleicht kannst du es trotzdem erkennen?«

Stirnrunzelnd betrachtete Annette das Foto. Die Stehlampe stand immer noch an derselben Stelle wie zuvor, allerdings war die Glaskuppel unter dem Lampenschirm zerbrochen. Ein paar cremeweiße Scherben lagen auf dem Boden.

»Benny und ich haben das Haus am 12. Juni versiegelt«, erklärte Märta. »Danach kann unmöglich jemand dort reingegangen sein. Also muss jemand zwischen dem 8. und 12. Juni dort gewesen und diese bildschöne Antiquität kaputt gemacht haben.«

»Vielleicht ist Börje ja noch mal zurückgekommen?«, warf Anna ein. »Oder die Person, die sein Handy per Post verschickt hat?«

»Okaaay.« Annette seufzte leise. »Das ist alles ziemlich wirr. Aber jetzt muss ich ein paar Anrufe erledigen. Und der Strom dort oben dürfte jeden Moment wieder angeschaltet werden.«

»Gut, dann fahren wir zurück zum Haus und suchen weiter. Aber … Haltet ihr es für so unwahrscheinlich, dass Börje das Baby in Saara Nymans Kinderwagen gelegt hat?«, hakte Märta erneut nach.

Anna schüttelte den Kopf.

»Börje ist ein Riesenkerl, und Aram und ich haben uns die Überwachungsaufnahmen der Kameras in der Nähe des Blumenladens allesamt angesehen. Ich glaube einfach nicht, dass ein eins neunzig großer Mann mit einem Baby im Arm dort unterwegs gewesen ist, ohne dass er auch nur auf einem der Bänder aufgetaucht wäre.«

»Das ist wahr«, sagte Annette. »Allerdings schließt das nicht aus, dass die beiden Ereignisse in Verbindung stehen. Die Sache mit dem Baby und Börjes Windelkauf, das kann doch kein Zufall sein. Ich bitte Aram darum, sich die Bänder noch einmal anzusehen.«

»Und Benny soll noch mal alle potenziellen Zeugen anrufen«, schlug Anna vor. »Er soll ganz gezielt nachfragen, ob jemand, der auf Börjes Beschreibung passt, am 8. Juni an der Storgatan beobachtet wurde.«

Damit wäre Benny tagelang beschäftigt, stellte Anna zufrieden fest.

Annette nickte.

»Gute Idee. Ich spreche mit den Jungs. Fahrt ihr schon mal los.«

»Was ist denn hier los? Hoch mit dir!«

Alison stemmte sich verwirrt von der Matratze hoch. War etwas passiert?

Samuel ging im Schlafzimmer auf und ab, zog Schubladen und Schranktüren auf und schlug sie wieder zu.

Wie viel Uhr war es überhaupt? Alison hatte sich erneut erlaubt, liegen zu bleiben, war nur kurz aufgestanden, um die Schlafzimmertür zuzumachen, als sie gehört hatte, dass die Putzhilfen gekommen waren.

Sie hatte am Vorabend nicht mal Schlaftabletten genommen und sich gefreut, dass sie trotzdem so müde gewesen war. Sie hatte gehofft, sich endlich richtig erholt zu fühlen, aber im Augenblick war sie bloß wie benebelt.

Und warum verhielt Samuel sich so komisch? Er schien wütend auf sie zu sein.

»Liebling? Was machst du denn?«

»Was ich mache? Die Frage ist doch eher, warum du mitten am Tag immer noch im Bett liegst! Hast du schon wieder getrunken?«

»N… Nein …«

»Zieh dir etwas an! Eins deiner besseren Kleider, wenn du da überhaupt noch reinpasst. Das hier zum Beispiel.«

Er warf ein Kleid aufs Bett. Es war weiß, eng anliegend, sie hatte es nur ein paar wenige Male getragen, teils weil es ein bisschen zu viel preisgab, teils aber auch, weil es fleckenanfällig war.

»Wo gehen wir denn hin?«

»Hat Leevi nichts gesagt?«

»Nein …?«

Leevi hatte nichts von einer Veranstaltung erwähnt, da war sie sich ganz sicher. Alison war dermaßen sozial entwöhnt, dass sie sich das garantiert gemerkt hätte.

»Heute ist in der Stadt Filmpremiere.«

»Was denn für ein Film?«

»Keine Ahnung. Wichtig ist nur, dass wir uns dort zusammen blicken lassen und so tun, als wären wir glücklich miteinander, jetzt, da so viel Blödsinn erzählt wird.«

»So *tun*, als wären wir glücklich?«

»Du darfst dich auch gern beeilen. In einer Dreiviertelstunde müssen wir los.«

In einer Dreiviertelstunde? Alison schaffte es nicht mal mehr, noch eine Frage zu stellen. Sie rannte in die Dusche und rasierte sich Beine und Achseln so hektisch, dass sie sich einen Schnitt am Schienbein einhandelte. Die Haare würde sie sich nicht mehr waschen können, stattdessen würde sie Trockenshampoo verwenden. Sie griff zu einer Gesichtsmaske, die ihr hoffentlich ein gewisses Strahlen verleihen würde, und schnitt sich die unmanikürten Fingernägel. Lieber kurz und unlackiert als halblang und abblätternd.

Das Kleid, das Samuel ausgesucht hatte, saß grenzwertig eng, aber mit zwei Lagen Shapewear darunter würde sie damit eine halbwegs gute Figur abgeben.

Make-up brauchte sie nicht allzu viel, mit ihrer guten Haut und ein bisschen Mascara kam sie normalerweise schon weit. Doch sie hatte ihrem Gesicht schon länger keine Pflege mehr angedeihen lassen, deshalb brauchte sie diesmal Primer, Foundation, Concealer – das ganze Paket.

Nach vierzig Minuten stand sie vor dem Ankleidespiegel und musste feststellen, dass sie tatsächlich gut aussah – verblüffend gut.

Kurzerhand beschloss sie, auch noch ein Paar weiße Pumps mitzunehmen, die sie sich in die Handtasche steckte, und auf dem Boot ein Paar flache Ballerinas zu tragen. Doch dann überlegte sie es sich anders, schlüpfte in die hohen Schuhe und ging die Treppe hinunter, weil sie hoffte, mit ihrem Anblick bei ihrem Ehemann Eindruck zu schinden.

Doch Samuel blickte nicht einmal auf. Er hatte ihr den Rücken zugekehrt und telefonierte.

»Wow! Hier kommt die Königin des roten Teppichs!«

Leevi hingegen stand am Fuß der Treppe und lächelte breit. Sowohl er als auch Samuel trugen ihre besten Anzüge.

»Kommst du auch mit?«, fragte Alison und erwiderte sein Lächeln.

»Ja. Sobald Samuel fertig telefoniert hat, fahren wir los.«

»Du hättest mich wirklich vorwarnen können«, sagte sie leicht vorwurfsvoll. »Mir war nicht klar, dass wir heute zu dieser Filmpremiere gehen würden.«

Er sah sie merkwürdig an.

»Aber Alison, ich habe dir Bescheid gesagt! Weißt du das nicht mehr?«

Samuel legte auf und murmelte irgendwas in sich hinein. Dann sah er hoch, zuckte jedoch bei Alisons Anblick nicht mit der Wimper.

»Fertig? Okay, dann mal los.«

Rolf ließ den Taxameter nicht aus den Augen. Fuhren sie nicht gerade ziemlich umständlich kreuz und quer durch die Stadt? Wie teuer sollte das denn noch werden? Er sollte besser aufpassen, nicht, dass er übers Ohr gehauen wurde.

Der Fahrer schien zu spüren, was Rolf dachte.

»Sie können beruhigt sein, Kumpel. Wir fahren nach Festpreis.«

»Wie denn das?«

»Der Preis ist immer derselbe: 599 Kronen. Ich bin kein Betrüger.«

Er lachte in sich hinein, und Rolf schämte sich. Er würde ein ordentliches Trinkgeld drauflegen müssen.

»Entschuldigung. Ich fahre inzwischen echt selten Taxi.«

Doch endlich erkannte er etwas wieder – von hier waren es nur noch ein, zwei Kilometer bis zu Max' Wohnung.

Er wurde zusehends nervös. Sein Partner hatte ihm derart gefehlt, dass es ihm schier das frisch operierte Herz zerriss. Und jetzt stand ihm der Moment der Wahrheit bevor. Würde er eine Erklärung für Max' Verhalten in letzter Zeit bekommen? Würde sein Partner ihm den Laufpass geben? Er versuchte, für alle denkbaren Szenarien gewappnet zu sein, fühlte sich aber einfach nur hilflos.

»Da sind wir. Macht 3700 Kronen. Haha, kleiner Scherz! 599, bitte.«

Der Fahrer war ja ein richtiger Witzbold. Rolf bezahlte, schob sich aus dem Wagen und steuerte mit seiner Sporttasche in der Hand die Haustür an.

Als Max aufmachte, war Rolf wie vor den Kopf geschlagen.

»Aber … Aber mein Lieber …«

Max war nicht er selbst.

Er sah so klein aus! Und erschöpft! Als wäre er innerhalb des letzten Monats um zwanzig Jahre gealtert!

»Ist es so schlimm?« Max lächelte schief. »Werde ich nicht mal umarmt?«

Rolf traute sich kaum, seinen Freund in die Arme zu nehmen. Max sah so unendlich zerbrechlich aus.

»Komm schon, du alberner Finne! Hier können wir doch nicht stehen bleiben.«

Rolf schossen Abertausend Gedanken durch den Kopf, als er mit seiner Tasche im verkrampften Griff ein paar zaudernde Schritte hinter Max hermachte.

»Sag jetzt nicht, dass du …«

»Doch, leider.«

»Und wo?«

»An der schlimmsten Stelle, die man sich vorstellen kann.«

»Aber ist … Wie lange geht das schon so?«

»Eine Weile. Aber sie sagen, es gibt Hoffnung. Allerdings ist die Behandlung kein Spaß.«

»Wie lange weißt du es schon?«

»Ein paar Monate.«

»Aber … Max! Warum hast du denn nichts gesagt?«

Max zuckte mit den Schultern und sah beschämt aus.

»Ich weiß auch nicht. Als wir uns gesehen haben, war es immer so nett, und ich wollte das alles nicht mit so einer Scheißnachricht zunichtemachen.«

Mit einem dumpfen Knall ließ Rolf seine Tasche zu Boden fallen. Mit zwei langen Schritten hatte er das Wohnzimmer durchquert, und in einer merkwürdig verkrampften Umarmung saßen sie nebeneinander auf dem Sofa. Max musste lachen, obwohl er völlig erledigt war.

»Schön, in deinen Armen zu liegen. Warum haben wir das vorher nie so gemacht?«

»Du verdammter Idiot! Und ich dachte schon, du wolltest mir den Laufpass geben!«

»Du bist selbst ein verdammter Idiot, wenn du so etwas glaubst. Ich war bei Tausenden Untersuchungen und in Behandlung, und da kommt noch mehr. Ich wollte nicht, dass du dir deshalb den Kopf zerbrichst, während Leo zu Besuch war.«

»Aber ich *will* mir deinetwegen den Kopf zerbrechen! Oder – nein, natürlich nicht den Kopf zerbrechen, aber ich will derjenige sein, der sich um dich sorgt. Wenn du weißt, was ich meine.«

»Ich glaube schon. Und dafür danke ich dir.«

Die Bootsfahrt legten sie in angespanntem Schweigen zurück. Samuel hatte offenkundig schlechte Laune, würdigte Alison keines Blickes, biss nur die Zähne aufeinander und brummelte finster in sich hinein.

Am Hafen wartete bereits ein blitzblanker schwarzer Minibus samt Fahrer. Weil es genügend Sitzplätze gab, setzte sich Alison an ein kleines Tischchen und nahm an, dass sich ihr Ehemann zu ihr gesellen würde. Doch stattdessen ging er nach hinten durch, und Leevi nahm ihr gegenüber Platz.

Nach weiteren schweigend zurückgelegten Minuten räusperte er sich.

»Also. Wir sollten vielleicht noch ein paar Dinge durchgehen.«

»Okay …?«

Samuel schwieg noch immer.

»Ihr habt das bestimmt schon unter vier Augen besprochen, aber es werden derzeit ja ein paar ätzende Sachen über Samuel geschrieben.«

»Was denn für Sachen?«

Alison hatte keine Ahnung. Sie konnte die Artikel und Kommentare auf Finnisch schließlich nicht lesen, und Samuel hatte nichts dergleichen erwähnt. Sie hatte ihn in den vergangenen Wochen ja kaum zu Gesicht bekommen.

Leevi sah leicht beunruhigt aus.

»Da gehen falsche Gerüchte um: zu seinem NHL-Vertrag, zu Drogen und allem möglichen Mist …«

»Drogen?«

Alison versuchte, in Samuels Richtung zu sehen, doch im Heck des Minibusses war es so dunkel, dass sie lediglich seine Silhouette erkennen konnte.

»Und dann diese Tante von der Frauenzeitschrift – das war eine echte Katastrophe.«

»Wirklich?«

Alison hatte den fertigen Artikel nie gesehen und bislang gehofft, dass alles glattgegangen war.

»Das war nicht deine Schuld, Ali. Die Journalistin hat eigenmächtig einen anderen Blickwinkel gewählt, der so nicht abgesprochen war.«

»Oh …«

Alison konnte nur mutmaßen, was das für ein Blickwinkel gewesen war. Bestimmt war es um Kevin gegangen.

»Ist aber auch völlig egal, was sie online schreiben. Allerdings wäre es heute Abend gut, wenn ihr euch zusammen unter die Leute mischen könntet – und allen zeigt, dass ihr attraktiv, verliebt und glücklich wie immer seid.«

Alison drehte sich erneut zu der dunklen Gestalt um, von der sie wusste, dass es sich um ihren Mann handelte.

»Es wird bestimmt cool, unter Leute zu kommen«, sagte sie und versuchte, munter zu klingen.

All diese Sachen würden sie diskutieren, wenn sie wieder zu Hause wären – oder vielleicht sogar schon auf dem Heimweg im Auto, dachte sie. Doch jetzt galt es, die Fassade aufrechtzuerhalten und alle Bedenken beiseitezuschieben.

»Cool?«, kam es vom Rücksitz.

»Jetzt komm schon, Samu«, brummte Leevi.

»An solcher Schauspielerei ist doch nichts cool! Mein Leben und meine Karriere drohen den Bach runterzugehen. Und du machst die Sache nicht besser, Alison.«

Alison holte scharf Luft, und Leevi platzte schlussendlich der Kragen.

»Es reicht, Samuel! Alison hat dir verdammt noch mal nichts getan!«

Samuel beugte sich vor, so dass Licht auf ihn fiel. Alison starrte ihm entsetzt in das vertraute Gesicht, das sie all die Jahre angeschmachtet hatte: das breite Kinn, die markanten Wangenknochen, die Nase, die ganz leicht schief war, seit er den einen oder anderen Schlag abbekommen hatte, die seinem Gesicht jedoch Charakter verlieh. Doch in diesem Moment war das Gesicht ihres Ehemanns vor Abscheu verzerrt – und diesmal war die Abscheu auf den Bruder gerichtet. Was er als Nächstes zu ihm sagte, verstand Alison nicht, weil sie die Sprache gewechselt hatten.

»Rottet ihr euch jetzt gegen mich zusammen? Hast du schon wieder vor, mir die Frau auszuspannen?«

»Samuel, Schluss jetzt!«, ging Alison dazwischen.

»Glaub ja nicht, dass ich nichts gemerkt hätte! *Wow* hier und *Königin des roten Teppichs* da. Vögelt ihr schon, oder ist sie bei dir genauso frigide wie bei mir?«

Leevi antwortete nicht, allerdings war er inzwischen unübersehbar wütend. Alison bekam kaum noch Luft.

Es fühlte sich an, als hätte sie einen Schlag in den Bauch abbekommen.

»Was?«, hakte Samuel nach. »Wie würdest du es denn gern haben, Leevi? Willst du weiterhin in meinem Haus herumschleichen in der Hoffnung, bei Alison zu landen?«

»Wann bist du nur so ein Schwein geworden?«, fauchte Leevi ihn wütend an. »War das vor oder nachdem du wieder mit diesen ›Medikamenten‹ angefangen hast? Mamas armer kleiner Junge mit den krummen Beinen muss dringend seine Pillen schlucken! Wir schicken den kleinen Bruder los, der soll sich darum kümmern.«

Samuel ballte die Fäuste. Er war drauf und dran auszurasten. Für einen kurzen Moment hatte Alison Angst, er könnte sich auf Leevi stürzen, doch stattdessen rief der dem Fahrer laut zu: »Könnten Sie anhalten? Mein früherer Assistent will aussteigen.«

Alison sah aus dem Fenster. Sie befanden sich auf irgendeiner Landstraße, und weit und breit war kein Haus zu sehen.

»Aber doch nicht hier, doch wohl …«, hob sie an.

»Anhalten!«, brüllte Samuel, und der Fahrer tat wie geheißen.

Die Seitentür glitt auf. Leevi schnallte sich demonstrativ ab und stieg aus. Sobald er draußen auf der Straße stand, bedachte er Alison mit einem ernsten Blick.

»Lass all das hinter dir, solange du kannst. Wenn er so drauf ist, ist er zu allem fähig, hörst du?«

»Weiterfahren!«, brüllte Samuel, und die Tür glitt wieder zu.

Alison hätte am liebsten laut geschrien, als der Wagen sich von dem blonden Mann im blauen Anzug entfernte. Doch sie riss sich zusammen und holte ein paarmal tief Luft, ehe sie es wagte, sich umzudrehen.

»Samuel, was ist hier bitte schön los? Warum bist du so aufgebracht?«

Sie bekam keine Antwort.

»Wie konnte es so weit kommen? Wir lieben uns doch? Zumindest liebe ich dich – das weißt du doch?«

Die dunkle Silhouette rührte sich nicht. Es war kurz still im Minibus, doch dann bekam sie ihre Antwort – in einer etwas sanfteren Tonlage.

»Ja, das weiß ich. Es ist in letzter Zeit einfach nur eine Menge Scheiße passiert.«

»Aber darüber kannst du doch mit mir reden! Ich will doch für dich da sein!«

Aus dem Dunkel war ein dumpfes Seufzen zu hören. Dann beugte er sich erneut vor.

»Wir versuchen jetzt, diese Premierensache hinter uns zu bringen. Vielleicht … Es ist vielleicht gut, dass wir zur Abwechslung mal nur zu zweit sind.«

Den Rest der Fahrt herrschte Stille, doch als sie sich der Stadtmitte näherten, kletterte Samuel auf den Platz, auf dem zuvor Leevi gesessen hatte. Dann hielt er Alison einen Flachmann hin.

»Nimm einen Schluck, damit du nicht so steif rüberkommst.«

»Aber Liebling, das geht doch nicht! Ich könnte schwanger sein!«

Entsetzt starrte sie abwechselnd die Flasche und ihren Mann an.

»Und wie soll das passiert sein?«

»Ja, aber …«

Als sie seine höhnische Miene erblickte, verstummte sie. Und in ihr zerbrach etwas.

In den letzten Tagen war sie so glücklich darüber gewesen, was er in jener Nacht getan hatte: dass er zu ihr nach Hause zurückgekehrt war, um den Zeitpunkt des Eisprungs nicht zu verpassen. Sie hatte sich endlich wieder lebendig gefühlt.

Doch allmählich dämmerte es ihr. Es war nur ein Traum gewesen, eine Halluzination, hervorgebracht durch die Schlafmittel. Sie hatte in letzter Zeit wirklich wirre Träume gehabt, dabei hatten sie sich so echt angefühlt.

Deshalb war er tags darauf spurlos verschwunden gewesen. Er war überhaupt nie nach Hause gekommen.

Sie hatte die Hoffnung abermals aufkeimen lassen. Ein Luftschloss errichtet – aus nichts und wieder nichts. Sich sogar eingebildet, dass sie nach jener Nacht ein leichtes Ziehen verspürt hatte. Aber anscheinend war sie drauf und dran, den Verstand zu verlieren.

Tränen brannten in ihren Augenwinkeln, und ihr Hals schnürte sich schmerzhaft zusammen. Doch dies war nicht der geeignete Moment, um die Deckung fallen zu lassen. Sie hatten das Kino fast erreicht.

Artig nahm sie einen Schluck von dem lauwarmen Wodka. Dann überprüfte sie hektisch ihr Make-up in ihrem Schminkspiegel, zog den Lippenstift nach und fuhr sich durch die Haare.

Als der Minibus zu guter Letzt stehen blieb und die Tür erneut aufglitt, verwandelte sich Samuel in eine andere Person. Mit blitzenden Zähnen lächelte er erst Alison und dann die Leute an, die draußen warteten.

»Samu! Können wir ein Selfie machen?«, rief ein kleiner Junge auf dem Gehweg.

»Na klar!«, rief er zurück. »Ich will nur erst der Königin des roten Teppichs aus dem Wagen helfen.«

Märta stellte den Wagen an derselben Stelle ab wie tags zuvor.

»Wollen wir doch mal sehen, ob wir wieder Licht da drin haben«, sagte sie und schob die Fahrertür auf.

Anna nestelte am Sicherheitsgurt. Dann blieb ihr Blick an etwas hängen, und sie kreischte: »Warte!«

»*Fucking hell*, hab ich mich erschreckt!«

Anna hatte keine Zeit, sich zu entschuldigen, sondern schob sich nur von ihrem Sitz und wankte durch den Schlamm in Richtung Haus.

»Anna, was ist denn los?«

Sie lief um die Ecke, kam wieder zurück, blieb stehen, ließ den Blick über die Fassade schweifen, machte einen Schritt zurück, dann wieder einen vor.

Zusehends verwirrt und verstimmt sah Märta ihre Kollegin an.

»Was soll das Tänzchen?«

Mit weit aufgerissenen Augen sah Anna sie an.

»Das Fenster dort, wo geht das hin?«

Sie zeigte auf ein kleines Kellerfenster rund zwanzig Zentimeter über dem Erdboden.

»Zur Garage, nehme ich doch an?«

»In der Garage war kein Fenster!«

»Bist du dir sicher?«

»Absolut! Und siehst du nicht, dass das Haus insgesamt breiter ist, als die Garage tief war? Hinter der Garage muss eine Art Kellerraum liegen.«

Märta starrte das Fensterchen an.

»Verdammt, du hast recht …«

Anna ging erneut auf das Fenster zu, während Märta auf das Garagentor zulief.

»Man kann nicht durchsehen«, rief Anna ihr nach. »Er hat Zeitungen davorgehängt!«

Märta hatte inzwischen die Garage geöffnet, und Anna zückte ihre Taschenlampe.

»Wir können die Kellertür doch nicht einfach übersehen haben? Die muss irgendwie getarnt sein!«

»Dahinter vielleicht?«, schlug Anna vor und richtete den Lichtkegel auf eine Ecke hinter dem geparkten Wagen.

Dort lehnten ein paar große Sperrholzplatten an der Wand. Märta griff mit solchem Schwung danach, dass sie ihr entglitten und mit einem lauten Krach umkippten.

Doch hinter den Platten – nichts. Bloß Ziegel.

»Was zum Geier …«

»Wenn es zwischen der Garage und dem Kellerraum keine Tür gibt, muss man über das Wohnhaus dort runterkommen«, keuchte Anna, die vor Anstrengung und Aufregung so kurzatmig war, dass sie sich für einen Moment gegen die große Kühltruhe lehnen musste.

»Das ist doch unmöglich. Wir haben mehrere Runden gedreht! Was ist das bitte für ein Labyrinth – und was haben wir übersehen?«

Die Kühltruhe gab ein leises Brummen von sich.

»Zumindest ist der Strom wieder da«, murmelte Anna.

Sie hatten in ihrem Eifer, geheime Türen zu finden, nicht mal versucht, in der Garage Licht zu machen. Mit einem unergründlichen Gesichtsausdruck starrte Märta die Kühltruhe an.

»Hör mal. Sollten wir vielleicht …«

»Was?«

»Die Kühltruhe. Die ist ja wohl groß genug, um …«

Anna richtete sich kerzengerade auf und drehte sich langsam um.

»Bitte, nach dir, Fräulein Hansson.«

Märta holte tief Luft und legte die Hand an den Griff der Tiefkühltruhe. Sie musste ein bisschen daran ruckeln, weil der Riegel überfroren zu sein schien, doch dann knackste etwas, der Deckel flog auf und schlug gegen die dahinterliegende Wand.

»Igitt!«

Der Gestank war derart brutal, dass Anna zurückwich, um nicht Gefahr zu laufen, direkt vor die Kühltruhe zu erbrechen.

Märta blieb tapfer stehen und starrte in die Truhe hinab.

»Der ist mausetot … der König der Wälder.«

Anna hielt sich die Nase zu und wagte sich wieder näher.

Zuoberst lagen mehrere große eingeschweißte Fleischstücke mit Etiketten. Auf dem obersten stand: »Elch, 2009.«

»Vintage-Elchfleisch, das aufgetaut und wieder gefroren ist, und das wer weiß wie oft«, stellte Märta fest. »Ob das wohl noch schmeckt?«

»Nein danke. Mach die Stinktruhe bitte wieder zu.«

Märta kam Annas Wunsch sofort nach.

»Dann zurück auf Los. Wie kommt man in diesen geheimen Keller?«

Im selben Moment fiel Anna etwas ein. Sie hatte mal in einer Speisekammer eine verbaute Kellertür entdeckt. Vielleicht war es hier ähnlich?

»Wir haben einfach noch nicht richtig nachgesehen«, murmelte sie.

Alisons Füße taten ihr ebenso weh wie die Mundwinkel, und sie war unendlich durstig. Sie hatte auf dem Fest keine einzige Anlaufstelle gefunden, an der sie ein Wasser hätte bekommen können, deshalb kippte sie einen Wein nach dem anderen in sich hinein.

Samuel und sie waren Hand in Hand herumgeschlendert, hatten Arm in Arm vor einer Fotowand posiert und sich sogar für die Kameras geküsst und ihre Rolle als perfektes, glückliches Paar mit Bravour gespielt.

Ein paarmal war inmitten des Trubels ein Reporter von einer Klatschzeitschrift auf sie zugekommen und hatte Fragen stellen wollen. In diesen Momenten war Samuels Griff um ihre Hand fester geworden, was sie als Zeichen gedeutet hatte, dass besser er reden sollte, während sie nur weiter lächelte, nickte und ihn anhimmelte.

Ja, es sei großartig, wieder zu Hause in Finnland zu sein.

Ja, er freue sich drauf, wieder auf dem Eis zu stehen, aber nein, er wolle noch nicht verraten, welcher Verein als Nächstes auf ihn warte.

Ja, er werde seinen Vater gern grüßen, es gehe ihm zum Glück wieder besser.

Nein, er habe keine Pläne, in die Politik zu gehen, er könne nicht mal zu Hause etwas durchsetzen, dort bestimme seine Ehefrau, hahaha.

Es war erniedrigend und beschämend, nur neben ihm stehen und nett lächeln zu dürfen, aber eben auch notwendig. Diese Rolle wurde nun mal von Alison erwartet. Und sie war schließlich nicht nur eine wandelnde *trophy wife*, sondern auch PR-Profi.

»Wie haben Sie beide auf die Meldungen in letzter Zeit reagiert?«, fragte eine giftige kleine Frau mit schwarzen Haaren und gezücktem Notizblock.

»Ach«, antwortete Samuel. »Über mich ist aller mögliche Blödsinn geschrieben worden, seit ich achtzehn war. Das einzig Sinnvolle ist doch, über die Spinnereien, die die Leute sich ausdenken, zu lachen. An mir prallt so was ab – ich kenne schließlich die Wahrheit.«

Er lächelte Alison an, und sie strahlte zurück.

»Sind Sie der gleichen Ansicht, Alison?«

Alison spürte, wie Samuels Hand an ihrem Rücken kurz mehr Druck ausübte.

»Aber natürlich«, antwortete sie und verdrehte die Augen. »Wir haben unfassbares Glück, dass wir einander haben, Samuel und ich. Ich kann gewissermaßen verstehen, dass unser Leben den einen oder anderen aufhorchen lässt und Neid schürt, und ich wünschte mir nur, es ginge allen so gut wie uns. Wir sind wirklich gesegnet.«

Samuel manövrierte sie von der Frau weg, die ihnen eine letzte Frage hinterherrief.

»Hat sie gerade ›mutmaßliche Vergewaltigung‹ gesagt?«, raunte Alison ihrem Mann zu.

Er schnaubte.

»Ach was. Sie hat ›mutige Veränderung‹ gesagt. Du solltest mal zum Ohrenarzt gehen, Schatz.«

Die Reporterin tauchte in der Menge unter, und Samuel schubste Alison gegen eine Wand.

»Ich muss pissen. Rühr dich nicht vom Fleck«, zischte er.

Als wäre sie ein Hund, den man an einen Zaun gebunden hatte.

»Ich müsste auch mal auf die Toilette«, erwiderte Alison.

Dies hier entwickelte sich zu einem Alptraum. Ihr schwirrte der Kopf, sie war müde, verletzt, wütend, traurig – alles auf einmal.

In der Toilettenkabine blieb sie minutenlang sitzen, um wieder zu Sinnen zu kommen. Sie benötigte länger als sonst, ihre Unterwäsche unter ihrem Kleid zurechtzuziehen. Samuel wartete bestimmt schon ungeduldig, aber das war ihr im Moment egal. So oft und so lange, wie sie in diesem Sommer schon vergebens auf ihn hatte warten müssen, geschah es ihm nur recht.

»Alison, wie cool!«, schrillte eine Stimme hinter ihr, als sie die Toilettenkabine verließ.

Fuck. Wie hieß diese Frau noch? Jennie? Julia? Sie war ebenfalls mit einem früheren NHL-Spieler verheiratet, der … Nein, Alisons Namensgedächtnis funktionierte an diesem Abend einfach nicht mehr.

»Hallo, Süße!«, antwortete sie, und im selben Moment fiel ihr wieder ein, dass die Frau Johanna hieß.

Johanna riss die Augen auf. Schwer zu sagen, ob sie manisch, erschrocken oder einfach nur verdattert war. Sie begrüßten sich mit einer angedeuteten Umarmung und Wangenküsschen. Dann richtete Johanna den starren Blick auf Alisons Gesicht.

»Wie geht es dir überhaupt?«

»Gut, danke.«

»Wirklich?«

Johanna kam näher und wisperte mit vertraulicher Stimme: »Du kannst es mir sagen, ich meine, ich ahne schon, dass all das kein Zuckerschlecken ist.«

»Mhm.«

»Aber wir sind viele, die keine Sekunde daran geglaubt haben«, fuhr sie leise fort. »Dass Samu gern feiern geht, heißt ja nun wirklich nicht, dass er automatisch Drogen nimmt. So, wie er beim Eishockey alles gibt, sollten die Leute doch wissen, dass er solche Risiken nicht eingeht.«

»Danke, dass du das sagst«, murmelte Alison matt.

Drogen? Aha. Dann handelten die Artikel also von Drogen. Vielleicht stand Samuel inzwischen ja von früh bis spät bis zur Halskrause in einem Berg aus Kokain.

Alison wusste es nicht. Aber das würde seine Abwesenheiten erklären – und seine Stimmungsumschwünge.

Doch Johanna war noch nicht fertig.

»Und das mit den anderen Frauen – du weißt ja selbst, wie es für unsere Männer ist. Die Frauen werfen sich ihnen an den Hals. Es kommt doch ständig zu Situationen, die auf Fotos ziemlich merkwürdig wirken, obwohl in Wahrheit gar nichts passiert ist. Und ein Teil von denen geht nur um der Aufmerksamkeit willen mit Vorwürfen an die Presse.«

Dann wurde also auch noch von Frauen geschrieben. Untreue und Drogen. Herrlich. Was denn noch?

»Und Simo …«

Stimmt, so hieß Johannas Ehemann.

»… glaubt keine Sekunde daran, dass dieser Misshandlungsvorwurf vor Gericht kommt. Das war die reinste Provokation! Selbstverteidigung, wenn du mich fragst!«

Alison musste sich zusammenreißen, um ihren Mageninhalt bei sich zu behalten.

Sie musste hier weg. Sie ertrug Johannas Geschnatter keine Sekunde länger, die betont vertraulich klang, aber unter Garantie war dies hier nur ein Test. Was würde Alison sagen? Und was könnte Johanna weitertratschen?

Mit Mühe brachte Alison ein Lächeln zustande.

»Ich muss los, Jo, aber danke für die aufmunternden Worte!«

»Kein Thema, Liebes. Ich bin für dich da!«

»Mal ernsthaft, ich ertrage diesen ganzen Mist nicht mehr! Kann man nicht für alle über sechzig gesetzlich vorschreiben, dass sie ihren Todesputz machen?«

Irgendwo auf der anderen Seite eines Bergs aus Wochenmagazinen ächzte Märta vernehmlich auf.

»Todesputz?«

»Du weißt schon: Wenn man frühzeitig anfängt auszumisten und seine Sachen in Ordnung bringt, bevor man den Löffel abgibt. Wer erbt all das überhaupt, wenn Börje das Zeitliche segnet? Sofern es nicht ohnehin schon so weit ist …«

»Keine Ahnung. Verwandte scheint er jedenfalls keine mehr zu haben.«

Anna war an der stickigen Luft in Börje Bohmans Haus schon ganz mulmig.

Sie hatten noch immer keinen Zugang zum Keller gefunden. Die naheliegende Lösung wäre wohl ein Kellerabgang in der Nähe der Treppe zum Obergeschoss gewesen, doch in dem labyrinthischen Siebziger-Jahre-Haus konnte von naheliegenden Lösungen anscheinend keine Rede sein. Sie hatten auch keinerlei Luken im Boden gefunden, obwohl sie Möbel und Müll hierhin und dorthin verschoben hatten, um den Korkboden zu untersuchen.

»Ich nehme mir noch mal die Küche vor«, beschloss Märta und verschwand um die Ecke.

In Börjes Haus waren normale Türen tatsächlich Mangelware. Stattdessen überall Schiebetüren und Raumteiler, so war es in Mode gewesen, als das Haus gebaut worden war. Beispielsweise konnte man den Durchgang zwischen Wohnzimmer und Flur durch eine riesige, seitlich verschiebbare Holzwand verschließen.

Anna rüttelte daran. Obwohl sie massiv aussah, war sie überraschend leicht zu bewegen. In Annas Elternhaus in Pitäjänmäki, einem Hochhaus aus den 1960er-Jahren, hatte es eine ganz ähnliche Vorrichtung gegeben, die sie jedoch immer offen gelassen hatten, weil das Holz irgendwann aufgequollen war und sich nicht mehr hatte bewegen lassen.

Hier schien der Mechanismus immer noch ausgezeichnet zu funktionieren, was halbwegs überraschend war, wenn man den Zustand des restlichen Hauses bedachte.

Sie ließ den Blick an den Wänden hinaufschweifen.

Die Schienen, an denen die Trennwand montiert war, verliefen von einer Zimmerecke bis zur anderen – die ganze fast sechs Meter lange Wand entlang.

Die Trenntür an sich war gerade mal knapp zwei Meter breit. Merkwürdige Proportionen.

»Ich hab einen solchen Hunger!«, maulte Märta in der Küche. »Können wir dieses Kellerfenster nicht einfach einschlagen und nachsehen, ob es sich überhaupt lohnt, die Kellertreppe zu finden?«

Doch Anna hörte kaum noch, was ihre Kollegin sagte.

Warum so lange Schienen für eine verhältnismäßig schmale Trenntür? Und Börje hatte im ganzen Haus die Wände mit Plunder vollgestellt, nur diese Wand hier war annähernd leer. Warum?

Sie holte tief Luft und versetzte der Trenntür einen kräftigen Stoß – weg vom Durchgang zum Flur, zur entfernten Ecke.

Völlig reibungs- und annähernd lautlos glitt die Tür von ihr weg, bis sie mit einem dumpfen Geräusch an der Wand zum Stehen kam.

Anna starrte die Öffnung in der Ziegelwand an: einen schmalen Durchgang, der hinter der Trenntür verborgen gewesen war, von der Anna geglaubt hatte, sie sollte das Wohnzimmer vom Flur trennen. Wer hätte denn ahnen sollen, dass die Trenntür zugleich die Kellertür war? Wer bitte kam auf solche architektonischen Lösungen? Na ja, zumindest letztere Frage konnte sie sich beantworten: garantiert Börje Bohman.

Jenseits der Türöffnung führte eine steile Treppe nach unten in die Dunkelheit.

»Ich hab den Keller gefunden«, flüsterte Anna, weil es sich mit einem Mal verkehrt anfühlte, laut zu rufen.

Märta war so aufgeregt, dass sie auf dem Weg durchs Wohnzimmer fast einen Turm aus Pappschachteln umgefegt hätte.

»Fuck!«, rief sie. »Du bist ein Genie, Anna Glad! Ich war drauf und dran aufzugeben. Es ist immerhin schon halb sechs!«

»Was sagst du – halb sechs?«

»Ja, siebzehn Uhr dreißig, hier, meine Uhr. Was ist denn los?«

Anna schubste die Kollegin beiseite und rauschte nur so aus der Tür.

»Ruf die anderen an! Markus – nein, der hat Urlaub. Ruf verdammt noch mal Benny an! Ich muss los, und du darfst in dieses Loch dort nicht allein reingehen, hörst du?«, rief sie noch über die Schulter. »Und ich muss den Wagen nehmen! Hoffentlich kann dich jemand von den anderen später mit zurück in die Stadt nehmen!«

Sie hörte nicht mal mehr, was Märta erwiderte, weil sie bereits draußen durch den Regen lief.

Der Trubel im Foyer ließ allmählich nach, und die Gäste schlenderten in den Kinosaal.

Alison kippte ein weiteres Glas des lauwarmen Weins in sich hinein und pfiff auf den Blick, mit dem Samuel sie bedachte. Er hatte kein Recht, derart auf sie herabzublicken, immerhin war er es, der Drogen nahm und ein gewalttätiger, untreuer Fremdgeher war. Je betrunkener sie wurde, umso deutlicher standen ihr gewisse Dinge vor Augen.

»Wir gehen«, raunte Samuel ihr zu.

»Und was ist mit dem Film?«

»Wen interessiert der schon.«

Sie überlegte kurz, noch ein bisschen dagegenzuhalten, hauptsächlich, um ihn zu ärgern, doch dann gab sie klein bei und ließ sich in Richtung Ausgang schieben.

»Guck so, als wäre dir schlecht«, flüsterte er und sagte dann laut: »Meiner Frau geht es nicht gut. Wir müssen uns leider verabschieden.«

Von ihr aus gern. Sobald sie im Minibus säßen, könnte sie ihm endlich diverse Fragen stellen. Zu Kevin, zu seinen Seitensprüngen, den Vorwürfen, der Misshandlung – zu allem, worüber gemunkelt wurde und wovon sie keine Ahnung gehabt hatte.

Sie verließen den Eingangsbereich und hielten auf direktem Weg auf den schwarzen Minibus zu, der um die Ecke geparkt hatte. Samuel riss die Seitentür auf.

»Fahren Sie sie heim«, blaffte er dem Fahrer zu.

Wie bitte?

»Wo willst du denn hin?«, platzte es aus Alison heraus.

»Kann dir egal sein. Schlaf deinen Rausch aus, ich ruf dich morgen an.«

Dann glitt die Tür zu, und der Wagen fuhr an.

Inzwischen hatte sie keinen Grund mehr, ihre Gefühle zurückzuhalten. Alison ließ ihren Tränen freien Lauf – auch wenn die Mascara auf ihrem Kleid Flecken hinterließ. Wenn der Fahrer nicht gewesen wäre, hätte sie obendrein laut geschrien.

Au. Irgendwas bohrte sich in ihren Hintern.

Sie tastete über den Sitz. Samuels Flachmann. Er

musste ihn auf der Herfahrt dort liegen gelassen haben. Sie zog den Korken ab und kippte den Inhalt bis zum letzten Tropfen in sich hinein.

Sie durchquerten das sommerliche Helsinki, in dem wie an jedem normalen Freitagabend überall gefeiert wurde. Nur Alison hatte keinen Grund zu feiern und war bereits auf dem Heimweg – auf dem Weg in ein riesiges Haus auf einer Insel, das sich zusehends wie ein Gefängnis anfühlte. Ein Gefängnis, in dem sie die einzige Insassin war.

Nicht mal ein Gefängniswärter würde auf sie warten.

Verdammt noch mal.

Sie kramte ihr Handy aus ihrer Handtasche.

»Hey. Ich bin's. Bist du irgendwie nach Hause gekommen?«

Vor dem Krankenhaus war kein einziger Parkplatz frei. Als Anna den Wagen zu guter Letzt notdürftig hinter den Mülltonnen abstellte, schwor sie sich, das Bußgeld für Märta zu übernehmen – es war schließlich deren Auto.

Sie gab sich alle Mühe, zum Eingang zu rennen, doch es ging einfach nicht schneller. Nachdem sie durch die automatischen Türen auf den Infoschalter zugestürmt war, musste sie erst wieder zu Atem kommen, bis sie sprechen konnte.

»Kreißsaal?«, fragte die junge Frau am Empfang erschrocken.

»Was? Nein, nein! Zumindest noch nicht. Aber irgendwo soll hier ein Geburtsvorbereitungskurs stattfinden – wie finde ich den?«

»Der Geburtsvorbereitungskurs? Der hat schon um fünf angefangen.«

»Ich weiß! Aber wo?«

»In Raum 43, einmal dort durch die Cafeteria. Aber der Kurs ist …«

»Danke!«, rief Anna und eilte los.

Sie sah die Cafeteria vor sich und dahinter einen kurzen Flur. Über einer der Türen stand 43, und Anna riss die Tür auf.

»Du liebe Güte!«, quiekte eine etwas ältere Frau, die die Arme voller Kissen hatte.

Anna sah sich hektisch um, doch die Frau war allein. Auf dem Boden lagen immer noch Yogamatten.

»Sind Sie etwa schon fertig?« Anna hörte selbst, wie vorwurfsvoll sie klang, obwohl sie es war, die sich deutlich verspätet hatte.

»Ja, sind wir. Ach, sind Sie zufällig Anna?«

»Äh … Ja?«

Die Frau lächelte sie freundlich an.

»Wie ärgerlich, dass Sie den Kurs verpasst haben. Ihr Mann hat sich tapfer die komplette Stunde angesehen, hat aber nur zuhören können, während die anderen auch praktische Übungen gemacht haben. Wir haben ein paar Massagetechniken ausprobiert, die in der Eröffnungsphase guttun – solche Sachen.«

Anna verspürte ein Gefühl der Leere.

Tomas hatte hier die ganze Zeit danebengesessen und sich alles angehört. Sie sah es regelrecht vor sich, wie all die übereifrigen Väter und walrossförmigen Mütter auf den Yogamatten lagen und Dinge einstudierten – während Tomas auf einem Stuhl in der Ecke saß. Allein.

»Ist … Ist er schon länger weg?«, fragte sie leise.

»Na ja, vielleicht eine Viertelstunde?«

Mit schleppenden Schritten machte Anna kehrt und ging zurück zum Auto.

Sie hatte es richtig vermasselt. Tomas war den ganzen Weg von Tampere hergefahren, um bei dem Kurs dabei zu sein, und sie hatte es einfach vergessen …

War er jetzt sauer? Verletzt? Und zuvorderst: Wo war er?

Immerhin hatte sie keinen Strafzettel bekommen, was ein kleiner Trost war.

»Scheiße, Scheiße, Scheiße«, fluchte sie auf der Fahrt zu ihrer Wohnung vor sich hin.

Als sie vor ihrem Wohnhaus Tomas' Wagen entdeckte, zog sich in ihr alles zusammen; ob es an der Erleichterung oder an ihrer Sorge lag, hätte sie nicht sagen können.

»Hallo?«, rief sie zaudernd, als sie den Flur betrat.

Tomas antwortete nicht. Er stand im Wohnzimmer und legte T-Shirts zusammen, die er in eine Sporttasche packte.

»Tomas, ich … Entschuldige! Ich bin so eine Idiotin! Wir waren bei der Arbeit und ich hab nicht mitbekommen, dass es schon so spät geworden war …«

Er schwieg immer noch und legte Sachen in die Tasche.

»Gott, aber wie gut, dass du bei dem Kurs geblieben bist und zugehört hast! So kennst wenigstens du dich ein bisschen aus.«

Erst jetzt schaute er auf, und sein Blick war so finster, dass Anna sich fast gewünscht hätte, er hätte sie noch ein bisschen länger wie Luft behandelt.

»Ich dachte immer, nur Männer tun so etwas«, sagte Tomas mit einer merkwürdig tonlosen Stimme, die sie an ihm gar nicht kannte.

»Was denn?«

»Sind beim Zustandebringen eines Babys mit Vergnügen dabei und tauchen dann einfach ab. Scheinen nicht zu kapieren, was es heißt, Eltern zu werden – dass man da gewisse Dinge verändern und ein bisschen Verantwortung übernehmen muss.«

Anna schämte sich so sehr, dass sie gar nichts sagen konnte.

»Zumindest kannst du nicht behaupten«, fuhr er fort, »dass ich dich zu etwas genötigt hätte. Ich war so unendlich froh, als du angerufen und mir erzählt hast, dass du schwanger wärst. Aber ich hab auch entschieden, dass du das letzte Wort haben solltest – und wenn du hättest abtreiben wollen, hätte ich dir zu einhundert Prozent beigestanden.«

»Ich … Ich weiß, aber …«

»Aber dann meintest du, du *wolltest* das Kind, und das war der beste Moment meines Lebens, verstehst du das? Und diesen ganzen Frühling lang hab ich versucht, an deiner Schwangerschaft teilzuhaben, so gut es ging. War es nicht so?«

»Ja, natürlich, ich …«

»Nur ist das Problem anscheinend, dass *du* plötzlich beschlossen hast, nicht mehr daran teilzuhaben. Du weigerst dich, Dinge zu planen, und wirst wütend, wenn dir jemand Tipps gibt, und statt dass du Rückfragen stellst, pfeifst du auf den Geburtsvorbereitungskurs.«

»Ich hab nicht darauf gepfiffen! Ich hab die Zeit aus den Augen verloren!«

»Genau das meine ich doch! Wenn der Job ruft, dann ist nichts anderes mehr wichtig. Termine nicht, ich nicht, meine Eltern nicht – nicht mal dein eigenes Kind, obwohl du das die ganze Zeit in dir herumträgst. Als wärst du der Erzeuger, der das Weite gesucht hätte. Ist dir das eigentlich klar? Nur kannst du nicht das Weite suchen, weil das Baby nun mal in deinem Bauch ist. Aber was, wenn es irgendwann draußen ist?«

Erst jetzt dämmerte es Anna, dass ihr Tränen über die Wangen liefen. Es war grässlich. Sie wünschte sich, Tomas' Tirade würde sie wütend machen, sie wünschte sich, sie könnte ihn anschreien und sich verteidigen – aber nein.

Er hatte ja recht.

Als ihr Blick an der Tasche hängen blieb, wurde ihr eiskalt.

»Was machst du denn da?«, flüsterte sie. »Warum packst du deine Sachen?«

Tomas zog die Tasche zu und seufzte tief auf.

»Ich weiß es nicht. Ich will einfach nur heimfahren.«

»Du willst mich doch nicht ... uns doch nicht verlassen?«

Inzwischen war Anna panisch. Wie eine Flutwelle schlug die Erkenntnis über ihr zusammen. Wenn Tomas jetzt ginge, würde er nicht nur sie verlassen, sondern auch das Kind. Wie sollte das gehen?

Tomas sah sie irritiert an.

»Ich werde mein Kind nicht verlassen, kommt gar nicht infrage. Aber was wir aus dem ganzen Rest machen ... Ach, egal. Ich fahre jetzt. Wir können ja telefonieren, wenn wir uns beide wieder beruhigt haben, okay?«

Und damit verließ er die Wohnung.

Die Schuhe waren so unbequem, dass Alison sie kurzerhand auszog. Der Minibus fuhr weiter, und sie drückte auf die Klingel. Als sie ein Summen hörte, schob sie die Tür auf und lief die Treppe hoch. Dritter Stock.

Leevi stand schon in der Tür und wartete auf sie.

»Schöne Premierenfeier?«

Er sah immer noch wütend aus, allerdings war ihr klar, dass seine Wut nicht gegen sie gerichtet war.

»Es war ganz okay. Nur bin ich heimgeschickt worden, mein geliebter Ehemann hatte noch andere Pläne. Wie bist du nach Hause gekommen? Musstest du trampen?«

Er schüttelte den Kopf.

»Ich hab tatsächlich irgendwann die Taxizentrale erreicht. Allerdings habe ich fast eine Stunde lang dort im Wald warten müssen, bis mich jemand abgeholt hat. Die Elche lassen grüßen.«

Sie lachte, doch mit einem Mal bahnten sich andere Gefühle ihren Weg, und das Lachen schlug in verzweifeltes Schluchzen um. Leevi machte die Tür hinter ihr zu, zögerte kurz und legte ihr dann den Arm um die Schultern.

»Es tut mir leid, Alison. Es ist alles dermaßen verkorkst … Den ganzen Mist hast du wirklich nicht verdient.«

Es war so schön, die Wärme eines anderen Körpers zu spüren. Leevi war ein paar wenige Zentimeter größer als Samuel und nicht ganz so muskelbepackt, aber muskulös war er nichtsdestoweniger, das konnte sie durch seine Hemdsärmel spüren. Das Sakko und die Krawatte hatte er abgelegt.

»Verdammt – Entschuldigung! Jetzt hab ich dein Hemd ruiniert«, sagte sie, als sie die Spuren entdeckte, die sowohl Ruby Woo als auch Hypnôse auf dem weißgrau gestreiften Stoff hinterlassen hatten.

»Ist doch egal«, sagte er. »Sollen wir ein Glas Wein trinken?«

Sie hatte bereits einiges intus, trotzdem nahm sie das Angebot dankend an und folgte Leevi in die Küche.

Seine Junggesellenbude gefiel ihr. Hell und minimalistisch eingerichtet, viel Chrom, Stein und blanke Flächen. Die Wärme, die von der Fußbodenheizung ausging, fühlte sich unter ihren schmerzenden nackten Füßen wohltuend an.

Scheu musterte sie Leevi, der eine Flasche entkorkte und zwei Gläser aus einem Küchenschrank nahm. Eigentlich wusste sie nichts über den kleinen Bruder und – inzwischen gekündigten – Assistenten ihres Mannes, nicht mal, ob er eine Freundin hatte. Oder einen Freund. Aber dass jemand mit seinem Aussehen immer noch Single war, kam ihr halbwegs unwahrscheinlich vor.

»Wie alt bist du eigentlich, Leevi?«, fragte sie, ohne darüber nachzudenken.

»Vierunddreißig«, antwortete er mit einem leichten Schmunzeln.

Alison selbst war sechsunddreißig. Trotzdem fühlte sie sich derzeit steinalt, aufgeschwemmt und grotesk. Mit einem leisen Seufzer nahm sie ihr Weinglas entgegen und nippte daran. Der Wein war angenehm kühl, trocken und verdammt gut.

»Warum bist du hergekommen?«, wollte Leevi wissen, nachdem sie eine Zeit lang stumm voreinander gestanden hatten.

»Ich weiß nicht recht …«, antwortete sie aufrichtig.

Vielleicht weil Leevi der Einzige war, der sie in letzter Zeit wie einen Menschen behandelt hatte? Weil er hoffentlich Antworten auf die Fragen hätte, die sie in den vergangenen Tagen und Wochen umgetrieben hatten?

Oder war der Grund jener Anflug von Panik, den sie verspürt hatte, als der Minibus wieder angefahren und Leevi am Straßenrand stehen geblieben war?

Sie hatte das Gefühl von sich ferngehalten und sich stattdessen auf Samuel und die Feier konzentriert. Doch jetzt, da sie in Leevis Küche stand und ihn wie in einen Bann geschlagen anstarrte, war mit einem Mal alles ganz klar.

Leevi fing ihren Blick auf und nickte kaum merklich.

»Verstehe«, sagte er leise, stellte sein Weinglas ab und trat auf sie zu. »Ich bin froh, dass du gekommen bist.«

Es kam nicht allzu oft vor, dass Annette Käld mit ihrem Mann essen ging, doch heute Abend sollte es endlich wieder so weit sein.

Nichts Hochtrabendes, ein Stück gegrillten Lachs und vielleicht eine Pannacotta im Sommerlokal draußen am Gästehafen. Ihr taten nach einem ganzen Tag in hohen Schuhen die Füße weh, doch ein bisschen konnte sie sich ja noch anstrengen – auch wenn sie nun schon seit vierundzwanzig Jahren verheiratet waren.

Leider hatte Mats Käld weder den Lippenstift, die hohen Absätze noch die Pannacotta genießen können, weil das Handy seiner Frau angefangen hatte zu klingeln, kaum dass sie die Speisekarten entgegengenommen hatten.

»Na ja, wir haben ja nächstes Jahr wieder Hochzeitstag«, hatte er nur gesagt.

»Sofern du mich nicht gegen jemanden austauschst, der wenigstens einmal im Jahr mit dir ausgeht«, hatte sie kleinlaut erwidert und durchaus bemerkt, dass er einen Tick zu lange mit seiner Antwort zögerte, er habe nichts dergleichen vor.

Als Annette Käld in ihren Pumps durch den Schlamm auf dem Betesbacken stakste, standen bereits zwei Autos vor der Tür: Eines gehörte Filip Johansson, das zweite Benny Westlander.

Doch die erste Person, die ihr entgegentrat, war Märta Hansson. Und die sah wie benommen aus.

»Wie geht es dir?«, fragte Annette.

Märta zuckte mit den Schultern.

»Brauchte ein bisschen frische Luft. Komm, dann gehen wir in den Keller.«

»Habt ihr ihn gefunden?«

»Wen? Ach, du meinst Börje. Nein, den nicht.«

Annette folgte Märta über die Vordertreppe in den Flur, durchs Wohnzimmer, das voller Kartons und Plunder stand, und dann eine Treppe hinunter.

»Vorsicht«, sagte Märta, »da unten ist es stockdunkel. Der Strom ist zwar wieder da, aber die Kellerlampen funktionieren nicht. Wahrscheinlich ist die Sicherung rausgeflogen, Filip sieht es sich gerade an.«

Im selben Moment flammte eine starke Leuchte auf, Annette war für einen Augenblick geblendet, doch dann erkannte sie den Leiter der Spurensicherung, Filip Johansson, der aus einer Nische trat.

»Ich habe noch zwei batteriebetriebene Leuchten im Wagen, die hole ich gleich«, sagte er und schlurfte die Treppe hoch.

Jenseits der untersten Stufe befand sich ein kleiner Vorraum, aus dem Türen in drei Richtungen abgingen.

»Dahinter liegen die Sauna und ein Klo«, erklärte Märta, »und dort ist der Heizungskeller.« Sie zeigte auf die entsprechenden Türen.

»Und die dritte?«

Märta antwortete nicht. Im nächsten Moment ging die Tür auf, und Benny Westlanders große Gestalt tauchte im Türrahmen auf.

»Pfui Teufel, Chefin«, krächzte er, »pfui Teufel!«

Von oben war ein dumpfer Aufprall zu hören, und Sekunden später polterte Anna Glad die Kellertreppe hinunter.

»Hey! Habt ihr etwas gefunden?«

»Wo warst du denn?«, wollte Annette wissen.

»Im Krankenhaus.«

Annas Stimme klang leicht belegt und merkwürdig, doch Annette hatte jetzt keine Zeit, darüber nachzudenken. Sie hatte sich bereits oben im Flur Überzieher über die Schuhe gezogen und betrat jetzt zögerlich den kleinen Kellerraum.

Eine Baulampe, die Filip am Treppenhandlauf befestigt hatte, erhellte einen Teil des Zimmers, doch der Rest lag im Schatten.

»Benny, du stehst im Licht«, rief Annette.

Sie machte ein paar Schritte in den Raum hinein, und Anna folgte ihr nach.

Das Zimmer war vielleicht zwölf Quadratmeter groß. Annette konnte zwei Betten ausmachen, einen kleinen Esstisch sowie zwei Stühle – und direkt unter der Zimmerdecke ein Fensterchen, allerdings waren Zeitungsseiten vor die Scheibe geklebt worden.

An den Wänden hingen Plakate oder Poster, allerdings war nicht zu erkennen, was sie darstellen sollten.

Irgendwas stand auf dem Boden zwischen den Betten. Sie ging ein paar Schritte darauf zu, um es sich genauer anzusehen.

Im selben Moment ging das Licht an, und Annette zuckte zusammen.

»Entschuldigung«, murmelte Filip Johansson von hinten.

Immerhin konnte sie jetzt besser sehen. Auf den Postern waren Fußballer und Disneyfiguren abgebildet. Und zwischen den Betten stand ein großer ovaler Korb, in dem eine ordentlich mit Teddymuster bezogene Decke und ein Kissen lagen. Ein Bettchen für ein kleines Kind – Anna schnappte nach Luft.

»O Gott! Das Söckchen!«

Eine einzelne Socke lag in dem Körbchen.

»Baby X hatte auch so was an! Und zwar nur eins!«

Annette seufzte schwer. Mit einem Mal fügte sich alles so schnell zusammen, dass sie das Gesamtbild kaum erfassen konnte.

»Wer hätte das gedacht?«, warf Benny Westlander ein.

Sein fast schon munterer Tonfall fühlte sich in diesem Kontext gelinde gesagt unpassend an.

»Was?«, hakte Märta Hansson nach.

»Na ja, Börje Bohman – dass der eine Familie hier in seinen Keller gesperrt hat. So was ist doch verdammt krank.«

Annette hatte das Gefühl, als sollte sie ihn für seinen Tonfall zurechtweisen oder ihn zumindest daran erinnern, dass er keine voreiligen Schlüsse ziehen sollte.

Doch aus irgendeinem Grund schaffte sie keins von beidem.

ALS ER AUFWACHT, spürt er sofort, dass etwas anders ist, allerdings braucht er einen Augenblick, um zu verstehen, worum genau es sich handelt.

Im Zimmer ist es merkwürdig hell. Haben sie eine neue Lampe bekommen?

Nein! Jetzt sieht er es! Das Licht kommt von draußen! Durch das kleine Fenster oben unter der Decke!

Vorsichtig krabbelt er aus seinem Bett und schleicht auf den Esstisch zu. Mama schläft mit dem Rücken zu ihm, und er will sie nicht wecken. Sie klingt, als würde sie keuchen – als würde sie träumen, dass sie schnell rennt. Sie hat das gestreifte Nachthemd an, und ihre blonden Haare hängen über die Bettkante. Am Boden vor ihrem Bett liegen ein paar Taschenbücher, daneben stehen ein Wasserglas und die Sprühflasche, die er unter gar keinen Umständen anfassen darf. Außerdem brennt das Spray in den Augen.

Er ist zu klein, um an das Fenster heranzureichen, er muss sich auf etwas draufstellen. Vielleicht reicht ja ein Stuhl? Nein, er muss mehrere Bücher und Zeitungen auf die Sitzfläche legen und es von Neuem probieren.

Jetzt geht es besser! Er kommt gerade so mit der Nasenspitze bis an die Fensterbank. Er kann nach draußen sehen!

Mensch, dabei hatte er die ganze Zeit angenommen, das Fenster wäre so schmutzig, dass man nicht hindurchsehen könnte! Erst jetzt begreift er, dass ihnen der Schnee die Sicht versperrt hat. Das Fenster ist innen zwar ziemlich weit oben, aber draußen befindet es sich nur knapp über dem Erdboden. Es ist immer noch verschneit, aber in der Sonne schmilzt der Schnee jetzt ziemlich schnell.

Mama rührt sich auf der Matratze. Fast verliert er das

Gleichgewicht, als er sich umdreht, um nach ihr zu sehen. Ist sie aufgewacht?

Nee, sie hat wahrscheinlich nur wieder Schmerzen. Sie seufzt tief, bewegt sich und schläft weiter. Auf dem kleinen Digitalwecker auf dem Nachttisch ist es 14.27 Uhr. Das ist mitten am Tag! Doch in letzter Zeit ist ihm so etwas egal. Mama ist trotzdem müde und schläft inzwischen die meiste Zeit.

»Ich nutze die Gelegenheit, solange ich kann«, sagt sie immer.

Er dreht sich wieder zum Fenster um. Er sieht nichts Spezielles, nur Bäume und Büsche und schlammige Erde.

Doch dann passiert etwas Komisches.

Er hört jemanden rufen! Es klingt eher nach einem Mädchen als nach einem Jungen, aber ganz sicher ist er sich nicht.

»Amelieee« – so klang es.

Und dann taucht plötzlich aus heiterem Himmel eine komische Gestalt auf: eine Art Kaninchen, allerdings mit einem Menschen darin. Ein kleines Mädchen in einer weißen, zotteligen Verkleidung.

Sein Herz schlägt so laut, dass er sich sicher ist, dass man es von Weitem hört. Es ist lange her, dass er zuletzt ein anderes Kind gesehen hat.

Das Mädchen hüpft dort draußen herum. Sie scheint es lustig zu finden, in die Pfützen zu springen, obwohl ihr weißes Kostüm ganz braun wird.

Und jetzt dreht sie sich um und entdeckt ihn!

Er hat das untrügliche Gefühl, dass das schlecht ist. Er sollte sofort von seinem Stuhl herunterspringen und sich verstecken, aber das geht nicht, und nun ist es sowieso zu spät, weil das Kaninchenmädchen inzwischen vor dem Fenster steht. Es geht in die Hocke und sieht ihn fröhlich an.

»Hei hei!«, ruft es.

Er winkt zaudernd zurück.

»Ich bin ein Kaniiinchen!«

Er nickt.

Das Mädchen redet weiter, allerdings versteht er nicht, was es sagt, weil es noch recht klein ist und sich nicht wahnsinnig gut ausdrücken kann. Aber er nickt weiter, lächelt und winkt hier und da.

Es verschwindet genauso schnell, wie es aufgetaucht ist.

»Tschüüüs!«, ruft es und marschiert davon.

Er sieht dem kleinen Kaninchen noch eine Zeit lang nach. Dann klettert er von seinem Stuhl und krabbelt neben Mama ins Bett. Neben ihr wird es jeden Tag enger, weil Mamas Bauch so dick wird. Aber noch passt er neben sie.

Als er aufwacht, liegt er allein im Bett, und sie haben Zeitungspapier vor das Fenster geklebt.

Herbst 1980

Um ein Haar wäre Marianne gestürzt, als sie sich mit dem fast drei Meter langen, gerade erst fertig gewebten Flickenteppich im Arm die Kellertreppe hochkämpfte. Der Teppich wog eine Tonne, und es war wirklich dumm, ihn in ihrem Zustand allein zu tragen, andererseits wollte sie ihn im Wohnzimmer ausbreiten, ehe Börje nach Hause kam.

Börje war mit derlei Sachen sehr eigen. Diverse Einrichtungsideen, die Marianne hatte beisteuern wollen, hatte er rundheraus abgelehnt, oft zu ihrer großen Enttäuschung, aber sie hatte sich seinen Wünschen gefügt. Immerhin war er es, der seinen Traum von diesem Haus verwirklicht hatte. Sie hatte großes Glück, dass auch sie in einem solchen Haus wohnen durfte.

Der Teppich war bildschön geworden. Sie hatte sich Sorgen gemacht, ob ein so altmodischer Flickenteppich in ein modernes Haus passen würde, doch nachdem sie die Farbauswahl ein wenig verändert und an die übrige Einrichtung angepasst hatte, war sie mit dem Ergebnis überglücklich. Die einzelnen Streifen mussten nur breit genug sein – aber auch nicht alle gleich breit, sonst sah es zu streng aus. Zufrieden strich sie mit der Hand darüber, als sie ihn auf dem Wohnzimmerboden ausrollte.

Im selben Moment hörte sie das Brummen eines Motors. Börje war zurück.

Und plötzlich hatte Marianne es eilig. Schnell den Couchtisch und das Sofa zur Seite rücken, den Teppich verschieben, den Couchtisch zurückstellen …

Sie machte einen Schritt rückwärts und drehte sich erwartungsvoll lächelnd zur Tür um.

»Überraschung!«, rief sie, als die Tür aufging.

Und es war tatsächlich eine Überraschung. Allerdings hauptsächlich für Marianne.

Den Teppich durfte sie anschließend wegwerfen. Sie wollte ihn gar nicht mehr haben.

KAPITEL 8

Ich mag einen Jungen
Der mag ein Mädelein
Das mag einen Jungen
Der mag nur mich allein

Samstag, 15. Juli

Alison konnte sich nicht erinnern, wann sie zuletzt so tief geschlafen hatte. Sie hatte keine Sekunde lang wirr geträumt, war nicht ein einziges Mal aufgewacht und hatte sich nach der leeren Matratzenhälfte ausgestreckt, sich nicht mit zugeschnürter Kehle aufgesetzt und sich gefragt, was das gerade für ein Geräusch irgendwo in diesem riesigen Haus gewesen war.

Als sie die Augen aufschlug, sah sie eine schicke Sichtbetonwand vor sich und war nicht mal verwirrt. Sie wusste genau, wo sie sich befand – und bei wem.

Sie lag allein im Bett, doch aus der Küche waren Geräusche zu hören. Als sie sich aufsetzte, entdeckte sie einen Morgenmantel, den er aufs Fußende gelegt hatte. Sie schlüpfte hinein und tapste hinüber in die Küche.

»Guten Morgen.«

Mit einem Lächeln im Gesicht drehte Leevi sich zu ihr um.

»Guten Morgen. Ich war kurz draußen und hab Frühstück besorgt.«

Richtig, so machte man das, wenn man in der Stadt wohnte, rief Alison sich in Erinnerung. So hatte auch sie es zu Hause in Chicago gemacht: den Mantel übers

Nachthemd gezogen, die Haare hochgezwirbelt, und wenn sie verkatert war, eine Sonnenbrille aufgesetzt. Schwarzer Kaffee, frisch gepresster Orangensaft, Bagels – und schnurstracks wieder heim.

Sie setzte sich an der Kücheninsel auf einen Barhocker und streckte sich nach einem Croissant aus.

Sie fühlte sich leicht verlegen, aber so war das ja immer, erinnerte sie sich. Allerdings war es schon lange her, seit sie zuletzt neben jemandem anderen als Samuel aufgewacht war. Und natürlich hatte sie ein schlechtes Gewissen. Immerhin war sie verheiratet – und jetzt hatte sie das Unsägliche ausgerechnet mit ihrem eigenen Schwager getan!

Für Alison war die Ehe immer heilig gewesen, sie hatte jedes Wort ehrlich gemeint, als sie Samuel ewige Treue geschworen hatte und dass sie ihn lieben werde, bis dass der Tod sie scheide.

Aber wie liebte man jemanden, der einen seit Monaten vorsätzlich ignorierte? Und war es wirklich so verwerflich, jenen zu betrügen, der einen zuerst betrogen hatte? Natürlich hätte sie ihm auch die andere Wange hinhalten sollen, aber so einfach war das nicht.

Alison war Samuel buchstäblich um die halbe Welt gefolgt, und doch war er ihr kein Trost, gab ihr keine Liebe, keine Nähe. Stattdessen heizte er Gerüchte an: um Untreue, Misshandlungen, Drogen …

Sie wusste, dass sie sich eigentlich in Grund und Boden schämen sollte. Trotzdem tat sie es nicht.

»Bitte schön«, sagte Leevi und schob ihr einen Becher Kaffee hin.

»Danke.«

»Übrigens gut gemacht gestern. Die Premiere, meine ich.«

Er stellte seinen Laptop vor ihr hin und zeigte auf eine Klatschseite mit Prominachrichten.

Und da waren sie – Herr und Frau Lindberg –, eng umschlungen auf dem roten Teppich. Ein gelungenes Foto. Sie sahen darauf beide richtig gut aus. Alison versuchte, die Bildunterschrift zu lesen. Dass *vaimo* Ehefrau hieß, wusste sie, aber den Rest konnte sie nicht verstehen.

»Was bedeutet *upea*?«

»Schön, großartig, so was in der Art. Da steht: Samuel Lindberg mit seiner todschicken Frau Alison: ›Es ist phantastisch, wieder in Finnland zu sein. Aber ich bin dort zu Hause, wo Alison ist.‹«

Autsch. Jetzt machte sich ihr schlechtes Gewissen trotz allem bemerkbar. Samuel hatte den Journalisten direkt ins Gesicht gelogen, und doch … Gerade erst wenige Monate zuvor hätte er so etwas gesagt, ohne dass es sich nach einem Bluff angefühlt hätte.

Leevis Handy klingelte, und er streckte sich danach aus. Alison sah ihn beunruhigt an. War das Samuel?

»Sorry, da muss ich rangehen«, sagte Leevi lächelnd und verschwand aus der Küche. Er schob die Tür hinter sich ins Schloss.

Alison hielt den Kaffeebecher in beiden Händen und wärmte sich die kalten Finger daran. Dann rutschte sie vom Hocker und machte einen kleinen Rundgang durch Leevis Wohnung.

Wer war dieser Leevi Lindberg? Außer dass er nett und freundlich war und gut aussah? Sie wusste kaum etwas über ihn.

Samuels und Leevis Vater Roger hätte gern gesehen, dass sein jüngerer Sohn Arzt geworden wäre, hatte Samuel mal erzählt. Doch anscheinend hatte Leevi sich relativ früh eines Besseren besonnen und eine andere Richtung eingeschlagen.

Warum genau Leevi irgendwann Samuels Assistent geworden war, wusste Alison nicht, andererseits wirkte die Familie insgesamt ziemlich verschworen. Sie hatte mal mit Samuel darüber gescherzt, dass sie wie die nordische Version der Corleones wären, allerdings hatte er das nicht halb so lustig gefunden.

Im Regal entdeckte sie Rogers und Maggis Hochzeitsfoto. Direkt daneben stand ein Foto eines Jungen – vermutlich Leevi im Teenageralter.

Er war nicht allein auf dem Bild. Neben ihm stand ein blondes Mädchen, das ihn um fast einen Kopf überragte.

Alison beugte sich vor. War das nicht dasselbe Mädchen wie auf dem Foto aus dem Album, das Maggi mit auf die Insel gebracht hatte? Schwer zu sagen. Womöglich hatten die Brüder Lindberg seit ihrer Kindheit mehrere blonde Freundinnen gehabt? Vielleicht war Alison nur die Letzte in einer ganzen Reihe?

Hinter ihr betrat Leevi das Zimmer. Er hatte sein Telefonat beendet.

»Mehr Kaffee?«

»Danke, für mich reicht es.«

Leevi seufzte schwer. Er schien ebenfalls seinen Gedanken nachzuhängen, klappte seinen Laptop zu und räumte ihn weg.

»Ich weiß, ich sollte mich schuldig fühlen für das, was gestern passiert ist. Aber das tue ich nicht«, sagte er. »Und ich finde, das solltest du ebenso wenig.«

Alison versuchte, in sich hineinzuhorchen. Was fühlte sie überhaupt? Und plötzlich keimte eine Sorge in ihr auf.

»Dann war gestern kein … Du weißt schon. Du hast

dich damit nicht irgendwie … an Samuel gerächt? Weil er dich so schlecht behandelt hat?«

Leevi schnaubte.

»Denkst du wirklich so schlecht über mich?«

»Was weiß ich? Ich mag dich, aber ich kenne dich kaum! Und ein bisschen komisch ist es doch, dass du als … na ja … der Jüngere von uns, Single, der noch dazu so gut aussieht, die Nacht mit einer älteren amerikanischen Tussi verbringst, die nicht mal imstande ist, ihren eigenen Ehemann zu verführen!«

»Oh. Von wegen schlecht über jemanden denken … So siehst du dich also selbst?«

Sie seufzte tief auf. So weit war es mit ihrem Selbstbewusstsein gekommen, seit sie finnischen Boden betreten hatte. Kaum dass sie nicht mehr die Geschäftsfrau Alison war, die tausend Bälle gleichzeitig in der Luft halten und phantastische Events mit Tausenden Gästen auf die Beine stellen konnte. Sie war nicht mal mehr die *trophy wife* Alison, die von ihrem Mann angehimmelt wurde.

Sie wusste ehrlich gesagt nicht einmal mehr, welche Alison sie in diesem Augenblick war. Sie sehnte sich nach ihrer Familie und nach ihren Freunden in den USA. Seit sie versehentlich ihren Laptop ertränkt hatte, hatte sie nicht mehr mit ihnen videochatten können. Speziell Rachels Unterstützung und Aufmunterungen wären derzeit bitter nötig gewesen.

»Ich muss wieder heim auf die Insel«, sagte sie. »Hast du die Nummer eines Taxiunternehmens?«

Leevis Lächeln verblasste.

»Machst du Witze? Du willst wieder zurück zu ihm?«

»Na ja … Ich bin verheiratet, Leevi. Aus der Nummer kommen wir nicht heraus.«

»Aber Samuel spinnt! Er ist derzeit gar nicht imstande, jemandes Ehemann zu sein!«

»Aber er ist immer noch mein Mann.«

Leevi knallte den Laptop vor ihr auf den Tisch, klappte ihn auf und rief eine Webseite auf.

»Hier hast du deinen Mann, Alison. Zu dem willst du zurückfahren?«

Er hatte ein Bild aufgerufen, das aussah, als wäre es in einem Nachtclub aufgenommen worden. Samuel saß in der Bildmitte und hatte den Arm um ein Mädchen gelegt, das wahnsinnig jung aussah. Die Hand hatte er in ihr Oberteil geschoben und über ihre Brust gelegt. Das Bild war unscharf und anscheinend heimlich geschossen worden, trotzdem war es ganz ohne jeden Zweifel er.

»Und hier ist das Opfer deines Traummanns«, fauchte Leevi und rief das nächste Bild auf.

Ein junger Mann mit zugeschwollenem Auge und blutender Lippe.

»Er behauptet, Samuel hätte ihn vor ein paar Wochen zusammengeschlagen – an einer Tankstelle, mitten in der Nacht. Alison, Samuel ist am Ende. So eine Phase hatte er schon einmal, allerdings war es nie so schlimm. Er nimmt Drogen, ich weiß zwar nicht, welche, aber die machen ihn aggressiv. Wir haben über die Jahre eine Menge vertuschen müssen. Er hat sich zusammengerissen, während er in den USA gelebt hat, aber jetzt geht das alles von vorne los.«

Alison schüttelte wortlos den Kopf.

»Setz dich einfach hin und google selbst«, forderte Leevi sie auf. »Brauchst auch nicht lange zu suchen, das kann ich dir versichern.«

Sie wandte sich ab. Natürlich hatte sie sich Antworten auf all die Fragen gewünscht, die sie sich in den vergangenen Wochen gestellt hatte; aber dass Leevi ihr die Beweise auf diese Weise hinschleuderte, fühlte sich respektlos an, fast schon gewaltsam. Er schien kein bisschen besser zu sein als sein großer Bruder.

Sie brauchte frische Luft.

»Kannst du mir bitte die Nummer eines Taxis raussuchen?«

»Ich bitte dich, fahr nicht. Du musst ja nicht hier bei mir bleiben, ich kann dir auch ein Hotelzimmer oder so buchen. Aber dort draußen bei ihm bist du nicht mehr sicher.«

Sie stand auf.

»In guten wie in schlechten Zeiten, Leevi. Das habe ich ihm geschworen. Es sind eben gerade schlechte Zeiten.«

Sie verschwand im Schlafzimmer und zog sich das weiße Kleid wieder an. Die Shapewear stopfte sie in ihre Handtasche. Ihr war es egal, wie das Kleid nun saß.

Leevi brachte sie zur Tür. Er sah gequält aus, versuchte aber nicht mehr, sie aufzuhalten.

»Pass auf dich auf, Leevi«, sagte sie noch.

Er antwortete erst, als sie bereits die halbe Treppe hinuntergelaufen war.

»Wenn du dich nur im Geringsten bedroht oder verängstigt fühlst, ruf mich bitte an. Oder die Polizei. Und zieh von dieser grässlichen Insel weg!«

Wie still sie sind, dachte Annette Käld.

Normalerweise surrte es in ihrem Besprechungsraum vor Geplauder, Scherzen und Sticheleien wie in einem Bienenstock, doch derzeit saß ihr Team stumm da und wartete lediglich ab.

Anna Glad hatte sich auf ihrem Stuhl weit zurückgelehnt und reckte den Babybauch vor. Ihr Blick wirkte leer. Märta Hansson und Benny Westlander flüsterten in der Ecke leise miteinander. Selbst der sonst so laute Benny nahm sich also zurück.

»Guten Morgen, alle miteinander«, sagte Annette. »Ich hoffe, ihr habt alle gut geschlafen. Uns könnte ein langer Tag bevorstehen.«

»Ich hab kein Auge zugemacht«, sagte Märta, »und ihr ahnt wahrscheinlich, warum.«

»Ihr dürft direkt übernehmen, Anna und Märta«, forderte Annette sie auf.

Anna Glad stemmte sich mühsam auf ihrem Stuhl hoch und verzog das Gesicht, als hätte sie Schmerzen. Dann legte sie los.

»Wie ihr alle wisst, sind Märta und ich gestern zum Haus des vermissten Börje Bohman gefahren, um uns nach einem Waffenschrank umzusehen … und zwar, weil Benny ein Jagdgewehr gefunden hatte, von dem wir vermuten, dass es Börje gehört. Immerhin hat er eine Lizenz für diese Waffenklasse. Allerdings war sein Waffenschrank leer, und auch andernorts im Haus konnten wir kein Gewehr finden.«

»Dann gehört das Gewehr aus dem Graben ihm?«, hakte ihr junger Kollege Iiro Pennanen nach.

»Wir gehen davon aus.«

Anna legte eine Pause ein und nestelte gedankenverloren an der Stuhllehne.

»Stattdessen sind wir in der Küche auf einen Kassenbeleg gestoßen, auf eine Quittung, die nahelegt, dass Börje nur wenige Tage vor seinem Verschwinden Lebensmittel und andere Bedarfsartikel gekauft hatte – und diese Bedarfsartikel haben uns hellhörig gemacht.«

»Und warum?«, wollte Iiro wissen.

»Weil er Windeln gekauft hat. Die kleinste Größe. Windeln für einen Säugling.«

»Könnte er einen Enkel haben oder so was in der Art?«

»Börje hat keine Verwandten mehr und erst recht keine eigenen Kinder. Und daher auch keine Enkel.«

»Aber wissen wir denn, ob Börje die selbst gekauft hat? Der Kassenzettel könnte doch auch von jemand anderem stammen?«, hakte Iiro hartnäckig nach.

»Lass Anna weitererzählen«, fuhr Märta dazwischen.

»Wir haben das Haus abermals abgesucht, ohne irgendwas Auffälliges zu finden. Doch dann ist uns etwas aufgefallen.«

»Ehre, wem Ehre gebührt«, sagte Märta. »Es ist Anna aufgefallen.«

Anna ging über den Einwurf ihrer Kollegin hinweg.

»Wir haben festgestellt, dass es im Kellergeschoss weitere Räumlichkeiten geben musste als nur die Garage. Allerdings war es nicht ganz leicht, einen Zugang zu finden. Also – da war keine Geheimtür oder so, sondern bloß eine recht, sagen wir, originelle Lösung. Aber dort unten im Keller …«

Sie unterbrach sich, und Märta kam ihr zu Hilfe.

»Die Beleuchtung war nicht toll, aber vielleicht könnt ihr es trotzdem gut genug sehen? Filip ist schon zurück ins Haus gefahren und will bessere Fotos machen.

Sie tippte eine Taste auf ihrem Laptop an, und auf der Projektorleinwand erschien das erste Bild. Die Kolleginnen und Kollegen waren immer noch ungewöhnlich still.

Anna ergriff erneut das Wort.

»Man geht die Treppe runter und kommt unten in diesen kleinen Raum, auf den Märta gerade zeigt. Es ist eine Art Vorzimmer. Rechts liegt ein Saunaraum mit

Klo, links der Heizungskeller. Und geradeaus – klickst du weiter zum nächsten Bild? – liegt dieses Zimmer, das ursprünglich mal ein Lagerraum gewesen sein dürfte, ein Vorratsraum oder ein Hobbykeller. Wie ihr aber an der Einrichtung erkennen könnt, ist das Zimmer zu einem anderen Zweck genutzt worden.«

»Ihr meint, dass da jemand gewohnt hat?«, fragte Iiro misstrauisch.

»Es sieht ganz danach aus. In dem Zimmer stehen zwei Betten, ein Esstisch, zwei Stühle und eine kleine Küchenecke mit Kühlschrank und Kochplatte.«

»Und hier«, warf Märta ein und klickte das nächste Bild an, »hier haben wir ein geflochtenes Babybettchen. Ordentlich bezogen, mit einem rosa Laken.«

Es war so still im Besprechungsraum, dass Annette förmlich zusammenzuckte, als Märta aufstand und ihr Stuhl über den Boden schrammte.

»Nach unserer Einschätzung haben in dem Raum drei Personen gelebt: eine Frau, ein etwas älterer Junge sowie ein Säugling. Sie scheinen überstürzt verschwunden zu sein, diverse Sachen sind liegen geblieben: Kleidungsstücke, Hygieneartikel, Spielzeug und so.«

Und endlich fiel bei Iiro der Groschen.

»Das Baby! Das zu dem anderen in den Kinderwagen gelegt wurde! Könnte es sein, dass es zuvor in dem Keller gelebt hat?«

Anna Glad hielt zwei Asservatenbeutel in die Höhe. Jeder enthielt ein einzelnes Babysöckchen. Sie sahen identisch aus.

»Ein Söckchen haben wir in dem Babybett gefunden, das andere hat das Mädchen aus dem Kinderwagen getragen. Insofern … Ja, wir glauben, dass das Baby, das Anfang Juni in Saara Nymans Kinderwagen gelegt wurde, sich zumindest vorübergehend in Börje Bohmans Keller aufgehalten hat.«

Ein Handy vibrierte auf dem Tisch, und Märta warf einen Blick aufs Display.

»Verdammt noch mal …«

»Was ist denn jetzt schon wieder?«, brummte Benny Westlander, der sich für seine Verhältnisse bislang bedeckt gehalten hatte.

»Filip schreibt gerade, dass er in der Sauna etwas gefunden hat: Spuren von Blut … jede Menge Blut.«

»Aber vom Hausherrn auch dort keine Spur? Dann ist er immer noch verschwunden? Wenn das in der Sauna sein Blut sein sollte, können wir allmählich davon ausgehen, dass er tot ist und irgendwo verscharrt wurde.«

»Es ist nicht Börjes Blut«, stellte Anna Glad leise fest.

»Sondern?«

»Das Blut der Mutter. Das Baby ist in der Sauna zur Welt gekommen.«

Erneut wurde es mucksmäuschenstill.

»Wie kommst du darauf?«, fragte Iiro nach einer Weile.

»Bauchgefühl«, sagte Anna und schob ihren Bauch noch ein Stück weiter vor. »So eine Geburt ist eine blutige Angelegenheit.«

Annette seufzte. Sie hatte all die Zeit versucht, sich nicht von Hypothesen zu der von Börje Bohman versteckten, eingesperrten Familie verleiten zu lassen. Doch allmählich fiel es ihr schwer, nicht darauf einzugehen.

»Das dürfte leicht herauszufinden sein«, sagte sie. »Filip soll das Blut aus der Sauna mit dem Blut von der Vordertreppe vergleichen und mit den Proben, die wir von unserem anonymen Findelkind genommen haben. Wenn wir einen Treffer erzielen, dann werden die beiden

Ermittlungen zusammengelegt. Erst dann wissen wir mit Sicherheit, dass es eine Verbindung zwischen Börje Bohman und Baby X gibt.«

»Und in dem Fall«, ergänzte Anna, »hätten wir es mit drei vermissten Personen zu tun: mit Börje Bohman, einer unbekannten Frau, die erst vor Kurzem entbunden hat, und einem ebenfalls unbekannten Jungen.«

»Hat Filip, der Schelm, denn schon testen lassen, ob es Übereinstimmungen zwischen dem Blut des Babys und dem von Börje gibt?«, fragte Benny.

»Dazu hatte er bislang keinen Grund«, sagte Annette.

»Aber jetzt hätte er einen – denn natürlich ist Börje der Vater.«

»Moment«, sagte Märta. »War Börje nicht gut über siebzig?«

»Und? Das hat doch noch nicht mal unseren Präsidenten davon abgehalten …«

»Dann glaubst du also, Börje hat eine Frau in seinem Keller gefangen gehalten und dort heimlich eine Familie gegründet? Mit mindestens zwei Kindern?«

Benny zuckte mit den Schultern.

»Soll schon vorgekommen sein.«

»Und wo sind sie jetzt?«, fragte Iiro.

Er sah Benny fast schon bewundernd an. Ihm gegenüber schien Iiro keine Einwände vorbringen zu wollen.

»Vielleicht ist der Frau die Flucht gelungen, sie hat sich ihr Kind geschnappt und das Weite gesucht?«, mutmaßte Benny.

»Aber warum hat sie das Baby dann in einen fremden Kinderwagen gelegt?«, gab Märta zu bedenken.

Darauf hatte Benny keine Antwort, und er winkte lediglich ab.

»Okay, alle miteinander«, sagte Annette. »Was Benny

da sagt, ist bloß eine Vermutung. Denkt also daran, dass es noch einige andere Möglichkeiten gibt. Anna, was meinst du: Wie sollen wir weitermachen?«

Anna Glad hatte sich in den letzten Minuten bedeckt gehalten und sah erschöpft aus. Annette fragte sich, ob es voreilig von ihr gewesen war, die hochschwangere Kollegin auf diese schwierige Ermittlung anzusetzen. Doch Märta war einfach noch zu unerfahren und Benny Westlander zu impulsiv. Und in der Urlaubszeit hätte sie ohnehin keine Wahl.

Anna drückte den Rücken durch.

»Okay, Folgendes: Wir konzentrieren uns auf die Frau und das ältere Kind. Mutter und Sohn, den wir auf etwa zehn Jahre schätzen. Findet heraus, ob es Vermisstenmeldungen gibt, die auf beide passen könnten – und ruft die Kranken- und Ärztehäuser an, diesmal in einem größeren Umkreis.«

»Und weshalb?«, fragte Iiro.

»Fragt erneut nach Börje Bohman, aber diesmal auch nach einer Frau, die kürzlich entbunden hat – und die wohlgemerkt ohne Säugling unterwegs ist, dafür aber mit einem kleinen Jungen. Okay?«

»Ich fahre noch mal zurück und sehe mir die Sauna an«, sagte Märta. »Filip ist ja schon vor Ort.«

»Perfekt«, sagte Anna. »Ich bleibe hier und erledige ein paar Telefonate. Ihr haltet mich bitte auf dem Laufenden.«

Mit einem Mal wurde es wieder laut, als alle gleichzeitig aufstanden und auf ihre Dienstzimmer zuhielten.

»Und denkt daran«, rief Anna ihnen über das allgemeine Gemurmel nach, »wir wollen vor allem wissen, wer die Mutter ist. Sie ist der Schlüssel zur Identität des Babys.«

Jan-Anders Rosbäck versuchte, sich unsichtbar zu machen, was allerdings nicht ganz einfach war. Es war nur eine Frage der Zeit, bis irgendwer sich fragen würde, was ein großer Kerl mit Sonnenbrille dort im Gebüsch zu tun hatte.

Nachdem er erst in jede Menge Sackgassen geraten war, hatte er endlich Birgitta Svensson ausfindig gemacht. Birgitta, die angeblich Marianne Bohmans beste Freundin gewesen war und vielleicht die eine oder andere Wissenslücke zu Börje würde füllen können. Nur leider hatte die Telefonnummer, die er in Erfahrung gebracht hatte, nicht mehr gestimmt.

Allerdings hatte er eine Anschrift erhalten und war direkt am Freitag dort hingefahren. Doch das Haus war verwaist gewesen.

Deshalb schlich er am Samstag erneut dort herum und hielt Ausschau nach Lebenszeichen in Birgitta Svenssons Haus. Er stellte sich neben einem Jasmin auf die Zehenspitzen und versuchte, durchs Fenster zu spähen.

»Was machen Sie denn da?«

Janne wirbelte herum. Hinter ihm stand eine übergewichtige Frau von Mitte fünfzig und starrte ihn vorwurfsvoll an.

»Hallo. Ich bin auf der Suche nach Birgitta Svensson. Die wohnt hier doch, oder nicht?«

»Warum fragen Sie?«

»Ich möchte sie für die Zeitung interviewen«, sagte Jan-Anders und legte sein charmantestes Lächeln auf.

Genauer musste er das nicht ausführen. Die meisten hielten ein Interview für etwas Glamouröses.

Doch die Frau verzog keine Miene.

»Da müssen Sie jemand anderen interviewen. Birgitta ist tot.«

Jan-Anders fluchte tonlos in sich hinein. Wieder eine Sackgasse.

»Das ist ja fürchterlich. Wann ist denn das passiert?«

»Im April war das wohl. Ein Autounfall.«

»Oje. Kannten Sie sie gut?«

Die Frau zuckte mit den Schultern.

»Wenn man zwanzig Jahre lang nebeneinanderwohnt, lernt man sich halbwegs gut kennen.«

»Mein Beileid.«

Jan-Anders nickte der Frau noch knapp zu, ehe er sich zum Gehen wandte.

»Wenn Sie die Tochter sprechen sollten«, rief die Frau ihm nach, »sagen Sie ihr, dass sie sich endlich herbewegen und das Haus ausräumen soll. So etwas schlägt sich auf die Immobilienpreise der ganzen Nachbarschaft nieder, wenn an der Straße so ein Geisterhaus steht!«

Jan-Anders blieb jäh stehen. Die Tochter, richtig. Viveca Svensson. Die hatte er fast vergessen. Vielleicht konnte die ihm ja helfen, mehr über Börje zu erfahren? Immerhin war er ihr Patenonkel.

»Und wie erreiche ich die Tochter?«

Die Frau verdrehte die Augen.

»Wenn ich das wüsste, würde ich sie selbst anrufen. Aber sie ist einfach nicht zu erreichen.«

»Geht sie nicht ans Telefon?«

»Sie ist nicht auffindbar. Nirgends Kontaktdaten. Ich bin nicht die Einzige, die es versucht hat.«

Sie neigte den Kopf leicht zur Seite und sah ihn mit einem Mal verschlagen an.

»Wenn ich diesbezüglich ein Talent hätte – hab ich aber nicht –, würde ich ja einfach bei Birgitta reinmarschieren und nach den Kontaktdaten suchen. Birgitta muss sie doch irgendwo gehabt haben …«

Auch Jan-Anders konnte verschlagen sein.

»Tja, wenn man diesbezüglich ein Talent hätte, könnte man sich fragen, wie man das Haus betreten könnte, ohne dass es ein Einbruch wäre.«

Um die Mundwinkel der Frau deutete sich ein Grinsen an – so dezent, dass man es glatt hätte übersehen können, doch Jan-Anders hatte das Zucken im linken Mundwinkel sehr wohl gesehen.

»Womöglich liegt da ein Schlüssel unter dem Blumentopf neben der Vordertreppe. Dort hatte Birgitta einen Ersatzschlüssel deponiert. Aber was weiß ich schon?«

»Nein, ganz klar, so was weiß man ja nie.«

»Genau.« Diesmal war es die Frau, die sich zum Gehen wandte, allerdings rief sie noch über die Schulter: »Sagen Sie Viveca, dass sie sich beeilen soll. Die halbe Nachbarschaft ist schon sauer. Wäre doch ärgerlich, wenn wir Anwälte einschalten müssten.«

»Sehr ärgerlich«, sagte Jan-Anders, war aber in Gedanken bereits woanders und hielt auf Birgitta Svenssons Haustür zu.

Den ganzen Vormittag lang hatte Anna sich zusammengerissen. Sie hatte versucht, einen kühlen Kopf zu bewahren, sich auf Börje Bohman, Baby X, die Frau, die mutmaßlich in Börjes Sauna niedergekommen war, und deren älteres Kind zu konzentrieren, doch so langsam drohte ihr der Kopf zu platzen.

Als sie Tomas anrief, ging er nicht ran.

Sämtliche Nachrichten, die sie geschickt hatte, waren bislang ungelesen.

Sie hatte es gründlich vermasselt. Er hatte alles Recht, wütend auf sie zu sein. Vielleicht war es da besser, ihn nicht zu bedrängen.

Doch zum Glück gab es noch eine Person, die ihr zuhören, die trösten und ihr einen guten Rat geben würde.

Anna eilte aus der Dienststelle, setzte sich in ihr Auto und spürte, noch während sie die Nummer ihrer besten Freundin aufrief, dass sie drauf und dran war, in Tränen auszubrechen.

Linda hatte kaum abgehoben, als Anna auch schon zu heulen begann.

»Vielleicht ist mit Tomas Schluss, und es ist ganz allein meine Schuld!«

Am anderen Ende blieb es kurz still.

»Anna? Was soll das heißen? Was ist passiert?«

Schluchzend berichtete Anna von allem, was in den vergangenen Monaten zwischen Tomas und ihr vorgefallen war.

Wie Tomas sich gekümmert, sich über Kinderwagen schlaugemacht und Lösungen vorgeschlagen, ein Kinderbett organisiert hatte, allein zur Geburtsvorbereitung gegangen war, alles geplant und organisiert hatte …

Und wie Anna ihrerseits den Kopf in den Sand gesteckt und sich von der Arbeit hatte vereinnahmen lassen. Dass sie es nicht mal geschafft hatte, eine verdammte App zu installieren, die ihr gesagt hätte, in welcher Schwangerschaftswoche sie war. Dass sie nicht begriffen hatte, wie kompliziert es war, einen Kinderwagen zu kaufen. Wie nutzlos sie war und was für eine schlechte Mutter aus ihr werden würde.

Dass Tomas und sie nicht zusammenpassten. Dass Anna Kühlschrankmagneten sammelte, während Tomas einen Kühlschrank aus gebürstetem Edelstahl hatte, an dem Magneten nicht mal hielten. Anna war chaotisch, Tomas ordentlich …

Sie hätte längst begreifen müssen, dass das nichts werden konnte.

Als Anna eine Weile vor sich hin gejammert hatte, blieb es in der Leitung abermals still.

»Hallo?«, krächzte Anna. »Bist du noch dran?«

»Ich bin noch dran«, sagte Linda dumpf.

Anna beschloss, kurz innezuhalten, und wartete auf die tröstlichen Worte und die Aufmunterungen, die Linda ihr sonst entgegenbrachte.

»Dann fasse ich mal zusammen: Nachdem du dich jahrelang nach einem Kind gesehnt hast, bist du jetzt schwanger, hattest bislang keine Komplikationen, und dem Baby geht es gut. Der Vater des Kindes ist ein feiner Kerl, der dich nicht nur anhimmelt, sondern sich alle Mühe gegeben hat, an der Schwangerschaft teilzuhaben?«

»Äh, ja?«

Anna war verwirrt. Linda klang so … streng?

»Und in deiner Welt ist das ein Riesenproblem, ja? Hörst du eigentlich, wie das klingt?«

Anna schluckte trocken. Mit so einer Reaktion hatte sie nicht gerechnet.

Seit sie zur Schule gegangen waren, hatten Linda und sie kleine wie große Sorgen miteinander geteilt, hatten gemeinsam gegrübelt, einander getröstet und beigestanden, bis alles wieder gut gewesen war.

Es war unausgesprochenes Gesetz, dass sie die Probleme der jeweils anderen niemals kleinredeten, seien es nun missglückte hausgemachte Dauerwellen, Steuernachzahlungen oder gebrochene Herzen.

Allmählich kam Anna ein Verdacht.

»Linda, stimmt irgendwas nicht mit dir?«

»Muss mit *mir* etwas nicht stimmen, nur weil ich nicht begreife, was eigentlich dein Problem ist?«

Ein weiterer Gedanke schoss Anna durch den Kopf. Wenn sie bei Linda anrief, war im Hintergrund sonst immer Trubel zu hören, Kinder, die ihr ins Wort fielen, die lärmten und um die Aufmerksamkeit der Mutter wetteiferten.

Doch derzeit war alles leise.

»Linda, wo sind die Kinder?«

»Draußen.«

Und endlich erkannte Anna den speziellen Tonfall wieder. Sie hatte ihn in jüngeren Jahren zigmal gehört. Linda sprach auf dieselbe harsche, knappe Art wie damals als Teenager, wenn sie der Ansicht gewesen war, ihre Eltern würden sich zu sehr einmischen.

Wo willst du denn hin? Raus.

Wer kommt denn noch zu der Party? Leute.

Ihr habt doch wohl nicht getrunken? Nein, wir haben den ganzen Abend mit Höllendurst dagesessen.

Allerdings hatte Linda niemals zuvor so mit ihr gesprochen. Das war Anna nicht gewöhnt, und es machte ihr Angst.

»Bitte, ich höre dir doch an, dass irgendwas los ist. Und du weißt genau, wenn du nichts sagst, fahre ich sofort los und komme vorbei. Also?«

Diesmal blieb es länger still.

Am Ende kam ein grässliches Geräusch, das klang, als würde ein Ertrinkender endlich die Wasseroberfläche erreichen und nach Luft schnappen.

»ERRRAAANANNNDAA!«

»Was? Was hast du gesagt?«

»Er hat eine andere.«

»Wer hat eine andere? *Basse?*«

»Natürlich Basse, wer denn sonst?«

»Niemals!«

Linda und Basse waren seit zwölf Jahren verheiratet. Sie hatten vier gemeinsame Kinder, ein großes Haus, zwei Hunde, zwei Autos.

Linda und Basse waren zusammen eine Selbstverständlichkeit, eine Einheit. Wie Yin und Yang. Wie Ahörnchen und Behörnchen. Wie Barack und Michelle.

»Seit wann weißt du das?«

»Seit gestern. Er war schon eine Zeit lang irgendwie komisch, aber gestern hat er es mir gesagt. Direkt ins Gesicht. Ich liebe dich nicht mehr, ich hab schon eine Wohnung gefunden und ziehe am Wochenende aus.«

»Wie bitte?!«

»Als ich ein bisschen nachgebohrt habe, kam nach und nach die Wahrheit ans Licht. Er zieht direkt mit ihr zusammen. Mit Sanna.«

»Mit Sanna«, wiederholte Anna, was eher nach einem Knurren klang.

»Und jetzt sind die Kinder dort und richten sich ein. Sie kriegen auch dort eigene Zimmer. Gerade sind sie bei Ikea und suchen sich Möbel aus. Sie waren richtig happy, aber sie kapieren es ja auch noch nicht. Oder doch, Eddie und Wille waren ein bisschen nachdenklich, aber die Kleinen waren aufgeregt, als hätten sie Geburtstag.«

Linda versagte die Stimme.

»Dieses *Arschloch*!«, platzte es aus Anna heraus.

Sie war so wütend auf Lindas Ehemann, dass sie ihre eigenen Sorgen darüber vergaß. »Was denkt der sich bitte? Nach allem, was du für ihn und für eure Familie getan hast? Mal abgesehen davon, dass du die Beste bist! Die Wunderbarste, Schönste, Liebste von allen!«

Ein Schlucken bestätigte, dass Linda ihr immer noch zuhörte.

»Wenn ich nicht so verdammt schwanger wäre und dafür bestimmt gefeuert werden könnte, würde ich jetzt hinfahren und ihn grün und blau prügeln.«

»Das wäre echt nett«, sagte Linda matt. »Also, wenn du ihn grün und blau prügeln könntest. Oder zumindest ein klitzekleines bisschen hellgrau.«

»Kommst du zurecht? Soll ich vorbeikommen? Ich habe noch jede Menge Resturlaubstage, bevor der Mutterschutz losgeht.«

»O bitte, wirklich nicht«, entgegnete Linda, »ich komme schon klar. Meine Eltern helfen mir – und ein paar Freunde. Wir werden in nächster Zeit bestimmt *das* Gesprächsthema im Viertel sein, deshalb will ich auch gerade gar nicht nach draußen. Ich sehe fürchterlich aus. Und Anna … Ich hoffe, du kannst das mit Tomas klären. Verzeih mir, wenn ich vorhin ein bisschen schnippisch war. Tomas kommt bestimmt zu dir zurück. Aber vielleicht solltest du auch ein bisschen auf ihn zugehen?«

»Ach, ich … Das wird schon irgendwie klappen.«

Anna wusste nicht, was sie noch sagen sollte.

Sie hatte sich in den vergangenen vierundzwanzig Stunden in Grund und Boden geschämt, hatte ein schlechtes Gewissen, weil sie mit ihrer Schwangerschaft so ungeschickt umging, mit der bevorstehenden Elternschaft und mit ihrer Beziehung.

Doch im Vergleich zu Lindas Mann Basse war sie immerhin kein solches Riesenarschloch.

»Hör mal, Linda, du rufst mich an, wenn was ist, hast du verstanden?«

»Okay.«

»Du bist die Beste, vergiss das nicht.«

»Nein. Wir hören uns.«

Anna legte auf und lehnte den Kopf an die Nackenstütze.

In ihrem Bauch versetzte ihr das Baby einen leichten Tritt.

Fast als wollte es ihr sagen, dass sie sich zusammenreißen und aufhören sollte zu jammern.

»Du hast ja recht, Calzone«, murmelte sie.

Es war an der Zeit, ihr Schicksal in die eigenen Hände zu nehmen. Jetzt, da sie das Telefon bereits in der Hand hatte, suchte sie nach der Schwangerschafts-App.

Während sie darauf wartete, dass die Installation abgeschlossen war, blieb ihr Blick an einer anderen App hängen: an der Karten-App, die Tomas in Tampere auf ihr Handy geladen hatte.

Sie klickte sie auf.

Die Karte von Tampere öffnete sich, und ein kleiner lila Punkt blinkte auf dem Display.

»Guck mal«, sagte sie. »Da ist Papa. Er ist bei sich zu Hause.«

Dann warf sie einen Blick in den Rückspiegel, wischte sich die Mascara-Streifen unter den Augen weg, schnäuzte sich und ließ den Motor an.

»Entschuldigung. Weißt du vielleicht, wo Anna steckt?«

Annette blickte von ihrem Bildschirm auf. Aram Demir stand in der Tür.

Sie seufzte laut vernehmlich.

»Nein, keine Ahnung. Anna ist gerade auf mehreren Baustellen gleichzeitig unterwegs. Worum geht's?«

»Ich hab was entdeckt. Vielleicht könntest du kurz mitkommen? Dann kann ich es dir zeigen.«

Annette folgte Aram in sein Kabuff. Auf einem der zahlreichen Monitore waren Überwachungsaufnahmen einer Kamera zu sehen. Er hatte auf Pause geklickt.

»Sind das die Bänder von der Storgatan? Ist Börje Bohman darauf aufgetaucht?«

Aram schüttelte den Kopf.

»Nein, nirgends. Aber mir ist etwas anderes aufgefallen. Guck mal.«

Er spulte den Film ein Stück vor und pausierte ihn wieder.

»Meine Tochter, Mariam, taucht auf diesem Band mit ihrer Kindergartengruppe auf – hier.«

»Okay …«

»Zähl mal durch – also, die Kinder.«

Er ließ die Aufnahmen laufen, und Annette zählte mit.

»Dreizehn Kinder, drei Erwachsene«, stellte sie fest.

»Genau. Dieser Film hier stammt von der Boutique Pernilla. Die Gruppe taucht auf dem Film von der Eisenwarenhandlung erneut auf – und jetzt zähl nach.«

Er klickte den zweiten Film an, startete die Aufnahme, und Annette zählte mit.

»Drei Erwachsene und … zwölf Kinder!«

Ihr klappte die Kinnlade runter. Was hatte das zu bedeuten?

»Ich habe Mirella angerufen, eine der Kindergärtnerinnen, um sicherzugehen. Es sind nur zwölf Kinder in der Gruppe, an jenem Tag war keins davon krank. Und sie hatten auch kein zusätzliches Kind dabei, was schon mal vorkommt, wenn ein anderer Kindergarten geschlossen hat oder sie Gruppen zusammenlegen.«

Annette beugte sich vor.

»Zeig mir den ersten Film noch mal!«

Aram klickte ihn an und tippte mit dem Finger auf den Bildschirm.

»Ich habe die Filme jetzt mehrmals verglichen, und dieses hier ist das Kind, das zwischen den Aufnahmen verschwindet. Der Junge, der ganz hinten geht.

»Kannst du näher an ihn heranzoomen?«

Aram tat wie geheißen, und Annette beugte sich so weit vor, dass sie mit der Nasenspitze fast den Bildschirm berührte.

»Der sieht ziemlich groß aus.«

»Finde ich auch. Zu groß, um noch in den Kindergarten zu gehen.«

»Kannst du den Film auch vergrößert abspielen? Und in Zeitlupe?«

»Klar.«

Auf dem Bildschirm bewegte sich der Junge ganz hinten in Zeitlupe vorwärts: erst mit dem Rücken zur Kamera, dann drehte er sich leicht zur Seite.

Annette und Aram schnappten beide nach Luft, und Aram drückte auf Pause.

Es bestand kein Zweifel.

Ganz hinten in der Reihe der Kindergartenkinder trug ein Junge ein Bündel vor sich her.

Ein Bündel, das gut und gern ein Säugling sein konnte.

Muffiger Geruch schlug Jan-Anders Rosbäck entgegen, als er über Birgitta Svenssons Schwelle trat. Hier war schon länger nicht mehr gelüftet worden. Hatte überhaupt jemand den Kühlschrank geleert, nachdem die Hausbesitzerin bei einem Autounfall ums Leben gekommen war?

Na ja, es konnte gern müffeln, wie es wollte – Janne würde sich auch nicht lange hier aufhalten. Ohne Erlaubnis in ein verschlossenes Haus einzudringen, widersprach sämtlichen Regeln der Journalistik, die er einst an der Uni gelernt hatte. Aber er wollte ja auch keinen Unfug anrichten. Er brauchte lediglich eine Telefonnummer.

Vielleicht hatte Birgitta Svensson ja so ein klassisches, altmodisches Adressbuch geführt? Oder vielleicht alle wichtigen Nummern auf einem Zettel am Kühlschrank notiert? Er hatte nicht vor, sämtliche Schubladen zu durchwühlen, aber eine Runde zu drehen und sich umzusehen, würde niemandem schaden.

Nein, kein Zettel am Kühlschrank, nur ein Zumba-Kursplan des örtlichen Fitnessstudios und das Schulfoto eines kleinen Jungen mit Zahnlücke. Womöglich das Enkelkind? Hatte die Tochter Viveca Svensson Kinder? Jan-Anders wusste es nicht.

Er verließ die Küche und betrat das Wohnzimmer. Dort blieb er noch an der Schwelle stehen und versuchte zu begreifen, was er vor sich sah.

Es sah fast aus wie ein Hausaltar: ein riesiger Vitrinenschrank voller gerahmter Bilder und Plunder.

Den Ehrenplatz nahm eine Art Prinzessinnenkrönchen ein.

Langsam ging Jan-Anders auf die Vitrine zu und ließ den Blick über die Fotos schweifen, über die Zeugnisse, die gerahmten Zeitungsausschnitte, die getrockneten Blumen …

»Ach, du Scheiße!«, stieß er hervor, als bei ihm endlich der Groschen fiel.

Anna hatte mehrmals versucht, Märta zu erreichen, während sie den Betesbacken hochfuhr, doch sie kam nicht durch. Was nicht allzu verwunderlich war: Sie hatte selbst festgestellt, dass in Börjes Keller kaum Empfang war, und genau dort hatte Märta hingewollt.

Kurz hatte Anna überlegt, Annette zu sagen, dass sie für den Tag heimfahren wollte, dass die anderen weiterarbeiten sollten und sie selbst in diesem Sommer ja noch nicht allzu oft freigehabt hatte. Doch dann hatte die Chefin selbst angerufen und ihr etwas erzählt, was ihren Arbeitseifer neu entfacht hatte. Ihr Herz mochte noch so sehr bluten – jetzt zu Hause herumzulungern wäre ein Ding der Unmöglichkeit.

Ein Kind hatte Baby X in Saaras Kinderwagen gelegt, den Überwachungsaufnahmen zufolge ein älteres Kind, und das konnte doch kein anderes sein als jener Junge, der in Börjes Keller gewohnt hatte! Aber wer war er? Anna wollte sich seine Habseligkeiten noch mal genau ansehen. Vielleicht wäre ja dort die Antwort zu finden.

Abermals betrat sie das große Klinkerhaus und lief auf direktem Wege die Kellertreppe hinunter, die sie so lange übersehen hatten. Jetzt bei Tageslicht und im Schein der starken Leuchten war es ihr fast peinlich, dass weder Märta noch sie begriffen hatte, wie das Haus eigentlich angelegt war, dass es einen geräumigen Keller gab und eine Treppe, die dort hinunterführte.

Von unten waren überraschend muntere Stimmen zu hören. War es wirklich so unterhaltsam, Blutspuren zu untersuchen?

Anscheinend. Märta lächelte sie verdutzt an, als Anna die Treppe runterpolterte. Filip Johansson drehte sich nicht einmal um.

»Hallo! Du hier?«

»Ja, ich will mich noch einmal umsehen. Außerdem haben wir eine neue Hypothese zu Baby X. Es hat ganz den Anschein, als hätte der da« – sie zeigte auf eines der Betten – »das Baby in Saara Nymans Wagen gelegt.«

»Was? Der Junge?«

Sie blickten sich einen Moment lang stumm um. Das Zimmer sah jetzt, da Filip die Leuchten aufgestellt hatte, vollkommen verändert aus. Noch am Vortag hatte Anna eher den Eindruck gehabt, dass es einer Gefängniszelle glich, doch diesmal beschlich sie ein anderes Gefühl: Zumindest hatten die Bewohner versucht, sich hier halbwegs heimelig einzurichten.

Ein paar abgegriffene Taschenbücher lagen neben einem der Betten. Barbara Cartland und Jackie Collins.

Vor dem anderen lagen Comichefte und eine Schachtel mit Spielkarten.

Wenn Anna nicht gewusst hätte, dass sie sich in einem Kellerraum befanden, hätte sie fast angenommen, es handelte sich um eine kleine Sommerhütte. Es wirkte fast gemütlich.

»Willst du das Blut in der Sauna sehen?«, fragte Filip.

So viel zum Thema Gemütlichkeit.

»Ja, bitte.«

Die Sauna war klein und nicht sonderlich gepflegt. Auch hier hatte Filip für eine ordentliche Beleuchtung gesorgt, was die Sache jedoch nicht besser machte. Anna erschauderte bei der Vorstellung, dass hier ein Kind zur Welt gekommen war. Sofern das denn stimmte.

»Was denkst du darüber?«, fragte sie. »Könnte das Blut von einer Hausgeburt stammen?«

»Absolut«, antwortete Filip.

Dass Filip Johansson ihr beipflichtete, war Anna nicht gewohnt.

»Wirklich?«

»Klar. Da hat wohl jemand versucht aufzuwischen, aber das Blut war da bereits in das Holz gesickert. Es ist eine ganze Menge, ziemlich verschmiert und mit Fäkalien vermischt.«

»Dann könnte hier genauso gut jemand abgeschlachtet worden sein?«, warf Märta ein.

»Nein, weil es keine Spritzer an den Wänden oder an den oberen Bereichen der Sauna gibt. Ich bin ganz Annas Meinung.«

Dass es mal so weit kommen würde!, dachte Anna. Es war wirklich das erste Mal, dass Filip und sie sich einig waren.

Doch in diesem engen Raum zu stehen, in der blutbesudelten Sauna, und sich vorzustellen, wie es gewesen sein musste, hier drinnen ein Kind zur Welt zu bringen – womöglich allein, allenfalls mit Börje als Hebamme … All das schlug Anna zu sehr auf den Magen. Sie kehrte zurück in das Zimmer mit den Betten.

»Hast du irgendeinen Hinweis darauf gefunden, um wen es sich handeln könnte?«, fragte sie Märta.

»Nichts. Zig Fingerabdrücke, klar, aber die dürften kaum in unserer Datenbank sein … Oh, die Mutter war blond. Ich hab auf dem Kissen Haare gefunden.«

»Ich frage mich, was passiert sein muss, als sie den Keller verlassen haben. Sie haben ja nicht mal ihre Sachen gepackt!«

»Nein. Vielleicht hatten sie die Chance zu fliehen und haben sie überstürzt ergriffen.«

Filip steckte den Kopf zur Tür herein.

»Ich fahre zurück aufs Revier. Hab sämtliche Proben, die ich brauche.«

Anna winkte ihm zerstreut hinterher.

Irgendetwas hier drinnen verwirrte sie, nur kam sie nicht darauf, was das war.

Sie sah hoch zu dem kleinen Fenster, das mit Zeitungspapier zugeklebt worden war. Ihr Blick wanderte weiter zu einem Fortuna-Spiel, das an der Wand lehnte. Daneben lag ein kleines Stück verbogenen Metalls.

Dann sah sie zu der schweren Zimmertür.

»Warte mal …«

Sie ging auf die Tür zu, beugte sich vor und beäugte das Schloss. Dann richtete sie sich wieder gerade auf, suchte das Türblatt ab, machte einen Schritt nach links und fuhr mit den Fingern den Türrahmen ab.

»Ha!«

»Was?«

»Das Schloss!«

»Was ist damit? Es funktioniert, Filip hat es ausprobiert. Die Tür ließ sich von außen einwandfrei verschließen. Aber … Was machst du denn da?«

Mit einiger Mühe war Anna auf alle viere gegangen. Sie beugte sich vor und fuhr mit der Hand unter das Bett, das am nächsten zur Tür stand.

»Nein … Moment!«

Fast an der Wand hatten ihre Finger etwas Kaltes, Hartes ertastet. Sie zog es hervor.

Aufgeregt, wenn auch leicht ungelenk kam sie wieder auf die Beine.

»Schließ uns jetzt bloß nicht ein!«, warnte Märta sie. »Hier unten haben wir keinen Handyempfang.«

»Nein, natürlich nicht. Aber guck dir das an!«

Anna hielt den Gegenstand, den sie gefunden hatte, an die offen stehende Tür.

Die Löcher in der Metallplatte stimmten exakt mit ein paar kleinen Bohrungen in der Tür überein.

»Da saß ein Riegel an der Tür«, sagte Anna triumphierend. »Die Tür konnte nicht nur von außen, sondern auch von innen abgesperrt werden, also von denen, die hier gewohnt haben. Der dazu passende Haken liegt dort neben dem Fortuna-Spiel – und der Schlitten ist unter dem Bett gelandet.«

Mit großen Augen kam Märta einen Schritt näher.

»Verdammt noch mal! Anna Glad, manchmal kommst du auf Ideen, dass mir glatt der Schlüpfer auf halbmast hängt …«

Eine komische Wortwahl, die Anna jedoch nicht weiter kommentierte. Sie mussten jetzt über andere Dinge nachdenken.

Wenn die Familie im Keller Börjes Gefangene gewesen wären, wie Benny Westlander sofort gemutmaßt hatte, warum hätten sie sich dann mittels eines Riegels selbst einschließen sollen?

Was, wenn sie gar nicht gefangen gehalten worden waren, sondern sich hier versteckt hatten? Aber vor wem? Und warum?

Märta schien in dieselbe Richtung zu denken.

»Okay. Also. Wen wollten sie von hier fernhalten? Es muss jemand gewesen sein, der verdammt kräftig war, wenn man bedenkt, dass die komplette Vorrichtung einmal quer durch den Raum geflogen ist, als die Tür aufgestoßen wurde. Und das kann nicht Börje Bohman gewesen sein – immerhin ist dies hier sein Haus, seine Tür, sein Riegel.«

ER HÜPFT MINDESTENS einen Meter in die Luft, als Mama mit einem lauten Knall den Topf auf den Boden fallen lässt.

Rohe Nudeln und Wasser spritzen in alle Richtungen, und Mama kreischt auf.

»Mama! Hast du dich verbrannt?«

Sie wimmert, aber sie kann sich nicht verbrüht haben, weil das Wasser im Topf immer noch kalt war. Trotzdem lehnt sie sich schwer gegen den Esstisch und verzieht das Gesicht.

»Mama?«

»Ich … Es ist alles gut, mein Kleiner. Kannst du mir den Besen geben?«

Er rennt den Besen holen und überreicht ihn ihr. Mama holt tief Luft, richtet sich gerade auf und klopft mit dem Besenstiel gegen die Zimmerdecke.

Dunk, dunk, dunk.

Dunk, dunk, dunk.

Dunk, Pause, dunk, Pause, dunk.

Das übliche Signal. Es dauert einen Moment, dann poltert es auf der Treppe hinter der Tür. Der Mann von oben stürmt in ihr Zimmer.

»Was ist passiert?«

Mama macht den Mund auf, aber im selben Moment geschieht etwas Verrücktes und Ekliges: Mama pinkelt los – mitten auf den Fußboden! Und total viel!

»Aber Mama!«

Die Panik steht ihr ins Gesicht geschrieben.

»Nein! Nicht jetzt! Ich bin noch nicht so weit!«

Der Mann sieht ebenfalls leicht verschreckt aus, doch dann scheint er sich zusammenzureißen.

»Ich ruf sie an«, sagt er. »Nimm mit, was du brauchst, und komm hoch.« Dann dreht er sich zu dem Jungen um und sagt streng: »Und du bleibst hier und bist mucksmäuschenstill, hast du das kapiert?«

Der Junge nickt.

Inzwischen ist Mama ganz weiß im Gesicht, trotzdem versucht sie zu lächeln.

»Da ist Knäckebrot, Kleiner. Und weißt du, was? Du darfst die Samstagsschokolade schon heute essen. Ich bin nur kurz weg, aber ich komme so schnell wie nur möglich zurück.«

Dann verschwinden die beiden, und der Junge bleibt allein zurück. Seine Socken sind nass. Er hofft, vom Nudelwasser, nicht von Mamas Pipi.

Er zieht sich die Socken aus, greift zur Schokolade und krabbelt auf sein Bett. Er versucht, die Verpackung zu öffnen, doch seine Hände zittern so sehr, dass es ihm nicht gelingt.

Er will hier sitzen bleiben, bis seine Mutter zurückkommt. Bis alles wieder normal ist.

Endlich hatte Birgitta die kleine Viveca ins Bett gebracht. An einigen Abenden dauerte so was eine Ewigkeit, da musste man sämtliche Wiegenlieder singen, die einem einfielen, mitunter sogar das eine oder andere Trink- oder Weihnachtslied – und heute war so ein Abend gewesen, aber jetzt schlief die Kleine, dem Himmel sei Dank.

Birgitta ließ sich auf den Sessel sinken und streckte sich nach der Zeitschrift aus, die sie schon den ganzen Tag hatte durchblättern wollen. Nils war draußen in der Garage und werkelte an etwas herum. Wenn er zurückkäme, würde sie ein Abendbrot und Tee vorschlagen.

Als das Telefon im Flur klingelte, stürzte sie sich darauf wie ein wildes Tier auf seine Beute. Viveca durfte nicht aufwachen, Birgitta würde ihr nicht schon wieder eine Stunde lang vorsingen können. Sie lauschte nervös auf Geräusche aus dem Kinderzimmer, ehe sie sich den Hörer ans Ohr presste. Nein, das Baby schien weiterzuschlafen.

»Äh, hallo. Ich bin's«, sagte eine tiefe Stimme.

»Wer ist da? Börje, bist du das?«

Birgitta war verdutzt. Sie konnte sich nicht erinnern, dass sie jemals mit Börje telefoniert hätte. Doch schon im nächsten Moment war ihr eiskalt.

»Was ist passiert?«

Ein paar Sekunden lang herrschte Stille. Dann war wieder Börjes raue Stimme zu hören.

»Du musst sofort kommen.«

»Bitte, was ist denn los? Geht es um Marianne?«

»Komm, so schnell du kannst. Und besser, du sagst nichts zu Nils.«

Börje legte auf, und Birgitta stand einen Moment lang mit hämmerndem Herzen und dem Hörer in der Hand im Flur.

Dann gab sie sich alle Mühe, sich zur Ruhe zu rufen, und lief über den Hof zur Garage.

»Viveca schläft endlich. Ich dachte mir, ich könnte noch schnell zu Marianne fahren. Sie braucht meine Hilfe.«

Es fühlte sich grässlich an, ihren Mann zu belügen, doch im Augenblick wog die Solidarität mit Marianne schwerer. Umso schlimmer, als Nils sie freundlich anlächelte und ihr zuzwinkerte.

»Dann macht's euch mal nett!«

Birgitta brauchte lediglich zehn Minuten, um von ihrem Reihenhaus hoch auf den Betesbacken zu Mariannes und Börjes Haus zu fahren, doch weil ihr immer noch das Herz bis zum Hals schlug, kam ihr die Fahrt ewig vor.

Zwei Dinge fielen ihr auf, als sie ausstieg und durch den Garten auf die Haustür zueilte.

Warum waren die Vorhänge im Wohnzimmer zugezogen?

Und warum mischte Börje Zement? Der Zementmischer dröhnte an der Hauswand vor sich hin.

»Marianne? Börje? Wo seid ihr?«, rief sie verängstigt, lief die Vordertreppe hinauf und betrat das Haus.

KAPITEL 9

Bulle, Bulle, warte kurz,
Läufst hier rum und riechst nach Furz

Sonntag, 16. Juli

Es sollte eine schlaflose Nacht für Anna Glad werden. Ihr Hintern hatte erneut gekrampft, der Bauch war im Weg, und sosehr sie es auch versuchte, sie konnte keine bequeme Liegeposition finden.

Wann immer sie die Augen schloss, kamen die Eindrücke aus Börjes Keller wieder hoch. Drei Personen in einem Keller, Blutlachen, aufgebrochene Türen, ein kleines rotes Söckchen …

Und wann immer sie versuchte, die Bilder beiseitezuschieben, tauchte Tomas' enttäuschtes Gesicht vor ihr auf.

Tomas.

Er hatte sich nicht mehr bei ihr gemeldet. Sie sich allerdings auch nicht bei ihm – weil sie nicht wusste, was sie ihm schreiben sollte. Noch ein »Verzeih mir!« wäre erbärmlich gewesen.

Als sie endlich in einen unruhigen Schlaf fiel, kamen die Alpträume. Dass ihr eigenes Baby zur Welt gekommen, aber verschwunden wäre. Wo hatte sie es abgelegt? Es war so klein! Wie eine Haselnuss! Und spurlos verschwunden – und das ist deine Schuld, Anna, was bist du nur für eine Rabenmutter?

Als es am Sonntagvormittag an der Tür klingelte, lag Anna immer noch im Bett, nachdem sie erst gegen acht Uhr richtig eingeschlafen war. Ausnahmsweise hatte sie sich vorgenommen, dass sie an diesem Tag nicht arbeiten würde, obwohl die Ermittlungen noch nicht abgeschlossen waren.

Verwirrt ging sie zur Tür. War sie überhaupt angezogen? Na ja, das große T-Shirt, in dem sie geschlafen hatte, bedeckte zumindest das Wesentliche.

Es klingelte schon wieder. Was war denn so dringend? Doch dann schoss ihr durch den Kopf, es könnte Tomas sein, der draußen vor der Tür stand.

Sie riss die Tür auf.

»Shit!«

Sie hatte keine Ahnung, wie sie diese erste Reaktion abmildern oder auch nur ein freundlicheres Willkommen herausbringen sollte.

Da standen sie.

»Hey, Anna«, sagte ihr Vater.

»Wir haben dich hoffentlich nicht geweckt?«, fragte ihre Mutter.

Alison versuchte, die Luft anzuhalten, um den Geruch des Weines nicht einzuatmen, den sie in den Ausguss kippte. Es fiel ihr nicht leicht, und ein Teil von ihr jaulte innerlich: »Nur noch ein einziges Glas! Eins geht doch, und dann ist Schluss!«

Doch sie widerstand der Versuchung und kippte alles aus, bis beide Bag-in-Boxes aus dem Kühlschrank leer waren. Samuels Bierdosen ließ sie stehen; so verzweifelt war sie schließlich nicht, dass sie stattdessen Bier trinken würde. Bier schmeckte einfach grässlich.

Sie konnte nicht alles auf den Alkohol schieben, gleichzeitig wusste sie, dass sie niemals zu Leevi nach Hause gefahren wäre, wenn sie nüchtern gewesen wäre.

Doch jetzt war es an der Zeit, sich zusammenzunehmen. *Take the high road.*

Samuel war immer noch nicht nach Hause gekommen. In der Hoffnung auf irgendein Lebenszeichen warf sie in regelmäßigen Abständen einen Blick auf ihr Handy, und als es anfing zu klingeln, zuckte sie heftig zusammen.

Verdattert starrte sie den Namen auf dem Display an. Maggi Lindberg? Die hatte Alison doch noch nie angerufen? Was wollte sie? Hoffentlich wüsste sie nicht über die Sache mit Leevi Bescheid?

»Hey, Maggi!« Sie versuchte, entspannt zu klingen.

»Hallo, Alison. Ich hoffe, du bist wohlauf.«

»Aber natürlich«, flunkerte Alison.

»Ich fürchte, ich rufe aus einem unangenehmen Grund an … und zwar in Samuels Auftrag. Es tut ihm wahnsinnig leid, aber er wird eine Weile nicht nach Hause kommen.«

Alisons Griff um das Handy verkrampfte sich so sehr, dass es ihr fast aus der Hand glitt.

»Wo ist er? Wo ist Samuel?«

»Das will ich lieber nicht am Telefon erzählen. Aber mach dir keine Sorgen, es ist nichts Dramatisches passiert. Es geht ihm gut, und er hätte natürlich lieber selbst angerufen, aber das geht nicht, und deshalb hat er mich gebeten.«

Alison schluckte trocken. Was ging hier vor?

»Maggi, bitte, er ist mein Ehemann. Du musst es mir sagen. Ist er … Sitzt er im Gefängnis oder ist er verhaftet worden?«

Vom anderen Ende der Leitung war ein schrilles, freudloses Lachen zu hören.

»Nein, nicht doch, natürlich nicht! Aber … Samuel.

Er muss … Er musste für eine Weile weg, aber er kommt bald wieder.«

Tränen brannten in Alisons Augen.

»Warum darf ich nicht wissen, wo er steckt? Bring mich zu ihm, Maggi! Das hier ist doch verkehrt!«

»Meine Liebe, vertrau uns einfach, Samuel und mir. Es ist zu unser aller Bestem. Du hast doch alles, was du derzeit brauchst? Wenn nicht, ruf mich an. Und Leevi hilft sicher auch gern aus.«

Alison schniefte. Maggi wusste also nicht darüber Bescheid, was zu Hause bei ihrem jüngeren Sohn vorgefallen war. Besser so. Sie wollte schon den Mund aufmachen und etwas erwidern, doch ihre Schwiegermutter kam ihr zuvor.

»Ich muss jetzt los, meine Liebe, aber es wird alles gut. Wir hören uns!«

Und damit war das Telefonat beendet.

Es dauerte einen Moment, ehe Alison sich wieder rühren konnte. Nachdem sie wie eine Salzsäule in ihrer klinisch reinen, wenn auch nach Wein stinkenden Küche gestanden hatte, setzte sie sich langsam in Richtung Arbeitszimmer in Bewegung.

In Richtung von Samuels Arbeitszimmer.

Es war absurd, dass er so etwas hatte. Er, der im Leben nie einen Schreibtischjob gehabt hatte. Wenn jemand in dieser Ehe ein Arbeitszimmer brauchte, dann doch wohl sie. Trotzdem war nie auch nur die Rede von Arbeitszimmern für sie beide gewesen – oder dass sie sich das Büro in ihrem gemeinsamen Traumhaus auf der Insel teilen würden.

Merkwürdig, dass sie damals nicht aufgemerkt hatte, als sie das Haus geplant hatten.

Sie fuhr den Rechner hoch und setzte sich auf Samuels hässlichen, sündhaft teuren hyperergonomischen Schreibtischstuhl, der aussah, als stammte er aus Star Trek. Nachdem ihr eigener Laptop mausetot war und die Handyverbindung zu langsam, musste sie eben seinen Computer benutzen.

Der Log-in war einfach: Samuel benutzte überall ein und dasselbe Passwort. SamTheMan79.

Sie rief in einem Fenster Google Translate auf und in einem zweiten die Suchmaschine.

Dann schrieb sie *»Samuel Lindberg cheating«* in die Suchmaske.

Nachdem Anna eilig ihre Decke, die Umstands-Jeans und den Berg unsortierter Wäsche weggeräumt hatte, setzten sich Moa und Holger Glad auf das durchgesessene Sofa.

Sie selbst trottete ins Schlafzimmer und warf sich ihren Frotteebademantel über. Der bedeckte ihren Bauch zwar nur unzureichend, doch wenn sie den Gürtel direkt unter der Brust verknotete, würde er zumindest halten.

Sie lächelten ihr bereits entgegen, als sie zurück ins Wohnzimmer kam; ein merkwürdiges, schwer zu deutendes Lächeln. War das freundlich gemeint? Waren sie nervös? Wollten sie sich bei ihr einschmeicheln? Es war schon einige Zeit her, dass Anna ihren Eltern zuletzt gegenübergesessen hatte, und sie konnte sie nicht richtig einschätzen.

»Also. Was macht ihr hier?« Sie selbst ließ sich auf einem Stuhl nieder.

»Wir wollten einfach mal vorbeikommen«, antwortete ihr Vater. »Du bist am Telefon so schwer zu erreichen.«

Leicht beschämt musste Anna an all die Gelegenheiten denken, bei denen sie die Nummer ihres Vaters auf dem Display gesehen hatte und kurzerhand einfach nicht rangegangen war; meist, weil sie nicht hatte sprechen wollen. Aber zurückgerufen hatte sie ebenso wenig.

»Sorry, in letzter Zeit war bei der Arbeit die Hölle los.«

»Aber dann sind wir kürzlich Antonia begegnet, also, Lindas Mutter, und die hat erwähnt … also …«

Ihre Mutter riss vielsagend die Augen auf und starrte demonstrativ auf Annas Bauch hinab.

»Ja, richtig«, sagte Anna – in einem Tonfall, als hätte sie den Babybauch selbst eben erst entdeckt.

»Da waren wir natürlich außer uns …«

»Und auch nur ein klitzekleines bisschen sauer«, ergänzte ihr Vater. »Hauptsächlich haben wir uns gefreut.«

»Ja, und wie!«

Warum redeten die beiden wie einstudiert?

»Entschuldigt, dass ich nicht angerufen und es euch selbst erzählt habe«, sagte Anna aufrichtig. »Ich wollte das hier nicht geheim halten, das ist euch hoffentlich klar. Aber es war irgendwie nie der richtige Moment. Ich nehme an, ich habe auf die richtige Gelegenheit gewartet …«

Ihre Mutter lächelte immer noch aufmunternd, während ihr Vater die Zähne zusammenbiss.

»Tja, und wer auf die richtige Gelegenheit wartet, wartet bis zum Sankt-Nimmerleins-Tag. Aber jetzt sind wir ja hier.«

»Stimmt. Wolltet ihr etwas Spezielles?«

»Na, dich sehen natürlich! Dir gratulieren! Und fragen, ob wir dir irgendwie helfen können.«

»Ich wüsste nicht … Das Baby ist ja noch nicht mal da.«

»Aber hast du denn alles, was du brauchst? Ein Kinderbett, Kinderwagen, all das?«

»Jaja«, sagte Anna, »alles unter Kontrolle.«

»Und wir haben gehofft, wir würden auch unseren Schwiegersohn kennenlernen«, warf ihr Vater ein. »Tomas heißt er, ja?«

Anna hoffte nur, dass sie ihr nicht ansahen, was in ihr vor sich ging.

»Ja, er heißt Tomas. Und leider musste er zurück nach Tampere fahren.«

»Was sagst du da? Er wohnt in Tampere? Wie soll das denn funktionieren? Wer von euch beiden zieht um?«

»Da sind wir uns noch nicht ganz einig. Aber das wird schon ...«

Sie schienen ihr nicht zu glauben. Was wenig verwunderlich war. Anna glaubte es ja selbst nicht mehr.

»Es ist ein bisschen chaotisch gerade«, gestand sie ein.

Inzwischen sah ihr Vater fast wütend aus.

»Aha, so einer ist das!«

»Wie, so einer?«

»Ist er verheiratet?«

»Was? Nein, natürlich nicht!«

»Aber er lässt dich hier allein sitzen und überlässt dich dem Schicksal.«

»Hör auf, Papa, das hast du falsch verstanden! Tomas hat uns nicht sitzen lassen. Er freut sich riesig auf das Baby, im Grunde sollte *er* schwanger sein und nicht ich, das wäre tausendmal besser. Er wird ein phantastischer Vater. Die Einzige, die ziemlich hoffnungslos ist, bin ich.«

Jetzt war es Anna, die drauflosschimpfte.

Moa und Holger sahen sie fassungslos an.

»Außerdem«, fuhr Anna fort und kam allmählich in Fahrt, »bist du ja wohl der Letzte, der anderen vorwerfen sollte, dass sie Mutter und Kind sitzen lassen. Darin warst du selbst ja auch nicht übel. War doch so, Papa?«

Seine Miene verfinsterte sich.

»Das war doch wohl etwas anderes …«

»Finde ich nicht. Mama hat von früh bis spät gesoffen, und du musstest drei von vier Wochen im Monat ›in einer anderen Stadt arbeiten‹.« Anna malte mit den Fingern Anführungszeichen in die Luft. Ihre Mundwinkel zitterten vor Zorn.

Ihre Eltern sahen sie schockiert an. Anna atmete tief durch.

So.

Jetzt hatte sie es gesagt. Laut und deutlich. Nach zwanzig Jahren, in denen sie das Thema nie angesprochen hatte. Nach zwanzig Jahren, in denen sie sich eingeredet hatte, dass sie nicht zornig wäre. Dass am Ende doch alles gut gegangen war. Mama war trocken und Papa zu Hause – und Anna hatte ein eigenes Leben.

Doch anscheinend hatte der Zorn die ganze Zeit über in ihr geschwelt.

Moa Glad richtete sich steif auf.

»Ich muss sagen, dass wir das gerade verdient haben.«

»Hä?«

Holger war immer noch wie vor den Kopf gestoßen.

»Wir waren dir wirklich keine guten Eltern, Anna, sondern richtig, richtig schlechte.«

Anna wand sich innerlich. Mit dieser Reaktion ihrer Mutter hatte sie nicht gerechnet.

»Na ja, als ich klein war, war ja alles okay. Oder, nein, sogar ziemlich schön.«

»Du musstest als Teenager leider mehr oder weniger allein klarkommen. Aber klarkommen wirst du auch jetzt, da du selbst Mutter wirst.«

Anna sackte auf ihrem Stuhl in sich zusammen. Die Wut hatte sich im selben Moment verflüchtigt, da alles aus ihr herausgeplatzt war. Im Augenblick hing sie emotional in der Luft; sie hätte nicht sagen können, welches Gefühl als Nächstes überhandnehmen würde.

»Aber wenn du dir vorstellen könntest, uns noch eine Chance zu geben«, fuhr ihre Mutter mit inzwischen leicht zittriger Stimme fort, »dann würde ich gern versuchen, eine richtig gute Großmutter zu werden.«

Anna horchte in sich hinein. Welches Gefühl machte sich denn nun bemerkbar?

Nichts. Gar keines. Sie war überraschend gleichgültig.

»Darüber muss ich erst nachdenken«, sagte sie.

In der Küche fing ihr Telefon an zu klingeln, und Anna stand so schnell, wie sie nur konnte, von ihrem Stuhl auf. Es konnte schließlich Tomas sein.

Aber nein, leider leuchtete ein anderer Name im Display auf, der zu einer Person gehörte, mit der sie gerade lieber nicht sprechen wollte.

Doch der Anruf könnte ihr den perfekten Vorwand liefern, um ihre Eltern aus der Wohnung zu komplimentieren.

»Tut mir echt leid, aber das ist die Arbeit.«

»An einem Sonntag? Du arbeitest zu viel, Anna!«, sagte ihre Mutter. »Das ist nicht gut für das Baby!«

»Tja, aber Mütter tun ja alles Mögliche, was nicht gut für das Baby ist, wie du weißt«, konterte Anna bissig.

Dann nahm sie den Anruf entgegen.

»Guten Morgen, Janne. Was gibt's?«

Alison Lindberg lehnte sich schwer auf dem Star-Trek-Stuhl zurück. Sie wunderte sich selbst, dass sie nicht angefangen hatte zu weinen. Die Bilder, die sie in der vergangenen Stunde zu sehen bekommen hatte, waren grässlich.

Aber wer wollte schon Bilder des Mannes sehen, dem man für den Rest seines Lebens geschworen hatte, ihn zu lieben, und der darauf in verschiedensten beschämenden Zusammenhängen mit leicht bekleideten jungen Frauen zu sehen war? Die Fotos waren nicht schwer zu finden gewesen. Alison war fast augenblicklich auf irgend so ein erbärmliches Internetforum gestoßen, in dem die Leute saftige Gerüchte über verschiedenste Promis austauschten.

Und der Thread über ihren Mann war lang und verdammt saftig gewesen. Sie hatte die Texte nicht alle verstanden, aber Bilder konnte sie sich ansehen.

Schwer zu sagen, wann sie entstanden waren. Sie konnten gut und gern einige Jahre alt sein. Und dass Samuel vor ihrer Hochzeit gern feiern gegangen war, konnte sie ihm wohl kaum vorwerfen, speziell nicht, wenn sie bedachte, was einige Tage zuvor zwischen ihr und seinem Bruder vorgefallen war.

Wenn Samuel sich in letzter Zeit nicht so merkwürdig verhalten hätte, wäre Alison sogar bereit gewesen, über die Partybilder hinwegzusehen und weiterzumachen, als wäre nichts gewesen. Sie waren immerhin beide erwachsene Leute.

Aber stimmte womöglich, was Leevi gesagt hatte? Dass Samuel nicht nur ein Party-King war, sondern überdies ein Drogenproblem gehabt hatte, das sich aktuell wieder Bahn brach?

Es würde zumindest sein verändertes Verhalten erklären.

Und jetzt war er »verreist«. War es das, was ihre Schwiegermutter nicht hatte sagen wollen? Dass Samuel eine Entziehungseinrichtung aufgesucht hatte?

Sie würde darauf keine Antwort bekommen, ehe er

wieder zu Hause wäre, so viel war klar. Maggi Lindberg würde schweigen wie ein Grab.

Aber wo bewahrte er seine Drogen auf, wenn er denn damit zu tun hatte? Hatte er hier zu Hause irgendwo ein heimliches Lager?

Alison zog die oberste Schreibtischschublade auf. Sie war leer, nicht ein Blatt Papier, kein Stift oder irgendwas anderes, was sonst in Schreibtischschubladen lag.

War ja klar, dachte Alison und schob die Schublade wieder zu. Ihr Mann war wie gesagt kein Büromensch.

Auch die mittlere Schublade war leer. Doch am Boden der dritten klebte ein Post-it-Zettel.

War Samuel wirklich so naiv, dass er einen Zettel mit seinen E-Mail-Zugangsdaten in der Schreibtischschublade aufbewahrte? Ganz unwahrscheinlich war es nicht, er benutzte schließlich ein und dasselbe Passwort für alle möglichen Sachen. Datensicherheit war nicht gerade seine Stärke. Und für seine E-Mail-Adresse hatte sein übliches SamTheMan79 vielleicht nicht funktioniert?

Sie schob die Schublade zu. Dass sie den Zettel auch nur gesehen hatte, fühlte sich grundverkehrt an.

Herr im Himmel.

Sie blieb noch eine Zeit lang starr sitzen.

Nein, sie durfte doch nicht …

Bilder ihres untreuen Ehemanns zu googeln, war eine Sache.

Seine E-Mails zu lesen eine ganze andere.

Andererseits wäre es doch wesentlich, eine Bestätigung zu erhalten, wenn Samuel wirklich ein Drogenproblem hatte. Wie sonst würde sie ihm helfen können?

Sie zauderte noch kurz.

Dann zog sie die Schublade abermals auf.

Jan-Anders Rosbäck wartete schon vor dem Eingang zum Redaktionsgebäude.

»Morgen! Hier ist sonntags geschlossen, deshalb hab ich mir gedacht, ich warte besser draußen.«

Er schloss die Tür auf und zeigte grinsend auf Annas Bauch.

»Wie viele erwarten Sie eigentlich?«

»Jesus und seine zwölf Jünger, also insgesamt dreizehn«, erwiderte Anna säuerlich.

Das Stockwerk, in dem die Redaktion saß, war dunkel, die Jalousien heruntergelassen. Janne machte Licht und zeigte auf einen Stuhl.

»Setzen Sie sich. Wie nett, dass Sie an Ihrem freien Tag sofort vorbeikommen konnten.«

Anna begnügte sich mit einem Nicken. Es war schon seltsam, dass sie – sogar wenn sie sich fest vornahm, frei zu machen – unweigerlich wieder bei der Arbeit landete. Aber Janne hatte so eifrig geklungen, dass sie sofort neugierig geworden war.

»Wie Sie wissen«, hob er an, »habe ich ein bisschen in Börje Bohmans Background gewühlt – nur für eine Art Reportage, nicht, um mich in Ihre Ermittlungen einzumischen. Gibt's da eigentlich etwas Neues?«

Das konnte man wohl sagen. Doch Anna hatte nicht vor zu erzählen, was die Polizei in Börjes Keller gefunden hatte und welche neuen Spuren sie derzeit verfolgten.

»Wir haben Börje immer noch nicht aufgespürt«, sagte sie knapp.

Jan-Anders zog eine Plastikhülle zu sich heran, die randvoll mit Fotos und Artikeln zu sein schien. Kurz blätterte er darin und legte ihr schließlich ein Bild vor.

»Hier. Börje mit seiner Frau Marianne und der gemeinsamen Patentochter Viveca im Jahr 1980.«

Neugierig betrachtete Anna das Foto, vor allem, weil sie wissen wollte, wie Marianne Bohman ausgesehen hatte. Zierlich, niedlich und blond – genau, wie alle berichtet hatten. Börje selbst war auf dem Bild nur halb zu sehen, trotzdem war klar zu erkennen, wie viel größer als seine Frau er gewesen war. Das Baby in Mariannes Armen ließ Anna unwillkürlich an Baby X denken.

»Und?«

»Die Mutter der kleinen Viveca war Birgitta Svensson, Mariannes beste Freundin. Ich habe versucht, sie aufzuspüren, um ihr ein paar Fragen zu stellen, aber sie ist gestorben – im letzten Frühjahr, bei einem Autounfall.«

»Hier in der Gegend?«

»Ja, an einem Abend im April.«

Anna meinte sogar, sich zu erinnern: Eine Frau Mitte sechzig war frontal mit einem anderen Fahrzeug zusammengestoßen. Sie hätte dem anderen Vorfahrt gewähren müssen. Anna war an jenem Abend im Dienst gewesen, allerdings hatten Iiro und Markus den Einsatz übernommen. Sie konnte sich daran noch gut erinnern, weil Iiro einen sexistischen Kommentar über Frauen am Steuer gemacht und Märta ihn daraufhin scharf zurechtgewiesen hatte.

»War eine tragische Geschichte«, sagte sie.

Worauf wollte Janne eigentlich hinaus?

»Na ja, der nächste Schritt war dann, die Tochter ausfindig zu machen.« Er tippte mehrmals nachdrücklich auf das Baby vom Foto. »Aber das scheint unmöglich zu sein. Viveca Svensson ist spurlos verschwunden.«

»Ach, aber könnte sie inzwischen nicht anders heißen? Sie dürfte an die vierzig sein. Vielleicht hat sie ja geheiratet?«

»Es wird noch interessanter«, entgegnete Janne melodramatisch.

Er zog ein Blatt Papier aus seinem Stapel.

Der Artikel stammte aus dem Jahr 1990 und war überschrieben mit »Unsere Venla unter den Schönsten des Landes«. Darunter war das Schwarz-Weiß-Bild dreier lächelnder junger Frauen abgedruckt, die Krönchen in den auftoupierten Haaren trugen.

»Miss Finnland?«, fragte Anna.

»O ja. Venla Sarén wurde Dritte – zweite Erbprinzessin oder wie sie es nennen. Und Venla Sarén ist niemand Geringeres als Viveca Svensson. Sie hat anscheinend einen anderen Namen angenommen, um mehr ... keine Ahnung ... Miss-würdig zu klingen?«

Anna schob den Artikel zu ihm zurück.

»Und unter Venla Sarén ist sie auch nicht auffindbar?«

»Nein, keine Chance. Und genau deshalb müsste ich Sie ein paar Dinge fragen.«

»Schießen Sie los.«

»Könnte es sein, dass Venla, also Viveca, eine geschützte Identität hat?«

»Kann schon sein.«

»Und in so einem Fall verschwindet man aus sämtlichen Datenbanken?«

»Ja, zumindest verschwindet der alte Name. Aber es könnte natürlich auch noch andere Gründe geben. Vielleicht hat sie sich ja noch einmal umbenannt? Oder ist ins Ausland gezogen? Machen das Models nicht üblicherweise?«

»Aber wussten Sie, dass sie sich nicht einmal bei den Behörden gemeldet hat, als ihre Mutter gestorben war? Birgitta Svenssons Haus ist seit April nicht mehr betreten worden. Sogar das schmutzige Geschirr steht noch da.«

»Und woher wissen Sie das?«, wollte Anna sofort wissen.

Sie musste sich vorerst mit einem gelbzahnigen Grinsen zufriedengeben.

»Na ja, ich hab mich innerhalb meiner Möglichkeiten ein bisschen umgesehen«, antwortete er nach kurzem Zögern. »Aber ich dachte mir, vielleicht würden Sie das erfahren wollen. Sie haben doch besseren Zugang zu allen möglichen anderen Datenbanken als wir Normalbürger. Vielleicht finden Sie Börje, wenn Sie Viveca-Venla finden?«

An sich hatte er recht. Anna erlaubte sich ein schiefes Lächeln.

»Danke für den Hinweis, Janne.«

»Es ist ein Geben und Nehmen«, sagte Janne pathetisch. »Im Internet findet man jede Menge alten Klatsch und Tratsch über die Dame: ihre Leibspeise, Ziele im Leben, mit welchem Hockeyspieler sie mal was hatte und so. Ziemlich wenig, womit man etwas anfangen könnte.«

Anna bedankte sich abermals, stand mühsam auf und wankte in Richtung der Treppe. Noch auf dem Weg angelte sie ihr Handy aus der Tasche, um den Namen und ein paar Notizen einzutippen.

Janne hatte ja keine Ahnung, wie sehr er ihr geholfen hatte.

Venla Sarén alias Viveca Svensson.

Eine Frau mit langen blonden Haaren und einer nachweislichen Verbindung zu Börje Bohman.

Anna hatte heute zwar frei, aber es konnte nicht schaden, kurz auf der Dienststelle vorbeizugehen und ein paar Datenbank-Recherchen vorzunehmen.

Rolf hatte so viele Einkaufstüten in der Hand, dass er sich seitwärts durch Max' Tür schieben musste.

»Du liebe Güte, ich habe Prostatakrebs und bin nicht akut vom Hungertod bedroht!«

Rolf wollte lieber nicht sagen, was ihm spontan durch den Kopf schoss: dass Max durchaus so aussah, als wäre er kurz davor zu verhungern. Er musste in diesem Sommer mindestens zehn Kilo abgenommen haben.

»Keine Widerrede, Schwedenmann«, sagte er liebevoll. »Jetzt wird dein Gefrierschrank mit Hausmannskost gefüllt. Beim Essen wird ab sofort nicht mehr geschludert. Du nimmst von jetzt an das zu dir, was Dr. Månsson dir verschreibt!«

»Jaja«, antwortete Max mit einem Lächeln. »Ich habe nur in letzter Zeit wenig Appetit. Die jüngste Bestrahlung … Teufel, wie dreckig es mir danach ging!«

»Versuch einfach, es zu genießen. Und die Wahrscheinlichkeit, dass man gut isst, ist eindeutig höher, wenn man schon gutes Essen zu Hause hat. Und genau das wird jetzt der Fall sein.«

»Dieser Dr. Månsson scheint echt Ahnung zu haben. Und gut sieht er obendrein aus!«

Rolfs Handy vibrierte in seiner Gesäßtasche, und er hatte seine liebe Mühe, die Einkaufstüten abzustellen, ohne dass eine umkippte.

»Schau einer an, Anna Glad!«, sagte er, als er den Anruf entgegennahm.

»Hey! Bist du gar nicht zu Hause?«

»Nein, ich bin bei Max.«

»Okay. Und wann bist du wieder da?«

Klang sie etwa verzagt? Das sah ihr gar nicht ähnlich.

»Das dauert noch. Max ist … nicht auf der Höhe.«

»Ach, du kannst ihr doch sagen, was Sache ist«, rief Max vom Sofa aus.

»Ja, also … Max ist krank.«

Er musste erst durchatmen, ehe er das Wort laut aussprechen konnte.

»Er hat Prostatakrebs.«

»Wie bitte?«, platzte es aus Anna heraus.

»Aber ich bin gut drauf und schon auf dem Weg der Besserung, jetzt, da Dr. Månsson hier ist«, rief Max so laut, dass Anna es hören konnte.

»Na ja«, sagte Rolf. »Deshalb bleibe ich eine Zeit lang hier. Gibt's einen speziellen Grund, warum du anrufst?«

»Nein, nein«, sagte Anna eilig. »War nicht so wichtig.«

»Und wie geht es dir? Dir und dem Bauch und Tomas?«

»Na ja, wir … Uns geht es gut. Kümmere du dich erst mal um Max. Und um dich selbst.«

Als sie aufgelegt hatten, blieb Rolf mit dem Handy in der Hand stehen. Anna hatte merkwürdig geklungen, und inzwischen war er halbwegs gut darin herauszuhören, wenn sie ihm etwas verschwieg.

Max sah ihn aufmerksam an.

»Stimmt etwas nicht?«

»Ich weiß nicht. Sie klang irgendwie niedergeschlagen.«

Als Anna auflegte, war ihr erbärmlich zumute. Sie hatte gehofft, sie könnte an Rolfs Küchentisch Platz nehmen, ein paar Zimtschnecken futtern, ihn über Birgitta Svensson und Venla Sarén ausfragen und vielleicht von ihrem Streit mit Tomas und dem missglückten Besuch ihrer Eltern erzählen. Rolf hätte unter Garantie etwas Kluges und Aufmunterndes zu sagen gewusst.

Doch Annas persönliche Probleme waren nichts im Vergleich zu der Nachricht, dass Max an Krebs erkrankt war. Natürlich musste Rolf jetzt in erster Linie für seinen Partner da sein und ihm zur Seite stehen, so gut er nur konnte.

Und so musste Anna sich wohl auf die altmodische Art auf die Suche nach Informationen zu Mutter und Tochter Svensson machen, statt die Abkürzung zu nehmen und auf Rolfs Gedächtnis und Netzwerk zurückzugreifen.

Es war ruhig auf der Dienststelle, als Anna dort ankam. In der Kaffeeküche saß Iiro und blätterte in einer alten Zeitung.

»Hallo«, begrüßte Anna ihn.

Er sah verwundert zu ihr auf.

»Hey! Was machst du denn hier?«

»Nachdenken. Warst du nicht vor Ort, als im Frühjahr diese ältere Frau den tödlichen Autounfall hatte?«

»Äh, ja, warte, da muss ich … Klar, das war ich, zusammen mit Markus.«

»Sie hieß Birgitta Svensson, oder?«

»Ich glaube schon. War ziemlich schrecklich. Sie lebte noch, als wir am Unfallort ankamen. Versuchte zu reden, aber wir konnten nicht verstehen, was sie sagte. Wie kommst du gerade ausgerechnet auf sie?«

»Sie war mit Börje Bohman bekannt, und wenn sie noch am Leben wäre, hätte sie uns vielleicht bei den Ermittlungen helfen können.«

»Ach, verdammt, das ist ja mal wieder typisch. Aber jetzt, da du das sagst, fällt mir etwas ein.«

Er fischte sein Handy aus der Gesäßtasche und fing an, durch seine Nachrichten zu scrollen.

»Richtig, hier! Das Auto ist nach dem Unfall zu einem

Autohof gebracht worden und sollte verschrottet werden, sobald die Versicherung grünes Licht gegeben hätte. Allerdings habe ich vom Autohof eine Nachricht bekommen …«

Er scrollte noch ein bisschen weiter.

»Sie haben gefragt, was sie mit der Tasche aus dem Kofferraum machen sollten. Wir hatten im Zuge des Unfalls keine Angehörigen ausfindig machen können, deshalb wusste ich auch nicht, was ich da antworten sollte.«

Eine Tasche! Das klang doch vielversprechend! Vielleicht hatte Birgitta Svensson ja ein Handy dabeigehabt, in dem die Telefonnummer ihrer Tochter abgespeichert war?

»Ich könnte mal hinfahren und mir die Tasche ansehen«, sagte Anna. »Glaubst du, der Autohof hat heute geöffnet?«

»Ich würde nicht davon ausgehen. Aber hier ist die Adresse.«

Eine knappe Viertelstunde später fuhr Anna durch das kleine Industriegebiet außerhalb der Stadt.

Eine junge Frau in einem Blaumann mit Ölflecken, die sich die Haare mit einer Art Turban umwickelt hatte, kam ihr entgegen und stellte sich als Maria vor.

»Schön, dass Sie sich endlich gemeldet haben. Wir haben hier nicht gerade viel Lagerfläche. Die Tasche nervt uns schon seit Monaten.«

Anna fand, dass Maria ein wenig übertrieb. Wie schlimm konnte es schon sein, eine Handtasche aufzubewahren – hier lagen doch überall Sachen herum?

Doch als Maria die Tür zum Pausenraum aufmachte, dämmerte es Anna.

Es ging nicht um eine Damenhandtasche. In einer

Ecke hinter einem Küchensofa lag eine riesige Reisetasche.

»Das ist sie?«

»Ja. Ich fürchte, die Kollegen haben sie in der Zwischenzeit als Couchtisch missbraucht.«

»Aber aufgemacht haben Sie sie nicht?«

»Doch, als sie schon eine Weile dastand, hab ich mal reingeguckt, hauptsächlich um sicherzustellen, dass da nichts drin lag, was anfangen könnte zu stinken. Essen oder so. Bei Senioren weiß man ja nie, was sie mit auf Reisen nehmen. Aber da war nichts. Das war hauptsächlich Bettwäsche. Soll ich Ihnen helfen? Sie sollen bestimmt nicht schwer heben.«

Dankbar ließ Anna Maria die Tasche vorziehen und zu ihrem Auto tragen.

»Einen schönen Sonntag noch«, rief Maria und verschwand wieder in der Werkstatt.

Anna blieb vor ihrem offenen Kofferraum stehen, in den Maria die Tasche gewuchtet hatte. Es würde doch sicher nicht schaden, sofort einen kurzen Blick hineinzuwerfen? Sie würde bloß den Reißverschluss aufziehen und die Lasche anheben.

Was für eigenartige Sachen Birgitta Svensson da transportiert hatte: Einmallaken, Medikamente, Bohnensäckchen, ein Blutdruck-Messgerät …

Verwirrt nahm sie einen weiteren Gegenstand aus der Tasche. Eine Art Trichter, an dem ein Schlauch befestigt war. War das nicht … Wie hieß das gleich wieder? Eine Saugglocke?

Als ihr dämmerte, was da vor ihr in der Tasche lag, war sie derart verdattert, dass sie alles eilig zurücklegte und die Hände hochnahm.

Verdammt noch mal!

Dann schlug sie die Kofferraumklappe zu, setzte sich ans Steuer und fuhr auf direktem Wege zurück zur Dienststelle.

SIE IST SO KLEIN, so klein und ganz rosa. Mama zeigt ihm, wie er sie halten muss, mit beiden Händen, damit ihr Kopf gestützt wird.

Er streicht ihr über das fluffige Haar, befühlt die winzigen Ohren und singt leise vor sich hin.

»Ich bin die kleine Hexe und habe braune Schuh' …«

Das Lied funktioniert am besten, da wird sie immer sofort ganz ruhig.

Mama sagt, dass sie Janna heißen soll. Janna ist okay, er hätte zwar bessere Ideen gehabt, aber der Name passt schon.

Er muss sich recht häufig um Janna kümmern. Mama geht es nicht gut. Die ersten Tage hat sie fürchterliche Schmerzen und weint und weint ohne Unterlass. Irgendwann scheint es ihr besser zu gehen, trotzdem weint sie noch immer. Als er nach dem Grund fragt, sagt sie, dass jemand, den sie sehr gerngehabt hat, gestorben ist. Allerdings sagt sie nicht, wer.

Der Mann von oben bringt jede Menge Sachen für Janna. Windeln, Klamotten und alles Mögliche. Einen Korb, in dem sie schlafen kann, hat er auch gebracht – und Bettwäsche. Der Mann sieht fast freundlich aus, wenn er Janna anguckt.

Bestimmt, weil sie so niedlich ist.

Der Junge will alles für sein Schwesterchen tun. Wenn Mama zu müde ist und zu schwach, dann muss eben er sie beschützen. Er ist schließlich ihr kleiner Mini-Papa.

Hei hopp hopp hopp, hei hopp hopp hopp …

AUGUST

KAPITEL 10

Ehefrau und Ehemann
Ruderten über den See
Am Ufer gingen sie an Land
Und küssten sich, juchhe

Freitag, 11. August

Alison Lindberg wischte zum letzten Mal die Arbeitsplatte in der Küche trocken. Sie hatte den letzten Rest Müsli mit dem letzten bisschen Milch gegessen, einen doppelten Espresso und mehrere Gläser Wasser getrunken.

Die Taschen waren so gut wie gepackt, es war nicht mehr viel zu tun.

Sie sah aus dem Fenster. Es war schwindelerregend schön dort draußen. Das Meer glitzerte in der Augustsonne wie eine Discokugel. Ob sie die Aussicht vermissen würde? Wohl eher nicht. Sie hatte sie so oft betrachtet und war dabei die meiste Zeit traurig und einsam gewesen.

Und jetzt war es an der Zeit aufzubrechen. Den nächsten Schritt zu gehen. Wieder zu sich selbst zu finden. Einzusehen, dass sie sich von ihrer Ehe falsche Vorstellungen gemacht hatte. Dass es für das, was man ertragen konnte, eine Grenze gab. Dass nicht einmal mehr Gott ihr für diese Entscheidung einen Vorwurf machen konnte.

Sie hatte einen vollen Monat ihren Mann weder gesehen noch von ihm gehört. Maggi hatte hier und da Dinge ausgerichtet und behauptet, dass Samuel grüßen lasse und dass es ihm gut gehe. Ab und zu waren sogar Blumensträuße geliefert worden, doch Alison hatte sich nie auch nur die Mühe gemacht, das Zellophan von den blau-weißen Gestecken herunterzunehmen. Die Putzkräfte hatten sie weggeworfen, sobald sie angefangen hatten zu müffeln.

Mit einem schweren Seufzer setzte sie sich an Samuels Computer im Arbeitszimmer. Jetzt war es so weit. Lag Papier im Drucker? Ja. Gut.

Sie loggte sich in Samuels Gmail-Konto ein, klickte den Ordner mit den versendeten Nachrichten an und scrollte nach unten. Dort war die erste.

Guess who's back! Du kannst dich nicht für alle Zeit vor mir verstecken.

Ausdrucken.

Ihr seid anscheinend umgezogen, aber ich finde euch.

Ausdrucken.

Ihr gehört zu mir. Ich kann ihm alles und du kannst ihm rein gar nichts bieten. Gib endlich auf, dann darfst du das bisschen behalten, was du von deinem einstigen Aussehen noch hast.

Ausdrucken.

Alison hatte die E-Mails so oft gelesen, mit und ohne Wörterbuch, dass ihr die Brutalität kaum noch auffiel.

Einen ganzen Monat lang hatte sie ihrem Mann *the benefit of the doubt* zugestanden. Sie hatte sich einfach nicht vorstellen können, dass er imstande war, so etwas zu schreiben. Doch das hatte er – und zwar an die Adresse miss_vv@hotmail.com.

Aber jetzt war das Maß voll. Sie würde die E-Mails der Polizei übergeben und dort erzählen, dass ihr Mann seit einem geschlagenen Monat abgetaucht war. Oder besser gesagt: dass seine Mutter ihn versteckt hielt. Es war so erbärmlich. Und sie selbst wollte mit der Sache ein für alle Mal abschließen.

Was sollte sie als Nächstes tun? Sie warf einen Blick auf die Uhr. Sollte sie sich ein Wassertaxi rufen und direkt alles Gepäck mitnehmen? Oder erst allein in die Stadt fahren, mit den Ausdrucken zur Polizei gehen und die Taschen erst später abholen?

Ihr Handy riss sie aus den Überlegungen.

Leevi.

Ich hab dir ein Hotelzimmer gebucht und hole dich heute Abend ab, wenn du willst.

Damit war alles klar. Sie würde erst zur Polizei fahren, dann zur Insel zurückkehren und hier auf Leevi warten.

Danke, das ist sehr nett! Um wie viel Uhr?

Rund 18.00 Uhr?

Eigentlich wollte sie nichts lieber, als die Insel so schnell wie nur möglich zu verlassen, aber ein paar zusätzliche Stunden würde sie schon schaffen. Allerdings würde sie sofort zur Polizei aufbrechen.

Sie schob den Umschlag mit den Ausdrucken in ihre Tasche und ging hinunter zum Anleger. Im vergangenen Monat hatte sie eine der Putzhilfen gebeten, ihr zu zeigen, wie man das kleinste Boot fuhr. Na ja, gebeten … Laura hatte natürlich Geld dafür bekommen, trotzdem hatte sie sichtlich gezaudert. Aber Alison wollte nicht länger auf ihrem Inselchen gefangen sein, und es dauerte auch nur ein paar Minuten, bis zu dem Anleger drüben bei der Garage zu fahren. Es hatte Laura und sie auch nicht länger als eine Stunde gekostet, bis Alison das Boot hinreichend gut steuern konnte.

Eine frische Sommerbrise peitschte ihr die Haare ins Gesicht, als sie von der Insel weg in Richtung Festland fuhr.

Ich friere nicht mal mehr, schoss es ihr durch den Kopf. So fühlt es sich also an, frei zu sein.

Seit Anna am Morgen aufgewacht war, hatte sie sich wehmütig und komisch gefühlt.

Ihr letzter Arbeitstag. Noch ein paar Resturlaubstage, der Mutterschutz, und dann würde irgendwann ein kleines Kind auf die Welt kommen.

Und auf einiges davon war sie wirklich nicht vorbereitet.

Die Stimmung zwischen Tomas und ihr war noch immer frostig. Sie hatten sich zwar sowohl getroffen als auch telefoniert, doch es war offensichtlich, dass der Haussegen schief hing. Tomas war höflich, fürsorglich, aber nüchtern und nicht annähernd so liebevoll wie zuvor.

Er fehlte ihr. An zig Abenden hatte sie auf dem Sofa gelegen und durch die Fotos auf ihrem Handy gescrollt, das eine oder andere Bild von Tomas groß gezoomt und sein Gesicht gemustert.

In den pathetischsten Momenten hatte sie die *Find-your-friend*-App aufgerufen, die er auf ihrem Handy installiert hatte, und den lila Punkt angestarrt, von dem sie wusste, dass er für Tomas stand. Oder, na ja, zumindest für sein Handy.

Es befand sich fast ausschließlich am selben Ort. In der geschmackvoll eingerichteten Wohnung mit der Hotelbettwäsche und der makellosen Küchenarbeitsplatte. In derselben Wohnung, die er hatte mit ihr teilen wollen. Doch diese Option hatte sich zerschlagen, und das machte sie traurig, selbst wenn Anna immer noch überzeugt davon war, dass sie im Grunde nicht in Tampere wohnen wollte.

Weil sie nicht Tomas berühren konnte, strich sie stattdessen über den kleinen lila Punkt auf ihrem Handydisplay.

Anna hatte versucht, in ihrem Schlafzimmer ein kleines gemütliches Eckchen für das Baby einzurichten. Sie hatte die halbe Ikea-Babyabteilung leer gekauft, aber nicht eine Sache aufgebaut. Es war erbärmlich – all die Bretter und Verpackungen lagen immer noch auf einem Haufen am Boden.

Ihre Mutter hatte anscheinend beschlossen, nicht so schnell klein beizugeben, schickte fast täglich Nachrichten und erkundigte sich nach Annas Zustand. Manchmal versuchte Anna, etwas halbwegs Nettes zu antworten, doch weil es ihr in Wahrheit ziemlich schlecht ging, fühlte es sich am besten an, einfach etwas in der Art zu antworten wie: *Alles gut, stecke bis zum Hals in Arbeit, wir hören uns.*

Doch sie spürte auch – überraschenderweise –, dass es sich einigermaßen gut anfühlte, wenn ihre Mutter sich meldete. Nicht immer nur nervig.

Rolf kümmerte sich um Max, Linda kämpfte um ihre Familie, Tomas war drauf und dran, ihr zu entgleiten … doch zumindest ihre Mutter versuchte, für Anna da zu sein.

Und natürlich steckte Anna bis zum Hals in Arbeit, die Antwort war nicht mal gelogen gewesen.

Trotzdem brachte sie nichts Nennenswertes zustande.

Rund einen Monat zuvor hatte Filip Johansson nicht lange gebraucht, um zu bestätigen, worum es sich bei den Sachen handelte, die Anna in Birgitta Svenssons Reisetasche gefunden hatte.

Es hing alles zusammen.

Das Blut in der Sauna und auf der Treppe stammte

von ein und derselben Person. Von einer Person, die den DNA-Tests zufolge aller Wahrscheinlichkeit nach sowohl mit Birgitta Svensson als auch mit Baby X verwandt war.

Womöglich sollten sie Baby X also Baby Svensson nennen? Es bestand wohl kaum noch Zweifel daran, dass es sich bei der Mutter um Viveca Svensson alias Venla Sarén handelte.

Unter Garantie hatte es Birgitta Svensson – die Krankenschwester, die später zur Hebamme umgeschult hatte – genau deshalb an jenem Abend im April so eilig gehabt: um ihrer Tochter bei deren Niederkunft beizustehen.

Doch noch hatte Anna nicht herausfinden können, warum sich die Tochter ausgerechnet in Börje Bohmans Keller befunden hatte - und wer der Vater des Kindes war.

Und vor allem: Wo waren sie alle? Börje, Viveca-Venla und ihr zehnjähriger Sohn Kevin?

Wie sie gesucht hatten! Sie hatten Jugendämter im ganzen Land abtelefoniert und ihr Anliegen geschildert. Sie hatten Birgitta Svenssons Wohnhaus auf den Kopf gestellt, Venla Saréns letzte bekannte Adresse gefunden, in Archiven gewühlt, Klatschforen im Internet durchforstet, sie hatten nach dem geringsten Strohhalm gesucht, der sie auf die richtige Spur hätte bringen können.

Das Einzige, was sie herausgefunden hatten, war, dass Venla und Kevin Sarén eine Zeit lang in einem Frauenhaus gewohnt hatten. Warum sie dort gewesen waren, hatten sie jedoch nicht in Erfahrung bringen können. Mutter und Sohn hatten die Wohnung bereits nach kurzer Zeit wieder verlassen, ohne eine Folgeadresse anzugeben.

Unzählige Fragezeichen blieben, doch es wäre nicht Anna Glad, die sie ausräumen würde.

Für sie war die Ermittlung beendet. Märta Hansson würde übernehmen, bestimmt mit Benny Westlanders schleimiger Unterstützung.

Es fühlte sich grässlich an. Aber das Wichtigste war nun mal, dass der Fall gelöst würde, und nicht, dass ausgerechnet Anna Glad ihn löste.

Trotzdem. Es fühlte sich nach kolossalem Versagen an.

Die Umstands-Jeans kniff, und die einzigen Schuhe, in die ihre geschwollenen Füße noch passten, waren ein Paar hässliche alte Joggingschuhe. Missmutig betrachtete sie sich im Ankleidespiegel. Von *glow* keine Spur.

Das einzig Gute an der Tatsache, dass sie heute ihren letzten Arbeitstag hatte, war, dass sie davor verschont blieb, am Abend aufs SeaPop-Festival zu müssen. Fast das komplette Team war aus dem Urlaub zurückbeordert worden, um am Strand für Ordnung zu sorgen, sobald sich das Areal neben dem Campingplatz mit Konzertbesuchern füllen würde.

Anna selbst hatte für den Abend schöne Pläne: Rolf war wieder daheim! Er würde in ein paar Tagen erneut zu Max fahren, aber heute Abend gäbe es etwas zu essen – und womöglich, wie sie hoffte, eine kleine Therapiestunde obendrein.

»Ich bin ein so herausragender Krankenpfleger, dass ich dich bestimmt sogar entbinden könnte, wenn du das wolltest«, hatte er gescherzt.

Was keine Option war. Doch zu einem Abendessen hatte sie dankbar Ja gesagt.

Zwei abgedankte Polizisten und ein Auflauf.

Aber erst würde sie noch ein bisschen arbeiten. Noch hatte sie schließlich ein paar Stündchen im Dienst vor sich.

Jasper Jokela konnte sich nicht erinnern, wann er zuletzt eine solche Vorfreude verspürt hatte. Da musste er wohl noch ein Kind gewesen sein.

Durch sein Fenster im Rathaus konnte er sehen, wie in seiner Stadt das Leben tobte. Es wimmelte dort draußen von Leuten, und das war sein Verdienst.

Das SeaPop-Festival war zwar nicht ausverkauft, aber der Ticketverkauf war ordentlich gewesen, und er zweifelte keine Sekunde daran, dass das Event ein Erfolg auf ganzer Linie würde. In wenigen Stunden würden die Tore zu dem Festivalgelände geöffnet, dann würde die Innenstadt komplett verwaist sein, weil alle zum Campingplatz pilgerten, doch anscheinend waren einige so früh angereist, dass sie sich erst noch die Stadt ansehen konnten. Genau, wie er es gehofft hatte!

Während des Festivals würde Jasper sich gemeinsam mit ein paar handverlesenen Gästen in einer VIP-Lounge am Rand der Bühne aufhalten.

Er warf einen Blick in den Spiegel. Rotes Sakko, schwarze Jeans und ein T-Shirt mit dem Retro-Logo von MTV. Lässig und trotzdem repräsentabel. Für dieses Outfit hatte er sich schon Monate zuvor entschieden.

Eine Zeit lang wanderte er rastlos in seinem Büro auf und ab.

Was machte er hier eigentlich noch? Sollte er sich nicht im Mittelpunkt der Ereignisse befinden? Vielleicht sollte er runter zu der Konzert-Location fahren und beim Soundcheck dabei sein oder was immer sie dort gerade machten. Mit dem Fahrrad wäre er in einer Viertelstunde dort.

Mit federnden Schritten ging er hinaus auf den Flur. Er kam an Verner Janssons Tür vorbei, die nur angelehnt war. Verner sprach mit jemandem, der mit dem Rücken zur Tür stand.

Jasper hielt spontan inne und ging ein paar Schritte zurück.

»Klopf, klopf!«, rief er und schob die Tür auf, ohne erst auf eine Antwort zu warten.

Verner verstummte, und sein Besucher drehte sich um. Es war Mats Sjögren, der gern gebuchte Vorarbeiter für städtische Bauvorhaben. Beide sahen verkniffen aus, aber das war bei ihnen nichts Neues.

»Hey, Jungs! Habt ihr eure Tickets fürs SeaPop schon in der Tasche?«

Mats Sjögren sah ihn verwirrt an.

»Nein, ich … Ist das heute?«

»Aber hallo! Deshalb ist in der Stadt so viel los«, erwiderte Jasper.

»Dachte ich's mir doch! Aber das SeaPop muss ohne uns stattfinden. Wir sind ganz sicher nicht vor Mitternacht fertig.«

»Fertig womit?«

Sjögren starrte Jasper an, als wäre dieser leicht unterbelichtet.

»Mit dem Abriss …«, hob er an, doch dann fuhr Verner Jansson dazwischen.

»Danke, Jasper! Die Kinder haben sich sehr über die Freikarten gefreut. Ich selbst bin ja kein großer Musikfan, deshalb …«

Jasper hatte Verner schon länger nicht mehr lächeln gesehen. Es sah fast ein wenig erschreckend aus.

»Wie schön«, sagte Jasper. »Falls ihr es euch anders überlegen solltet, klopft einfach an der VIP-Lounge, dann lade ich euch auf ein Gläschen ein.«

Sein Handy fing an zu klingeln. Es war Malin Lund.

»Schaffst du noch einen Kommentar für die Fernsehnachrichten?«, fragte die PR-Dame ohne Vorrede. »Wann kommst du aufs Festivalgelände?«

Jasper stolperte fast über die eigenen Füße, als er kehrtmachte und zu seinem Fahrrad lief.

»Bin in zehn Minuten da!«, rief er ins Telefon.

Anna war peinlich berührt und gerührt zugleich, als Annette Käld sie in den Besprechungsraum führte. Sie hatte angenommen, dass niemand im Team ihren letzten Arbeitstag beachten würde, immerhin war Urlaubszeit, und das Festival stand vor der Tür – doch sie hatte sich getäuscht. Unter Garantie war Pamela daran schuld.

Auf dem Tisch standen eine riesige Torte und Sektgläser, unter der Decke schwebten Ballons in Gestalt rundlicher Babys und pastellfarbener Kinderwagen, und auf das Whiteboard hatte jemand *Alles Gute, Anna!* geschrieben und darunter, in etwas kleineren Buchstaben: *Nur nicht platzen!* Daneben stand Benny Westlander, der aussah, als wäre ihm heute ganz besonders nach Scherzen zumute.

Annette klatschte in die Hände, um dem allgemeinen Gemurmel ein Ende zu setzen.

»Liebe Kolleginnen und Kollegen und vor allen Dingen: liebe Anna! Diese kleine Feier wird leider recht kurz und knackig, weil wir alle in zwanzig Minuten zum Sea-Pop-Festival aufbrechen müssen, aber wir können dich doch nicht einfach so unbemerkt in den Mutterschutz verschwinden lassen!«

Anna wusste gar nicht, wohin mit sich. Sie konnte sich nicht daran erinnern, dass jemals zuvor jemand eine persönliche Rede für sie gehalten hätte. Sie klammerte sich mit beiden Händen an ihrem Plastikglas mit Pommac fest, das Pamela ihr überreicht hatte.

»Anna«, fuhr Annette fort. »Du wirst hier eine riesige Lücke reißen. Wie gut, dass wir nicht lange ohne dich klarkommen müssen – ein, zwei Jährchen schaffen wir es hoffentlich ohne dich, während du dich um wichtigere Dinge kümmerst.«

Anna biss sich auf die Lippe, und sie hatte einen Kloß im Hals.

»Du bist eine leidenschaftliche Ermittlerin, eine hochgeschätzte Kollegin und mitunter eine sture Eselin. Aber vor allem betrachten dich viele hier als richtig gute Freundin. Du wirst uns ungeheuer fehlen, und wenn du nicht vorbeikommst und uns dein Wunderkind vorführst, schicken wir das SEK vorbei, wenn du am wenigsten damit rechnest!«

Herr im Himmel, gleich muss ich heulen, schoss es Anna entsetzt durch den Kopf, und sie versuchte, die Tränen zurückzuhalten, indem sie manisch lächelte.

»Wir waren uns einig, dass dies hier das passendste Geschenk wäre. Du wirst leider noch ein bisschen warten müssen, bis du es genießen kannst, aber eines Tages ist es wieder so weit, und dann hast du ihn dir wirklich verdient.«

Annette überreichte ihr unter dem Beifall des gesamten Teams eine riesige Flasche irischen Whiskey, und Anna dämmerte es, dass sie jetzt ein paar Worte des Dankes sagen sollte. Doch dann brachte sie nicht mehr heraus als: »Ihr seid ja verrückt, aber wunderbar! Danke euch allen! Und klar komme ich euch besuchen.«

Die Torte und der Pommac waren im Handumdrehen einverleibt, und ein Kollege nach dem anderen verabschiedete sich. Anna wurde umarmt, ihr wurde der Rücken getätschelt, und es gab ein paar aufmunternde Abschiedsworte. Sogar Filip Johansson trat auf sie zu.

»Hm. Wird sicher spannend. Mit dem Baby. Und so. Bis dann«, murmelte er.

Am Ende waren nur noch Pamela, Märta und Anna selbst übrig. Pamela sammelte die Teller ein und brachte sie in die kleine Kaffeeküche am Ende des Flurs.

Märta räusperte sich.

»Von mir kriegst du keine Abschiedsworte, weil du mir nicht entkommen wirst! Mir ist egal, wie frei du hast, ich bin auch weiter hinter dir her.«

»Schön zu hören«, sagte Anna. »Allmählich kann ich Rolf verstehen, der Klatsch und Tratsch aus dem Revier immer ganz großartig findet. Mir wird es genauso gehen. Ich werde noch genau wie er! Und Märta, bist du so lieb und klärst das mit Baby X für mich auf? Und das mit Börje. Damit ich zwischen den Wehen nicht daliege und mir auch noch den Kopf darüber zerbreche.«

»Klar, du kannst dich auf mich verlassen«, sagte Märta mit ironischem Unterton. »Nur muss ich mich zuallererst darum kümmern, dass die Hipster bei dem Konzert heute Abend nicht allzu sehr über die Stränge schlagen. Aber morgen, da löse ich beide Fälle, damit du in Ruhe dein Kind kriegen kannst.«

Dann ging auch sie, und die Dienststelle war annähernd verwaist. Die Einzigen, die noch da waren, waren Pamela und Aram – und vermutlich Filip Johansson. Aber ansonsten wurde es merkwürdig still.

Anna kehrte in ihr Zimmer zurück, wo sie ihre persönlichen Sachen bereits gepackt hatte. Sie setzte sich auf den zerschlissenen, aber bequemen Schreibtischstuhl, den sie sich unter den Nagel gerissen hatte, als Rolf aus dem Dienst ausgeschieden war, und legte beide Hände an ihren Bauch.

»So, du da drin, dann sind wir jetzt also fertig«, sagte sie leise. »Wir hängen jetzt noch ein paar Wochen herum, dann darfst du rauskommen und mich unterhalten, einverstanden?«

Mit einem Mal waren draußen auf dem Flur Stimmen zu hören, und Pamela steckte den Kopf zur Tür herein.

»Bist du schon unterwegs?«

»Nein, noch nicht.«

»Kannst du noch eine Dame empfangen, die Englisch spricht? Hier ist sonst niemand mehr. Das Ganze klingt einigermaßen wirr, wenn ich ehrlich sein soll …«

Anna nickte.

»Na klar. Schick sie rein.«

Ein letzter kleiner Einsatz vor ihrem Mutterschutz, das würde die Wehmut vielleicht ein bisschen dämpfen.

Ein paar Sekunden später tauchte eine ernst dreinblickende, wahnsinnig attraktive Blondine in der Tür auf. Sie trug weiße Jeans, makellos weiße Converse und ein schwarz gestreiftes Oberteil. Anna hatte nie begriffen, wie Leute sich trauten, Weiß zu tragen. Lebten die nur von Mineralwasser und hatten immer eine Sitzunterlage dabei?

Sie stand auf und nickte der Frau freundlich zu.

»Anna Glad. Wie kann ich Ihnen helfen?«

Die Frau warf einen Blick auf Annas Bauch.

»*Please*, setzen Sie sich wieder! Ich heiße Alison Lindberg.«

Ach, richtig – jetzt erkannte Anna die Besucherin wieder. Sie hatte Fotos der Eishockey-Spielerfrau in den

Abendzeitungen gesehen, die in der Kaffeeküche herumlagen.

Als sie beide saßen (und Anna hoffte inständig, dass auf dem Besucherstuhl keine Schokoladenkrümel gelegen hatten), forderte Anna Alison auf, ihr Anliegen vorzubringen.

Die blonde Frau schien kurz zu zögern, doch dann nahm sie ihre marineblaue Lederhandtasche hoch und zog einen dicken Umschlag heraus.

»Es geht um etwas ... Komisches. Ich ... Ich habe im Computer meines Mannes etwas entdeckt.«

Jan-Anders Rosbäck war tief in Gedanken versunken und zuckte heftig zusammen, als Christel ihn antippte.

»Was?«

Christel sah ihn irritiert an.

»Ich versuche gerade, diskret zu sein, schrei also nicht so herum. Heute ist Alex' letzter Arbeitstag.«

»Wirklich? Steht der Schampus schon kalt?«, fragte Janne gehässig.

»Sei nicht so blöd. Er hat sich den Sommer über hier abgearbeitet, hast du das wirklich nicht mitbekommen? Wir sollten uns bei ihm bedanken, bevor er für seinen letzten Termin zum SeaPop-Festival fährt.«

Jan-Anders gab sich einen Ruck. Natürlich hatte Christel recht. Auch wenn er Alex Hartman immer noch nervtötend fand, musste er zugeben, dass der Junge sich ordentlich geschlagen hatte. Er hatte ein paar kürzere akzeptable Artikel geschrieben und zuletzt sogar sämtliche Deadlines eingehalten.

Natürlich hatte er ein kleines Fest zu seinem Ausstand verdient.

»Aber ich halte keine Rede«, brummte er.

»Nein, Gott bewahre! Das übernehme ich. Kattis hat Zimtschnecken gekauft, und Lena fand, dass wir eine Flasche Champagner auf Redaktionskosten besorgen sollten. Die habe ich mitgebracht.«

Janne nickte anerkennend. Klang doch nett. Wenn man für einen Arbeitseinsatz von zwei Monaten ein Fläschchen bekam, dürften sie, sobald Janne in Pension ginge, ja wohl einen Tanklaster voller Kognak kommen lassen.

»Wann soll es denn losgehen?«

»Na ja, jetzt? Und da ist er auch schon!«

Alex Hartman kam in die Redaktion geschlendert. Er sah abgearbeitet aus, der Arme. Wie gut, dass er sich schon bald würde erholen können.

»Alle mal herhören!«, rief Christel. »Können wir uns kurz zusammenstellen?«

Kattis, Jan-Anders, Lasse (der nach seinem Urlaub braun war wie Karamellsoße) und Alex versammelten sich am Besprechungstisch. Als es Alex dämmerte, worum es hier gehen würde, legte er sofort sein Eidechsengrinsen auf.

»Danke für diesen Sommer, lieber Alex«, sagte Christel feierlich. »Im Namen von uns hier und auch im Namen unserer Chefredakteurin Lena will ich mich bei dir bedanken. Du hast brutal hart gearbeitet, und es war toll, dich hier bei uns zu haben. Du bist hier jederzeit herzlich willkommen, und wir werden dich vermissen!«

Na ja, dachte Jan-Anders, klatschte aber nichtsdestoweniger, als Alex seine Flasche Champagner und eine Umarmung von Christel bekam.

Er streckte sich nach einer Zimtschnecke aus und beschloss, ebenfalls etwas zu sagen. Nach ihrer unterkühlten Anfangsphase war es nur angebracht, zum Abschied etwas Netteres hervorzubringen.

»Alles Gute auf deinem weiteren Weg, Herr Starreporter! Ich hoffe, du hattest hier eine lehrreiche Zeit.«

Zur Antwort bekam er einen eisigen Blick. Ach, dann war der Kleine also auch noch nachtragend.

»Ich hab gehört, dass das Interview mit Samuel Lindberg jetzt endlich in den Druck geht?«, legte Jan-Anders nach. »Wird spannend zu sehen, wie es bei den Lesern ankommt.«

»Endlich, ja«, fauchte Alex zurück. »Trotz der Sabotage gewisser Kollegen.«

Janne musste laut lachen. Sabotage?

»Das nennst du Sabotage, wenn ein anderer Journalist ein paar Fragen beiträgt?«

»Nein, aber es ist Sabotage, einem anderen in die Parade zu fahren – und Kollegen nicht zuzutrauen, dass sie selbst an Recherchematerial herankommen.«

Janne runzelte die Stirn. So langsam kam er nicht mehr mit.

»Den ganzen Sommer über hast du dagesessen und mit deinen Zeitungsausschnitten rumgemacht. Aber keiner sollte mitbekommen, was du da treibst.«

Lasse, Christel und Kattis hörten sich den hitzigen Wortwechsel aufmerksam an. Die Feierstimmung war wie weggefegt, und jetzt stand Alex sogar jäh auf und marschierte auf Jan-Anders' Schreibtisch zu, wo er nach etwas griff.

»Wie das hier. Pfui Teufel!«

Er schleuderte ein Foto auf den Besprechungstisch.

»Du wusstest genau, dass Lena ein Jugendfoto von Samuel Lindberg haben wollte. Hast mir wohl nicht zugetraut, dass ich früher oder später selbst eins finden würde?«

»Da bist du aber auf dem falschen Dampfer, Junge.«

»Hör auf mit der Schauspielerei! Du hast das Foto die ganze Zeit über in deiner Schreibtischschublade versteckt. Hast wohl nicht geglaubt, dass ich es irgendwann entdecken würde? Boah, ist das schlechter Stil.«

»Janne?«, ging Christel vorsichtig dazwischen.

»Ich habe an Samuel Lindberg keinen Gedanken verschwendet, seit wir damals sein Haus verlassen haben«, grollte Jan-Anders.

»Nicht? Na, in deiner Schreibtischschublade liegt dazu aber ganz schön viel Material!«

Alex donnerte die Faust neben das Foto auf den Besprechungstisch.

Ach ja, dieses Foto. Es war im Zuge einer Reportage über Viveca Svensson aufgenommen worden, damals, als sie noch so geheißen hatte und ein junges Fotomodell aus der Gegend gewesen war. Die unter der Überschrift, dass Mamas Küche besser sei als jede Modenschau, erschienen war. Und die auch das Taufbild mit Börje und Marianne Bohman enthalten hatte. Er hatte sich so sehr auf das Taufbild (und die Bikiniaufnahme) konzentriert, dass ihm der Eishockeyspieler glatt entgangen war.

Auf dem Foto stand die junge Viveca zusammen mit zwei Jungs auf einer Klippe. Der eine wirkte annähernd volljährig, der andere ein paar Jährchen jünger.

»Dann ist einer der zwei Jungs da drauf Lindberg?«, hakte Jan-Anders ungläubig nach.

»Steht doch auf der Rückseite«, stöhnte Alex.

Jan-Anders drehte das Foto um. Dort stand in schnörkeliger Handschrift mit Kugelschreiber geschrieben: *Samuel, Viveca und Leevi auf Rövarskäret, 1995.*

Die Handschrift war ihm unbekannt. Es musste ein privates Foto sein, das im Zeitungsarchiv gelandet war.

Rövarskäret, wirklich? Viveca auf Rövarskäret - zusammen mit den Lindberg-Brüdern.

Jan-Anders dachte nicht mal mehr daran, dass Alex ihn immer noch wütend anfunkelte. Er eilte auf seinen Schreibtisch zu und suchte den Ausdruck des Artikels heraus. Was hatte da unter dem Foto gestanden?

Wenn ich dem Trubel des Mode-Business entkommen will, fahre ich am liebsten mit Freunden raus in die Schären. Viveca mit ihren Freunden Samuel und Leevi.

Jan-Anders dachte fieberhaft nach.

Dass Viveca-Venla mit Samuel Lindberg befreundet gewesen war, während sie Schönheitskönigin war und er hier Vereinshockey gespielt hatte, hatte er nicht gewusst. Dass die beiden sich schon als Kinder gekannt hatten, war ihm vollkommen neu.

Aber an sich war es gar nicht komisch. Immerhin war Viveca hier in der Stadt aufgewachsen, und die Lindberg-Brüder hatten die Sommerferien stets bei Opa Konrad verbracht. Klar waren sich Jugendliche im selben Alter da begegnet!

Und dass dieses Foto ausgerechnet auf Rövarskäret entstanden war, setzte die Zahnräder in Jannes Kopf in Gang.

Wenn man sich von etwas zurückziehen wollte, gab es tatsächlich kaum einen besseren Ort als Rövarskäret. Wenn man in Frieden gelassen oder aus irgendeinem anderen Grund nicht aufgespürt werden wollte.

Was, wenn Vivecas Patenonkel Börje diesen Ort ebenfalls kannte?

Rövarskäret war eindeutig besonders, dachte Jan-Anders. Dass Viveca dort einst auf einer Klippe gestanden hatte, bedeutete zwar nicht notwendigerweise, dass sie auch noch als Erwachsene eine Verbindung dorthin hatte – aber nachdem er wochenlang erfolglos nach ihr gesucht hatte, machte sich beim Namen dieses speziellen Ortes bei Janne Aufregung breit. Speziell eines Ortes, der ganz in der Nähe lag!

»Und wenn man Antworten will, kriegt man genau das: Schweigen«, schimpfte Alex Hartman weiter, doch Janne hörte kaum noch hin.

»Danke für die Zimtschnecken, aber ich muss jetzt los«, sagte er nur, schnappte sich seine Sonnenbrille und verließ die Redaktion.

Die Bässe dröhnten vom SeaPop-Festivalgelände durch die ganze Stadt. Anna hatte keine Ahnung, wer derzeit auf der Bühne stand, aber es klang mitreißend.

Die Veranstalter hatten auf jeden Fall unfassbares Glück mit dem Wetter. Der Sommerabend war angenehm kühl, trotzdem hing noch genug Wärme in der Luft, so dass die Festivalbesucher nicht frieren mussten. Allerdings würden sie unter Garantie von Mücken zerfressen.

Die Innenstadt war annähernd menschenleer. Wer immer nicht auf dem Festival war, war raus zu seinem Sommerhaus gefahren.

Anna sah auf die Uhr. Noch drei Stunden, bis sie bei Rolf sein sollte.

Mutterschutz …

Ein komischer Status für jemanden, der noch gar nicht Mutter geworden war. Aber alsbald wäre es so weit. Und dann würden auch die Muttergefühle kommen. Nur wann? Sobald sie das Baby erstmals zu Gesicht bekäme? Oder später?

Nein, noch konnte Anna sich nicht Mutter nennen, es fühlte sich einfach verkehrt an.

Allerdings konnte sie sich auch nicht mehr Polizistin nennen. Der Titel verschwand zwar nicht einfach, nur weil man eine Weile nicht arbeiten ging, trotzdem hatte es sich nach Abschied angefühlt, ihren Bürorechner herunterzufahren und Dienstmarke und -waffe abzugeben. In diesem Moment war es unwiderruflich gewesen.

Die Wehmut war immer noch da und machte Anna nachdenklich, als sie langsam die Straßen entlangging. Was würde die Zukunft wohl bringen? Ein hoffentlich gesundes Baby, klar, aber dann?

Würde sie je wieder in dieser Dienststelle arbeiten? Es konnte immerhin einiges passieren.

Wenn die einzige Möglichkeit, Tomas zurückzukriegen, wäre, in eine fremde Stadt zu ziehen, dann würde es womöglich so kommen; auch wenn das bedeutete, dass ihr Leben, an das sie sich gerade gewöhnt hatte – und das ihr gefiel –, schlagartig zu Ende wäre.

Sie würde nie wieder mit dem Kaffeebecher in der Hand durchs Revier schlendern, einen säuerlichen Blick von Filip Johansson ernten oder einen diskreten Hinweis zu ihrer Kleidung von Annette Käld bekommen. Keine übereifrige Märta Hansson würde mit wippendem Pferdeschwanz an ihrer Bürotür vorbeieilen. Kein zurückhaltender Aram würde an ihre Tür klopfen, wenn er etwas entdeckt hätte, was für einen ihrer Fälle relevant sein könnte. Keine energische Pamela würde mit frisch gebackenen Hefeteilchen auftauchen und darauf bestehen, dass Anna sich zwei nähme.

Anna blieb stehen und schluckte trocken. Sie kam sich albern vor, dass sie derart nostalgische Gedanken hatte, trotzdem konnte sie sich nicht dagegen wehren.

Sie würde nie wieder zur Arbeit kommen und durch die Flure eilen, wo sie rund ein Jahr zuvor nach Tomas gesucht hatte. Als sie spontan beschlossen hatte, alles auf eine Karte zu setzen und Tomas hinterherzulaufen, der bereits auf dem Weg zu seinem Wagen war, wo sie ihm schließlich unbeholfen vorstammelte, dass sie hoffnungslos in ihn verliebt war.

Genauso hoffnungslos verliebt wie heute – auch wenn seither alles den Bach heruntergegangen war. Und Anna bald ihr gemeinsames Kind gebären würde.

Natürlich hatte sie es geschafft, all das zunichtezumachen.

Wie immer.

Sie hatte gezögert und gezaudert, bis es zu spät war.

Nur gut, dass Rolf sich ihrer erbarmt und geahnt hatte, dass sie an einem Abend wie diesem Gesellschaft brauchen würde. Da würde sie sich in ihrer Wehmut richtiggehend suhlen können.

Jetzt nach Hause in die leere Wohnung zurückzukehren, fühlte sich kein bisschen verlockend an, und nachdem der schmerzende Pomuskel zur Abwechslung Ruhe gab, beschloss Anna, noch ein Stück spazieren zu gehen. Vielleicht runter zum Hafen.

Ganz bewusst hielt sie die Gedanken an Tomas für eine Weile von sich weg und dachte stattdessen über die Informationen nach, die Alison Lindberg ihr zuvor überbracht hatte.

Es war so viel gewesen, dass Anna sich irgendwann genötigt gesehen hatte, ihr Einhalt zu gebieten. Eine Kollegin würde sich bei ihr melden, hatte Anna ihr versprochen. Jemand, der auch weiterhin vor Ort wäre, müsste sich all das anhören, um die Angelegenheit auch weiterzuverfolgen.

Noch so ein Durcheinander, um das sich jemand, womöglich Benny, würde kümmern müssen!

Zuallererst einmal hatte Alison Lindberg die E-Mails ihres Mannes gelesen – was nicht in Ordnung war. Doch sie war auf Droh-Mails gestoßen, die er jemandem geschickt hatte. Anna hatte den Stapel mit den tatsächlich unangenehmen Nachrichten durchgesehen.

Zum Zweiten war besagter Mann und Eishockeyspieler verschwunden, und nicht mal die Ehefrau wusste, wo er gerade steckte. Sie schien allerdings wenig besorgt zu sein. Sie hatte regelmäßig über ihre Schwiegermutter Lebenszeichen bekommen, die anscheinend wusste, wo er sich versteckt hielt. Benny würde aller Wahrscheinlichkeit nach zuerst mit der Schwiegermutter reden.

Dann hatte Samuel Lindberg sich also eine Auszeit von allem genommen: von der Öffentlichkeit, dem Eishockey, seiner Frau und ihrem gemeinsamen Zuhause. Sogar Anna, die an Sport kein bisschen interessiert war, hatte die Klatschüberschriften der letzten Wochen zu den Drogeneskapaden und den Gewaltausbrüchen des Hockeyhelden gelesen.

Alison Lindbergs Besuch auf dem Revier hatte nicht lange gedauert. Sobald Anna die Tragweite des Falles gedämmert hatte, hatte sie das Material entgegengenommen, das Frau Lindberg dabeigehabt hatte, deren Kontaktdaten notiert und das Ganze auf Annette Kälds Schreibtisch deponiert.

Sie selbst würde alles Weitere in den Zeitungen mitverfolgen.

Unten am Gästehafen war es ungewöhnlich still. Anna schlenderte am Kai entlang, hielt den Blick auf den Horizont gerichtet und zuckte heftig zusammen, als plötzlich neben ihr eine Stimme ertönte.

»Die Frau Kommissarin. Guten Abend!«

Anna blickte sich verwirrt um, ehe sie nach einer Weile auf die Idee kam, nach unten zu sehen. Der Lokalreporter Jan-Anders Rosbäck stand in einem ziemlich heruntergekommenen kleinen Motorboot und grinste zu ihr hoch.

»Guten Abend, Janne. Wollen Sie vom Wasser aus dem Festival zuhören?«

Jan-Anders gluckste in sich hinein.

»Nie im Leben! Lieber fahre ich so weit raus, dass ich das Elend nicht mehr hören muss. Aber nein, ich mache einen kleinen Ausflug raus nach Rövarskäret.«

»Nach Rövarskäret? Warum denn das?«

Er beugte sich vor, nahm einen Packen Papier aus einer verschlissenen Schultertasche und hielt ihn nach oben.

»Ich suche immer noch nach Viveca Svensson, Börjes Patentochter, Sie wissen schon.«

Anna nickte. Sie hatte schließlich selbst nach Viveca Svensson gesucht. »Und da haben Sie eine Spur?« Sie überflog die Kopie eines Zeitungsartikels aus den späten Neunzigern. Die Überschrift lautete: *Viveca Svensson: »Ich ziehe die Küche meiner Mutter jeder Pariser Modenschau vor!«*

»Sehen Sie das kleinere Bild auf der rechten Seite? Das ist Viveca Svensson auf Rövarskäret – zusammen mit Samuel und Leevi Lindberg.«

Anna sah Jan-Anders verdattert an.

»Samuel Lindberg?«

»Höchstpersönlich. Die Insel ist im Besitz der Familie Lindberg.«

»Die Lindbergs *besitzen* Rövarskäret?«

»Ja, und da wollte ich dort mal vorbeifahren.«

Anna zögerte kurz. Sie war nicht mehr im Dienst, sie war nur mehr eine Schwangere, die gleich mit einem Freund zu Abend essen würde. Doch es kribbelte in ihrem Rückgrat, während sich in ihrem Kopf die Fragmente verschiedenster Überlegungen und Theorien zu einem Gesamtbild zusammenfügten.

Der Eishockeyheld, der sich versteckt hielt und seit einem Monat nicht mehr zu Hause gewesen war. Und der im Besitz eines abgelegenen Inselchens war.

Drohbriefe an eine Frau.

Viveca Svensson. Und Birgitta Svenssons Tasche.

Ach, du Schande …

Rövarskäret.

»Wie lange braucht man dorthin?«

»Na ja, etwa eine halbe Stunde, wenn die *Sabrina* mitspielt.«

Anna hatte sich entschieden.

»Haben Sie eine Schwimmweste, die groß genug für mich wäre?«

Alison Lindberg war erschöpft. Ihr Besuch bei der Polizei hatte nicht das Ergebnis erzielt, das sie sich erhofft hatte. Eine unfreundliche Schwangere mit grässlichem Äußeren hatte sich zwar angehört, was Alison zu sagen hatte, und es scheinbar auch wirklich ernst genommen. Doch Alison hatte vorgehabt, alles, was sie wusste, dort abzuladen, sich anschließend die Hände abzuklopfen und mit Leevi nach Helsinki zu fahren. Doch leider würde eine andere Polizistin oder ein Polizist sie weiter zu dem Fall befragen.

Wie anstrengend. Alison hatte eigentlich mit der Sache abschließen wollen. Doch jetzt blieb ihr nichts anderes übrig, als auf Leevi zu warten.

Sie schloss die Eingangstür auf, legte ihre Handtasche auf das Tischchen im Flur und ging weiter ins Wohnzimmer. Dort standen bereits ihre Reisetaschen.

Wie sollte sie jetzt die Wartezeit überbrücken? Es war schon absurd, dass das, was heute Morgen noch ihr Zuhause gewesen war, sich inzwischen wie ein Hotelzimmer anfühlte, aus dem sie bald auschecken würde.

Sie ging auf Toilette und anschließend in die Küche, um ein Glas Wasser zu trinken. Dann schob sie die Terrassentür auf und lauschte eine Zeit lang der entfernten Musik vom Festival, das allem Anschein nach gestartet hatte.

Unten am Anleger lagen die Boote. Das kleine, das sie eben erst benutzt hatte, um in die Stadt und wieder zurückzufahren. Das alte, das Samuels Großvater gehört und das Samuel für ein kleines Vermögen hatte restaurieren lassen. Aber das Elektroboot, wo war das eigentlich? Alison meinte, es gerade erst – wie lange war das her? Zehn Minuten? – dort gesehen zu haben, als sie selbst angelegt hatte. Samuel benutzte es am liebsten, es war supermodern und so gut wie geräuschlos. Wo in aller Welt war es abgeblieben?

Sie ließ den Blick übers Wasser schweifen, musste sich dann aber eingestehen, dass sie sich geirrt hatte. Das Elektroboot konnte dort nicht gelegen haben, als sie aus der Stadt zurückgekommen war. Und es hatte wahrscheinlich auch nicht mehr dort gelegen, als sie losgefahren war. Bestimmt war sie vor ihrem Besuch bei der Polizei so angespannt gewesen, dass sie gar nicht auf die Idee gekommen war, die Boote durchzuzählen.

Vielleicht war es leckgeschlagen?

Oder gestohlen worden?

Aber das ging sie nichts mehr an. Dies hier war nicht mehr ihr Zuhause.

Heute Abend gehe ich in der Stadt spazieren, dachte sie bei sich, nicht in diesem langweiligen Städtchen, sondern in Helsinki. Vielleicht besuche ich eine Bar und trinke ein Glas Champagner. Kaufe mir ein paar Zeitschriften und lese sie in der Badewanne, wenn es in meinem Hotelzimmer eine Wanne gibt.

Und morgen beginne ich mein neues Leben.

Rövarskäret war eine bemerkenswerte kleine Schäreninsel. Sie lag ein gutes Stück vom Festland entfernt, war von mehreren winzigen, felsigen Schären umgeben, die es einem erschwerten, auf die Insel zuzusteuern. Man musste schon genau wissen, was man tat, um nicht auf Grund zu laufen.

Anna warf Jan-Anders einen skeptischen Blick zu, doch er sah tatsächlich nach einem geübten Bootsführer aus.

»Gibt es wirklich ein Haus auf der Insel?«, fragte sie und suchte den Wald mit den Augen ab.

»Aber klar, sogar mehrere! Aber so wild überwuchert, wie es hier ist, ist Konrads Sommerhaus das reinste Dornröschenschloss geworden. Da wäre jedoch schon mal der Steg!«

Er zeigte auf die wettergebeutelten Überreste eines Bootsanlegers. Anna hoffte nur, das Holz würde halten. Mit ihrem Babybauch an dieser felsigen Stelle im Wasser zu landen, klang nicht gerade nach einer guten Idee.

Doch als Jan-Anders die *Sabrina* hinmanövriert und vertäut hatte, erwies sich der Anleger sogar als halbwegs stabil.

Und wie zum Geier komme ich jetzt aus dieser Sardinenbüchse raus?, fragte sich Anna. Der Steg war ziemlich hoch, und hier draußen pfiff ein scharfer Wind. Doch ehe sie sichs versah, war Jan-Anders verblüffend geschickt hinaufgeklettert, packte sie fest am Arm, und im Handumdrehen stand sie oben.

»Äh … Danke«, sagte Anna.

»Keine Ursache.«

Sie machten sich auf den Weg über die Insel, und nach ein paar Minuten tauchte vor ihnen inmitten knorriger Nadelbäume und Gebüsch ein Sommerhaus auf.

»Hier hat schon eine Weile keiner mehr den Sommer verbracht«, stellte Jan-Anders fest. »Der alte Lindberg – Konrad – ist 1997 gestorben, wahrscheinlich hat seither niemand mehr hier übernachtet. Schade eigentlich. Das ist doch ein herrlicher Ort!«

Und Anna musste ihm recht geben. Wenn man eine Schwäche für karge Einöde hatte, war Rövarskäret das reinste Paradies.

Sie entdeckte etwas im Gras und ging mühsam in die Hocke. Ein kleines Plastikspielzeug, ein Figürchen mit blau-gelber Ausrüstung, Hockeyschläger und Helm.

»Das stammt doch bestimmt von einem Hockeyspiel, oder?«

»Sieht ganz danach aus. Und wie passend, wenn man bedenkt, wem die Insel gehört.«

Anna wusste nicht recht, was sie mit dem Figürchen anfangen sollte, und stellte es auf einen Stein.

Dann wanderten sie weiter.

»Verdammt, muss dieses Tamtam so laut sein«, murmelte Jan-Anders.

Anna konnte ihm nur beipflichten. Die Musik vom Festival wehte übers Wasser bis hierher und hallte von den Felsbrocken auf der Insel wider, so dass sie von Geräuschen umgeben waren.

Sie blieb kurz stehen und lauschte.

Hatte sie sich verhört, oder war da auch noch ein anderes Tamtam gewesen? Eins, was deutlich näher war?

»Ich wette, die kriegen nie wieder die Erlaubnis, so einen Aufruhr zu veranstalten«, knurrte Jan-Anders, doch Anna brachte ihn zum Schweigen.

»Haben Sie das auch gehört?«

»Die Musik? Ich bin ja nicht taub, also …«

»Nicht das. Hören Sie mal! Da hämmert doch jemand – hier auf der Insel!«

Sie spitzten beide die Ohren. Und ja, da war es wieder!

»Das ist nur das Echo«, sagte Jan-Anders.

»Das dachte ich erst auch, aber hören Sie genau hin, das ist ein ganz anderer Takt!«

Mit einem Mal sah er richtiggehend nervös aus.

»Sie haben recht … Kommt das aus dem Haus?«

»Ich glaube nicht. Es klang eher, als wäre es aus dem Wäldchen gekommen. Meinten Sie nicht, es gäbe noch mehr Häuser?«

»Ich meine schon.«

Hinter dem Sommerhaus setzte ein schmaler Pfad an, der in das Wäldchen in der Inselmitte hineinführte. Sie folgten dem Pfad ein paar Dutzend Meter weit. Er war überwuchert, und sie mussten immer wieder Zweige beiseiteschieben, um voranzukommen. Das Hämmern hatte aufgehört.

Anna nahm ihr Handy zur Hand. Kein Empfang.

»Da ist noch ein Gebäude«, flüsterte Jan-Anders und blieb jäh stehen.

Das Häuschen im Wald war eindeutig verfallener als das am Bootssteg. Es sah aus wie eine einfache Gästehütte und stand leicht erhöht auf einem Felsen.

»Was meinen Sie, Frau Kommissarin? Was machen wir jetzt?«, flüsterte er. »Wir sind doch im Prinzip Eindringlinge …«

»Und ich bin keine Kommissarin mehr«, raunte Anna zurück. »Ich hab weder Waffe noch Dienstmarke bei mir. Offiziell bin ich im Mutterschutz.«

»Wirklich? Oh.«

Sie blieben noch einen Moment lang stehen, und Anna dachte fieberhaft nach.

»Wir müssen nachsehen, was da los ist. Am Steg lag schließlich kein Boot, wer sollte das also sein? Könnte es ein Tier gewesen sein?«

Jan-Anders starrte ihren Bauch an und nickte.

»Ich gehe nachsehen. Sie warten hier.«

Anna wollte schon protestieren, doch er marschierte bereits die Anhöhe hinauf.

Vielleicht sollte ich auch an das Baby denken, schoss es Anna durch den Kopf, und nicht immer, ohne nachzudenken, dem erstbesten Hinweis nachlaufen. Es war zwar unwahrscheinlich, dass derjenige, der dort in der Hütte geklopft hatte, irgendwie gefährlich war, aber irgendwas war hier doch faul.

Jan-Anders war unterdessen fast bei der Hütte angekommen. Wie ein Cowboy aus einem alten Spaghettiwestern schritt er bedächtig und mit steifem Rücken auf eines der Fenster zu.

Es war mit Furnierplatten zugenagelt, doch an der Ecke war ein Stück herausgebrochen. Jan-Anders trat darauf zu, beugte sich vor und spähte hinein.

»Was in aller Welt …«, platzte es aus ihm heraus.

Anna wollte schon rufen und fragen, was er dort entdeckt hatte, als sie urplötzlich Schritte hörte.

»Hallo? Wer sind Sie? Was machen Sie denn da?«

Ohne zu wissen, warum, machte Anna einen langen Schritt zur Seite und huschte hinter eine Kiefer.

Jan-Anders drehte sich zu dem Mann um, der auf ihn zugestiefelt kam.

»Hallo, guten Abend.«

Anna spähte hinter der Kiefer hervor. Jan-Anders versuchte eindeutig, unbeschwert zu klingen, doch Anna nahm es ihm keine Sekunde lang ab. Der Mann, der gerade schnurstracks auf ihn zuhielt, war groß und breitschultrig, trug Jeans, einen blauen Hoodie und eine Baseballkappe. Er schien Anna bislang nicht bemerkt zu haben.

»Ich kenne Sie«, sagte er im nächsten Moment. »Sie sind doch Journalist, oder?«

»Das stimmt.«

»Sind Sie allein hier?«

Jan-Anders ließ ihn nicht aus den Augen, als er antwortete: »Na klar, ganz und gar auf mich allein gestellt.«

Anna wich noch ein Stück tiefer zwischen das Geäst zurück.

Warum hatte Jan-Anders gelogen? Und wer war der Mann? Vorsichtig spähte sie zwischen den Zweigen hindurch.

Eigentlich konnte es nur Samuel Lindberg sein. Dann war er also gar nicht verschwunden, sondern hatte sich nur hierher zurückgezogen.

Was als Nächstes passierte, war umso merkwürdiger.

»Gehen Sie rein, dann können Sie auch mit den anderen sprechen«, sagte der Mann, und dann verschwanden beide um die Hausecke.

Anna hörte ein Knirschen – wie von einem Türschloss, das entriegelt wurde.

Im nächsten Moment waren ein entsetzter Schrei, ein dumpfer Aufprall und Gebrüll zu hören.

Anna stand wie versteinert da. Was war da los?

Der Schrei schien von Jan-Anders gekommen zu sein, doch die Stimme, die darauf gefolgt war, hatte heller geklungen, eher wie die einer Frau. Oder konnte das ein Kind gewesen sein?

Anna hielt sich so verkrampft an einem Zweig fest, dass die Nadeln sich ihr in die Handfläche bohrten.

Das hier war doch Irrsinn! Jahrzehnte der Ausbildung und Arbeitserfahrung, und doch stand sie jetzt hier und versteckte sich im Gebüsch. Am liebsten hätte sie ihre Dienstwaffe gezogen, wäre losgerannt und hätte eingegriffen. Aber es wäre zwecklos gewesen.

Sie war eine unbewaffnete, hochschwangere Frau in Zivil. Das Klügste wäre jetzt, sich zusammenzureißen und bedeckt zu halten. Vielleicht könnte sie Jan-Anders ja helfen, sobald Lindberg wieder verschwunden wäre?

Eine Tür knallte, das Schloss schepperte, und dann kam der Mann im Sportoutfit um die Ecke gerannt. Anna versuchte, einen Blick auf ihn zu erhaschen, auch wenn er geduckt an ihr vorüberlief. Doch sein Gesicht wurde von der Baseballkappe verdeckt.

Der Mann fluchte laut vor sich hin, als er an Annas Kiefer vorbeikam.

»Verdammte Scheiße noch mal! Die machen mich noch verrückt!«

Anna hielt den Atem an und lauschte gespannt. Nach einer Weile schlich sie ihm nach, um zu sehen, was er als Nächstes vorhatte. Würde er zurückkommen?

Sie blieb am Waldrand in Deckung, fand aber eine Stelle, von der sie den Bootssteg erkennen konnte.

Inzwischen lagen dort zwei Boote vertäut: Jan-Anders' kleine *Sabrina* sah neben dem blendend weißen Motorboot noch schäbiger aus als zuvor.

Der Mann mit der Baseballkappe machte sich daran, beide Boote loszumachen, und nur Sekunden später fuhr er in dem weißen Boot mit Jan-Anders' *Sabrina* im Schlepp davon. Das weiße Boot war unglaublich leise. Im Gegensatz dazu musste es auf der ganzen Insel zu hören gewesen sein, als die *Sabrina* angekommen war – und womöglich hatte nur deshalb die Person in der Hütte angefangen zu klopfen! Das weiße Boot musste ein Elektroboot gewesen sein.

Doch Anna hatte jetzt keine Zeit, noch länger darüber nachzudenken. Sie stützte sich an einem großen Stein ab. Ihr Bauch fühlte sich mit einem Mal unerträglich schwer an.

Verdammt noch mal. Sie saßen auf dieser Insel fest!

Anna zückte erneut ihr Handy. Immer noch kein Netz.

Was sollte sie denn jetzt machen?

Die beiden Boote waren inzwischen ein gutes Stück entfernt. Anna holte ein paarmal tief Luft und versuchte fieberhaft nachzudenken.

Lindberg war weggefahren, aber es war durchaus möglich, dass er wiederkommen würde, sobald er die *Sabrina* losgeworden wäre. Sie musste sich also beeilen.

Sobald sie wieder zu Atem gekommen war, stiefelte Anna erneut durch den Wald zu der kleinen Gästehütte. Dort drinnen war es derzeit mucksmäuschenstill.

»Janne?«, flüsterte sie, erhielt aber keine Antwort.

Sie schlich an das Fenster mit der kaputten Platte und beugte sich vor zu dem Loch.

Erst konnte sie kaum etwas erkennen. Einen Dielenboden, die Ecke eines alten Flickenteppichs, aber dann …

Anna verschlug es den Atem.

Dort drin am Boden saß ein Kind. Wer zum Henker war das?

Im selben Moment ahnte sie, wen sie da vor sich hatte.

Sie lief um die Hausecke herum. Die Tür war mit einem riesigen, massiven Vorhängeschloss verriegelt.

»Janne? Hörst du mich?«

Keine Reaktion. Sie sollte vielleicht stattdessen mit dem Kind reden.

»Hey, du da drinnen! Ich heiße Anna, und ich hab dich durchs Fenster gesehen. Es ist alles okay, ich bin von der Polizei. Ich will dir helfen.«

Eine Stimme antwortete ihr, und das war definitiv keine Kinderstimme, sondern eine tiefe Männerstimme.

»Tu jetzt nichts Unüberlegtes, Anna von der Polizei. Er könnte jeden Moment zurückkommen.«

Verdutzt wich Anna einen Schritt zurück. Das war nicht Jan-Anders' Stimme gewesen.

»Wie viele seid ihr denn da drin?«

»Inzwischen vier. Und wenn du jetzt nicht scharf nachdenkst, bist du bald die Fünfte. Bist du allein?«

Anna war hin- und hergerissen. Sie hatte schließlich keine Ahnung, mit wem sie gerade sprach. Trotzdem hatte sie sich dummerweise zu erkennen gegeben.

Sie drückte den Rücken durch, auch wenn keiner sie sehen konnte, und sagte mit ihrer beherrschtesten Polizistinnenstimme: »Mit wem spreche ich gerade?«

Auf der anderen Seite der Tür war es kurz still. Dann war die tiefe Stimme wieder da.

»Mein Name ist Börje Bohman.«

DAS SCHLIMME PASSIERT, als Mama und er eines Tages zu Mittag gegessen haben. Die Teller stehen immer noch auf dem Tisch, Janna schläft, und er will Mama gerade fragen, ob sie Karten spielen wollen.

Plötzlich ist ein enormes Getöse zu hören.

Erst ein Auto irgendwo draußen, dann ein Aufprall, mehrere Stimmen, die einander wütend anschreien, und ein lauter, furchterregender Knall.

»Was war das?«, fragt er verängstigt.

Mama ist so weiß im Gesicht wie sein Malpapier.

»Nein, bitte nicht, nein …«, flüstert sie.

Sie steht auf, geht dann aber fast in die Knie.

Jetzt trampelt dort draußen jemand herum. Mama presst sich den Finger auf die Lippen.

»Still!«, wispert sie.

Dann folgt ein weiterer Knall, Janna wacht auf und fängt an zu weinen.

Mama stürzt auf sie zu, versucht, sie zu trösten und zu beruhigen. Aber es funktioniert nicht. Janna kreischt sich inzwischen die Seele aus dem Leib.

Erst verhallen die Geräusche von oben, doch dann kommt jemand mit schweren Schritten die Treppe herunter.

Der Junge ist so verängstigt, dass er sich kaum noch rühren kann. Er will sich verstecken, unter das Bett kriechen, irgendwohin – aber es geht nicht.

Die Tür schlägt auf, und ein Mann kommt herein. Ein großer Mann mit breiten Schultern, den der Junge noch nie gesehen hat.

Mama kreischt jetzt genauso laut wie Janna.

»Ich wusste, dass du das warst!«

Der große Mann sieht richtig froh aus. Froh und lebensgefährlich.

»Lange nicht gesehen«, sagt er, und dann dreht er sich zu dem Jungen um. »Du bist ja groß geworden, Kevin!«

Daraufhin verblasst der frohe Gesichtsausdruck, und er dreht sich wieder zu Mama um.

»Und jetzt kommt ihr mit!«

Er packt Mama hart am Arm. Sie schreit laut auf, und Kevin wird wütend. Begreift der Mann nicht, dass Mama Janna fallen lassen könnte, wenn er sie so grob anfasst? Er rennt auf seine Mutter zu und nimmt ihr Janna ab.

Der Mann zieht Mama weiter, die versucht, sich zu wehren, auch wenn sie viel kleiner ist. Plötzlich verliert sie das Gleichgewicht und stürzt. Mit dem Gesicht auf die Tischkante.

Schlagartig ist alles still.

»Mama!«

Jetzt weint auch Kevin.

Mama liegt reglos am Boden, und Blut sickert unter ihrem Kopf hervor. Der große Mann sieht aus, als wüsste er nicht, was er tun soll, doch am Ende dreht er sich zu den Kindern um.

»So, Kevin, dann fahren wir jetzt heim.«

Kevin ist sich ziemlich sicher, dass er lügt. Dieser gemeine Mensch wird ihn garantiert nicht zurück in das Zimmer mit seinen Spielsachen und den Sternen an der Decke bringen. Aber Kevin hat keine Wahl, er muss jetzt eine Entscheidung treffen, Mama und Janna zuliebe.

Er singt Janna leise etwas vor, während er die Treppe hochgeht. »Die kleine Hexe« funktioniert wie immer gut, Janna wird sofort ruhig und schmiegt sich in seine Arme.

Sie gehen auf die Haustür zu. Die Luft draußen ist so

frisch, dass Kevin sofort der Kopf schwirrt. Er hat fast vergessen, wie scharf frische Luft sich anfühlen kann. Das Licht blendet, und vorsichtig geht er mit Janna in den Armen die Vordertreppe hinunter.

Der große Mann schleppt Mama hinter ihm her und hält sie halb aufrecht.

Sie jault laut auf und beugt sich vornüber.

Kevin entdeckt, dass sie sowohl aus der Nase als auch zwischen den Beinen blutet. Seit Janna auf der Welt ist, hat Mama Schmerzen, und jetzt hat dieser schreckliche Mann dafür gesorgt, dass sie erneut blutet. Das Blut rinnt auf die Treppe und bildet eine grässliche Lache.

Kevin will nach dem alten Mann von oben rufen. Wo steckt er nur? Kann er nicht kommen und diesen großen, gefährlichen Mann vertreiben?

Doch nichts dergleichen passiert.

Es ist schon lange her, seit Kevin zuletzt draußen war, und dann fällt ihm auf, dass es für Janna das erste Mal überhaupt ist. Sie erkältet sich noch! Sie hätten eine Decke mitnehmen müssen!

Ein Stück weiter steht ein Auto. Der große Mann reißt die hintere Tür auf, packt Mama und schiebt sie hinein.

»Rein mit dir, Kevin«, sagt er mit halbwegs freundlicher Stimme.

Kevin steigt ein. Janna darf so nicht Auto fahren, das weiß er genau, sie braucht einen Kindersitz, so einen, wie Kevin ihn früher auch hatte.

Der gemeine Mann weiß das anscheinend nicht.

Sie wollen gerade losfahren, als er jemanden brüllen hört.

»Bleib stehen, Lindberg!«

Und plötzlich ist der alte Mann von oben da. Er sieht

schlimm aus, hat Blut im Gesicht, in den grauen Haaren und auf dem Hemd. Und dann schießt er!

Von dem Knall fängt Janna erneut an zu weinen, Mama reißt die Augen auf und kreischt.

Und jetzt gehen sie aufeinander los, die beiden Männer. Der große hat eine Verletzung, an seinem Rücken läuft Blut hinab.

»Komm schon, komm schon«, flüstert Kevin.

Er will unbedingt, dass der Mann von oben gewinnt.

Aber der Große ist stärker. Er hat sich das Gewehr gepackt und schlägt es dem alten Mann über den Kopf.

Kevin kann nicht mehr hinsehen.

Er schiebt das Gesicht an Jannas Hals und singt.

»Hei hopp hopp hopp ...«

Dann fahren sie los.

Mama blutet am Mund, und ein Auge ist geschwollen. Sie weint tonlos.

Der Onkel von oben ist auch dabei, allerdings liegt er im Kofferraum. Keiner weiß, wie es ihm geht.

Komischerweise hat Kevin ein riesiges Paket von dem großen Mann bekommen.

»Hier, für dich. Wir müssen schließlich ein paar Geburtstage nachholen, wir zwei.«

Kevin hat nicht die geringste Lust, das Paket aufzumachen. Er ist nicht mal neugierig.

»Es ist ein Hockeyspiel. Das können wir heute Abend gleich ausprobieren«, sagt der Mann.

Kevin will nicht in diesem Auto sitzen. Er will zurück in ihr kleines Zimmer – nur Mama, Janna und er. Der Mann von oben darf auch dabei sein, der ist okay. Solange sie nur nicht mit dem großen Mann zusammen sind, der Mama geschlagen hat.

Janna quäkt vor sich hin.

»Mach, dass die das Maul hält, sonst werf ich sie aus dem Fenster«, grollt der Mann.

Er ist fürchterlich. Er scheint Kevin zu mögen, zu ihm hat er noch nichts Gemeines gesagt. Aber wie kann man zu Janna so grässlich sein?

Als er anhält und die Tür aufschiebt, hat Kevin Todesangst, weil er glaubt, dass der Mann Janna jetzt rauswirft, aber der Mann schleudert bloß das Gewehr weg. Er sagt ein paar schreckliche Dinge zu Mama, dann fährt er weiter.

»Bitte, lass die Kinder in Ruhe«, flüstert sie. »Lass sie gehen.«

»Die Kinder gehen lassen?«

Die Stimme des Mannes klingt furchtbar gemein.

»Kevin geht nirgendshin, der kommt mit mir. Und du auch. Aber das andere Balg, das du dir angeschafft hast, was machen wir mit dem, verdammt?«

»Tu ihr nicht weh! Bitte ...«

»Ich muss nachdenken. Wir nehmen ja das Boot ... Am besten nehm ich das Baby, so was fällt ja leicht über Bord.«

Schlagartig ist Kevin eiskalt. Er weiß genau, was der Mann damit meint. Was will er mit Janna machen? Mit Mamas und Kevins wunderbaren kleinen Janna!

Dass ein Mensch so böse sein kann! Am liebsten würde Kevin weinen und schreien, aber das tut er nicht. Er knüllt sämtliche Gefühle zu einem harten Ball zusammen. Der Ball wächst und wächst und macht ihn merkwürdig ruhig.

An einer Ampel müssen sie halten. Der Mann flucht und schlägt hart aufs Lenkrad, aber von der Seite biegt ein riesiger Sattelschlepper langsam in die Straße ein und versperrt ihnen den Weg.

Mama weint schon wieder, diesmal lauter.

Und jetzt tut der Junge etwas so Mutiges, dass er es selbst kaum glauben kann.

Vorsichtig löst er den Sicherheitsgurt und tastet nach dem Türgriff. Er hofft nur, dass die Tür nicht abgeschlossen ist.

Mama sieht, was er macht, scheint aber nicht zu begreifen, was er vorhat.

Und jetzt gilt es.

Er schnappt sich Janna aus Mamas Armen und stößt die Tür auf.

Und dann rennt er.

Gott, wie er rennt. Er ist noch nie im Leben so schnell gerannt.

Mit einem Mal hat er Superkräfte.

Niemand tut seiner Janna weh! Er muss seine Schwester retten!

Er hört Schritte und Rufe von hinten. Natürlich rennt der große Mann ihm nach.

Kevin biegt um eine Ecke und dann um noch eine. Er sieht sich hastig um, während er weiterrennt.

Der Mann ist außer Sicht, vielleicht hat er nicht mitbekommen, dass Kevin abgebogen und in eine neue Richtung gelaufen ist. Gut!

Janna ist wach, liegt aber still in seinen Armen. Sie sieht verdutzt aus.

Er blickt sich um. Der Mann könnte sie jeden Moment einholen. Nicht mal mit seinen neuen Superkräften kann Kevin schnell genug laufen.

Er muss jemanden finden, der sich um Janna kümmert, bis Mama und er wieder übernehmen können. Jemand Netten.

Auf der Straße sind noch andere Leute, aber er kann

Janna doch nicht irgendwem geben. Die würden bestimmt Nein sagen.

Dann taucht eine Gruppe mit Kleinkindern und drei Kindergärtnerinnen auf. Kevin schließt sich ihnen an und sieht sich weiter um.

Im nächsten Moment entdeckt er etwas Großartiges. Einen bildschönen weißen Kinderwagen, der vor einem Geschäft inmitten von jeder Menge herrlicher Blumen steht.

Er rennt auf den Wagen zu und zieht das Tuch zur Seite, das darüber hängt.

In dem Wagen liegt ein schlafendes Baby. Richtig süß, aber nicht annähernd so hübsch wie Janna. Was für eine Überraschung das wird, wenn diese andere Familie entdeckt, dass sie gleich ein zweites Baby hat – obendrein ein noch süßeres! Aber nur leihweise natürlich.

Er gibt Janna einen Kuss auf die Wange.

»Schlaf gut, Janna, wir sehen uns bald! Dann singt dein großer Bruder dir wieder vor.«

Janna sieht ihn mit ihren großen, klugen Augen an, als er sie in den Wagen legt. Er zieht das Tuch erneut vor und geht seelenruhig zurück zu dem Auto.

Der große Mann packt ihn sich noch auf der Straße.

»Kevin! Was hast du gemacht? Wo ist …«

Kevin zuckt mit den Achseln.

»Ich bin das Balg losgeworden, so, wie du es wolltest.«

KAPITEL 11

Ene mene meck
Und du musst weg

Irgendwas störte Jasper Jokela, auch wenn er es nicht hätte benennen können.

Das SeaPop war in vollem Gange, auf der Bühne löste ein Künstler den anderen ab, das Wetter war toll, und in der VIP-Lounge klopften die Gäste Jasper die Schulter und gratulierten ihm. Alles lief wie geplant – und sogar noch besser!

Er hätte es genießen sollen, das Lob entgegennehmen und den Stolz durch seinen Körper pulsieren lassen.

Stattdessen stand er mit einem halb vollen Glas Schampus da und versuchte, darauf zu kommen, was an ihm nagte.

Hatte er etwas vergessen? Nein, das war es nicht.

Bei dem Trubel war es unmöglich, zur Ruhe zu kommen. Jasper schlüpfte aus der Lounge und weiter zum verwaisten Dixi-Klo, das ein Stück abseits stand und laut Schild »nur für VIP-Gäste« reserviert war.

Er schloss die Tür hinter sich und setzte sich auf den Toilettendeckel, denn pinkeln musste er schließlich nicht.

Und dort, inmitten des Chemikaliengestanks, brachte er zu guter Letzt Ordnung in seine Gedanken.

Verner Jansson.

Etwas an seinem Verhalten einige Stunden zuvor war Jasper nicht mehr aus dem Kopf gegangen. Und auch irgendwas an Mats Sjögren …

Was hatte Mats eigentlich sagen wollen, als Verner ihn unterbrochen hatte? Dass sie bis Mitternacht beschäftigt wären und deshalb das Festival nicht besuchen könnten?

Was hatte er damit gemeint? Derzeit standen keine größeren Bauarbeiten an – mal abgesehen vom stillstehenden Radwegbau.

Und mit einem Mal schoss ihm etwas durch den Kopf. Er sprang so abrupt auf, dass das Dixi-Klo schwankte.

Der Fahrradweg!

Sie konnten doch wohl nicht so verdreht sein, dass sie am heutigen Abend die Bauarbeiten am Fahrradweg wieder aufnahmen?

Während das Stadtzentrum leer und sämtliche Einsatzkräfte aus der Umgebung hier am Campingplatz versammelt waren – oder entlang der Zufahrtsstraßen, wo sie den Verkehr überwachten?

Konnte Verner Jansson wirklich so töricht sein?

Jasper sah die zerzauste Erscheinung des technischen Leiters vor sich. Wie gestresst und verkniffen Verner den ganzen Sommer über gewesen war. Wie er sich an dem Radwegprojekt festgebissen hatte, selbst nachdem Jasper hatte verlautbaren lassen, dass sie es auf Eis legen sollten, solange Börje Bohman verschwunden war.

Ja. Genau so töricht konnte dieser Verner sein.

Jasper stieß die Dixi-Tür auf und rannte los. Im Laufschritt versuchte er, Verner zu erreichen, doch dessen Handy schien abgestellt zu sein.

Er war mit dem Fahrrad aufs Gelände gekommen. Jetzt sprang er auf den Sattel und trat in die Pedale, so schnell er nur konnte.

Um die Bühne herum, an den Transportern der Bühnentechniker vorbei, durch die Backstage-Zufahrt – und fast hätte er einen Ordner umgefahren.

»Entschuldigung!«, rief er über die Schulter.

Nahezu im Takt seiner Beine fügte sich ein Puzzleteil nach dem anderen zu einem Gesamtbild zusammen.

Dass Verner Jansson SMS-Kontakt mit Börje Bohman gehabt haben sollte.

Dass er behauptet hatte, Börje wäre ausgezogen und hätte für den Abriss seines Hauses grünes Licht gegeben.

Wie sauer Verner gewesen war, als die Polizei seine Erklärung nicht hatte schlucken wollen, sondern weiterhin darauf bestand, dass auf dem Grundstück nicht gearbeitet würde. Und mit einem Mal stand ihm noch ein anderes Bild vor Augen: Verner mit dem alten Nokia-Handy, das er eilig weggepackt hatte. Was, wenn das in Wahrheit gar nicht Verners, sondern Börjes Handy gewesen war?

Und Jasper kam noch ein weiterer Gedanke, der ihn so aufwühlte, dass er mit dem Rad um ein Haar ins Schlingern geriet.

All die Unterlagen, die Verner ihm eilig vorgelegt hatte, damit Jasper sie noch vor seinem Urlaub unterschrieb. Und er *hatte* sie unterschrieben, ohne nachzusehen, worum es ging. Um Himmels willen!

Hatte er selbst die Erlaubnis erteilt, Börje Bohmans Haus niederzureißen?

Während einer andauernden Polizeiermittlung?

Welche Konsequenzen hätte das für ihn?

Seine Pulsuhr piepte anerkennend. Anscheinend glaubte sie, Jasper hätte eine richtig gute Trainingseinheit hingelegt. »Bravo!«, blinkte es ihm auf dem Display entgegen.

Hoffentlich spürte er Verner auf, ehe der eine unverzeihliche Dummheit beging.

Anna hätte nicht sagen können, wie lange sie mit offenem Mund dastand, ehe sie die Sprache wiederfand.

»Börje Bohman?«, rief sie verdattert.

»Höchstpersönlich«, antwortete die gedämpfte Stimme von drinnen.

»Wir sind davon ausgegangen, Sie wären tot!«

»Bin ich aber nicht.«

Anna hatte unzählige Fragen an ihn, doch sie stellte lediglich die wichtigste.

»Jan-Anders – wie geht es ihm? Ist er wohlauf?«

»Der kommt gerade zu sich«, rief plötzlich eine Kinderstimme.

Anna zuckte zurück.

»Und wie geht es dem Kind dort drin?«

Während sie auf die Antwort wartete, wuchs ihr Unbehagen ins Unermessliche. War dies das Kind, das in Börjes Keller gewohnt hatte? Und das jetzt zusammen mit ihm in einer Hütte auf einer verwilderten Insel eingesperrt war?

»Sind Sie wirklich von der Polizei?«, fragte das Kind.

»Ja«, antwortete Anna.

»Helfen Sie uns! Mir und Mama und Börje!«

»Ist deine Mama auch da drin?«

»Ja, aber sie schläft.«

»Sie hat Medikamente bekommen«, fügte Börje hinzu.

Anna wusste nicht, was sie von alledem halten sollte.

Allerdings war Eile geboten. Sie musste die Tür irgendwie aufbekommen.

Sie sah sich um. Es dämmerte bereits auf der Insel, und der Augustabend senkte sich herab.

War in der Nähe des Sommerhauses nicht ein Schuppen gewesen? Das Schloss selbst sah so stabil aus, dass es selbst mit einer Zange kaum möglich wäre, es aufzubrechen. Aber mit einem Hammer oder einem Brecheisen würde es ihr vielleicht gelingen, den Türrahmen oder zumindest ein Fenster auszuhebeln?

»Ich bin gleich wieder da!«, rief sie durch die verbarrikadierte Tür.

Dann lief sie erneut ungelenk durch den Wald. Noch war draußen auf dem Wasser kein Boot zu sehen.

Und richtig, vor ihr tauchte ein Holzschuppen auf.

Die Tür war verriegelt, aber so morsch, dass sie bestimmt nur ein paarmal fest dagegendrücken müsste …

Anna warf sich mit aller Kraft gegen die Tür – und spürte im selben Moment, da die Tür aufflog, heftige Krämpfe im Unterleib.

»Ja, ruhig, alles okay«, flüsterte sie ihrem Beckenboden zu.

Das war noch keine Wehe gewesen, redete sie sich gut zu. Nur eine Erschütterung von der Seite. Na ja, eher mittig als von der Seite, trotzdem …

An der Wand hing ein alter Hammer mit einem stabilen Holzgriff. Anna schnappte ihn sich, ebenso wie ein paar rostige Meißel. Ein Stemmeisen konnte sie nirgends entdecken, aber vielleicht würden die Meißel ja ausreichen.

Als sie den Schuppen gerade verlassen wollte, blieb ihr Blick an einem alten Finnenmesser auf einem Regalbrett hängen. Für die Selbstverteidigung kein bisschen geeignet, aber es würde sich besser anfühlen, irgendwas in der Hand zu haben, jetzt, da ihre Dienstwaffe im Waffenschrank der Dienststelle lag.

Zurück an der Gästehütte klopfte sie an die Tür.

»Herein«, rief Börje Bohman unüberhörbar sarkastisch.

»Ich glaube, ich kann die Tür vielleicht aufbrechen«, rief Anna.

»Besser, Sie rufen Verstärkung!«

»Das geht nicht, mein Handy hat hier keinen Empfang.«

»Und meins hat er mir abgenommen«, hörte sie Jan-Anders' Stimme.

Erleichtert atmete Anna aus. Der Reporter klang wohlauf, wenn auch wütend.

»Ich probiere es jetzt mit der Tür«, rief sie. »Treten Sie zurück!«

»Warten Sie«, erwiderte Börje. »Ich schlage vor, Sie versuchen es stattdessen mit dem Küchenfenster. Wenn Sie die Bretter wegbekämen, könnten wir es von innen aufmachen.«

»Welches ist das Küchenfenster?«, fragte Anna.

»Gehen Sie nach links und um die Ecke.«

Anna tat wie geheißen und beäugte das verbarrikadierte Fenster. Statt von einer Platte war es von fünf Brettern bedeckt.

Wenn sie nur drei davon losbekäme, wäre das Loch hoffentlich groß genug. Doch das war leichter gesagt als getan. Sie hätte besseres Werkzeug gebraucht.

Anna wuchtete die Schmalbahn des Hammers unter das unterste Brett und legte alle Kraft hinein.

Es knackste im Holz. Das Brett war morsch – *yes!* Anna bog und hebelte, und zu guter Letzt landete das Brett im Moos.

Das nächste ging glücklicherweise ebenso gut ab.

Doch das dritte Brett widersetzte sich. Anna drückte, kämpfte und stöhnte vor Anstrengung.

Schließlich gab es ein wenig nach. Anna war derart erschöpft, dass sie fast Sternchen sah.

Los jetzt, Anna Glad!, sagte sie sich. Noch dreimal ansetzen, und es ist weg.

Eins. Einer der Nägel löste sich aus der Hüttenwand.

Zwei. Ein zweiter Nagel ging ebenfalls fast komplett raus.

Drei. Das Brett fiel hinunter, und ihre Fruchtblase platzte.

Als Alison den Bootsmotor hörte, erhob sie sich von ihrem Terrassensofa. Leevi kam, und endlich würde sie die Insel verlassen. Sie hatte mitnichten vor, mit zu ihm nach Hause zu fahren, zwischen ihnen würde nichts mehr laufen, das hatte sie so beschlossen. Trotzdem war sie dankbar, dass er ihr angeboten hatte, in Helsinki ein Hotelzimmer für sie zu organisieren.

Sie hörte, wie die Tür aufging.

»Hey!«, rief sie. »Bin abreisefertig.«

Doch dann tauchte nicht Leevi im Flur auf, sondern Samuel.

»Was machst du hier?«, keuchte Alison.

»Ich wohne hier«, antwortete er. »Wo willst du denn hin?«

Sie hatte in diesem Sommer so viele unglückliche Stunden damit zugebracht, über ihren Mann nachzugrübeln, doch als er jetzt vor ihr stand, wusste sie kaum, welches Gefühl das stärkste war. Wut? Liebe? Hass? Trauer?

Nein. Tatsächlich war es hauptsächlich Angst.

Sie war gerade erst bei der Polizei gewesen und hatte dort von seinen Online-Machenschaften berichtet. War er deshalb zurück? Hatte er davon erfahren? Was hatte er als Nächstes vor?

Ihr war schlagartig eiskalt.

»Wo … Wo bist du gewesen?«, flüsterte sie. »Wir haben einen geschlagenen Monat nichts voneinander gehört, Samu! Einen ganzen *fucking* Monat!«

Stumm betrachtete er die Taschen, die sie an der Treppe bereitgestellt hatte.

»Ali, wenn du von hier wegwillst, dann werde ich dich nicht aufhalten. Scheiße, ich kann sogar verstehen, wenn du mich verlassen willst. Aber bitte, lass es mich dir erst erklären.«

Ein Teil von ihr hätte am liebsten die Flucht ergriffen, ein anderer wollte ihn am liebsten zur Hölle schicken. Doch Alison kam nicht umhin, neugierig zu sein: Sie wollte hören, was er ihr zu sagen hätte. Außerdem kam sie hier ohnehin nicht weg, ehe Leevi gleich da wäre. Solange konnte sie sich ebenso gut Samuels Erklärung anhören.

»Okay«, sagte sie und ließ sich auf dem großen weißen Sofa nieder.

»Okay«, wiederholte er und setzte sich neben sie.

Dann atmete er tief durch, als wollte er Anlauf nehmen.

»Ich war in einer Klinik. In Litauen.«

»In einer Klinik? In Litauen?«

»Ja. Und dort wollten sie nicht, dass ich mit der Außenwelt Kontakt hatte. Deshalb hat sich immer nur meine Mutter bei dir gemeldet. Hat sie doch, oder? Damit du dir keine Sorgen machst?«

»Was? Ja, hat sie … Aber warum warst du denn in einer Klinik?«

Ernst sah er sie mit seinen himmelblauen Augen an, die ihr früher stets weiche Knie beschert hatten. Im selben Moment fiel ihr auf, wie alt er wirkte. Als wäre er über diesen Sommer um zehn Jahre gealtert.

»Du hast bestimmt von meinen angeblichen Drogeneskapaden gehört. Diese Nachrichten waren teils wahr, teils unwahr. Ich bin kein Junkie, Ali, aber …«

Er seufzte so tief auf, dass sie die Wärme seines Atems spürte.

»Es fing an, als ich noch klein war. Ich hab eine angeborene Fehlstellung in den Beinen, die erst mit fünfzehn entdeckt wurde. Daran lässt sich nichts ändern, und über längere Phasen macht mir diese Sache auch keine Probleme, aber dann hab ich wieder Schmerzen, und deshalb … Das hier hab ich all die Jahre geheim gehalten – mein Vater hat das so entschieden. Niemand kauft einen Spieler mit so einer Vorschädigung ein.«

»Aber das ist doch verrückt!«

»Und trotzdem wahr. Wenn wir es öffentlich gemacht hätten, hätte ich meine Karriere als Eishockeyprofi vergessen können. Ich habe mein ganzes Erwachsenenleben lang Medikamente genommen.«

»Ernsthaft?«

Konnte das wirklich stimmen? Waren ihre Schwiegereltern derart skrupellos, den eigenen Sohn mit Medikamenten vollzupumpen und ihn dazu zu zwingen weiterzuspielen, obwohl er Schmerzen hatte?

»Deshalb wollte mein Vater auch, dass Leevi Arzt würde. Damit wir leichter an die nötigen Präparate herangekommen wären. Was aber nicht funktionierte. Ein Teil der Medikamente stand ohnehin auf der Dopingliste, deshalb konnte ich damit sowieso nicht weitermachen.«

»Willst du mir gerade ernsthaft erzählen, dass du diese Probleme hattest und Medikamente genommen hast, seit du *fünfzehn* warst? Und dass ihr das all die Jahre geheim gehalten habt?«

»Das war wichtig, kapierst du das nicht? Unsere Familie hatte damals kein Geld, nichts – und jetzt haben wir alles und mehr! Meine Eltern haben ihr Haus, ihr Boot, Leevi die Wohnung, ich hab mehrere Häuser, all die Autos … Na ja, du weißt schon. Und wie gesagt, über lange Phasen hatte ich ja auch keine Schmerzen. Bis vor anderthalb Jahren, da wurde es richtig schlimm.«

»Nachdem wir geheiratet hatten?«

Er nickte und blickte traurig drein.

»Typisch, oder? Im selben Moment, da man denkt, man hätte es geschafft … Leevi musste mir wieder Medikamente besorgen. Er ist ja nie Arzt geworden, aber er hatte die richtigen Kontakte, als er damals sein Studium abgebrochen hat. Es war nur so, dass die Nebenwirkungen diesmal andere waren. Ich … Scheiße, Alison, ich fühle mich ganz elend, dass dich all das mehr in Mitleidenschaft gezogen hat als jeden anderen. Ich war ein anderer Mensch …«

»Aggressiv«, murmelte Alison.

»Paranoid, leicht reizbar, gewalttätig. Wenn ich getrunken hatte, bin ich komplett aus der Fassung geraten. Eines Abends bin ich an einer Tankstelle auf einen Typen losgegangen, und dem werde ich ordentlich Schmerzensgeld zahlen müssen. Aber hör mir zu, Alison: Ich war dir nie untreu! Das schwöre ich dir hoch und heilig! Ich bin betrunken in einem Nachtclub gewesen, und als sich ein paar Tussis an mich drangehängt haben, hab ich mich nicht gewehrt. Aber untreu war ich dir nie.«

Alison schluckte. Sie glaubte ihm und fühlte sich umso schuldiger.

»Nach dieser Filmpremiere wusste ich, dass es an der Zeit für mich war, die Notbremse zu ziehen. Und in der Klinik in Litauen war ich schon mal, so dass ich wusste, es würde funktionieren. Ich bin noch am selben Abend dort hingefahren.«

»Und geht es dir jetzt besser?«

»Ja. Den Beinen geht's schlechter, aber der Kopf ist wieder klar, und das ist viel wichtiger. Es muss Schluss damit sein, ich brauche ab sofort Hilfe von richtigen Ärzten. Es ist nicht mehr wichtig, wer davon erfährt oder wie es mit dem Hockey weitergeht. Ich kann so einfach nicht mehr weitermachen.«

Sie sah ihn aufmerksam an. Es war das erste Mal seit mehreren Monaten, dass sie die Gelegenheit dazu hatte. Die Wut in ihr begann zu verrauchen, doch Angst hatte sie immer noch ein klein wenig.

»Ich muss dir auch etwas beichten«, murmelte sie.

»Okay?«

»Ich hab deine E-Mails gelesen.«

Er lachte auf, was ihre Angst sofort befeuerte.

»Meine E-Mails? Gott, und ich dachte schon, du würdest irgendwas Schlimmes sagen. Was hast du denn in meinen E-Mails gefunden?«

Sie sah ihn starr an.

»Ich hab die Droh-Mails gelesen, die du verschickt hast.«

»Droh-Mails? Ich hab verdammt noch mal keine Droh-Mails geschrieben. Ich schreibe überhaupt kaum E-Mails, das erledigen meine Assistenten für mich.«

»Ich rede nicht von deiner offiziellen E-Mail-Adresse, sondern von deinem Gmail-Account.«

»Aber ich habe gar keinen Gmail-Account!«

»Samuel, hör auf. Ich hab den Zettel mit dem Passwort in deinem Schreibtisch gefunden. Ich hab alles gelesen.«

»Was denn für einen Zettel? Und was hast du gelesen?«

»Alles über Kevin und deine Ex und was du mit ihr vorhast, wenn du sie findest. Ich verstehe ja, dass du da unter Medikamenteneinfluss standst, aber was du ihr geschrieben hast, war furchterregend!«

Mit einem Satz sprang Samuel vom Sofa auf.

»Zeig mir den Zettel!«

»Er liegt in der untersten Schreibtischschublade. Ich hab ihn nicht angerührt.«

Er eilte ins Arbeitszimmer und blieb eine Weile verschwunden. Alison wartete im Wohnzimmer, doch als mehrere Minuten lang nichts passierte, stand auch sie auf.

Seine Reaktion hatte sie überrascht. Er hatte aufrichtig verwirrt ausgesehen. Was machte er denn dort drinnen? Versuchte er, die Mails zu löschen? So sah es zumindest aus.

Sie spähte ins Arbeitszimmer. Samuel saß vor seinem Computer und las E-Mails. Er war aschfahl im Gesicht. Dann bemerkte er, dass sie in der Türöffnung stand.

»Alison, auf wen hast du gewartet, als ich nach Hause kam? Sollte dich jemand abholen?«

»Äh, ja. Leevi.«

»Okay.«

Er saß kurz stumm da, ehe er wieder aufblickte.

»Ali, du musst mir jetzt glauben. Diese Sachen hier habe ich nicht geschrieben. Dieser E-Mail-Account gehört mir nicht. Den Zettel aus der Schublade hab ich nie gesehen.«

Doch sie glaubte ihm nicht. Es wäre wohl sicherer, wenn sie in der Tür stehen bliebe. Sie wusste schließlich nicht, wie er reagieren würde, wenn er erführe, dass sie damit zur Polizei gegangen war.

»Aber Kevin ist doch dein Kind, oder nicht? Und diese miss_vv – ist das deine Ex?«

»Ja, schon. Viveca und ich waren Sandkastenfreunde. Und eine Zeit lang ein Paar. Oder … nein, eigentlich nicht. Die Klatschpresse hat das aufgeblasen, an sich war es nie etwas Ernstes. Aber … dann ist sie schwanger geworden.«

»Und du bist der Vater?«

Inzwischen sah Samuel vollends beschämt aus.

»Ich bin ein Mistkerl, nichts anderes.«

Er stand auf und kam ein paar Schritte auf die zu. Intuitiv wich Alison vor ihm zurück.

»Ich sollte gerade in die USA gehen, als Viveca erfuhr, dass sie schwanger war. Und damals wollte ich nicht Vater werden. Das hätte doch nicht funktioniert! Also bot ich ihr Geld für eine Abtreibung an, aber das wollte sie nicht. Und da beschloss ich, dass ich die Vaterschaft nicht anerkennen würde. Dass Viveca das alleinige Sorgerecht haben sollte. Ich hab ihr eine Art Abfindung bezahlt, damit sie zurechtkäme. Echt schlechter Stil, ich weiß.«

»Und sie … ist darauf eingegangen?«

»Ich habe ihr nicht wirklich eine Wahl gelassen. Wir würden über all das Stillschweigen bewahren, niemand sollte wissen, wer der Vater war. Aber nachdem wir auf Partys zusammen gesehen worden waren, haben die Klatschzeitungen eins und eins zusammengezählt.«

»Aber Samuel … Du hast einen Sohn! Hast du dich nie gefragt, wie es ihm geht?«

»Doch. Und es war idiotisch von mir, dir nicht von ihm zu erzählen. Ich hab mich geschämt. Ich weiß, wie wichtig Familie, Ehe und all das für dich ist, deshalb hatte ich wohl Angst davor, wie du reagieren würdest.«

Alison fühlte sich zutiefst ermattet. Sie wollte glauben, was er ihr erzählte. Sie hatte sich in den vergangenen Wochen wesentlich schlimmere Szenarien ausgemalt. Dass Samuel als junger Mann verantwortungslos und egoistisch gehandelt hatte, konnte sie sogar halbwegs nachvollziehen und ihm vergeben. Gleichzeitig war es unbegreiflich, dass man ein Kind haben und sich nicht darum kümmern konnte.

Samuel redete weiter.

»Als wir beschlossen, zurück nach Finnland zu ziehen, dachte ich mir, ich sollte mich vielleicht ein bisschen umhören. Der Plan war, Viveca zu kontaktieren und mal vorzufühlen, ob sie sich vorstellen könnte, dass Kevin und ich irgendwie Kontakt haben könnten.«

»Und was hat sie geantwortet?«

»So weit kam es nie. Das Bein wurde schlimmer, und ich musste wieder Medikamente nehmen. Ich hab nie Kontakt mit ihr aufgenommen. Aber …«

Er unterbrach sich und drehte ihr den Rücken zu.

»Aber was?«

»Ich … Ich habe Leevi gebeten, ihre Kontaktdaten ausfindig zu machen. Völlig verquer, ausgerechnet ihn um Hilfe zu bitten, aber ich dachte, es wäre keine große Sache mehr.«

Alison hätte am liebsten laut aufgestöhnt. Warum drückte er sich so merkwürdig aus? Es fühlte sich an, als müsste sie ihm alles mühsam aus der Nase ziehen.

»*Was* war keine große Sache mehr?«

»Leevi und Viveca. Er war in sie verliebt, seit er zwölf war. Kam nur schwer damit klar, dass sie mich lieber mochte, auch wenn das an sich nur natürlich war, immerhin waren wir gleich alt. Als wir kurz vor meinem Umzug in die USA eine Zeit lang wieder mehr Kontakt hatten, schwänzelte er ebenfalls ständig um sie herum – genau wie damals, als wir noch klein waren. Trotzdem dachte ich, er wäre nach all den Jahren über sie hinweggekommen. Aber anscheinend habe ich mich getäuscht.«

Allmählich dämmerte es Alison, was Samuel meinte.

»Du glaubst doch wohl nicht, dass Leevi … dass *er* diese Droh-Mails geschrieben hat?«

Samuel stand immer noch mit dem Rücken zu ihr da. Seine Schultern schienen nach unten zu sacken.

»Ich will es nicht glauben. Aber tief im Innern bin ich nicht mal überrascht. In meinem Namen Droh-Mails zu schreiben, ist immerhin eine ziemlich effektive Art, einen Keil zwischen Viveca und mich zu treiben.«

Alison schnappte nach Luft. Leevi hatte schließlich nicht nur zwischen Samuel und dieser Viveca gestanden: Er hatte sich auch zwischen Samuel und sie selbst gedrängt.

Ihr stieg die Hitze in die Wangen, als sie versuchte, das Ausmaß dieses Durcheinanders zu überblicken.

Leevi hatte die Droh-Mails geschrieben.

Leevi hatte Alison dazu geraten, Samuel zu verlassen.

Leevi hatte angedeutet, dass Samuel untreu, manipulativ und gewalttätig wäre – und sie hatte ihm geglaubt.

Ohne darüber nachzudenken, stürzte sie auf ihren Mann zu und schlang ihm die Arme um den Leib.

»Entschuldige«, flüsterte sie.

Er drehte sich um und nahm sie in die Arme.

»Du hast keinen Grund, dich zu entschuldigen.«

Wenn er nur wüsste! Sie hatte ihn mit seinem eigenen Bruder betrogen. Sie hatte ihn bei der Polizei angezeigt. Aber das konnte sie ihm gerade nicht sagen. Es war zu berauschend, seinen wohlbekannten Duft einzuatmen, seine Wärme zu spüren, sich an ihm festzuklammern. Sie würde es ihm später beichten. Zumindest, dass sie bei der Polizei gewesen war. Das würde sie wieder geraderücken müssen. Allerdings noch nicht jetzt.

Sie blieben eine Zeit lang eng umschlungen stehen. Erst ein Geräusch von draußen brachte sie dazu, voneinander abzulassen. Das Geräusch einer Tür, die ins Schloss fiel.

Obwohl sie gerade erst über Leevi gesprochen hatten, hatte Alison schon fast vergessen, dass er auf dem Weg zu ihr war. Und jetzt war er da. Oder nicht?

»Hallo?«, rief sie zaudernd.

Sie bekam keine Antwort, doch durch die offene Terrassentür hörte sie, wie jemand über den gekiesten Weg zum Anleger rannte.

Anna hatte den Hammer fallen lassen müssen. Sie presste die Stirn gegen die Bretterwand und verzog das Gesicht. Ihre Jeans war im Schritt völlig durchnässt.

Neben ihr ging das Fenster auf, und ein blonder Junge mit zerzausten Haaren sah nach draußen.

»Hallo!«, grüßte er brav.

»Hallo, hallo«, erwiderte Anna.

Immer noch sprudelte es nur so aus ihr heraus. Das Fruchtwasser war überraschend warm, fühlte sich an ihren Schenkeln fast heiß an.

Und dann kam erstmals etwas, was wohl als Wehe durchgehen konnte. So schmerzhaft war es gar nicht, irgendwie anders, als sie es sich vorgestellt hatte.

»Oh verdammt … Was für ein Timing!«

Jan-Anders hatte sich durch das Fenster geschoben. Auf seinem Gesicht zeichnete sich ein ordentliches Veilchen ab, allerdings schien ihm das egal zu sein. Sein Blick war auf Annas nasses Hosenbein gerichtet.

»Sagten Sie nicht, es wäre noch nicht so weit?«

»Da hab ich mich wohl getäuscht«, jaulte Anna.

Gedankenlos, dummdreist, unüberlegt. Allein sich mit einem übereifrigen Lokalreporter in einem kleinen Schrotthaufen von einem Boot auf ein solches Abenteuer auf See zu begeben, war völlig durchgeknallt. Das Ganze auch noch hochschwanger zu machen, war reinste Idiotie. Und jetzt konnte sie nichts mehr dagegen ausrichten. Die Geburt hatte eingesetzt, und sie war auf einer Insel gestrandet. Und bald wäre Lindberg bestimmt zurück und würde sie allesamt einsperren oder etwas noch viel Schlimmeres tun.

Hinter dem Fenster war ein Rumpeln zu hören, und dann schaute ein groß gewachsener alter Mann heraus. Anna hörte kurz auf, sich selbst zu beschimpfen, um sich Börje Bohman genauer anzusehen.

Den Einsiedler, den Sonderling, den Frauenschläger, den Sadisten.

Ein gefurchtes Gesicht, dunkle Augen, buschige Augenbrauen, weiße Haare.

Nein, dieses Gesicht passte nicht zu all den Beinamen, die Börje in den vergangenen Monaten im Besprechungsraum der Polizei erhalten hatte.

Insbesondere nicht, als er mit sanfter Stimme sagte: »Sie müssen sie mir abnehmen, sie kann noch nicht wieder auf eigenen Beinen stehen.«

Vorsichtig hob er eine Frau ans Fenster und schob sie mit den Beinen voran durch die Öffnung.

Janne und Kevin eilten auf sie zu und nahmen die Frau entgegen, die benebelt wirkte. Anna schätzte sie auf etwa vierzig, das blonde Haar war strähnig, die Wangen eingesunken. Trotzdem war nicht zu übersehen, dass sie außergewöhnlich schön war.

»Was ist mit ihr?«

»Er hat ihr Medikamente verabreicht, als wären es Süßigkeiten«, antwortete Börje verbittert. »Haben Sie sie? Dann lasse ich jetzt los.«

Jan-Anders nahm den schlaffen Frauenkörper in beide Arme.

Börje Bohman lehnte sich aus dem Fenster und sah Anna direkt in die Augen.

»Viel Glück, Polizistin Anna«, sagte er.

»Gehen Sie gar nicht mit?«, stieß Anna mit Mühe und Not hervor. Sie spürte bereits, wie sich die nächste Wehe anbahnte.

Börje schüttelte den Kopf.

»Ich bleibe hier. Wenn er wiederkommt, haben Sie die Chance, sich sein Boot zu schnappen und von hier zu verschwinden.«

»Und Sie?«

»Wenn er dort hochkommt, kann er nicht sehen, dass wir das Küchenfenster aufgebrochen haben. Und wenn er die Tür aufschließt und hereinkommt, versuche ich, Ihnen ein bisschen mehr Zeit zu verschaffen.«

Anna hielt sich den Bauch. Das hier war definitiv eine Wehe.

»Aber nein … Sie … Sie sind über siebzig, und er ist – was? Halb so alt?«

Börje zuckte nicht mit der Wimper.

»Gehen Sie endlich!«

Kevin und Jan-Anders hatten die Frau in ihre Mitte genommen und hielten auf das Wäldchen zu. Sie mussten den Pfad vermeiden, wenn sie Lindberg bei dessen Rückkehr nicht in die Arme laufen wollten.

Anna drehte sich um, um hinterherzugehen, doch dann überlegte sie es sich anders und trat erneut an das Fenster.

Dort bückte sie sich, nahm den Hammer aus dem Moos, zog das Finnenmesser aus der Gesäßtasche und reichte beides durchs Fenster.

Dann taumelte sie den anderen hinterher.

»Richtig, ich hab nicht vor loszulegen!«

Jasper Jokela hörte die Stimme zwar, doch weil er gerade den steilen Betesbacken hochgesprintet war, sah er Sternchen und nicht viel anderes.

Er ließ das Fahrrad an einer Kiefer stehen und joggte das letzte Stück.

»Lass gut sein, Jansson. Das ist doch verrückt.«

War das nicht Mats Sjögren? Und jetzt konnte Jasper ihn sogar sehen.

Sjögren hatte sich breitbeinig und mit verschränkten Armen vor vier Männer gestellt, die allesamt die gleichen Warnwesten und Arbeitskleidung trugen. Bestimmt handelte es sich um Sjögrens Bautrupp.

»Das ist ein Befehl! Wir planieren heute noch das letzte Stück«, hörte er Verner Janssons Stimme. »Das einzig Verrückte wäre, noch länger zu warten. Wisst ihr, wie viel es uns tagtäglich kostet, wenn hier oben nichts vorangeht?«

»Aber warum ausgerechnet heute?«, entgegnete Sjögren. »Warum so spät am Abend – als wären wir hier auf geheimer Mission? Kann ich die Papiere noch mal sehen? Meine Männer und ich machen keinen Finger krumm, bevor ich sie noch mal gelesen habe.«

Jasper rutschte in einer tiefen Reifenspur aus, als er das letzte Stück rannte.

»Verner!«, brüllte er. »Was ist hier los?«

Verner Jansson sah vollkommen durchgedreht aus! Sein Anzug war knittriger denn je, das Gesicht grau, die Augen blutunterlaufen.

»Verner! Was …«

»Das hier wäre unsere Chance gewesen! Börje ist weg, und wir müssten nicht mal das Haus abreißen, sondern ziehen einfach nur die Spur durch den Hof. Hier – das Außengebäude mähen wir um, und der Pool da kommt weg. Dann sind wir fertig! Das Haus reißen wir einfach später ab!«

»Aber das geht doch nicht«, stammelte Jasper. »Die Polizei hat das Grundstück nicht freigegeben.«

»Dann haben Sie das hier nicht genehmigt?«, ging Mats Sjögren dazwischen.

»Natürlich nicht!«

»Dann ist die Sache für mich klar. Kommt, Jungs, wir fahren wieder. Hier gibt es für uns nichts zu tun.«

»Ihr fahrt nirgendshin!«, brüllte Verner.

Seine Stimme brachte alle dazu, stehen zu bleiben und ihn anzustarren.

»Wir können doch nicht so weitermachen! Dieser verdammte Börje Bohman macht mit uns Jahr für Jahr, was er will! Aber jetzt setzen wir dem Ganzen ein für alle Mal ein Ende!«

Jasper blieb fast die Spucke weg.

»Verner, das geht so nicht! Komm, wir fahren zurück.«

Was als Nächstes passierte, ging rasend schnell.

Verner Jansson rannte los, und nur Sekunden später hatte er einen der riesigen Bagger erklommen, die im Leerlauf dastanden.

»Dann leg ich eben selbst Hand an!«, brüllte er.

Jasper Jokela, Mats Sjögren und die vier Arbeiter

mussten zur Seite springen, als Verner die Baggerschaufel nach oben riss und die gewaltige Maschine dröhnend auf Börje Bohmans Grundstück steuerte.

»Also, ich übernehme hierfür nicht die Verantwortung, nur dass Sie Bescheid wissen«, sagte Mats Sjögren mit düsterer Miene.

Jasper konnte nichts weiter tun, als hilflos zuzusehen, wie Verner Jansson mit dem Bagger über Börje Bohmans Garten herfiel.

Eine alte Gartenschaukel fiel ihm als Erstes zum Opfer. Mit einem grausamen Knacksen wurde sie in einen Haufen Bretter verwandelt, die wahrscheinlich sogar zum Verfeuern zu morsch wären. Doch dann fuhr die Baggerschaufel mit lautem Getöse direkt neben dem Schwimmbecken ins Erdreich.

»Der ist ja völlig durchgeknallt«, murmelte Sjögren.

»Ich rufe die Polizei«, sagte Jasper leise und kramte sein Telefon heraus.

Es würde bestimmt eine Weile dauern, ehe die Polizei hier wäre. Sie waren derzeit vollauf mit dem Festival beschäftigt, aber versuchen konnte er es zumindest.

Verner baggerte indes wie ein Verrückter planlos und ungeschickt weiter. Die Baggerschaufel füllte sich ein ums andere Mal mit Erde, die hierhin und dorthin versetzt wurde. Börje Bohmans Swimmingpool wäre schon bald nur mehr eine Erinnerung.

Jasper ächzte laut. Dies würde ein PR-mäßiger Alptraum werden. Wie sollte er das erklären, sobald Jan-Anders Rosbäck und seine Reporterkumpanen hier auftauchten? Würde man Jasper glauben, wenn es zu einem Rechtsstreit käme? Dass Verner ihm die Unterschriften abgeluchst hatte, ohne dass ihm klar gewesen war, worum es ging?

»Was ist das?«, rief plötzlich einer von Sjögrens Bauarbeitern.

»Was?«

»Da ragt etwas Weißes aus der Erde! Seht ihr das nicht?«

Mats Sjögren machte ein paar Schritte, umrundete Verner und den Bagger im großen Bogen, um nicht von der Schaufel getroffen zu werden, und fing dann sofort an, wild mit den Armen zu fuchteln, um Verner Einhalt zu gebieten.

Widerwillig tat der wie geheißen und sank über den Schaltknüppeln im Führerhaus zusammen. Er sah völlig ausgelaugt aus.

Jasper und die anderen Männer gingen zögerlich auf Sjögren und den einstigen Rand eines Schwimmbeckens zu.

Inzwischen lag vor ihnen eine Grube. Dunkelbrauner Lehm, hellerer Sand, schwarzer Mutterboden und große Stücke grauen Betons.

Und inmitten des Durcheinanders, das Verner Jansson mit seiner Irrfahrt angerichtet hatte, lagen die Überreste eines einst lebenden Menschen.

Rolf war zutiefst irritiert. Jahrelang war er mit Anna Glad und ihrer Zerstreutheit nachsichtig gewesen. Bei der Arbeit hatte er immer wieder ein gutes Wort für sie eingelegt und sogar zu Notlügen gegriffen, wenn sie auf Irrwegen unterwegs war, Besprechungen verschwitzt und Vernehmungen vergessen hatte, die sie hätte leiten sollen.

Doch mittlerweile war sie hoch offiziell nicht mehr im Dienst. Da konnte sie doch wohl auf die Uhr gucken oder sich zumindest melden, wenn ihr etwas dazwischenkam? Er hatte sich große Mühe mit dem Essen gegeben, und jetzt wurde es kalt und ungenießbar.

Aber nun, er war nicht ihr Vater.

Er versuchte erneut, sie zu erreichen, doch die Leitung kam nicht zustande. Anscheinend war ihr Akku leer.

Oder …

Mit einem Mal schlug Rolfs Ärger in Besorgnis um.

Anna war immerhin hochschwanger. Ihr war doch hoffentlich nichts passiert?

Anna hatte ihm erzählt, dass sie nach der Arbeit nach Hause gehen und dann von dort zu ihm kommen wollte. Vielleicht lag sie ja in ihrer Wohnung und war nicht imstande, ans Telefon zu gehen oder Hilfe zu rufen?

Nachdem ihm der Gedanke erst gekommen war, wurde er ihn nicht mehr los. Er würde zu ihr fahren und dort nach ihr sehen.

Hab mir Sorgen gemacht, als du dich nicht gemeldet hast, und bin zu dir gefahren. R, schrieb er auf einen Zettel, den er auf dem Küchentisch für sie hinterließ. Er würde die Haustür offen lassen, so dass sie reinkäme, sofern sie auftauchte, während er noch unterwegs war.

Es dauerte nur wenige Minuten, bis er vor Annas Wohnung stand. Und dort brannte Licht! Sie war zu Hause!

Als er an der Tür klingelte, kannte Rolfs Erleichterung keine Grenzen. Trotzdem würde er ihr ordentlich die Leviten lesen.

Doch als die Tür schließlich aufging, war es nicht Anna, die öffnete, sondern Tomas.

»Wo ist Anna?«, platzte es aus Rolf heraus.

»Das frage ich mich auch«, erwiderte Tomas.

»Sie sollte heute zu mir zum Essen kommen, geht aber nicht ans Telefon.«

»Das hab ich auch festgestellt.« Tomas hielt sein Handy in die Höhe. »Hast du eine Ahnung, warum Anna sich vor vier Stunden hier aufgehalten haben könnte?«

Rolf starrte verwirrt auf das Handydisplay.

»Was ist das?«

»Eine App, die wir beide installiert haben, Anna und ich. *Find your friend* heißt sie, und ich kann darauf sehen, wo sich ihr Handy befindet. Normalerweise schnüffele ich ihr nicht hinterher, aber so kurz vor der Entbindung hat es sich nach einer guten Idee angefühlt, ein Auge auf sie zu haben.«

Rolf zeigte auf das Display.

»Kann man das größer zoomen?«

Tomas zeigte ihm, wie es funktionierte.

»Sagt dir das was? Draußen in den Schären? Könnte sie zu einem letzten Einsatz gefahren sein und dort vielleicht keinen Empfang haben?«

Allmählich konnte Rolf sich auf der Karte orientieren.

»Das glaube ich nicht. Wir haben vorhin telefoniert, da wollte sie nur noch ihre Sachen zusammenpacken. Sie hat mit keiner Silbe erwähnt, dass sie mit einem Boot rausfahren wollte.«

»Das alles gefällt mir nicht«, sagte Tomas verkniffen. »Kein bisschen.«

»Mir auch nicht.«

»Ich kenne mich hier in den Schären nicht aus. Sagt dir diese Stelle so gar nichts?«

Rolf dachte fieberhaft nach.

»Nicht direkt. Dort draußen gibt es so gut wie keine bewohnten Inseln mehr. Nur ein paar wenige.«

Er zoomte die Karte größer, bis ein kleines Fleckchen darauf erschien.

Welchen Grund sollte Anna haben, zu einem dieser Inselchen rauszufahren?

Doch noch während er das dachte, dämmerte ihm, dass es Anna Glad durchaus ähnlichsehen würde, an ihrem letzten Arbeitstag noch eine allerletzte kleine Polizeisache zu erledigen. Vielleicht irgendwas, wovon sie geglaubt hatte, sie hätte dafür vor dem Abendessen noch hinreichend Zeit, was sich dann aber hingezogen hatte.

Tomas mahlte nervös mit den Kiefern.

»Wir können doch nicht bloß herumsitzen und warten! Woher zum Geier sollen wir ein Boot kriegen?«

Trotz aller Angespanntheit musste Rolf lächeln.

»Das kriegen wir hin. Nehmen wir dein Auto zum Hafen?«

Anna humpelte durch den Wald. Sie musste sich an jedem einzelnen Baum festhalten, an dem sie vorüberkam, deshalb kam sie nur langsam voran.

Ein Stück voraus gingen der Junge und Jan-Anders, die die Frau in die Mitte genommen hatten. Allmählich schien sie wieder zu Kräften zu kommen.

»Ich kann selbst gehen, glaube ich«, sagte sie mit schwacher Stimme.

Jan-Anders setzte sie vorsichtig auf dem Moos ab, während der Junge sie umrundete, so dass sie sich an ihm abstützen konnte.

»Wie geht es Ihnen?«, rief Jan-Anders zurück.

Er versuchte, so barsch wie immer zu klingen, allerdings war er leicht zu durchschauen: Er hatte eine Heidenangst.

Anna selbst konnte es sich nicht leisten, Angst zu haben. Angst schlug zu leicht in Panik um, und damit wäre alles verloren. Nein, sie musste sich konzentrieren, sie würden es bis zum Anleger schaffen, und wenn Lindberg käme, würden sie sein Boot kapern und damit von der Insel fliehen.

Wenn er nicht zurückkäme … Nein, über diese Option wollte sie nicht einmal nachdenken.

»O Gott, ist sie …«

Erst jetzt hatte die Frau sich umgedreht und erkannt, was bei Anna los war. Sie forderte den Jungen auf, sie zu ihr zu bringen.

»In welchem Abstand kommen die Wehen?«, wollte sie wissen.

»Es liegen noch ein paar Minuten dazwischen«, antwortete Anna.

»Okay.«

Die kleine Gesellschaft schwieg einen Augenblick, dann lächelte die Frau matt.

»Sie schaffen das. Ich hab allein in einer alten Sauna entbunden, und auch das hat funktioniert. Aus irgendeinem Grund sind wir Frauen genau dafür geschaffen. Man wird verrückt, wenn die Leute einem so etwas erzählen, während man selbst schwanger ist, aber es stimmt.«

Die nächste Wehe war so schmerzhaft, dass Anna die Stirn gegen die Birke pressen musste, an der sie sich festhielt.

Als die Wehe verebbt war, sah sie die Frau an.

»Es geht ihr gut.«

»Wem?«

»Ihrem Baby. Dem kleinen Mädchen. Wir haben sie gefunden, sie ist bei einer Pflegefamilie untergebracht und wartet schon auf Sie. Auf Sie beide«, ergänzte Anna mit einem Blick auf den Jungen.

Tränen stiegen der Frau in die Augen, und sie klammerte sich an denselben Baum wie Anna. Sie schluchzte so heftig auf, dass sie kaum ein Wort sagen konnte.

»Janna … Hörst du, Kevin? Janna geht es gut«, stieß sie hervor.

Auch Kevin fing an zu weinen und klammerte sich an seine Mutter.

»Haben Sie das auch gehört?«, flüsterte Jan-Anders.

»Was?«

»Pssst!«

Sie wurden alle still.

Jan-Anders hatte recht. Da näherte sich ein Boot. Dasselbe unbehaglich lautlose Boot, das Anna die Insel hatte verlassen sehen.

»Leevi kommt zurück«, platzte es aus der Frau heraus.

Anna zuckte zusammen.

Leevi?

Wer war das denn nun wieder? Der kleine Bruder? Der Blonde auf dem Foto, das Janne ihr gezeigt hatte?

»Was hat der Mistkerl mit meiner *Sabrina* gemacht?«, murmelte Jan-Anders säuerlich.

Anna taumelte auf die anderen zu und spähte vorsichtig durchs Kieferngeäst.

Der große Mann mit der Baseballkappe sprang behände auf den Steg und vertäute das weiße Boot.

Diesmal hatte er eine große Sporttasche dabei, die er schulterte und dann mit langen Schritten den Hang hinauftrug.

»Jetzt!«, flüsterte Jan-Anders.

Viveca stützte sich bei Kevin ab, als sie den Hang hinabliefen. Auch Anna ging los, doch ihr Bauch tat so weh, dass sie sich auf die Fingerknöchel beißen musste, um nicht laut zu schreien. Die Beine gaben unter ihr nach, und sie ließ sich ins Moos sinken.

Jan-Anders drehte sich nach ihr um, um zu helfen, aber sie wusste bereits, dass es zwecklos wäre. Keine Chance, dass sie in das Boot springen könnte, ehe Lindberg sie entdeckt hätte.

Im nächsten Moment waren entfernte Stimmen zu hören, gefolgt von Gebrüll, das einem das Blut in den Adern gefrieren ließ.

Börje!

»Bringen Sie sie von hier weg! Holen Sie Hilfe!«, rief Anna.

»Nie im Leben«, protestierte Jan-Anders.

»Das ist unsere einzige Chance, Sie sturer Esel! Laufen Sie, sonst sind wir alle dran!«

Der Reporter schien immer noch zu zögern.

»Janne, JETZT! Sie müssen Hilfe anfordern!«

Und endlich gab er klein bei. Kopfschüttelnd rannte Jan-Anders hinter Viveca und Kevin her, die den Bootsanleger bereits erreicht hatten.

Anna kroch auf einen Baumstamm zu, an den sie sich anlehnen konnte.

Von hier konnte sie den Anleger sehen. Das Moos war feucht, aber das war ihr egal, ihre Hose war ohnehin vom Fruchtwasser nass.

Mittlerweile waren die drei ins Boot geklettert. Jan-Anders nestelte am Anlasser. Hoffentlich war der Motor nicht verriegelt! Konnte er so ein supermodernes Fahrzeug überhaupt hantieren?

Aber es funktionierte! Mit einem diskreten Summen glitt das Boot vom Anleger weg.

Jan-Anders drehte das Steuerrad, und dann raste das Boot mit unfassbarer Geschwindigkeit los in Richtung Horizont.

Anna hob die Hand zum Abschied. Mehr konnte sie nicht tun – außer sich bedeckt zu halten und sich vor diesem Leevi zu verstecken. Außer zu warten und auf das Beste zu hoffen.

Wie ging es wohl Börje?

Und wie ging es dem Kind in ihrem Bauch? Auf alle Fälle rührte es sich, und das musste doch ein gutes Zeichen sein.

Sie legte die Hände an ihren Bauch.

»Entschuldige! Da war Mama mal wieder richtig, richtig dumm.«

Rolf steuerte die *Ann-Christin* quer über die Bucht. Der Abend war fast windstill, so dass es wenig Sinn hätte, die Segel zu setzen. Der Hilfsmotor seines Bootes war zwar nicht gerade ein Rennmotor, trotzdem kamen sie voran.

Tomas war eindeutig kein Bootsmensch, das war deutlich zu spüren. Besonders jetzt nicht, da er so besorgt war und nicht stillhalten konnte. Rolf hatte ihn bereits mehrmals ermahnen müssen, sitzen zu bleiben.

»Wo war das noch mal, wo ihr Handy zuletzt Empfang hatte? Findest du die Stelle auf der Karte wieder?«, fragte Rolf, um Tomas etwas hinzuwerfen, worauf er sich konzentrieren konnte.

Rolf wusste genau, wo sich die Stelle befand, doch im Augenblick war es wohl besser, so zu tun, als wäre dies nicht der Fall. Und während Tomas die Karte auf seinem Handy mit der Seekarte verglich, war er einen Moment lang ruhig.

»Da, glaube ich. Und wo war die Insel, von der du gesprochen hast? Ist es noch weit?«

»Nein, höchstens eine Viertelstunde. Aber bitte, Tomas, bleib jetzt endlich sitzen.«

Rolf schlug das Herz bis zum Hals. Das war mal wieder typisch Anna Glad: dass sie ihm einen Grund lieferte, sein operiertes Herz bis zur Belastungsgrenze zu testen. Doch er wollte Tomas nicht zeigen, dass er ebenfalls beunruhigt war, deshalb übernahm er seine einstige

Rolle als älterer Polizist, der im Leben schon viel gesehen hatte – und es funktionierte.

Doch was hatte diese durchgeknallte Anna diesmal zustande gebracht? Sie war doch auch kein Bootsmensch. Warum war sie an diesem Abend raus aufs Meer gefahren?

Als Rolf in Richtung Backbord blickte, dümpelten dort jede Menge kleinerer Boote. Indem die Besitzer auf Höhe des Campingplatzes gefahren waren, kamen sie umsonst in den Genuss des Musikfestivals.

Ein Stück weiter draußen war es für einen so strahlenden Abend ungewöhnlich still.

»Wir kommen näher«, rief Rolf Tomas zu, der allmählich wieder nervös wurde.

Vor ihnen tauchte ein weiteres Boot auf, ein schneeweißes Elektroboot, das direkt auf die *Ann-Christin* zuhielt. Es krängte gewaltig und war so schnell unterwegs, dass Rolf es fast mit der Angst zu tun bekam.

»Was ist das denn für ein Irrer?«, platzte es aus ihm heraus.

Kaum dass das Boot nah genug war, dass man den Fahrer ausmachen konnte, wurde es langsamer.

Und Rolf riss die Augen auf.

»Was in aller Welt … Janne?!«

Jan-Anders Rosbäck fuchtelte mit beiden Armen und rief etwas, was Rolf nicht verstand. Eilig stellte er den Motor der *Ann-Christin* ab.

»Ruf Verstärkung! Polizei, Wasserschutzpolizei, das volle Programm!«, schrie Jan-Anders. »Wir mussten Bohman und Glad auf der Insel zurücklassen! Und Lindberg ist lebensgefährlich!«

Die letzte Wehe war so schmerzhaft gewesen, dass Anna vor Erschöpfung fast eingenickt wäre, als es endlich vorbei war.

Erst hatte sie einen halbherzigen Versuch gewagt, die Abstände zwischen den Wehen zu messen, doch es war zwecklos gewesen, ihr Handyakku war inzwischen tot. Sie hatte keinen Schimmer, wie lange sie schon hier saß. Eine halbe Stunde? Mehrere Stunden?

Irgendwann fiel ihr auf, dass die Musik vom Festland verstummt war. Das Festival musste zu Ende sein. Dann war es jetzt was? Neun Uhr? Zehn?

Ein Geräusch hinter ihr ließ sie zusammenzucken.

Die Wehen hatten ihre ganze Aufmerksamkeit erfordert, so dass sie zwischendurch völlig vergessen hatte, dass sie nicht allein auf dieser Insel war.

Wie war es Börje in der Gästehütte ergangen? Hatte er es geschafft, den Mann zu attackieren, von dem Anna geglaubt hatte, es wäre Samuel Lindberg, der aber anscheinend Leevi hieß?

Und wer war hinter ihr im Wald unterwegs? Freund oder Feind? Und hatte er sie bereits entdeckt?

Die nächste Wehe. Anna wappnete sich und musste mit aller Kraft dagegen ankämpfen, nicht laut aufzuschreien.

Als sie die Augen aufschlug, stand er vor ihr.

Groß, breitschultrig und mit blonden Haaren. Die Baseballkappe schien er verloren zu haben, die Jacke war fast schwarz von Blut, doch darum schien er sich nicht zu scheren.

Er sah sie mit leerem Blick an.

Dann seufzte er schwer.

In der nächsten Sekunde sank er aufs Moos und blieb nur ein paar Meter von ihr entfernt sitzen. Anna erhaschte einen Blick auf den roten Plastikschaft des Finnenmessers, als er es fallen ließ, so dass es gegen einen Stein schepperte. Dann herrschte Stille.

Sie saßen eine Zeit lang stumm da.

Eine Unterhaltung zu beginnen, fühlte sich unmöglich an. Anna öffnete und schloss mehrmals den Mund, brachte aber kein Wort zustande. Aber das musste sie auch nicht. Der Mann beachtete sie nicht mal.

»Ich wollte sie doch nur zurückhaben«, murmelte er nach einer Weile. »Wir gehörten doch zusammen. Dann hat er sie mir weggenommen. Er hat mir alles weggenommen. Und jetzt hab ich nichts mehr, nichts, nichts, nichts …«

Wieder eine Wehe. Anna biss die Zähne zusammen und versuchte, sich auf ihre Atmung zu konzentrieren. Es tat fürchterlich weh.

Als sie den Blick wieder hob, war auf dem Wasser Licht zu sehen. Mehrere Motorboote näherten sich durch die Dunkelheit – mindestens fünf. Und dieses Geräusch … War das ein Hubschrauber?

Leevi hatte es ebenfalls gesehen, doch er reagierte nicht.

Sie saßen weiter reglos im Moos und warteten stumm ab.

KAPITEL 12

Icke Picke Pinsel
Wohnte auf einer Insel
Die Insel brannte
Jeder rannte
Außer Icke Picke Pinsel
Der brannte mitsamt Insel

Acht Monate lang hatte Anna Glad immer wieder Frauen getroffen, die ihr eifrig von ihren Geburten erzählt hatten: Wie lange sie auf ein Taxi hatten warten müssen, dass die Fruchtblase beim Geschirrspülen geplatzt war, welche Ablenkung von den Schmerzen am besten funktionierte, wie lange sie in den Wehen gelegen hatten und alles Mögliche andere, was für die Frauen selbst ungeheuer interessant gewesen war.

Was wohl die Leute sagen, wenn ich meine Geschichte erzähle?, überlegte Anna.

Dass ich einen Gutteil der Eröffnungsphase im Moos ausgesessen habe, während ein blutender, verwirrter Gewalttäter neben mir saß?

Dass der Muttermund schon sieben Zentimeter offen war, als Tomas, Rolf und der Rettungshubschrauber endlich da waren?

Dass ich gar nicht mehr die Chance hatte, Schmerzmittel zu kriegen, weil du dich da bereits entschieden hattest, noch im Aufzug des Krankenhauses zur Welt zu kommen?

Dass sie mir erst die Jeans vom Leib schneiden mussten, damit ich dich endlich richtig ansehen konnte?

Aber da bist du jetzt und liegst in Papas Armen, Calzone. Und sie sagen, dass du ein Glücksfall bist, auch wenn deine Mama irrsinnig dumm war.

Ich glaube ehrlich gesagt, dass meine Geschichte heftiger ist als jene der meisten anderen. Aber am heftigsten von allem bist trotzdem du.

Tomas war vollkommen verzaubert von diesem kleinen Wesen, das – ordentlich eingewickelt in Decken und mit Mützchen, so dass nur die Nasenspitze hervorlugte – in seinen Armen lag. Doch dann hob er den Blick und sah Anna an. Sie kam nicht umhin zu lachen. Seine Augen waren gerötet und sein Gesicht geschwollen.

»Du siehst aus, wie sonst immer ich aussehe, wenn ich etwas Trauriges im Fernsehen gucke.«

»Das ist … Das hier ist einfach so …«, stammelte Tomas.

»Könnt ihr nicht ein bisschen näher kommen?«

Mit dem Baby im Arm rutschte er seinen Stuhl näher an ihr Bett.

»Guck mal, deine Mama«, sagte er mit brüchiger Stimme.

Anna horchte in sich hinein. Mama. Eine Bezeichnung, die ihr stets unendlich fremd vorgekommen war. Schwer, eine Verbindung dazu herzustellen.

Und jetzt? Sie sah diese winzige rosa Nase an, die zwischen den Decken herausschaute.

»Hallo, du! Hier ist Mama«, flüsterte sie.

Rolf hatte so viel Kaffee getrunken, dass sein Bauch schon unheilverheißend gluckerte. Sehnsüchtig dachte er an das Ragout, das er zu Hause auf dem Herd hatte stehen lassen und mit dem er Anna am Vorabend hätte verköstigen wollen.

Doch er hatte nicht vor, das Krankenhaus zu verlassen, ehe er einen Blick auf das kleine Wunder geworfen hatte. Auf Besuchszeiten pfiff er.

»Rolf? Bist du das?«

Als er sich umdrehte, kam Jan-Anders Rosbäck auf ihn zu. So wie er aussah – mit einem riesigen Pflaster auf der Stirn –, war klar, dass auch er etwas abbekommen hatte.

»Wie siehst du denn aus?«

»Tja«, grinste Jan-Anders. »Meine Tage als Fotomodell sind wohl vorbei. Aber hast du es schon gehört?«

Rolf wusste nicht genau, worauf Janne anspielte. Dass Börje Bohman, der zwei Monate lang vermisst worden war, schwer verletzt in einer Hütte auf Rövarskäret gelegen hatte? Dass der kleine Bruder des Eishockeyhelden Samuel Lindberg, Leevi, nun ebenfalls verletzt auf einer anderen Station lag und in U-Haft landen würde, sobald er haftfähig wäre? Dass Anna Glad im Krankenhauslift ein Kind zur Welt gebracht hatte? Dass … Ach, genauso gut konnte er nachfragen.

»*Was* gehört?«

»Dass sie unter Börje Bohmans Swimmingpool ein Skelett gefunden haben«, verkündete Janne vergnügt.

Da war Rolf baff.

»Nein, *das* hab ich nun wirklich noch nicht gehört. Ein menschliches Skelett?«

»Na klar. Und einen alten Führerschein obendrein. Von einem gewissen Lennart Collander.«

»Wer zum Henker soll das sein?«

»Keine Ahnung. Aber kein Wunder, dass Börje mit seinem Betesbacken immer so dermaßen stur war. Der Swimmingpool wurde wohl Anfang der Achtziger gebaut, und genau deshalb hat er sich auch sämtlichen weiteren Bauvorhaben auf dem Berg widersetzt: Er wollte nicht, dass ihm jemand auf die Schliche kommt. Einige haben Leichen im Keller, andere unter dem Swimmingpool! Weißt du übrigens, wie es Börje mittlerweile geht?«

Rolf schüttelte den Kopf.

»Ich glaube, ein Interview wird er so bald nicht geben. Er schwebte in Lebensgefahr, als sie ihn mit dem Hubschrauber hergebracht haben. Die Ärzte waren nicht gerade guter Dinge.«

»Ach, verdammt. Jetzt, da er wieder aufgetaucht ist, hätte man glatt die eine oder andere Frage an ihn«, murmelte Janne enttäuscht. »Aber hör mal. Wie ist es für Anna Glad ausgegangen?«

»Es ist ein Junge«, verkündete Rolf stolz.

Was aber so gut wie alles war, was er wusste. Tomas war raus in den Wartebereich gerannt gekommen und hatte gerufen, dass alles gut gegangen sei, dass er jetzt Vater sei und das Baby ein Pimmelchen habe.

»Schön! Dann grüß sie von mir und gratuliere! Ich muss dann wohl wieder an die Arbeit.«

»Sicher?« Rolf zeigte auf Jan-Anders' Stirn. »Darf man wirklich arbeiten, wenn man wie Frankensteins Monster aussieht?«

»Na klar. Und ich habe einen halben Tag Vorsprung. Ich war schließlich mitten im Geschehen! Der Kognak geht auf mich, wenn ich den Journalistenpreis gewonnen habe.«

»Nee, nee, keinen Kognak mehr«, winkte Rolf ab, doch da war Janne bereits außer Hörweite.

Annette betrachtete die Frau, die ihr in einem der Gesprächsräume im Krankenhaus auf dem Sofa gegenübersaß. Sie war unfassbar blass, die Haut sah fast durchsichtig aus. Aber so war es wohl, wenn man monatelang keine Sonne gesehen hatte oder auch nur an der frischen Luft gewesen war.

Obwohl die Frau zutiefst erschöpft und ausgezehrt wirkte, war sie immer noch bildschön. Es war nicht schwer, sich vorzustellen, dass sie einst eine der schönsten Frauen des Landes gewesen war.

»Wir geht es Ihrem Jungen?«, erkundigte sich Annette freundlich.

Venla Sarén lächelte.

»Kevin scheint es gut zu gehen. Unglaublich, oder? Kinder sind da ganz großartig. Ohne ihn hätte ich die letzten Monate nicht überlebt.«

»Ich hoffe, es dauert nicht mehr lange, bis Sie nach Hause fahren können.«

Dann holte Annette tief Luft. Womit sollte sie diese Befragung einleiten?

»Könnten Sie mir erzählen, wie Sie Samuel Lindberg kennengelernt haben?«

Venla sah schlagartig umso erschöpfter aus. Sie zog die Beine an und schlang ihre Arme um die Knie.

»Ich war vierzehn, er fünfzehn. Er hat die Sommer immer hier verbracht.«

»Sind Sie damals schon ein Paar geworden?«

»Na ja, so was in der Art. Oder vielleicht war es eher ein Sommerflirt? Hauptsächlich waren wir Freunde. Dann sind wir uns als Erwachsene erneut begegnet.«

»Wann war das?«

»Ich war zwanzig – das war während meines Miss-Jahres. Er spielte da schon in der Nationalmannschaft. Wir waren ständig zu denselben Partys eingeladen. Ein paar Jahre lang waren wir so was wie *on-off*.«

»Aber irgendwann sind Sie zusammengezogen?«

Venla schüttelte den Kopf.

»Nein, zusammengewohnt haben wir nie. Ich war nicht mal sicher, ob ich überhaupt mit ihm zusammen sein wollte. Er war ja nicht mehr derselbe, der er als Jugendlicher gewesen war. Er war irgendwie … schwierig. Feierte viel, war ständig unterwegs. Aber dann plötzlich fingen die Zeitungen an, über uns zwei zu schreiben, und da dachten natürlich alle, wir wären ein Paar. Keine Ahnung, wie es dazu kommen konnte.«

Sie legte eine Pause ein und schluckte.

»Darauf bin ich nicht sonderlich stolz, aber ich hab damals auch ganz ordentlich getrunken. Das haben wir alle. Erst als ich schwanger wurde, habe ich damit von jetzt auf gleich aufgehört.«

»Und Kevin ist Samuels Sohn?«

Venla nickte.

»Wie hat Samuel auf die Schwangerschaft reagiert?«

»Na ja, was soll ich sagen? Er stammt ja aus einer ziemlich religiösen Familie, deshalb waren Familie und Kinder ihm wichtig. Und teils hat er sich wirklich gefreut. Dann wieder rief er an und schrie, ich solle abtreiben. Dass er keine Zeit für ein Kind habe und mit jemandem wie mir erst recht keines haben wolle.«

»Was haben Sie da gemacht?«

»Eine Abtreibung habe ich nicht übers Herz gebracht. Und da beschlossen wir, dass ich ihn nicht als den Vater des Kindes benennen würde. Dass Kevin nur mir gehören sollte. Er hat mir ziemlich viel Geld überwiesen, und ich dachte, damit wäre die ganze Sache geregelt.«

»Aber das war nicht der Fall?«

»Nein. Außerdem war da noch etwas …«

Sie seufzte und ließ sich mit der Fortsetzung Zeit.

»In der Zeit, als wir viel zusammen ausgingen, hatte

ich eine kurze Affäre mit Leevi. Das war bescheuert, aber er war immer schon in mich verliebt gewesen, und damals wollte ich Samuel wohl eins auswischen, also hab ich mit seinem Bruder geschlafen. Nur ein einziges Mal. Und nein, das war nicht der Moment, in dem Kevin gezeugt wurde, da bin ich mir sicher.«

Annette nickte.

»Aber Leevi glaubt das womöglich?«

»Scheint so, ja. Aber dann haben wir ein paar Jahre lang Ruhe gehabt, Kevin und ich. Samuel und Leevi sind ins Ausland gezogen, und alles war wunderbar. Bis das mit den Droh-Mails anfing …«

Annette nahm den Stapel Ausdrucke zur Hand, die Alison auf die Dienststelle gebracht hatte.

»Diese hier?«

»Darf ich mal sehen? Ja, genau die. Ich nahm natürlich an, die wären von Samuel. Sie waren ja auch so formuliert, dass ich das glauben sollte.«

»Warum haben Sie ihn nicht angezeigt?«

Jetzt traten Venla Tränen in die Augen.

»Ich habe mich nicht getraut. Er ist immer mit allem davongekommen. Er war darauf sogar richtig stolz, damals, als wir zusammen waren. Er konnte Drogen nehmen, sich mit Kriminellen umgeben, in Schlägereien geraten … Es war immer jemand da, der für ihn alles unter den Teppich kehrte. Er, der Nationalheld, war quasi unantastbar. Und ich … Er habe Dinge gegen mich in der Hand, hat er geschrieben. Dinge, die dazu führen könnten, dass sie mir Kevin wegnehmen würden, Fotos und solche Sachen, die beweisen würden, dass ich als Mutter nicht taugte. Deshalb zogen Kevin und ich auch irgendwann in ein Frauenhaus.«

»Und Jannas Vater? Spielt er gar keine Rolle?«

Venla schnäuzte sich.

»Nein. Der ist verheiratet. Wollte mit uns nichts mehr zu tun haben, als ich schwanger wurde. Ich hab wohl ein echtes Händchen mit Männern. Aber er hat mit dieser Sache rein gar nichts zu tun.«

Annette machte sich Notizen.

»Was ist im Frauenhaus passiert?«

»Dort war es an sich ganz okay. Kevin fühlte sich wohl, es gab noch andere Kinder, und das Personal war wirklich nett. Aber als ich eines Tages einkaufen war, erkannte mich jemand wieder und hat ein Foto gemacht. Anscheinend kann man mit Bildern von einstigen Promis immer noch Geld verdienen. Und so hat er uns schließlich aufgespürt. Verzeihung, könnte ich vielleicht etwas zu trinken bekommen? Einen Tee oder so?«

Iiro, der direkt neben der Tür gesessen und dem Gespräch gelauscht hatte, stand auf und kam einen Moment später mit einem Pappbecher zurück.

»Reden Sie weiter«, sagte Annette freundlich, als Venla ein paarmal an ihrem Lipton Yellow Label genippt hatte.

»Na ja. Die Einzige, mit der ich Kontakt gehalten hatte, war meine Mutter. Und als wir aus dem Frauenhaus auszogen, war sie es, die auf die Idee kam, dass wir stattdessen bei Börje einziehen sollten. Er hat doch ein großes Haus, das recht abgeschieden liegt. Dort wäre meine Mutter auch in der Nähe, wenn das Kind käme – sie war ja immerhin Hebamme. Das klang alles nach einer guten Idee. Anfangs waren wir sogar ziemlich unvorsichtig, sind raus in den Garten und haben dort gespielt. Dann wurden die Drohungen immer brutaler. Und noch schlimmer wurde es, als wir erfahren mussten, dass Samuel wieder in die Gegend gezogen war. Das war grässlich. Wir hatten ja keine Ahnung, dass er ausgerechnet hier gebaut hatte! Danach haben wir uns nicht mehr getraut, den Keller zu verlassen, außer wenn ich von Börjes Telefon aus Mama anrief. Und am Ende traute sich meine Mutter nicht mal mehr, uns zu besuchen. Sie hatte so eine Ahnung, dass sie verfolgt werden könnte. Und so war es dann ja auch.«

»Okay, aber eine Sache müssen Sie mir erklären«, ging Annette dazwischen. »Sie haben freiwillig in diesem Keller gewohnt?«

Venla sah sie verdutzt an.

»Na ja. Lieber hätten wir natürlich zu Hause in Hertoniemi gewohnt.«

»Aber Sie sind in dem Keller nicht gefangen gehalten worden?«

»Gefangen gehalten? Von wem denn? O Gott, Sie meinen Börje, oder?«

Venla lachte schrill auf.

»Börje hat uns geholfen! Er ist mein Patenonkel! Wenn er nicht gewesen wäre, hätte es schon viel früher schlimm für uns ausgehen können.«

Annette starrte auf ihre Notizen hinab, während sie sacken ließ, was sie soeben gehört hatte.

Sie und ihr Team hatten folgenschwer übereilte Schlussfolgerungen gezogen: Börje Bohman, der Einsiedler, der Eigenbrötler mit sadistischen Neigungen, habe Leute in seinem Keller gefangen gehalten. Sie hatten sich kolossal getäuscht.

»Aber da war ein Schloss an der Kellertür«, wandte sie ein.

»Klar, und man brauchte einen Schlüssel, um reinzukommen. Aber wir konnten die Tür auch von innen öffnen, alles andere wäre zu gefährlich gewesen – wenn es angefangen hätte zu brennen oder so. Wir konnten raus, wann immer wir wollten. Wir hatten ja auch innen einen Riegel, den Leevi allerdings eingetreten hat, als er kam.«

»Aber … Was hätten Sie denn gemacht? Sie hätten doch nicht ewig in dem Keller wohnen können.«

»Nein. Sobald das Baby auf der Welt wäre, wollten wir umziehen. Meine Mutter hatte schon etwas für uns organisiert, aber dann …«

Ihr kamen erneut Tränen.

»Das war die schlimmste Nacht in meinem ganzen Leben. Börje rief Mama an, die helfen kommen sollte. Sie war bei zig Hausgeburten dabei gewesen, deshalb fühlte ich mich auch sicher, und es wäre ja auch nicht meine erste Geburt. Und dann kam sie nicht. Ich wusste sofort, dass etwas passiert war. Ich dachte noch, Samuel hätte sie sich geschnappt. Und dann musste ich Janna allein zur Welt bringen. Das war … Das kann ich gar nicht in Worte fassen.«

Überraschend fürsorglich huschte Iiro erneut hinaus auf den Flur und kam mit einem Stapel Papierservietten wieder, die er Venla überreichte.

»Börje hat getan, was er konnte. Hat Sachen für uns gekauft, hat ein Körbchen besorgt, in dem Janna schlafen konnte. Babysachen hatte meine Mutter schon vorab besorgt. Aber ich war nach der Geburt so unfassbar schwach, dass Börje darauf bestand, dass wir länger blieben. Es war nicht als längerfristige Lösung gedacht, zumal neben dem Haus Bauarbeiten im Gange waren, und dort wurde so viel gesprengt, dass Janna kaum schlafen konnte …«

Mit anderen Worten: Kein Wunder, dass Börje Bohman in einem fort dort hingerannt war und die Bauarbeiter bedroht hatte, dachte Annette. Er hatte nur seine Patentochter und deren zwei Kinder beschützen wollen.

»Erzählen Sie mir, was draußen auf Rövarskäret passiert ist.«

»Irgendwann hat er uns aufgespürt. Ich nehme an, er hatte meine Mutter beobachtet, wohin in der Stadt sie gefahren war, bevor sie … starb. Da hat er sich irgendwann wohl denken können, wo wir steckten.«

»Und jetzt reden wir also von …«

»Von Leevi Lindberg. Dabei war ich die ganze Zeit davon ausgegangen, Samuel hätte uns bedroht. Keine Ahnung, ob Samuel überhaupt etwas mit dieser Sache zu tun hat. Vielleicht ist es auch die ganze Zeit über Leevi gewesen? Er glaubt anscheinend wirklich, dass Kevin sein Sohn ist.«

Sie stützte die Ellenbogen auf dem Couchtisch auf und schlug die Hände vors Gesicht.

Annette wartete geduldig ab.

»Sprechen Sie weiter, wenn sie so weit sind.«

»Er hat mich geschlagen, er hat auf Börje eingeprügelt, und er hat damit gedroht, Janna ins Meer zu werfen. Ich konnte nichts tun, ich hatte starke Blutungen, ich konnte nicht einmal mehr gehen. Aber Kevin ist fast durchgedreht, als wir im Auto saßen und Leevi das mit Janna gesagt hat. Er ist mit ihr abgehauen …«

Venla legte erneut eine Pause ein, atmete schwer, und Annette fragte sich schon, ob sie gleich umkippen würde. Doch dann richtete Venla sich gerade auf, sah sie entschlossen an und fuhr fort.

»Dann kam Kevin hochzufrieden zurück. Er habe alles in Ordnung gebracht, meinte er. Trotzdem war es grässlich, sie plötzlich nicht mehr bei mir zu haben. Ich hab eine Woche lang ununterbrochen geheult, woraufhin Leevi anfing, mir Medikamente zu geben, damit ich wieder ruhiger würde. Doch sein Kind zu verlieren … Er hätte mir genauso gut das Herz herausreißen können. Erst meine Mutter, dann Janna … Wenn Kevin nicht gewesen wäre, hätte ich wahrscheinlich aufgegeben und wäre gestorben.«

Es klopfte an der Tür, und Iiro stand auf. Dann sprach er leise mit jemandem, drehte sich um und lächelte schief.

»Könnten Sie eine Pause einlegen?«

»Können wir«, sagte Annette. »Das hier ist schließlich keine Vernehmung.«

Kevin kam herein. Er sah überraschend wach und entspannt aus. Er hatte geduscht, trug frische Kleidung und hatte in der Cafeteria des Krankenhauses gleich mehrere Portionen Essen bekommen. Nichts an seinem Verhalten deutete darauf hin, dass er monatelang isoliert gewesen war. Annette hoffte nur, dass er psychologische Hilfe bekäme, sobald sich irgendetwas bemerkbar machte. Doch im Augenblick stürzte er einfach nur auf seine Mutter zu und fiel ihr um den Hals.

»Die hatten Bolognese in der Cafeteria!«, rief er begeistert.

Die Tür ging abermals auf, und Venla schnappte nach Luft.

Marjo vom Jugendamt kam herein und hielt die kleine Janna Sarén im Arm. Venla brach vollkommen zusammen, doch Kevin streckte eifrig die Arme aus und nahm seine kleine Schwester entgegen. Er drückte sie vorsichtig an sich, als er auf seine weinende Mutter zuging.

Sogar Iiro hatte feuchte Augen, als Annette ihn aus dem Zimmer scheuchte.

»Wir lassen sie einen Moment lang allein.«

Eine Krankenschwester strich Anna vorsichtig über den Arm. Schlaftrunken setzte sie sich auf.

»Soll ich schon wieder stillen? Das hab ich doch gerade erst gemacht.«

»Nein, das ist es nicht«, flüsterte die Krankenschwester.

Sofort sah Anna sich panisch um. Tomas schlief tief und fest auf dem Schlafsofa in der Ecke, und das Baby schnaubte leise in dem kleinen, transparenten Beistellbett neben Annas Bett vor sich hin.

»Wir dachten, Sie wollten vielleicht sofort Bescheid wissen. Der ältere Herr, der gleichzeitig mit Ihnen eingeliefert wurde …«

»Börje Bohman?«

»Genau. Er ist vor ein paar Minuten gestorben.«

Anna schluckte trocken.

»Okay. Danke, dass Sie mir Bescheid gesagt haben«, flüsterte sie.

Nachdem die Krankenschwester das Zimmer wieder verlassen hatte, konnte Anna nicht mehr einschlafen. Nach einer Weile gab sie sich einen Ruck.

Es zog im Schritt, als sie sich aus dem Bett stemmte und die Füße in die grauen Plastikpantoffeln schob. Am Bettpfosten hing ein lachsrosa Morgenmantel, den sie sich überwarf.

Sie sollte wahrscheinlich Tomas wecken und ihm Bescheid geben, dass sie eine Runde drehen würde, doch weil sie schon ahnte, dass er protestieren würde, ließ sie es lieber bleiben. Sie wäre ja nicht lange weg.

Langsam kämpfte sie sich über den Krankenhausflur. Aus dem Pausenraum fiel Licht. Dort saß die Krankenschwester, die sie geweckt hatte.

»Entschuldigung. Wo ist er denn gerade? Börje?«

»Wir haben ihn in den Andachtsraum im zweiten

Stock gebracht. Links von den Aufzügen. Aber wollen Sie da wirklich selbst hingehen?«

»Wird schon gehen«, erwiderte Anna und schlurfte weiter zu den Aufzügen.

Es tat bei jedem Schritt weh, und aufgrund der riesigen Binde musste sie breitbeinig gehen, aber solange sie sich vorsichtig bewegte, würde es schon funktionieren.

Im zweiten Stock kam Anna an einer offenen Tür vorbei. Sie warf einen flüchtigen Blick in den Raum, wollte nicht den Eindruck erwecken, dass sie andere Patienten ausspionierte, doch als sie sah, um wessen Zimmer es sich handelte, blieb sie augenblicklich stehen.

Dort drinnen lagen zwei Geschwister, die einander das Gesicht zugewandt hatten. Jemand hatte eine Schutzmauer aus Kissen um sie herum errichtet, damit die kleine Janna nicht Gefahr lief, aus dem Bett zu fallen. Der große Bruder, Kevin, lag daneben und sah seine Schwester gelassen und beschützend an.

Anna ging weiter. Der Andachtsraum war nur noch ein paar wenige Türen entfernt.

Leise klopfte sie an und schob dann die Tür auf.

Zwei Kerzen brannten auf einem Tischchen.

Auf einem Stuhl an der Bahre blickte Venla Sarén zu ihr auf. Sie sah verheult, aber gefasst aus.

»Störe ich?«, flüsterte Anna.

Börje Bohman lag auf dem Rücken unter einer Decke, und sein Gesicht strahlte einen solchen Frieden aus, dass er kaum wiederzuerkennen war. Sein weißes Haar war zurückgekämmt, die Wunden im Gesicht waren gewaschen worden und kaum noch sichtbar.

»Er sieht so stolz aus«, flüsterte Anna wie verzaubert.

Kein Wort hätte Börjes Gesichtsausdruck besser beschreiben können.

»Er kann ja auch stolz auf sich sein. Er hat sein Versprechen gehalten«, erwiderte Venla leise.

»Was hat er denn versprochen?«

»Er hat meiner Mutter geschworen, auf Kevin und mich aufzupassen, bis wir in Sicherheit wären. Er war ja mein Taufpate. Und jetzt sind wir in Sicherheit, alle drei. Kevin, Janna und ich. Und da dachte Börje sich wohl, dass es für ihn an der Zeit wäre.«

Venla streichelte seine Hand. Tränen liefen ihr über die Wangen.

»Es ist so ungerecht. All die Jahre, in denen die Leute ihn für einen Verrückten gehalten haben. Dass die Leute sogar geglaubt haben, er hätte Marianne misshandelt, dabei hat er sie immer nur beschützen wollen. Meine Mutter hat mal erzählt, dass sie einen Mann umgebracht hatte – aus Notwehr, einen Ex-Freund, der ihr nachgestellt und sie so schlimm verprügelt hatte, dass sie sich nie wieder vollständig davon erholte. Sie hatte für den Rest ihres Lebens Schmerzen. Dann hat sie ihn mit Börjes Jagdgewehr in ihrem eigenen Wohnzimmer erschossen. Doch weil damals alle glaubten, Börje wäre komisch, mussten sie es vertuschen, sonst wäre bestimmt er beschuldigt und dafür verurteilt worden. Aber Börje war unschuldig. Als er dazukam, war der Ex-Freund schon tot. Ach, was sitz ich hier herum und schwatze? Aber es hat wahrscheinlich keinen Sinn, das Ganze länger geheim zu halten? Jetzt, da beide tot sind ...«

O Himmel. Das war so viel Neues, dass Anna sich erst mal setzen musste. Sie ließ sich auf Börjes anderer Seite nieder.

»Inzwischen sind sie alle tot. Mein Vater ist ja schon vor zwölf Jahren gestorben, aber jetzt sind er *und* meine Mutter weg. Und Marianne und Börje.«

Sie sah zu Anna auf.

»Verzeihung, ich habe ganz vergessen, mich nach Ihnen zu erkundigen. Wie ist es gelaufen?«

»Gut.«

»Was ist es geworden?«

»Ein Junge.«

»Herzlichen Glückwunsch!«

»Danke. Wäre es in Ordnung, wenn ich kurz bei Ihnen sitzen bleibe?«

»Gerne.«

Eine Zeit lang schwiegen sie. Die Kerzen flackerten. Der Sekundenzeiger der Wanduhr tickte.

Irgendwann lachte Venla leise in sich hinein.

»Können Sie singen, Anna Glad?«

»Na ja, ein bisschen.«

»Mir ist gerade eingefallen, dass Börje ein Lieblingslied hatte. Das haben wir immer in der Schule gesungen. Ich kann es immer noch auswendig. *Kalliolle kukkulalle* – ›Auf den Berg, auf den Hügel‹.«

»Das kenne ich auch«, sagte Anna. »Das haben wir auch in der Schule gesungen.«

»Singen Sie die zweite Stimme? Dann singe ich die erste.«

»Okay.«

Und dann sangen sie: zwei Frauen im rosa Morgenmantel, die zu beiden Seiten von Börje Bohman saßen.

EPILOG

25. November

»Wir sind zu spät!«, stellte Anna fest.

»Ach, allerhöchstens zehn Minuten. Und sie können ja ohne uns nicht anfangen.«

Tomas nestelte am Gurt der Babyschale und nahm dann behutsam seinen kleinen Sohn aus dem Auto.

»So, ab sofort bist du die Hauptperson. Wo müssen wir überhaupt hin?«

»Da rüber.«

Anna versuchte, alles auf einmal mitzunehmen, musste dann aber doch auf halbem Weg zwischen Parkplatz und Kapelle zurück zum Wagen laufen. Die Tasche mit ihren schönen Schuhen war unter den Vordersitz gerutscht. Erst im zweiten Anlauf hatte sie schließlich alles dabei.

»Endlich!«, rief Rolf, als sie durch die Tür kamen.

»Sorry, sorry«, keuchte Anna.

»Kein Stress«, sagte die Pfarrerin Camilla.

Tomas und Anna schälten sich aus ihren Jacken und zogen dem Baby den dicken Overall aus. Es sah in seinem karierten Strampler todschick aus, allerdings hatte es einen skeptischen Ausdruck im Gesicht.

Sie betraten die Kapelle, und erst als sie ihre Positionen am Taufbecken eingenommen hatten, dämmerte es Anna, dass sie in der Eile nun doch vergessen hatte, sich die anderen Schuhe anzuziehen. Jetzt trug sie dicke Winterschuhe zu ihrem stillfreundlichen Spitzenkleid. Na ja. Bestimmt würde der Grunge-Stil früher oder später wieder modern werden.

Camilla eröffnete die Taufzeremonie, und Anna ließ den Blick durch die Kapelle schweifen. Tomas' und Annas Eltern saßen ganz vorn. Anna lächelte ihren Eltern zaudernd zu. Ihre Mutter schluchzte bereits vor Rührung.

Hinter ihnen saßen Annas Kolleginnen Märta, Annette und Pamela sowie überraschenderweise ihr Kollege Filip. Linda hatte mitsamt ihren vier Kindern auf der anderen Seite des Mittelgangs Platz genommen. Ein paar unbekannte Gesichter entdeckte Anna ebenfalls, das mussten Freunde und Verwandte von Tomas sein.

Rolfs Enkel Leo war vollauf damit beschäftigt, einen Turm aus Gesangbüchern zu bauen, und seine Großmutter Mia hatte alle Hände voll damit zu tun, ihn unter Kontrolle zu halten. Doch dann war Annas Aufmerksamkeit anderweitig gefordert.

Sie spürte Tomas' Hand an ihrem Rücken und war mit einem Mal zutiefst bewegt.

»Welchen Namen habt ihr euch für euer Kind ausgesucht?«

Anna machte den Mund auf, brachte aber keinen Mucks heraus, so dass Tomas an ihrer Stelle antworten musste.

»Gottfrid Rolf Tyrion Glad.«

Ein Teil der Gemeinde kicherte in sich hinein, und der künftige Taufpate Rolf platzte schier vor Stolz.

»Na, also doch …«, murmelte er.

Anna traute sich nicht mal, ihn anzusehen, weil sie genau wusste, dass er ähnlich nah am Wasser gebaut war wie sie, deshalb knuffte sie ihn lediglich freundschaftlich mit dem Ellenbogen an. Sie hatten den Namen bislang geheim gehalten, doch jetzt fühlte er sich fast kitschig an.

Tomas' jüngere Schwester Tina nahm Gottfrid vorsichtig entgegen und trat ans Taufbecken. Gottfrid ließ das Wasser auf seiner Stirn stoisch über sich ergehen und sah fast ein wenig schläfrig aus.

Die Taufe an sich war schnell vorbei. Dann erhob die Pfarrerin erneut das Wort.

»Und jetzt, da wir alle hier versammelt sind, haben wir noch eine Amtshandlung vor uns. Es ist nämlich so, dass wir alle noch eine kirchliche Trauung bezeugen dürfen.«

Ein Raunen ging durch die Kapelle. Mit ihrer Überraschung hatten sie den gewünschten Effekt erzielt. Märta schnappte hörbar nach Luft und starrte Anna mit offenem Mund an. Eilig schüttelte Anna den Kopf und hauchte tonlos: *»No way!«*

Tomas machte mit Gottfrid einen Schritt zur Seite, während Anna vorn am Altar stehen blieb. Sie hätte auch bei der nächsten Zeremonie eine Rolle inne.

Rolf war seinerseits feierlich auf Max zugetreten, der in der ersten Reihe gesessen hatte.

»Darf ich bitten?«, fragte er und half seinem Bräutigam auf die Beine.

Abermals ging ein Raunen durch die Reihen, und Annette Käld entschlüpfte ein verzücktes: »Ist das zu fassen!«

Arm in Arm traten Max und Rolf auf Camilla zu. Sie sahen wunderbar aus: Rolf in Sakko und Chinos, Max fast dandyhaft in einem dunkelblauen Anzug mit passender Weste. Dass er krank war, war nicht zu übersehen, doch das Strahlen in den Augen des Hochzeitspaares machte alle Krankheit und Sorge der Welt einen Moment lang vergessen.

Auch Mia stand diskret auf. Sie und Anna sollten die Trauzeuginnen sein.

Als es für das Paar an der Zeit war zu schwören, einander zu lieben, bis dass der Tod es scheide, herrschte für einen Augenblick tiefer Ernst, doch genau zum richtigen Zeitpunkt rief Leo: »Opa! Max! Leo will den Schlips nicht mehr! Nimm den weg, Opa!«, woraufhin alle dankbar aufatmeten.

Camilla war drauf und dran, auch die zweite Zeremonie des Tages für beendet zu erklären, als mit einem Mal die Kapellentür aufschwang. Mit Sten Ingman an der Spitze kamen laut »Isn't she lovely« singend die Strandjungs herein, wobei sie das *she* durch ein *he* ersetzten. Es klang fürchterlich – trotzdem weinte Anna inzwischen so herzzerreißend, dass sie sich genötigt sah, sich in eine Ecke zu verziehen, um sich zu schnäuzen. Rolf und Max hingegen standen mit kerzengeradem Rücken würdevoll da und hörten sich das Lied bis zur letzten Silbe an.

»Und jetzt lade ich euch alle ein, mit uns in den Gemeindesaal umzuziehen, um ein Gläschen auf die Herren Månsson und auf Gottfrid Glad zu erheben«, rief Mia, und spontaner Applaus brandete auf.

Gottfrid, der in Tomas' Armen eingeschlafen war, bekam die bewundernden Blicke ringsum gar nicht mit.

Und mit einem Mal entdeckte Anna etwas Verblüffendes.

Märta Hanssons Hand - oder vielmehr: dass sie die Hand eines anderen hielt! Und dass diese Hand zu Filip Johansson gehörte!

»Nicht dein Ernst!«, platzte es aus ihr heraus, doch zum Glück wurde sie vom allgemeinen Gemurmel übertönt.

Dann war es also gar nicht Benny Westlander gewesen, der Märta den ganzen Frühsommer über rosige Wangen und glänzende Lippen beschert hatte, sondern der Sauertopf Filip Johansson? Der im Augenblick kein bisschen sauertöpfisch aussah! Anna beäugte ihn in einem unbeobachteten Moment und stellte fest, dass er sogar richtig sympathisch wirkte – besonders, wenn er seine Märta ansah.

Schau einer an, dachte Anna. Miesepeter für den einen, Traumprinz für jemand anderen.

Sie hörte jemanden laut lachen und drehte sich herum.

Es war Rolf, der mit dem Arm um Max' Taille dastand und mit Sten Ingman redete.

»Was ist denn so lustig?«, fragte Anna.

»Börje Bohman«, gluckste Sten Ingman, »und sein Testament.«

»Was ist denn damit?«

»Er hat seinen Grund und Boden der Stadt vermacht«, antwortete Rolf, »und obendrein vorgeschlagen, dass das Areal der Erholung dienen soll, zum Beispiel dem Fahrradfahren! Ist das nicht fabelhaft? Das hat er richtig gut hingekriegt.«

»Allerdings hat die Stadt nicht alles geerbt«, berichtigte Stippe. »Die Patentochter hat auch einen Teil bekommen. Aber ein klein wenig lustig ist das alles schon.«

»Der arme Jasper Jokela! Der hat gerade einiges um die Ohren: Börjes Hinterlassenschaften ausräumen, den Fahrradweg fertig bauen, einen neuen technischen Leiter finden …«

»Dann kommt Verner Jansson nicht zurück?«, hakte Annette Käld nach, die sich zu ihnen gesellt hatte.

»Wohl kaum. Und dann ist ja auch noch die Frage, was mit Lindbergs Betonburg passiert. Ob die irgendjemand kaufen will?«

»Vielleicht jemand mit einem Vermögen, der so ein Haus schick findet?«, schlug Anna vor.

»Man weiß ja nie«, murmelte Rolf munter. »Aber Lindberg wird schon nicht bankrottgehen, wenn es eine Weile leer steht. Auch wenn er gerade seine Karriere beendet hat. Stellt euch mal vor, mit vierzig in Rente zu gehen!«

»Außerdem wird er Vater«, wusste Anna zu berichten. »Stand in einer der Klatschzeitungen. Und diesmal steht er öffentlich dazu. Die Frau ist bereits in der zwanzigsten Woche.«

»Seit wann liest du denn Klatschzeitungen?«, wunderte sich Rolf.

»Venla, Kevin und Janna waren auch in dem Artikel erwähnt«, sagte Anna. »Sie sind mit der ganzen Sache an die Öffentlichkeit gegangen. Also, dass Samuel Kevins Vater ist und sie versuchen wollen, eine Art glückliche große Patchwork-Familie zu werden.«

»Darf der Onkel auch mit dabei sein, wenn er seine Strafe abgebüßt hat?«, grollte Annette.

»Das wird sich zeigen. Aber ihr müsst mich entschuldigen, Gottfrid hat anscheinend Hunger ...«

In der Garderobe setzte Anna sich auf einen Sessel und nestelte die linke Brust aus dem Stillkleid. Annette war ihr gefolgt und nahm ihren Mantel vom Haken.

»Ich wäre gern länger geblieben und hätte mit euch gefeiert, aber ich muss leider zurück aufs Revier. Wir haben gerade einen Notruf reingekriegt.«

»Oh«, sagte Anna. »Was ist denn passiert?«

»Irgendwas ist im Stadshotellet los, aber darum mach dir keine Gedanken – nicht heute!«

»Okay. Aber ab nächstem Monat wieder.«

»Dann bleibt es dabei? Dass Tomas Elternzeit nimmt und du arbeiten gehst?«

Anna nickte beglückt.

»So fühlt es sich gerade am besten für uns an. Komisch, dass wir nicht früher darauf gekommen sind.«

»Aber das ist doch toll.«

»Ich freue mich jedenfalls schon. Und ich erwarte, dass das Baby frisch gebadet ist und Tomas sich aufgehübscht und einen Drink gemixt hat, sobald ich allabendlich von der Arbeit komme.«

»Klingt nach einem guten Plan!«, sagte Annette lachend. »Ich muss los, mach's gut!«

Gottfrid, der anfangs einen Bärenhunger gehabt hatte, hatte sich inzwischen anscheinend ins Verdauungskoma getrunken. Ganz die Mutter, dachte Anna. Ein Nimmersatt und schläfrig.

Wie auf Kommando tauchte Tomas mit Gottfrids pistaziengrünem Kinderwagen auf, der mit sämtlichen Finessen ausgestattet war und den die stolzen Großeltern spendiert hatten. Vorsichtig nahm er Anna den Sohn aus den Armen und legte ihn in den Wagen, während sie versuchte, sich wieder zu bedecken.

»Was für ein guter *Best Man* du während der Trauung warst!«, sagte er.

Anna lachte.

»Dabei hab ich mir die Augen ausgeheult!«

»Ach, das haben wir alle. Meine Mutter ist übrigens stinksauer auf uns.«

»Was? Warum denn das?«

»Sie hat geglaubt, *wir* würden heiraten, als die Pfarrerin die Trauung erwähnte.«

»Ach du liebe Güte!«, platzte es aus Anna heraus.

»Ja, oder?«

»Was für ein grässlicher Gedanke!«

»Unfassbar grässlich. Gehen wir jetzt Kaffee trinken?«

»O ja.«

DANKSAGUNG

Danke an den Finnlandschwedischen Schriftstellerverband und das Zentrum für Kunstförderung für die Förderung meiner Autorenschaft.

Danke an meine treue und kluge Lektorin Myrika und das ganze Team bei Schildts & Söderströms sowie Kustantamo S&S.

In der Elternzeit einen Spannungsroman zu schreiben, ist nicht gerade vernünftig. Dass dies in meinem Fall überhaupt möglich war, habe ich Jonas, Tyra und Selma sowie meinen Eltern zu verdanken, die stets bereit waren einzuspringen und für mich da waren, wann immer ich Ruhe zum Schreiben brauchte. Ich bin euch für eure Hilfe und eure Geduld auf ewig dankbar!

Und danke auch an dich, Oskar. Du warst mir eine enorme Hilfe, und das, obwohl du so unfassbar klein bist!